张　锐　锋　作　品

古灵魂

张锐锋 著

GUANGXI NORMAL UNIVERSITY PRESS
广西师范大学出版社
·桂林·

古灵魂
GU LINGHUN

图书在版编目（CIP）数据

古灵魂：全 8 册 / 张锐锋著. --桂林：广西师范
大学出版社，2024.5

ISBN 978-7-5598-6836-7

Ⅰ．①古… Ⅱ．①张… Ⅲ．①散文集－中国－当代
Ⅳ．①I267

中国国家版本馆 CIP 数据核字（2024）第 060573 号

广西师范大学出版社出版发行

广西桂林市五里店路 9 号　　邮政编码：541004

网址：http://www.bbtpress.com

出版人：黄轩庄

全国新华书店经销

广西广大印务有限责任公司印刷

桂林市临桂区秧塘工业园西城大道北侧广西师范大学出版社
集团有限公司创意产业园内　邮政编码：541199

开本：880 mm × 1 230 mm　　1/32

印张：97.5　　字数：2 060 千

2024 年 5 月第 1 版　　2024 年 5 月第 1 次印刷

印数：0 001~6 000 册　　定价：368.00 元（全 8 册）

第

三

册

卿云烂兮

糺缦缦兮

日月光华

旦复旦兮

——《卿云歌》

明明上天

烂然星陈

日月光华

弘于一人

——《八伯歌》

目 录

卷二百零五

骊姬

　　现在看来，所有的事情都是顺利的。既然国君已经默许了我的想法，我就一点点地让太子申生向悬崖靠近。我不是一个残忍的女人，但我没有其他办法。我需要关键的一跃，将奚齐携带到君位上。可是太子申生却像大石头，自己不肯挪动，我的路被遮挡了。

　　优施已经说服了大夫里克。他已经答应不再管这件事，我的计划已经可以进入下一步了。只要里克不干预，其他人就不会轻举妄动。优施描述了里克说话的语调和他的表情，完全是一个精彩的故事，他的绘声绘色和神采飞扬让这故事更其生动，有着强烈的感染力。他说，里克最后的表情，僵硬、尴尬，眉毛上扬中露出的犹豫不决，忧愁中的皱纹和勉强的笑，已经在他的脸上打上灭亡的印记。

　　优施对我的帮助太大了，有这样的近臣在身边，我的力量就会增加不少。就像《诗》中所说，柔弱的芦苇在风中摇荡，鸟儿就会飞来，因为它所立足的水里，有着足够多的游鱼。柔弱的芦苇在风中摇摆，夏虫就会聚集，因为它的身上有着足够多的甘甜。

　　我之所以能够试试自己的计谋，也都凭着优施的辅佐，他不仅有着漂亮的面孔，还有浑厚的声音和优雅的舞步，也有着天生的聪明和智慧。记得我以前曾问过优施——我想让国君废黜太子申生，然后改立奚齐为太子，如果其他公子发难将怎么办？优施回答，这要及早行事，做一件大事要有计划和耐心。先要让三个公子远离国君，这样国君就会和他们疏离，感情就渐渐淡薄了。还要给他们晋国的最高位置，使他们知道自己已经不可能获得太多了，就不敢再有怠慢之心，我们就易于将他们一一铲除。因为越是谨慎，越是战战兢兢，就越是在乎每一件小事，就越是容易在小事上犯大错，就越容易给予我们除掉他的理由。

我就问他，该从哪一个公子开始呢？优施回答，要从太子申生开始，他做人小心谨慎而过分精明，洁身自好、患得患失而爱惜名声，年龄较大，沉稳有余又缺少激愤之情，既经受不了羞辱也不忍害人，许多事情就会自己忍受屈辱，而不会奋起抗拒。这都是他的弱点，你可以从弱点上击破他。我就说，稳重的人就不易动摇，他的弱点也会隐藏起来。优施回答，经不起侮辱的人是敏感的，你只要给他一点刺激，他就会感到痛苦，因为他知道受到了侮辱。最可怕的是不知道侮辱的人，他也不知道遵守常规，你就难以捕捉到他的踪迹，他的所有弱点反而成为他的牢固铠甲。知道侮辱的人才是可以侮辱的，无论他多么稳重，都可以用无意的侮辱使他动摇。

他说——现在你已获得了最好的时机，既得到国君的宠爱，也得到了群臣的尊重，你无论说什么，君王都会相信，深深的爱恋会让人失去辨别的能力。要是你能在表面上敬重太子申生，又在暗中羞辱他、诬陷他，他就会失去稳重，就会在风中摇晃。我听说精明谨慎而洁身自好，这样的人就必定愚蠢，因为他不会审时度势、见机行事而寻找躲避灾祸的机会。

优施真聪明啊，他一下子就点中了人的玄机。于是一切依计而行。我用重金买通两个大夫，让他们向国君进言——他们说，你的宗庙之所在曲沃，蒲和南北二屈，乃为边地要津，需要可信赖的人前往管辖。宗庙无人管理就会让民众生发对国君的轻慢之心，边地无人管辖就会让戎狄生发入侵之心，他们就会失去对晋国的畏惧，这都会逐渐成为一国之患。如果能够让太子申生去管理宗庙之地，让公子重耳和夷吾去治理边地，就会让民众服从而戎狄惧怕，晋国江山足可安稳，你的功绩也得以彰显。

他们又说——戎狄有着足够多的土地，要是让公子们前去管制，凭藉晋国的强大又可以开拓疆土，这难道不是一举多得的好事情？国君听后十分高兴，就让太子申生迁往曲沃，并加固城垣，修筑宫殿和宗庙，又让公子重耳在蒲筑城，常驻守护边地，以及让公子夷吾驻扎南北二屈，筑城防守。一切依计而行，他们都远离了国都，让他们父子疏离，就可以随意诬陷和离间他们了。何况，不在身边的人就会被渐渐淡忘，感情也会稀释。

现在，我已经将国君所梦诉了太子申生，让他回到曲沃祭祀他的母亲齐姜。太子申生祭祀完毕后将酒肉送到宫中，我收下了祭品。我就让人将鸩毒放在酒中，又将毒药放入祭肉，一切准备好了。国君从山林狩猎归来，我就让太子申生献上祭祀的酒肉。国君按照礼仪先将祭酒洒在地上，地上马上鼓起了虚泡，申生惊恐地奔逃而去。国君的目光里也闪现了惊慌，但很快就镇定下来。他望着申生奔逃而出留下的空洞的门，眉头紧锁，眼睛里放出了一道闪电般的凶光。

我立即用祭肉喂狗，狗很快发出痛苦的狂叫，四处狂奔乱撞，然后倒在地上抽搐而死。又令旁边的近侍喝下祭酒，那个可怜的人惊恐地看着酒盏，久久不敢喝下。国君将利剑般的目光投向这个人，他浑身发抖，一饮而尽，接着就双手捂着肚子倒地而亡。唉，为了让一个人死去，竟然要让无辜者相陪。我是不是变成了另一个人？我已经是一个浑身有着剧毒的女人？我想，我如果没有毒性，将要死去的不是他人，而是我自己。这个世界充满了毒鸩，要么我饮下，要么别人代我饮下。它已经把毒性灌注给了我，我又将它投给了无辜者。

我竟然在内心里生出了怜悯之情，但这个冰冷的世界拒绝我的同情。也许我的不安流露出来了，为了掩饰我的惊慌，我走向那只死去的狗，把它抱了起来。我的双手发抖，我的眼睛里充溢了泪水。我忍不住痛哭失声。也许这是一个女人的母性觉醒？还是因为自己的罪恶而被惊醒？还是因为我为自己德行的沦丧而悲伤？或者担心自己所行的恶被别人发现？或者因为……我不知道为什么，也许为了所有发生的和未发生的，我忍不住痛哭失声。

卷二百零六

杜原款

谁会想到会发生这样的事情？所有的事情都不曾料到，我太愚蠢了，竟然从未想过这样的事情。太子申生献上了祭祀的酒肉，这酒肉里竟然有着这般猛烈的毒性。是谁将毒药投放到其中？是谁有着这样狠毒的心肠？我陷入了迷惘。

看着太子惊慌而逃，我的心感到了疼痛。难道太子会用这样愚笨的办法来陷害国君？不会的，不会的，他是一个仁孝的人，甚至连这样的想法都不会产生。要是他有这样的念头，他在征伐皋落氏得胜之后，就可以率军弑君夺位，为什么会采用这样愚笨的暗杀？

我知道太子申生已经逃回曲沃了，渐渐地，我已经镇定下来了。晋献公就要杀掉我了，我已经逃不掉了。对于一个将要死去的人还要说什么呢？对于自己，我已经没什么说的了，但我仍然想和太子申生说几句话，因为我是他的师傅，他的所有的罪过都是我的罪过，我所教他的，都是无用的东西。我将那些无用的教给了他，让他蒙受不白之冤，这不是我的罪过？

晋献公已经下令杀死我，他将毒杀太子申生的诡计加在了我的身上。我是无辜的，但他所杀的人却不是无辜的，因为我竟然是无用的，所以是有罪的。无用不是有罪么？何况我还将自己的无用，传授给太子，无用的就变为了有害的，我不仅害了自己，也害了别人，这难道不是有罪么？

我并不害怕死，人最终会死去，人生就是对死的等待，我已经等得太久了。在人世间，不断有人死去。多少人死去了，又有多少人等待死去。我带着自己的愚笨死去，并没有什么可惋惜的。这愚笨陪伴着我，我已经足够了。愚笨就应该被埋葬，连同那装满了愚笨的身形，一同领取被埋葬的命运。

我已经看见金光闪耀的利剑了，它将取走我的头颅。我把一个叫作圉的小臣招到跟前，对他说，我在临死前要说几句话，请你转告太子。他说，我一定转告太子，你放心吧。我又说，你要将我所说的每一个字都记清楚，这是一个临死的人要你记住的，你要答应我。他说，你说吧，我会记住每一个字。我的记性很好，别人嘱咐我的每一句话，我从没有记错。我听到别人所说的，也能记住每一个字，我没有别的本领，但唯独能够记住所听见的。

我说，好吧，那我就说给太子听，这是我作为他的师傅，最后一次教导他了。我将这话传给你的双耳，然后再用你的嘴巴说给太子——我没有什么才华，又天生愚笨而缺少智谋，本不应给你担负辅导的责任，但又勉强做你的师傅，这是我被杀死的原因。这一切都源于我的愚笨，没有及时洞察国君的内心想法，因而未能敦促你抛弃太子之位而远走他乡。如果那样的话，你仍然可能获得掌管晋国的机会。

古灵魂

——我生性愚钝、本分又谨守职责，缺乏足够的勇气与你奔逃他国，以便隐伏待变。面对外部对你的诽谤和诬陷，我也不曾为你辩解，因为我一直以为，君子以仁义为重，对别人的一切误解只用行动去解释，而不是用言辞辩护。我却不知道这样的教导，让你陷于危厄，遭到骊姬一次次暗算。

——我是不怕死的，只是不甘于让骊姬的罪责压在了我的头顶，她的罪恶却因我的死而得以藏匿，我的死因而遮挡了别人探寻罪恶的视线。我听说一个君子不应该丢弃仁爱和忠厚，也不面对谗言而辩解。如果因此而遭到陷害，这样的死并没有什么遗憾，因为它将成就一个人的荣誉。

——我一直在你的身边，熟知你的性格和德行。你从没有改变对国君的爱和忠贞，说明你是坚强的。你又能把自己的忠贞和爱带入生活中的细微之处，让你的父君快乐，说明你是孝顺的。你也能放弃自己的一己之利，甚至放弃生命而实现自己的高远志向，说明你有着大多数人缺少的仁德。随时面对死亡还想着怎样维护国君的尊严，说明你充满了恭敬之心。你的一切来自你自己的天性和修行，我并没有教给你多少，你的美好的德行来自你自己。

——我想，以你的德行和仁义，不会活得太长久，因为别人不会善罢甘休，你也不会用逃亡的方式保全自己，你所能拥有的，只有民众对你的爱戴和思念。如果真是这样，不也是很好么？一个人的一生并不长，重要的是他能够留下什么。许多人一生什么都没有留下，除了自己的亲人，将没有人再想起他，这样的人生是没有意义的。而你不是这样的人，你的一切将被更多的人铭记，这不也是很好么？

我想说的话很多，但更多的仍然是无用的。我总是用无用的东西充填我的生活，也充填这个世界。可世界是无限的，没有哪样有用的事物能够将其填满，而只有无用的东西才能使其变得圆满，无用之用比有用之用更为宝贵。我和圉说完了，也就是和太子申生说完了，其他的话已经没有什么意义了。我让圉把我的话重复一遍，让我知道他确实记住了我所说的。

　　圉照着我的指令，又将我所说的重复背诵，他的确记住了每一个字，他的记忆力竟然如此惊人，我以前怎么没有发现呢？现在我看见他的双眼流着泪，边说边擦拭着双颊，他的声音时断时续，最后终于哭出声来。我说，不必哭，也不必悲伤，人间的一切就是这样。我早已洞见了人类的卑污和丑陋，也看见了更多的不幸和痛苦，但并没有改变我的想法。我在这样的卑污和丑陋中有过清洁的生活，因而仍要想象一个美好的世界，让更多的人远离这卑污和丑陋。为了这样的一个好的世界，一个人的死算得了什么？好吧，我们告别吧，我就要到另一个也许好得多的世界去了，这是好事情，是值得为此而快乐的，我应该对从前的一切充满感激之情。

　　圉转过身去，再也没有回头。我看着他的身影消失在了转弯处。我看了看他所留下的空阔，我所说的已经随风而去，我也将随风而去。圉走向了曲沃，我已经把我的话放在了他的嘴上，并递给太子申生。太子一定会把我的话记在心里，并努力去做。我长叹一声，仰望着天空，那里只有几丝白云在游荡。我就要到那白云里面了，并将随之飘往更远的地方。

　　我的两旁是拘押我的士卒，他们携带着刀剑，脸上没有丝毫的表情。他们又要杀人了，一个被杀者就在他们的手中。我用眼睛的余光看着他们，只有几个模糊的侧影在两边移动。我的脚步是轻松的，好像我所踩踏的不是坚实的土地，而是行走在云水中，这是多么好的感受啊。我藐视他们手中的刀剑，这些用物质铸造的东西是污浊的，不洁净的，它们将把一个个活的生命夺去，又让一个个灵魂重获自由。

卷二百零七

太子申生

　　我逃回了曲沃，这是我出生的地方，也是我将死之地。这是怎么回事？我怀着爱和忠贞所奉献的酒和肉，竟然含有剧毒？我知道有人动了手脚，他们早已想害死我，可没想到会用这样卑污的方法，人们的心机竟然这样狠毒。我从没有陷害过谁，也从没有生发害人之心，我的师傅教导我做一个仁德的君子，可是他们不仅要夺取我的性命，还要夺取我的名声。他们要把我内心的仁德从外面取走，使我留下一具空壳，然后我被丢弃于深深的尘土。

　　父君已经将我的师傅杜原款处斩，他死得太冤枉了。是我使他受到了牵连，我不仅无端让自己惹祸，还祸及我的师傅。这样我们两个都一起承受不白之冤。怎样才能用我的血洗净我的衣袍？也洗净师傅的脸？我们都深陷污浊，不能自拔了。

　　我的父君将我献上的祭酒洒在地上的时候，我看见地上在冒泡，就知道里面已经有了鸩毒，是毒性将地上的尘土烧着了。这毒性并不是来自酒，而是来自险恶的人心。那时我已经不可能做什么申辩，也不会有人相信我的申辩，我只能转身逃走了。现在想来，我不应该逃

古灵魂

走，应该站在那里一动不动，这样，我的不动就会让别人摇晃。可是这太意外了，我仍然不能抑制自己的惊慌，以至于做出逃跑的举动。我为此深深悔恨，我为什么不能镇定自若呢？难道我的心里有愧？

可是天地作证，我是清白的，我什么罪都没有，也毫无害人之心。为什么让我蒙受不白之冤？但我又想，仁德需要检验，你所怀有的一切，需要用相反的力量来证实。没有经过检验的，仅仅是停留在嘴上的，它还没有真正深入一个人的灵魂。可是我不能因为仅仅为了保有自己的仁德，就让我的师傅赴死，也不能让我的心遭受折磨。我没有做过有悖于父君意旨的事情，却成为别人眼里失去仁义的叛逆，我将怎样安心去赴死？

有人告诉我，你应该离开晋国。你并没有犯错，却因别人的陷害背负恶名，就应该立即逃离晋国，也逃离你所背负的恶。这些原本不属于你，因为你将仁义背在了自己的身上，它已经把你的身躯压低了。如果你还想直起腰身，就应该从逃离开始，然后仔细观察，等待属于你的机会。我说，我早已把生与死置之度外，这些已经不重要了。我即使远离晋国，也不能解脱罪责，尽管这罪责不属于我，但别人加于我身上的罪，也是我的罪。如果我真的因为远离而逃脱，我的罪就必定加在了我的父君身上，它将把我的怨恨与民众的怨恨一起落在父君的影子上，那样我的罪就会加倍。我决不能那样做，那样我的仁孝就变为虚假。

何况我的出逃就是另一种辩解，它将露出诬陷者的诡计，也让父君的昏庸放置于阳光下，这会让诸侯耻笑。我决不能这样做。那么我将逃到什么地方？什么人能收留一个罪人？一个人既然不能被父母容忍，还有什么人能够容忍？我所面对的是双重的困厄。背弃父君而逃离自己的国，仅仅是为了避免一死，这值得么？

我曾听说，一个仁爱的人不会怨恨国君，一个睿智的人不会陷入困顿，一个勇敢的人不会逃避死亡。那么我的罪名既然不寻求解脱，逃亡就必定使其加重，这样的方式既不明智也不令人心安。既要逃避死亡又要怨恨国君，就连仁德都丢弃到荒野了。你既然获得罪名却不敢面对死，就连勇敢都消散于无形。那么，我的罪名就是我的命运，用我的死来证明我的无愧和无罪，或者用我的死来说明我的有罪，就是我的最好选择。因为，我的命运就是等待天神的裁决。

过了一段时间，骊姬来到了曲沃新城。她边哭边指责我——你对自己的父亲都忍心谋害，又怎么爱自己的国人？你谋害自己的父亲，还试图索取国人对你的爱戴，这又怎么可能？你已经失去了一切，失去了良知和仁义，也失去了一个人本应遵循的德行，你所做的已经引起了国人的憎恶，还有什么理由继续活着？一个人最重要的是失去信任，一个失去了良知和仁义又没有德行的罪人，谁还会相信你说的话？你说的话没有人相信，你做的事又有国人憎恶，你已经失去了一个人的一切，已经是一个死去的人，还不会被人记住。那么一个死去的人为什么还要待在人间？

是啊，虽然我知道她所说的都是假话，她的眼泪也不是真实的眼泪，可是她所说的却让我感到羞愧。我不愿意戳穿她的话，我只是将她的利箭拿过来，并用我自己的弓射向自己。我是痛苦的，却不知这痛苦怎样表达。我的冤屈都存于我的内心，它甚至已经溢出来了。可这样的冤屈也只能留存于我的内心，或者我将它带入泥土。就像骊姬所说，我已经死了，就不会畏惧第二次死，在这样的一个黑白难辨的世界，我已经没有理由活下去了。

我的师傅临死前教导我的，我都听进去了。我要按照我的师傅所说的去行事。对父君的爱和忠贞，我始终没有放弃，因为我的生命得自我的父君，他从无中创造了我，我又为什么会在乎重返创造前的无？我看见父君一天天衰老，他的脸上刻满了皱纹，岁月的风霜已经将他的生命带走了太多太多，我怎么忍心让他承受更多的苦痛？他也创造了一个强大的晋国，他的生命就是晋国的一切。

现在，他已经不需要我了，他更需要骊姬。有人对我说，你为什么不能和国君说出真相？是啊，我想说出真相，但却不能说。如果我真的说出我想说的一切，父君会不会相信我？他是相信我还是相信骊姬？因而说出不如不说，不如将真相和我一起埋葬。如果他真的相信我所说的，那么骊姬就必定获罪，父君就会失去陪伴，失去自己的爱，他的生命也不会长久。

我已经想好了，很快将追随我的师傅去到另一个地方，那个地方也许更好，也许有着我所需要的一切。可是我究竟需要什么呢？实际上，父君所需的就是我所需的。还有人告诉我应该逃走，不，是许多人劝我逃到远离晋国的地方。可是我的身上背负着恶名，即使有人收留我，我也不愿意带着污点四处流浪。不，我绝不选择这样苟活。要么怀着仁德而活，要么怀着仁德而死。

骊姬并不是一个坏女人，她之所以陷害我，是因为她必须通过陷害我而让奚齐成为太子。必须承认，她对我的父君很好，她也对父君充满了依恋，我能够看得清楚，她并不是恨我而要把我置于死地，而是为了自己的孩子必须做出选择。这是另一种爱，是一个母亲的天性。如果我的母亲也活着，或许也会像她一样，为了我什么都可以去做。我怀念我的母亲，所以我理解一个母亲，这样的母亲即使是有罪的，我也应该对她宽恕。

至于我自己，我是有罪的，一切源于我是太子，我因自己是太子而有罪。唯有一点我不能原谅自己，我为什么不放弃自己的太子身份呢？我还是过分贪恋自己的位置，贪恋名誉和禄位，也贪恋自己的将来，或者说，我还是过分在乎自己，在乎将来能够继承父君的君位。我的贪恋造就了一切，我的贪恋筑造了仇恨，我也因自己的贪恋而获罪，并因此害了自己。从这个意义上说，我的死不是因为骊姬的陷害，而是因为我自己的贪恋，这贪恋是最大的罪，它必要得到天神的惩罚。

骊姬走了，她是一个美丽的女人，她的身影从我的眼前飘了过去，好像她并没有来过，我只是被一个幻影所痛斥。她说的虽然是假话，但却击中了我的要害。她希望我死去，那么我就照着她所希望的去做。奚齐是我的弟弟，我死了，他就可以如愿以偿。如果我的死能够换取一个母亲的安宁，能够使弟弟获得自己想获得的，我还有什么遗憾呢？

我很想在最后的时刻面见狐突，可是这已经来不及了。我将猛足召来，对他说，我需要把我的话带给狐突，你必须答应我。猛足惊异地看着我，不明白我的意思。他说，我答应，你说吧。我就把自己对狐突说的话说给猛足听——我是有罪的，其它的事情就不多说了。我当初没有听你的话，所以才落得这样的地步，我已经不敢再活下去了，如果我仍然爱惜自己的生命，就会成为一个无耻者。那样我不仅有愧于生，也有愧于死。人的选择无非是生与死，如果这两者都不能选择了，就必定沦为一个无耻者，那样，生和死已经没什么两样。

——我将选择死，这没什么可惜的，每一个人都最终会面对死。我只不过是提前面对死而已，所以不必为我悲伤。这是我的命运，命运是天神确定的，人没有支配命运的权利。但我唯一不能放心的是我的父君，他已经老了，晋国的命运怎样，仍然寄托于父君的身上，所以我希望你能辅佐他。没有什么人比你更合适的了，你的智慧、仁爱和德行配得上任何美誉，只有你对父君的辅佐，才能让晋国获得希望。如果你能按我的话去做，我的死就是一种恩赐。

现在我已经放下一切了，生前的所有事情将被彻底遗忘，因为我也将被彻底遗忘。生前所贪恋的使我得祸，我就不会在死去还贪恋以后的名声了。我从自己的住处出发，以轻松的步履走向宗庙，在那里我的先祖等待着我。我要让他们看着我怎样死去，让他们知道我的清白，并让这清白伴随我的死。曲沃新城多么好啊，它的每一间房屋都是那么好，它的每一垄瓦片都是那么好，它的每一棵树都是那么好。这条通往宗庙的街道是那么熟悉，上面已经印满了我的脚印，我仅仅是踏着我往日的脚印前行。一个个的脚印，将我的身体抬到了高处，使我看见了更远的地方。

我已经看见了宗庙，它高高耸起了屋脊，有着无比庄严的形象。里面住着我的死去的先祖们，他们从不说话，保持着严肃和沉默。也许这是最好的生活，简单而安静，拒绝所有的喧嚣，拒绝了人世间的彼此倾轧和算计，也拒绝了杀戮和流血。在他们看来，一切已经结束，喧嚷结束了，倾轧和算计结束了，杀戮和流血结束了，一切结束了，那么真正的日子才得以开始。这才是好的日子，安静，安静，简单，简单，从结束中开始，直至无限的时间。

我多么羡慕他们，我将成为他们中间的一个。在人世间，每一个人都是独特的，我也是独特的。每死去一个人，这独特的就少了一个，我将从中取走我的那一个。我所寄存于世的，就必定要取走。我这样做，也是为了成为一个完整的自己，而且我还留下了一个完整的世界。让别人去施展各种诡计吧，我将远离所有的诡计和陷害，远离所有的阴谋与污浊，这些令人厌弃的，已经对我无可奈何了。也许，我的死还暗含着对我的父君的惩罚，他将失去一个儿子，他将再也没有这个儿子了。也许他有一天会感到悔恨，但这样的悔恨也不能弥补现实中缺少了一个儿子。他会想到，原来我本是他的一部分，但由于他的过错，他少了一部分。他会不会感到疼痛？

宗庙就在眼前，我将死于其中。我将当着列祖的面死去。他们将为我做证，知道我究竟是怎样死的。人的生活需要见证者，死也同样需要见证。我曾是痛苦的，可是我将用死来消除痛苦，因为痛苦不能让痛苦得以解脱，痛苦也不能决定痛苦。痛苦的生活也不应该继续下去，痛苦的结果仍然是痛苦本身，因而死不是一种绝望，而是对痛苦的最彻底的反叛。天气这么好啊，我大口地呼吸着人间的空气，以后将再也不用呼吸了，这空气也是最后的了。我加快了步伐，迈上了高高的台阶。

古灵魂

卷二百零八

晋献公

我没想到太子申生就这样死了，他甚至没有给我留下一句话。他应该和我说几句话，告诉我，他究竟为什么要谋害我。他难道是急于继承我的位置？急于拥有掌管晋国的大权？还是有着更加隐秘的原由？在临死的时候，他真的什么都不想和我说？唉，随他去吧，也许他的确憎恨我，把献给我的祭酒中加上了毒鸩，又在献给我的祭肉里加了毒药。我原以为他是一个仁孝的儿子，但我错看了他。说实话，我并不是很喜欢他，但也从没有恨过他。一个父亲会对他的儿子有什么仇恨呢？

我知道他竟然在我的宗庙里自缢身亡了。他还知道羞耻，知道怎样体面地结束自己的生命。人间的许多事情真的难以理解，难道一个人会为了继承君位而不惜谋害自己的父亲？看来人对利益的权衡大于对亲情的权衡，所有感情上的信赖都是愚蠢的，人与人之间，除了利益还能剩下什么呢？我对这样的结果感到悲伤。

可是竟然还有那么多人说太子申生是有仁德的，是孝顺的，他们从哪里得出了这样的结论？真是太奇怪了。或者是他太会伪装了，人们却没有将他暗藏于内心的漆黑予以识别。一个人的表面不能说明他的心灵，他的无耻只是隐藏在无耻的背后，无耻的背后仍然藏着更大的无耻，但在所有事情的前面却戴上了仁德的假面。不能相信一个人说了什么，应该相信他的利益在哪里，就会发生什么。要是循着利益的方向看一个人，一般不会出错。

骊姬把什么都和我说了，以前我还不太相信她所说的，但我现在相信了。只有她对我好，因为她怀有对我的爱情，骨肉之情怎能胜过肌肤之亲？我和她一直在一起，她知道我甚至胜过我知道自己，她几乎和我成为同一个人了。她所说的就是我所想说的，她所做的也是我所想做的。我感到这个世界还有可以依凭的东西，我因为骊姬而感到生活是实在的，我的每一步都能踏住河流中的石头，我可以在日渐衰老的时候，涉过人生的河流。我为得到骊姬的爱而感到安慰。

骊姬对我说，重耳和夷吾两个公子都知道太子申生的阴谋，他们都是等待者。他们看太子申生能不能成功，然后再伺机而动。骊姬说的，我相信是真实的。不然重耳和夷吾为什么不把申生谋害我的阴谋告诉我？他们已经完全与我离心离德了，都已经背叛了我。

我已经失去了一个儿子，也不会可惜再失去两个。我要将他们除掉。否则他们还将继续想办法谋害我。我年轻的时候不怕每一个阴谋，因为我有足够的力量和智慧应对每一个阴谋，我坚信能够将之挫败。现在他们认为我已经老了，失去了力量，他们计算错了，我仍然要用有力的一击，让他们所想的一切灰飞烟灭。我不能再宽恕他们的罪孽了。

重耳已经闻声逃回了蒲邑，夷吾也逃回了他的屈地。我不能让他

古灵魂

们就这样逃走，否则我的晋国将陷入内乱。我将派遣寺人披去刺杀重耳，再派遣大夫贾华去刺杀夷吾。如果不将他们杀掉，我的日子就不能安宁了。

卷二百零九

寺人披

国君令我前去刺杀重耳，我就去刺杀重耳。我没有别的选择，我是一个阉人，我的唯一能力就是听从国君的召唤。我是忠于晋国的，不论是谁做国君，我都会随时听命于他，因为晋国属于国君，国君的意志就是晋国的意志。因而，我是晋国意志的一部分，我没有自己，我的心里只有国君。

我从不辨别国君的对与错，这不是我的责任。我也从不去做国君不愿做的事情，那样就违背了晋国的意志。现在，晋献公让我前去刺杀重耳，我马上动身前往重耳所居住的蒲城——这是国君让他驻守的地方。

我听说，太子申生竟然谋害国君，他将为他母亲祭祀的祭品献给国君，却在里面放了剧毒。这是大逆不道的事情，既违背了仁孝，也违背了君臣之道。可是曾有很多人称赞太子申生，说他多么具有仁义和德行，可是面对利益的时候，人的本性却显露出来了，让我们看到他的仁德仅仅是他的伪装和面具，在这仁德的背后潜藏着与之相悖的卑污。这样的人是多么可怕，那么世间有多少这样的人？

古灵魂

我更喜欢不谈论仁德的人。一切美好的东西不是用来谈论的，而是用来施行的。如果一个人经常谈论那些高尚的东西，我们就应该警惕他不曾谈论的，因为那没有谈论的可能更加真实，而谈论的却是为了藏起那未曾谈论的。比如说有一种厉害的虫子，它有着长长的腿，能够跳得很高，也有着有力的螯子，却会将自己的身形隐藏在树叶上，它有着和树叶相同的绿色，甚至它的身体还仿制了叶脉的花纹。一些即将被它捕食的虫子完全被这样的假象迷惑，当接近它的时候，会被一跃而起的它紧紧夹住，然后吞噬掉。现在它的迷惑的策略已经被人采用了。

据说，重耳和夷吾都知道太子申生谋害国君的阴谋，他们并没有将这件事告诉国君，也没有前去制止这叛逆之举，这意味着他们同样背叛了他们的父君。这样的背叛又怎能容忍？重耳也有着经常被赞美的好名声，可是这好名声是这样虚幻，它仅仅是一个被吹起的泡沫，转眼之间就被残酷的真实击破了。

我要执行国君的命令，前去将他们除掉。我所要杀灭的不仅是一个具体的叛逆者，也是叛逆本身。我所要做的，乃是国君让我去做的，我仅仅是国君伸长了的手，手中所捏的剑，以及这利剑的锷。我有着自己的锋芒和凌厉的杀气，我要将这杀气吹向远处的蒲城，并将那叛逆的火焰熄灭于冰雪。

我的职责就是杀人，就是杀掉国君想要杀掉的人。不论他们是谁，我的剑都要成为他们的噩梦，这噩梦必须追杀他们到天涯。对于我来说，我只是活在一个日子里，一个流血的日子。实际上，天神只创造了一个日子，其它所有的日子只是这一个日子的重复显现。难道不是这样么？从更大的时间看，一个国君也是另一个国君的重复。这样，每一个国君都可以缩小为一个日子，我仅仅是这一个日子里的一个小小瞬间。这个瞬间不属于我自己，它属于国君。国君也不属于自己，他同样属于天神，整个日子都是天神所创造、所占据。

所以我的剑划过天空，这个瞬间就完成了。我只是被一个日子所决定，被一个瞬间所决定，所以我属于了这个瞬间。我的每一天都在等待这个瞬间，现在我又一次到了这个瞬间的边缘，我就要接近这个瞬间了。我整理好自己的行囊，准备好我的剑。我的剑是这样锋利，它的锋刃上带着从人开始出现之后就沾染的冰霜，带着从产生黑夜以来就沾染的黑暗，也带着从太阳出现之后就落在上面的寒光。我所背的只有一柄剑，这剑就是我自己，它是我的灵魂精华，或者就是我的灵魂的归宿。

我的身体是残缺的，但我的灵魂是完整的。它有着自己的凌厉，有着自己的光芒。我带着我的士卒，从暗夜出发。这是最好的时刻，最好的与我匹配的残月，有着最微小的光，我的路成为一道细长的白，就像严冬的雪。我的目光在这样的暗夜有着异于常人的穿透力，我的身躯在这样的时刻有着无穷的力量。在这样的时刻，我的筋骨是舒展的，我的热血是奔腾不倦的，我的脸上的表情既残酷又有着严肃的使命，但这使命似乎是温柔的。可是残酷和温柔怎能糅合在一起？它看起来可能是十分怪异的，但黑暗掩盖了这样的怪异。我的表情只有我和黑暗知道，黑暗是我的最好的镜子，我从中照见了自己，我发出了微微一笑。

我带着我的随从，在通往蒲城的路上疾行。我的脚步轻快，就像

古灵魂

走在了云中。脚下的尘土是看不见的，或者说我的脚步带不起人世的尘土，因为我走在了死亡的路上。可是我所追杀的，也同样在死亡的路上。他同样是那一个日子的瞬间，同样被一个瞬间所决定。我从这路上看见了被我所追杀的重耳的脚印，我的每一步都踩在了他的脚印上，好像是他的脚印托着我行走，我的脚下卷起了一阵阵寒风。

从晋国的国都到蒲城的路是曲折的，也十分遥远，可是我的脚步却把这漫长的距离缩短了。我向着北方，看着天上的北斗，群星在我的眼里闪耀。我不断判断着方向，实际上凭着我的直觉行走就可以了，因为我从没有走错路，所有的路都在我的心里，我的心里自有天上的北斗星。

卷二百一十

重耳

　　我奔回了我的蒲城，我的车一路狂奔。道路是不平坦的，这样的路我已经走过了很多。沿途有着一道道河流，还有山壑、密林和沼泽，但这一切都是熟悉的。我坐在车上，看着前面的骏马，它们的鬃毛在风中飘动，我的心也在鬃毛的顶上摇动。我怎么会走上这样一条道路，甚至可能是一条不归路？我不知道发生了什么，也不知道这一切是怎样发生的，一个个疑团就像天上的乌云，在远远的地方徘徊，我也不知道它们为什么徘徊。

　　我还在睡梦中的时候，有人把我推醒了。我特别不喜欢别人在半夜将我叫醒，我喜欢一觉睡到天光大亮，喜欢有一个完整的梦。可是我的梦只做了一半，就被轻轻地一推而中断了。一个声音低低地在我的耳边说，快走吧，明天就来不及了。骊姬已经和国君说，太子谋害国君的事情你和夷吾都知道的，明天就会前来捉拿你了。我觉得这样的声音好像仍然是梦中的，可是我的眼前却是漆黑的，这样的声音并没有伴随着说话者的形象。

　　我不知道怎样来到了外面，怎样走在了逃亡的路上，一切好像仍

古灵魂

然在一个断断续续的噩梦里。我想着自己正在做的梦，却怎么都想不起来了。一些支离破碎的形象在我的心里升起，他们是谁？我无法获得我所梦见的全境，我在车轮的轧轧声里，向着我的蒲城方向行进。

东面的山影一点点亮了，我才回到了现实中。我的舅舅狐偃给我驭车，我们在弯曲的山路上沉默不语。这么长的路，什么时候才回到蒲城？也许需要两天的路程。好久好久，我开始问他，为什么我们这么匆忙地奔逃？他说，你的父君的性格，你应该是知道的，他已经有了除掉你和夷吾的心思。因为他只相信骊姬的话，不会相信你的辩解。太子申生已经自缢身亡，现在骊姬已经想要将你置于死地了。我们先回到蒲城，然后远远地观察晋都将发生什么。

我说，可是你知道，我什么都没做，我既不知道太子为什么谋害父君，也不知道他为什么死。狐偃说，你不知道的我也不知道。我只是知道骊姬不会放过你，她既然将太子谋杀了，下一个就是你了，而国君只相信她说的话。她一定会借着太子的事情施展她的魔法，让国君杀掉你。

我又说，我的父君怎么会忍心杀死他的儿子？狐偃说，他能够相信太子会生发谋害父君之心，又怎么不会相信你也有这样的心思？何况一个国君已经杀人无数，又怎么会珍惜自己儿子的生命？你要相信我的话，世间不会有仁慈的国君。所有的国君必有残酷的本性，因为国君的宝座四周都含有杀机，而你恰好就在这宝座的旁边。

那么我该怎么办？我们离开自己的家园四处奔逃，可不是长久之计。狐偃说，我也不知道怎么办，但必须先躲过眼前的灾祸。这就像我驾驭战车一样，要随时看清你前面的路，不断躲过路上的坑洼和石头，还要娴熟地调配骏马的速度和力量。如果一辆战车在坑洼前翻了车，或者陷在了泥淖里，就会失去活命的机会。如果你死掉了，一切都不用再说了，世间的所有事情都属于活着的人。

我似乎清醒了，睡梦已经被刺眼的阳光彻底击破，只剩下了一片破碎的时间，让我所乘坐的车辆从上面碾过。我已经是一个逃跑者，我的所有要做的就是不顾一切地逃命。我听见后面好像有追杀的声音，好像有追杀者的脚步渐渐接近我……可是狐偃说，这是你的幻觉，追杀者可能会到来，但需要好多天的追赶。可是我还是听见后面有着清晰的脚步声，这脚步是这样地轻，就像微风一样轻，就像树叶一样轻，或者他的脚步有着轻轻的寂静。

不知过了多久，我终于回到了荒凉的蒲城，我的心也感到了荒凉，不，也该是一种孤独的荒芜。其实这里有着冬日的寒冷，有干枯的树枝和尚未消融的残雪。城边的河流已经解封了，能够从中看得见清澈的天空，它还是那么寒冷。我在这里就可以安心么？我仍然听得见我身后赶来的追杀者的脚步，他的巨大的寂静，给我以一阵阵震撼。你看远景的树梢上，积雪和冰凌正在被震落，我的脚印也一点点变形了。

卷二百一十一

狐偃

　　我跟随公子重耳逃回了蒲城，公子夷吾则回到了南北二屈。这已经是晋国的边地了，以前骊姬让晋献公将两个公子封往遥远的边地，就是为了让国君与公子们的感情疏离和淡漠，让他们处于被遗忘的境地。又让太子回到先祖兴起的曲沃，并给了卿的爵禄之位，就是让他意识到自己已经得到了最高的，不要再贪图别的什么了。实际上就是为了让他放弃太子的位置，可是他没有领悟国君的用心，最后只得在曲沃的宗庙里自缢身亡。

　　人们都知道太子申生是被人陷害的，但没有人敢于说出真相。太子申生死了，骊姬就要对两个公子下手了，这已经是众人皆知的秘密。只有国君不知道发生了什么，他被骊姬蒙蔽了、欺骗了，骊姬的美貌挡住了他的视线，他所看见的只有骊姬的眼睛，他已经用骊姬的眼睛来看周围的一切了。而骊姬则紧紧地捏住了国君拿剑的手，并用这只手亲自杀死国君的儿子。

　　难道国君看不出一切都是猎人的陷阱么？也许他能看出来，可是他依然要这么做，因为他已经放弃了自己。他的苍老的脸上布满了皱纹，他的皱纹里藏满了诡计和冷酷，他已经是一个失去了感情的人，和骊姬一起分享自己儿子的肉。我的父亲狐突将女儿嫁给了国君，又生下了生性仁厚的重耳，可是他已经陷在了血的漩涡。我必须用我的双手拉住他，把他从这可怕的漩涡里救出来。

我不仅应该对晋国负责，也应该对重耳负责，因为我已经看出他才是晋国的希望。你看吧，太子申生已经死了，公子夷吾太过自私，缺乏信用，狡诈有余而聪明不足。骊姬的儿子奚齐在宠爱中成长，无能而自大，而且用奸诈的手段夺得的权位必不会持久，这样的奸诈也必会遭到惩罚。只有重耳相貌堂堂，从小聪慧而又有仁爱之心，如果他能在将来执掌晋国，必能成就一番大业。

我护送着重耳从晋都回到了蒲城，一路上马不停蹄地赶路，生怕国君派遣大军追杀。好在一切还算顺利，来到蒲城之后就能安稳睡一觉了。我们似乎已经远离了危险，但绝不能放松警觉。以我对国君的了解，他属于那种一旦做出了决定就一定要做到的人，他的心里容不下别人对他的丝毫不忠，即使是他的儿子也不会轻易放过。我们逃离了晋都就意味着背叛，来自国君的追杀事实上已经开始了。

冬日的天空是灰暗的、阴沉的，让人深感压抑和窒息。我来到城墙上巡视，看到了守城的将士严阵以待，已经做好了随时应对突发情况的准备。从高处向远处瞭望，一片苍茫。这是一个迷信暴力的人世，每一个国君都相信暴力就是一切，所以他们在暴力中互相杀戮，也杀戮自己的亲人。在权力者眼中，生命是没有意义的，他们都是暴力的祭品，而这样的祭品要奉献给巅峰的占有者。

我沿着城墙走着，守城的士卒在寒风里持戈等待。他们等待杀戮的开始。他们等待暴力的延伸和扩展。他们等待别人的血和自己的血。他们本身就是杀戮的证据。他们在本性上已经不再是一个具体的人，而是他们手中所持的兵器，他们的热血已经完全被灌注到了自己的兵器里，成为铁和铜。炉火里烧炼的，还要在血中一次次烧炼，然后再将这所烧炼的重新铸造自己。

生命之外没有毁灭的原因，人生就是自己的毁灭者。可是，人世间就没有一点儿温馨了么？我看着重耳和夷吾长大，看出了他们的不同。重耳一直在我的身边，我试图给他树立一个榜样，但我的榜样是不够的，因为很多事情我是做不到的。我所能做到的，他早已经超过了。重耳的身上就散发着温馨，散发着人世间稀有的温馨，因为这样的温馨，我愿意待在他的身边，和他一起逃亡到天涯海角，直到和他一起归来，从严寒中回到温馨的春夜。

远处已经被白雾遮蔽了，我的双眼也被一团一团白色的迷雾蒙住了。千山万壑的景观和冰凌垂穗的树木枝条，都躲到了白雾里，就像一个个逃亡者，不愿意被任何人看见。我也躲在了后面，我也是其中的一个。我和重耳在一起，他就是我的家园。又一个黑夜就要来了，我就要从迷雾里躲到黑暗里了。

可是我从暮色里发现了可疑的东西，好像有什么正在一点点接近蒲城。是的，我侧耳倾听，似乎有一些脚步正在走来，我立即警觉起来，让守城的士卒准备抗拒。然后我回去告诉重耳，说，国君已经派人来了，我们准备在这里与之战斗。可是，重耳显得异常沉静，他坐在那里一动不动，仿佛没有听见我说的话。他在想什么？他一直不说话，我们都陷入了沉默。可是我的心在燃烧，我急于告诉他就要发生的一切。他似乎完全预料到会有这样的结果，他只是不说话。

一会儿，也许是很久，他站起来，镇定地说，我们走吧。我说，我们完全可以抵抗，蒲城是坚固的。他用很低很低的声音说，我们走吧。他已经决定放弃抵抗了。这时国君所派的杀手寺人披和他的随从已经攻入了蒲城，重耳已经下令放弃了抵抗。他说，我从前是仁孝的，现在父君既然要追杀我，我就继续保有我的仁孝。如果我杀掉了追杀我的人，就等于杀掉了我的父君。寺人披不仅是一个杀手，他还是我的父君的影子，他所持有的剑，是我的父君放到他的手里的。

寺人披已经冲杀过来了，他没有叫喊，只是步履轻盈地挥舞着手中的剑。剑光在朦胧的月光中闪烁，我已经看见了寺人披的目光直射过来，发出了就像林间野兽那样的荧荧之光。他就像飞翔一样，他的黑袍被风卷起，犹如猛禽的翅膀。我一边与寺人披搏斗，一边将重耳扶上了高墙。就在他翻越的瞬间，寺人披敏捷地绕开了我的阻挡，他的剑已经扑了过去。一阵呼啸的风声，隐隐的剑光一闪，重耳的袍袖被寺人披的剑砍了下来，掉到了墙底，发出了轻轻的一响。

古灵魂

卷二百一十二

重耳

多么惊险啊，我的袍袖被寺人披的利剑砍断了。我的袍袖太长了，幸亏我在翻越的时候，缩回了手臂，否则我的手臂将掉在地上。我的袍袖代替我的手臂遭受了利剑的一击，我的灵魂是无辜的，但却受到了这样的惩处。寺人披的暗刺失败了，我逃了出来。我跳上了城边等待的戎车，在战马的惊啸中疾驰于茫茫夜色。

我的袍袖断了，断了的就留在了蒲城，留在了我的晋国，也将我的仁孝之心留给了我的父君。从此浪迹天涯无所遗憾了。过了很久，狐偃的车追了上来，他大声喊着我，风声将我的名字传得很远，并在山谷里发出了沉闷的回响。他来到了我的身边，告诉我，寺人披已经远去了，他带着你的半截袍袖去见国君了。我想，国君看见我失去了的袍袖，不知会想些什么。

我和狐偃商量，我们只能去投奔我母亲的狄国了，当然也是我的舅父狐偃的家园。我们在山间的路上走着，车轮缓慢转动，骏马也失去了从前的那种激情，变得步伐懒散，马蹄不断激起碎石，我也感到了饥饿和寒冷。我想不明白，事情竟然会这样，这是从什么时候发生的？也许我的母亲从狄国出发的时候就开始了？因为她如果没有嫁给父君，我就不会出生，那么这一切就会是另一个样子。或者我被放逐到蒲城之后，不再回到晋都就会好一些？那样我就会被父君和骊姬遗忘。一个人的被遗忘，是他最安逸的时候，因为在别人的眼里，他已经不存在，可对于自己来说，这个人仍然生活在这个世界上。

也许是从父君俘获骊姬开始的？如果父君不贪恋女色，不喜欢女人的美貌，一切就会安稳了。可是这又怎么可能？我也是一个男人，我能不喜欢女人的美貌么？这样的人就不会是一个活着的人，活着的人就必有自己的天性，人又怎能违背自己的天性？如果父君喜欢美貌的女人，却也有不被魅惑的灵魂，骊姬就不会驱使父君放弃自己，跟从别人来思考。父君也就不会相信蛊惑自己的言语，也就不会忘掉我们之间的骨肉之情，那么就不会将我置于死地，我就不会为了逃命而流浪了。

可是我所想的都是不可能的，因为事实就是这样。所有的结果里已经包含了原因，所有细小的事情都是有意义的，都要在结果里显现。可是我只能承受这样的结果，却不能改变这结果里的原因。那么面对这样的事实，我还能说什么呢？我必须承认自己是怯懦的，我不仅不能改变自己，还要连累那么多跟随我的人们。就说我身边的舅父狐偃吧，他本来可以享受安稳的日子，却不得不跟从我在荒野中逃命。

实际上他们之所以对我这么好，不仅仅因为我们之间的亲情和同命相连的感情，还因为他们对我寄予厚望，于是我成为他们内心里认定的主人。我是晋献公的儿子，我有着晋国雄主的血脉，这血脉里有着一代又一代死去的先祖，有着晋国未来的希望。可是我是这样怯懦，怎能承担他们赋予我的沉重？其实我并没有太多的主意，我更多的是听从别人的想法。

在寺人披攻破蒲城的时候，我放弃了抗拒和坚守，这是出自我的本性的放弃。可是，我所做的谁都可以去做，别人做的我却难以做到，这也是我必定要逃命的原因。当狐偃向我报信的时候，我已经失去了内心的镇定，于是就陷入了沉默。我不知道自己应该做什么，只是我的脸上失去了所有的表情，他却以为我镇定自若。实际上我的惊慌失措被隐藏在无表情的脸的背后，我竟然有着天赋的伪装，它似乎可以迷惑别人，也能迷惑我自己。这样的伪装掩饰了我的惊慌，让我不会失去自尊。

是的，我是怯懦的，我知道自己的怯懦，不然为什么要逃命？狐偃说我从小就十分聪明，是不是聪明的人不可能是勇敢的人？我宁愿放弃自己的聪明而选择勇敢，可是我依然做不到。我要能够像狐偃那样勇敢就好了。在很多时候，勇敢可能更为重要。要是我不那么怯懦，就可以坦诚地和父君说出自己的无辜，也许父君就能够明白真相，一切就会是另一番样子了。

我却担心自己的性命，选择了不辞而别，逃回了蒲城。这样的选择就是有罪的，它愈加证实了自己的可疑，使不曾有的东西成为真实的根据。我怎能埋怨父君遣人对我的追杀呢？太子申生被陷害，父君却不能明辨是非，也因为太子申生的怯懦，因为他也没有勇气说出真相，他就只能在怯懦里死去。可是死的选择何尝不需要勇气呢？太子申生久经征战，他不敢说出自己的委屈，却能坦然地面对死，我却连死的勇气都没有，便选择了在荒野里逃命。

现在我只能在众人的跟随中逃亡了，我又要回到我母亲的出发地了，这不会是一种巧合吧？可就是我所要逃往的地方，也是这样遥远，不知道什么时候才能抵达。从白天到夜晚，几天过去了，似乎这逃亡的路永无尽头。冬天是没有生气的季节，是不是寒冬快要结束了？好在我所践踏的土地是有生命的，这一点我看见了。

夏天的时候，四处长满了野草，树上生出了碧绿的、形状各异的树叶，它们在风中喧哗，试图说出它们想说的话，这些话都来自土地深处。后来就会被秋风卷起，抛掷到荒野里，一切四处流散，时光残酷的一面暴露出来了。严冬的时候它们回归了本来的面目，荒凉可憎的面孔令人怀疑曾经所见，便让冰雪掩盖，可是谁又能猜出它们暗含的生机呢？谁又能猜出它们仍然活着？所以等待变为我们的主题，要想知道将来，只有漫长的等待——我的逃亡是不是一次漫长的等待？

卷二百一十三

狐偃

　　我的心里突然涌起了一阵阵兴奋，因为我知道距离我的故乡越来越近了。我远离自己的家乡就是为了实现自己的抱负，寻找生活里不曾有的东西。可是我在晋国的日子里，什么都没有获得。或者我所获得的，不是我真正想要的。现在我所得到的唯一东西，就是跟从公子重耳奔逃。不过这乃是我所愿的，我也只能这样。这不是我的选择，而是命运让我这样选择。

　　我已经得知，公子夷吾也已脱险了。他和重耳一样，是在得悉太子申生被逼身亡之后逃回自己的封地南北二屈。晋献公派遣了大夫贾华前往追杀，夷吾经过激烈抵抗之后，贾华率兵撤退了。但国君绝不会善罢甘休的，不知什么时候会再次发动袭击。夷吾也应该逃走啊，他在屈邑坚守绝不是长远之计。而且，这样做的后果，是让国君更加坚信两个公子一直有谋反之心，也让骊姬的离间计得逞。

　　初建蒲城和南北二屈之城的时候，士蒍负责监造。夷吾发现城墙中塞着茅草，房舍也粗糙而不牢固，就在国君面前告发了士蒍。国君将士蒍召来发问，士蒍说，现在边地并没有战事，不需要将城池修筑得那么牢固，如果让敌人占据，我们反而不易攻破，这样就会成为晋国的心腹之患。如果真要出现这样的事情，那就是我对国君的不忠，我又怎能担起这样的责任？如果一个臣僚失去了对国君的忠与敬，还怎么为国君所做的事情尽心尽力呢？他还对国君暗示说，《诗》里有一句话说得很好，只要国君怀有德行，你的儿子们就是一座座坚固的城邑，还需要物质坚固的城墙么？

可以说，士蒍是一个充满智慧的大夫，他早已看清了事情的来龙去脉，也预料到晋国将发生什么。他对国君说，也许在三年之后，蒲城和屈城会发生战事，到时候你将明白我今天所说的，也会知道我的忠贞和用心良苦。谁知道这一切真的来了，不是晋国面对外敌入侵，而是国君要扫清自己的儿子。

我听说，在边远之地的万山之中有一种凶猛的鸷鸟，它将巢穴筑造于高高的峭壁上，它能一下子孵化十几只幼雏，却只容许其中的一只活下来。第一个起飞的就活下来了，其余的就会被它残忍地抛掷到悬崖下。还有林间的一种飞禽也是这样，它要经过好多日子才能将腹下的卵孵化，等雏鸟破壳而出之后，它要挑选一只它所喜欢的留下，其余的雏鸟都要被它一一啄死。国君不就是这样么？

重耳不能回到晋国了，夷吾虽然暂时逃过了一劫，但仍然没有完全摆脱危险，他的城邑并不是坚固的，他的军队也不能坚守太久。可是他将逃往什么地方？如果他也逃回狄国，那么我将劝重耳逃亡到另一个地方。因为国君不会放过他们，就会率领大军前来讨伐，那样我们的所有希望将沉入黑暗之中。

我对通往狄国的路是熟悉的，我的心里从来没有忘记自己的故

古灵魂

乡。我的内心装着故乡的地图，这里的每一条小路、每一块石头以及每一棵树、每一片水泊，我都记得清清楚楚。我童年时代玩耍的地方，草地和密林，每一种花草，都不曾湮灭于一个个日子里。我已经看见那个熟悉的、有着平顶的山头了，狄国就要到了，我的回归仅仅是我灵魂里的歌吟的一次停歇么？

车前的骏马似乎又昂起了头，它们的鬃毛又飞扬起来了，它们的蹄声又一次变得激越，我的内心的激情就又一次被唤醒。生活并不是一直持续下去的，而是像天空扬起的疾风，有时是凌厉的，有时是缓慢的、轻微的，有时又变得暴躁不安，有时又突然停住了。不论它怎样变化，它应该是一直存在的，只不过有时候你感受不到它。我和重耳将在狄国停留，让晋国暂时遗忘掉我们吧。

卷二百一十四

农夫

　　我听说晋国的公子重耳来到了狄国，还有他的舅父狐偃和狐毛跟随护送。他的母亲大戎不是晋献公的夫人么？据说他的母亲可是个美人，也有着女人的好品质，可惜她远嫁到了晋国，不能像我们一样过安闲自在的日子了。她的父亲和两个兄弟也一起去晋国做了大夫，一个女人的美貌换取了一家人的爵禄，也算是值得了。

　　但在一个君王身边就可能引来灾祸，因为君王掌管着随时杀掉别人的权力，你又怎能每时每刻都获得一个君王的欢心？君王也是人，却有着天神的威权，而人与神怎能合为一体？人有人的缺陷，没有一个人是完美的，但神是完美的，这意味着，一个君王既完美又不完美，这又怎么可能？我还没有见过哪一个谷穗既有很多籽粒又没有一个籽粒。

　　所以说，在君王的身边必定是危险的。可是每一个人都喜欢过富贵的生活，都想着如何依附别人，以得到自己想得到的。而这样的依附会失去自己。你所依附的，就必定将你的自由俘获，并放到牢笼里，就像将鸟儿放到笼子里听它鸣叫一样，你已经被你的主人掌握，

古灵魂

你的命运、你的生与死，就放在了他的手上。所以你就随时会惹来灾祸，因为灾祸不在别的地方，而在于你所在的地方。

春天就要来了，冬天的风仍然不停刮着，我的脸上就像粘上了田间的芒刺，这样的日子已经很久了，我感到这真不是一个好季节。不过我已经看出冬天就要结束了，田垄里的积雪已经被土地里的热消融了，只有阳光照不到的地方还有一些残雪，它只是证明我曾度过的难熬的日子。这倒不是因为冬天太寒冷了，而是在严冬的日子里没有什么事情做，我每天早早起来想做点什么，但实在找不见要做的事情。

我就难以想象那些国君身边的人，他们每天做什么？每天吃着酒和肉，却什么都不做，那还有什么意义？那样的生活是多么无聊，要是让我每天都那样活着，将会是什么样子？我想不出那样的日子究竟有什么好。于是他们就要钩心斗角，互相陷害。每一个人都戴着面具，他们所说的并不是内心要说的，所做的也和所说的完全不一样，这能叫作日子么？这是一些虚假的日子，在虚假中度过自己的一生，这完全是在糟蹋生命。因为这样的人仅仅被眼前的幻觉安慰，寻找的不过是一些虚假的意义。

最后他们就会演化为一个个杀人的游戏，这种残酷的不义之行，会伴随一个个心惊胆战的人们。他们会沉溺于这样的游戏，在杀人和被杀中获得虚幻的欢欣。难道人生来就是为了杀人和被杀么？我不相信天神将一个个人遣使到人间，就是为了让这些灵魂在混乱和无聊中沉沦。可是他们在无限的悠闲里又能做些什么？

我想，如果天下的人们没有君王，只有我这样的农夫就好了。那将是一个怎样善良的世界，每一个人都忙于种田，忙于照料自己的谷子，想着明天的天气会怎样变化，会不会有一场好雨，或者应该拔除谷子四周的野草，或者想着如何早一点收割……人们还会想着怎样去杀人么？

一切都是因为太悠闲了，一个悠闲的世界是残忍的、不正常的、扭曲的，它会让人失去人性。可是这残忍不也是人性中的一部分么？看来天神给予人的灵魂里包含着魔鬼，每一个灵魂里都有不安分的东西，都要在互相的厮杀里获得自己。那么每一个灵魂都不可能是完整的，它们都是彼此杀戮后残剩的血肉。

那一天我看见一些马车从路上驶过，上面有一些穿着华贵的人，他们的脸上露出了惊慌，显然他们在逃难。他们遇上怎样的灾祸了？我不知道。我只是看见他们一个个的脸上挂满了悲切，他们彼此也不说什么，内心里没有丝毫的快乐。他们只是被这些华贵的衣裳包裹着，里面却没有一点儿快乐。后来我才知道，我所见到的，正是逃命奔狄的晋国公子重耳和他的随从们。我没有细细打量他们，因为我正想着我的田地，我要去我的田里看看，该在春天到来的时候种些什么。

不过我似乎已经看见了他们的结局。这仅仅是他们的结局的一部分，但这已经可以说明一切了。我在想着，不论这个国家换了哪一个君王，难道不需要吃饭么？既然他们都要吃饭，我就可以安心种我的谷子，因为我也要吃饭。谷子是所有的人都离不开的，它就是我们最后所需的。所以我所需的春天，所有的人都需要。也许他们不知道我是怎样播种的，但我所做的都是神圣的，在这个世界上，没有什么比一个农夫的日子更有意义。

一个晋国的公子竟然躲藏在自己母亲的狄国，这简直太让人感慨了。晋国的国君竟然为了一点利益，杀掉了仁厚的太子，还要杀掉自己的两个儿子，这样的残暴让人痛心。你看他们这样的残暴为了什么？不就是为了获得国君的权力么？国君意味着驱使和支配别人，一个连自己的命运都不能支配的人，竟然贪图获得支配别人的权力。这让人觉得太可笑了。但是这从外面看起来可笑的事情，其中包裹着的却是血泪。所以，他们浸泡在权力中就是浸泡于血泪中。

让我们远离这样的血泪吧。让我亲近汗水，因为汗水比血泪温馨。汗水是我们生活的根本，因为有汗水我们才有粮食和生活，但我所种的粮食不愿意转变为血泪。让他们去亲近血泪吧，我要去我的田地里看看。冬天已经下了几场大雪，即将来临的春天将是湿润的，它适合我的谷子发芽生长，它值得我挥洒更多的汗水。

这条小路是我最熟悉的，它从我的农舍通往我的田地。它弯弯曲曲的，踏满了我的脚印。这样的脚印不知重叠了多少层，但它的厚度并没有增加。但我的感觉是它更加松软了，更加适合我的行走。我感到这条小路是如此舒适，走在这样的小路上，我的浑身充满了欢欣。即使是在这样的寒冷里，我仍然可以看得见春天的样子，也能看见夏天的野草和花朵，还能看得见秋天收割的景象。在这里，人世间所有的时间，所有的季节，从天上的云朵到地上的每一块石头，以及每一片草叶、每一条树枝、每一把谷穗，我都能看得见。

但我唯独看不见杀戮和血，看不见人与人之间的争斗和诡计。因为汗水是诚实的，土地是仁厚的，天地是开阔的，阳光是温暖的，它们让我看见我所愿意看见的，又让我看不见那些我所不愿看见的。寒风不断打在我的脸上，我承受最微弱的痛苦，肥沃而充满了德行的土地，又让我避开了那些令人痛心的人间残酷。我的感受是，我已经是一个君王了，所以不需要在我的旁边再有一个奴役我的君王了。我已经十分自由了，我不需要另一个君王剥夺我的自由。我所拥有的，世间的任何君王都不可能拥有，我所获得的快乐，是天神赐予的，也是我的汗水所赐。

　　我已经想好了，我就是一个农夫，我就是一块农田的主人，我所能支配的就是满地的谷子。我播撒它们的种子，让它们发育和成长，然后我收割它们，把它们的谷粒收藏在我的洞穴里。我要将自己的心放在每一粒谷子里，这样我的灵魂就会随着我的谷子不断循环，从而变得不朽。我的骨头既不会放在火上炙烤，也不会放入沸水里煮，而是放到自己的土地里慢慢腐烂。

卷二百一十五

晋献公

　　时光过得太快了，每一天都在不知不觉中度过。尽管骊姬总在我的身边，但我的寂寞与日俱增，它越来越大，就像孩子们在冬天的雪天滚雪球那样，竟然让我的身体里放不下那么大的寂寞了。美女对我来说已经不重要了，我已经对美色失去了兴趣。我的身边有一个骊姬已经足够。美酒太多了，可是我已经不能喝得很多，而且经常大醉而卧，醒来后十分痛苦，肚子里翻江倒海，一连多天都难以恢复。看来我已经不胜酒力了，青春时代纵情歌舞、一举十觞、通宵狂欢的豪情一去不返。

　　天神对于时光是吝啬的，它不肯将更多的赐给一个人。即使是我这样的一国之君，最终也和所有的人一样，只是每一个人在有限的时光里所做的并不相同。我现在只剩下了自己，骊姬只是陪伴我的影子，她的一切也是虚幻。这难道是最后的结局？不，我好像还没有走到尽头。在险峻的峡谷里，路越来越窄了，但我仍然没有看见前面的出口。我现在生活在峭壁之间，它们的阴影投射在我的身上。我在这暗淡的光阴里行走，我既渴望走出这阴影，又对可能出现的亮光感到恐惧。

乐师演奏他新谱写的曲调，可是我已经对它感到厌倦了。我觉得人间的所有乐曲都是一个样子，即使是最新的也是最旧的。失去了新鲜的日子还有什么意义？要知道，我所希望的是每一寸光阴都是新的，每一个光斑都是新的，每一块石头都是新的。只有一个新的东西才能让人振奋，才会让我感到自己仍然活着。我挥手要将沉浸于音乐里的乐师驱走，可是他是一个盲者，他看不见我的手势。可是我不想大声喊叫，只有我的侍卫看见了我的手势，他理解了我的意思，轻轻地在盲乐师的耳边说话，然后，他们都退了出去。我被无限的寂静笼罩了，一片衰老的暗影在我的周遭停留，我已只剩下这样的暗影了。

我是愈加孤单了。我的儿子们已经四散，他们一个个背叛了我。我已经是一株历经沧桑的枯树，我的叶子已经落光了。因为深陷于泥淖，我才仍然站立在这里。我似乎既不需要温暖，也不需要阳光，我的周身都是皱纹，甚至连这皱纹也将脱落。我就这样孤独地站着，尽管我的枝丫很多，我的树冠很大，我的根也扎满了地下的土里，我却仍然是孤独的。我用浑浊的眼扫视周围的各种事情。我有着高高的树顶，就能看得更远，因而我的眼前就格外空阔了。

我还是希望看见一个充满了光亮的人间。可是一个内心被暗影占满了的人，在哪里可以寻到那么多的光亮？我来到了宫殿之外，想要在外面的世界里行走，因为外面的世界也许有着我想要的。太阳已经西斜了，但它仍然要将最后的光芒放到我的前面，使我感受到头顶有着发红的光晕。似乎一切都风平浪静，似乎连一点微风都没有，只有闷热的气息在我的身边旋转，我觉得浑身燥热。树上的蝉仍然欢叫

古灵魂

着，它们不知道自己的生活就要失去了。

它们一直叫着，我不相信在这样的聒噪里它们能够听见彼此所说的话。也许它们的叫声不是欢叫，而是为自己的哀鸣。哀鸣比欢叫更接近真实，也更接近自己的内心生活。事实上，有一些蝉已经落到了地上，被身形微小的蚂蚁搬运着，那么多的蚂蚁围绕着一只死去的蝉，运用着自己的气力，施展着自己的本领。死去的蝉和充满了活力的搬运者，形成了明显的对比，生与死都在行动中，只不过已死的东西不知道自己的旅程，也不知道自己将到哪里去。

我想，这些小小的蚂蚁究竟要将这庞然大物运送到什么地方？它们小小的洞穴能够容得下这么多的食物？它们这样费力地、一点点走着，什么时候才能到达自己的地方？它们的巢穴又在什么地方？我坐在地上，仔细看着它们。也许它们的寿命要比人短得多，但它们的每一个日子都很长。因为它们要做自己难以做到的每一件事，所以时光会变得很慢。所以它们所做的事情甚至比我们还要多，它们拥有和我们一样长的寿数。

我静静地坐着，我已经从蚂蚁的身上看见了自己。我是晋国的君主，却也是渺小的人。我所做的事情不能超出我的能力，而这样的能力是天神和先祖赋予的，他把我带到了这里，也将召唤我重回我原先所在的地方。他只给我一段短暂的时光，以供我做好我要做的事情。衰老不是停留的理由，而是对我的敦促。你看，有一只浑身通黑的发着亮光的大蚂蚁，正在衔起一片落叶艰难行走，它摇摇晃晃，好像在大风里。哦，又一个秋天就要来了。

这个秋天是一只蚂蚁衔来的。它们将这片秋天的譬喻收藏到自己的巢穴里，可是这么灿烂的秋光不应该放在黑暗的洞穴里，它就像我一样，应该坐在这里，观赏世间发生的细小的事情。不，仅仅观赏是不够的。还应该像这些蚂蚁一样行动，让一个绝好的秋天属于自己。那么，我需要做些什么？

回想自己的一生，在戎马征伐中，晋国的疆域已经越来越大了。先祖留给我的，我已经守住了；他们没给我的，我也都得到了。我是一个林间的好猎手，不断射出我囊中的箭，每一箭射出都有收获。四邻的猛兽都已驯服，我获得了我应有的，还获得了我所未曾料到的。我痛饮过美酒，也倾听过最好的乐曲，还获得了我所中意的美人。那么我还需要什么？事实上我已经应有尽有，似乎应该满足了。

让我的先祖一直耿耿于怀的，只有虢国还没有收入囊中。虢国和我的晋国之间，一直有着解不开的仇意，它曾庇护旧晋国的君主和公子大臣，让曲沃和旧晋国之间展开了长达几十年的相互厮杀。可是直至今天它似乎仍然是强大的，仍然像一块大石头压在我的心里，让我感到灵魂的沉重。我本应是在飞翔中，却被它压抑着，我的羽毛在这压抑的时光里一点点脱落。我还能不能飞起来呢？

卷二百一十六

荀息

　　我又一次带着厚礼来到了虞国。秋天的气息越来越浓了，我在清晨就开始赶路，草叶上已经结霜了，沿途的野草上浮着白白的一层，山上的一些树叶似乎已经感到了寒冷即将来临，挂起了红色的信号。我的车轮从秋雨过后的泥泞中碾过，留下了深深的车辙。不过，最后的热气仍然在太阳出来之后蒸腾，雾气在一点点消散，我的眼前的路越来越亮了。我的视线穿越了一道道山梁，熟悉的虞国出现了。

　　是的，虞国是熟悉的，我已经多次来过，它的每一条路都没有改变，一切还是原来的样子。记得上一次出使虞国是三年前了，三个春秋就这样转眼即逝，可是我并没有遗忘当初的一切，甚至每一个细节都铭记在心。我记得虞国君主贪婪的微笑，他的臃肿的体形和发胖的脸上散发出的愚蠢，他的固执和得意扬扬的自信，以及他的迟钝的、缓慢的动作……我想这不会改变了，一切都是原来的样子。

　　我觐见虞国的君主，他仍然露出贪婪的微笑。他说，这一次给我带来了什么礼物？我说，我已经把晋国的最好的东西给你了，屈地产的宝马和垂棘的玉璧你还记得么？现在晋国的宝贝不多了，但我的君主仍然把自己仅剩的最好宝贝拿来献给你。他问，你是不是又要借路攻伐虢国？我说，君王真是太聪明了，你的才智谁也比不上，你猜对了。三年前攻打虢国，我们将虢国的下阳击破，那里的所有财物都献给了你，晋国只得到了一座空城。

现在我们要继续攻伐虢国，这一次你将得到更多的东西。他大笑说，真的？那可太好了。他的笑容带出了满脸的花纹，就像水面上投入石头之后的波纹，一圈圈地散开了，直到扩散到整个脸庞。不过这一切都在预料之中。一个人是什么样子，他所做的就会是他的样子。一个人所做的就是他内心所想的。所以我早已从他的容貌看见了他的所想。实际上，一个人的所有就是他的样貌。

我并不藐视这样的人，相反，因为有了这样的人，就可以借用他的力，事情才可以做成。我曾听说有一种鱼叫作睁，它的眼睛很大，却看不清眼前的东西，它的智力很低，却盲目相信自己的判断。它的面目狰狞可怕，似乎很厉害的样子，使得别的鱼儿不敢靠近它，但它经常会成为一种鸟的美食。这鸟儿嘴里衔着一根小树枝，不断搅动水面，水面就泛起了波纹，睁就以为是自己喜欢的小虫落在水里，就快速游过去。鸟儿很快就丢掉了树枝，用尖利的喙将睁猛地夹住，扔到岸边的草丛里，然后慢慢地品尝它肥美的肉。如果没有这样的傻子，这鸟儿又怎能生存？

我欣赏拥有才智的人，也很喜欢睁一样的鱼。世界必须有这样两种事物，它才会充满了活力，否则我们将看到一个死寂的、毫无生气的人间。没有虞国这样的国君，人们的智慧就会毫无用处。智慧不是愚蠢的敌手，而是愚蠢的利用者。愚蠢也不是愚蠢的受害者，而是自己愚蠢的享用者，它享用自己的愚蠢，于是被智慧所利用。你看吧，虞国国君这个愚蠢的样子，他的结果已经显现在他的脸上，这张脸是用愚蠢来雕刻的，所以才会出现他大笑时的满脸褶皱。

此时，宫之奇再次劝谏，他所说的还是老一套，在虞国的君主听起来已经没什么新意，他已经厌倦了这样的说辞——宫之奇说，第一次借路已经十分荒唐，现在又第二次借路，岂不是更加荒唐？没有虢国的屏障，虞国怎能安然生存？晋国的野心决不能一次次助长，否则虞国必然会灭亡。晋献公的想法已经很明显了，国君绝不可仍然在梦中沉睡。晋献公从来不是慷慨的宗亲，他也从来不顾及宗亲之情，他的冷酷和绝情每一个人都知道，他甚至可以追杀亲生的儿子，又怎会放过别人？

——我已经和你说过，面颊和牙床相互依存，嘴唇的失去必然会使牙齿遭受寒冻。虞国和虢国就是唇与齿的关系，面对外敌绝不能掉以轻心，即使你们是周室同宗，也不能放松警惕。同宗之间的相互残杀还少么？虢国的国君说起来也属于同宗，晋献公既然可以毫无顾忌地灭掉虢国，又怎会怜惜虞国？你看看吧，晋献公都能把桓叔和庄伯的后人一个个除掉，能把太子申生逼死，还要追杀另外两个儿子，他什么事情做不出来呢？正直的树木可能会长得很高，但不会侵占别人的土地，它的树冠也小，因为它的心思所望，乃是如何使自己升得更高。但歪斜的树木就不是这样，它要撑开更大的树冠，让自己旁边的草木不能生长。

虞公厌恶地摆了摆手——不要说了，我已经听过许多次了，你能不能说点新鲜的事情？你难道看不见晋献公不断给我的礼物？这些礼物是多么宝贵，他竟然舍得一次次给我，这还不能说明我们的感情？你应该知道，垂棘之玉和屈产之马可是晋国的国宝，他将国宝都献给我了，还不能说明他的真诚？你所说的都违背了人的情理，听起来振振有词，实际上荒唐至极。何况我敬畏神明，还会获得神明的保佑。天下自有天下的礼法，虞国的国君之位一代又一代传到我这里，怎么会失去呢？

宫之奇流着泪说，国君千万不可一再糊涂啊。猎人把自己舍不得吃的肉放在陷阱旁，是为了获得吃肉的野兽，他所得到的比他投放的要多。农夫把自己舍不得吃的粮食撒在田里，是为了获得更多的粮食。况且他所给你的，也必夺去。他不过是把自己喜欢的宝贝放在你的手上，他知道自己喜欢的，你也必会喜欢。他只是利用了你的喜欢，暂时取得你的信任罢了。你怎会相信渔夫投下的诱饵呢？

——神明在哪里，我不知道，我也从来没有看见过。我所看见的，是神明从不拣选哪一个人的祭礼。你要相信我们看见的东西。难道晋献公不会夺走你的祭肉，又以他的名义献给神明么？芳香的五谷祭品并不算最芳香的，美德的芳香才是真正的芳香。神明从来都是助力拥有美德的人，他并不在意你献给他什么，而在意你所行的路。

虞公闭着眼睛，但显然没有听宫之奇的任何一句话。愚蠢的人怎会听从智者的劝告？所以愚蠢的人在自己的愚蠢里沉睡，直到自己看见自己因愚蠢所致的结果。他会欣赏花朵的开放，又怎能知道花朵是怎样开放的？他只看见眼前的，却不知道远处还有什么。我的心里感到惊喜，虞国的国君顺应了我的想法，却违背了自己。或者他从来就不知道自己应该得到什么，也不知道眼前所得的究竟是什么。

我说，还是国君聪明绝顶，知道天下的礼法大义，也懂得我们国君的一片真诚。以前你的美德常常被我们的国君称颂，我还不太相信，但我的亲眼所见让我领教了你的明德。可是像宫之奇这样的人也是为你着想啊，只不过他所想的都是奸诈，而你所想的却是国君所应有的德行。他这样想是因为他站在低洼之处，而你却站在高山之巅，你所看见的，他永远不会知道。

虞公睁开了眼睛，得意地大笑。这样的笑声是多么熟悉啊。这是睡梦里的大笑，也是灭亡前的大笑。他只知道大笑，却不知道为什么而笑。宫之奇的眼泪在这大笑声中落在了地上，摔为碎片。我似乎听见了那泪滴砸到地上的轰响，听见了每一个碎片散落的悲伤。

我需要把这个好消息告诉晋献公，让他很快发兵。在归来的路上，我的车是轻快的，两旁的草木在微风里发出了沙沙声，它们是神明派遣到地上的乐师，巧妙地演奏只有神明才可以倾听的曲调。在途中下车行走，我看到了一些蝴蝶还在已经开始发黄的草尖上飞翔，有时它们会停在仍然没有枯萎的花朵上，仔细欣赏着花蕊里的秘密。它们的翅膀上，画满了颜色艳丽的图案，可是自己却看不到，因为它们的眼睛长在了前面，后面的东西就看不见了。即使它们掉转头，也看不见自己身上的翅翼。可想而知，这些图案是为了让我看见，那么它要告诉我什么？

美丽的东西不会太持久。秋风已经来了，它们的飞翔已经接近尽头。也许在最后的花朵里有它们的镜子，通过这样的镜子，它们照出了自己的样子。这是秋天来临的样子，它们的翅膀在抖动，它们的浑身在抖动，整个秋天都在瑟瑟发抖了。那么，虢国的国君是否看见自己最后的样子？

卷二百一十七

宫之奇

国君已经又一次答应了晋国的借路请求，可是这条路被借去之后，就不用再归还了，因为这是一条虞国通往灭亡之路，虞国将会从这条被借去的路上走到消逝的地方。虞国的国君不会听从我的劝谏了，他已经走在自己让出的路上了。这意味着，虞国已经抛弃了我，也抛弃了它自己。

我找到了我所引荐的大臣百里奚，我要告诉他，虞国已经没有前途了，我们应该各奔自己的前程了。百里奚不解地问我，我们应该联合虢国一起抵抗，晋国就不可能击破虞国。我告诉他，一切已经不可能了，虞国已经不能在年终举行腊祭了，这一次虞国就要灭亡了。留给我们的时间已经不多。

可是，百里奚已经习惯于虞国的日子，不愿意再一次流浪了。他出身贫寒，曾在齐国乞讨游学，一旦过上安稳的日子，就不愿意再次颠沛流离、浪迹天涯了。现在的虞国就要灭亡了，我还怎能在这即将倾覆的船上安坐呢？趁着我的眼前仍然预留着一条出逃之路，趁着严厉的秋风还没有将树上的落叶扫除，我就要离开虞国了，我就要带着

古灵魂

我的家族逃往他国了。

虞国的君主真是昏庸至极，他不肯听从我的直言进谏，却听信晋国大夫荀息的花言巧语，又贪图晋国的厚礼，我还能再说什么呢？第一次借路给晋国，已经不可饶恕了。幸亏三年前晋国还没有做好充分的准备，只能扫除大河一侧的下阳，清除了通往彼岸的屏障，所以没有对虞国动手。这一次讨伐虢国，虞国就必然遭遇凶险。车轮失去了车辐，还能转动么？嘴唇失去了，牙齿还能不受寒冷么？

辅佐一个昏君是没有意义的，因为他不值得你辅佐，他有着自己固执的想法，而且不知道这想法的愚蠢。他也有着自己的精明，只知道不断获取，却不知道计算获取所需的代价。他一味相信神明的保佑，却不知道神明并不保佑愚蠢者，神明只拣选那些明智的君主。一个人如果能够远离愚蠢者，他就已经接近神明了。可是我却一直相信一个愚蠢者，并用足够的忠贞辅佐这愚蠢者，我也已经近乎愚蠢了。

我如果仍然不知道自己的愚蠢，那就不可救药了。而且我都对劝谏虞国国君感到后悔，因为我已经料到我所说的话是无用的。人为什么要说无用的话呢？我仅仅是因为自己是虞国的大夫，对虞国的安危负有责任。可是国君都放弃了对自己国家的责任，一个大夫怎能承担起拯救虞国的重任？我用无用的忠言进谏，获得了无用的结果，就像一个农夫无法在干旱中拯救自己的田禾，他只有用泪水看着无云的天，但上天不会因你的泪水突降甘霖。

我已经透过泪水迷蒙，看见了两个国家的灭亡。晋献公已经做好了准备，他的手已经拉开了弓，他的箭就要射出，他要用一支箭击穿两只飞鸢。虢国同样有一个愚蠢的君主，正好与虞国的君主合配，两个国君摆好了姿势，把自己的国家做成了醒目的箭靶。他们的愚蠢就是这箭靶的标记。面对这样的国君，我又为什么要说那么多话呢？我早就应该逃离。

我听说，虢国的国君同样贪得无厌，他一直征讨四邻，却忘记了失去下阳之痛。一个连自己的土地都不能保护的国君，却要去和别人争夺地盘，这不是十分愚蠢么？而虞国的君主又见利忘义，竟然和强盗一起去抢掠自己的同伴，然后再将强盗引入自己的宫室。这样的愚昧，即使翻遍所有的史书都找不到。这样的国君所拥有的，原本就不该拥有，他所拥有的也必被夺走。天上的神明怎会护佑这样的人呢？

我已经看见了，玉璧和良马可以换取一条路，就可以换取江山社稷。一个国君可以接受钓钩上的鱼饵，就必会做鱼篓里的鱼。他从一开始就已经失去了他所依赖的江湖，今天仅仅是为了在欢笑中等待那个死亡的时刻。现在他已经是晋国的囚徒了，因为他已进了荀息的牢笼，但还看不见这牢笼。

我在离开的前夕，将我的留言写下来，不是为了让虞国的君主看，而是为了让天下的人们看。是的，我要让所有的人看见我所想的，也让一直守候在虞公身边的人明白自己所做的事情——对一个愚蠢的君主，所有的人都应该远离，不然你将伴随着他一起沉入深渊。

璧马之贪，
饮鸩自甘。
开门揖盗，
唇亡齿寒。

古灵魂

是啊，仅仅贪图玉璧和良马，就断送了自己以及虞国，自己喝着毒酒却觉得香甜，打开自己的门户让强盗进来，又给予强盗以超常的礼遇。这是怎样的愚昧，怎样的荒唐，怎样的不可思议。而最后的结果已经显而易见，那就是虢国的毁灭必然连带着虞国的毁灭，割掉了嘴唇而让牙齿露在了外面，牙齿也将因寒冻而掉落。我用最黑的墨，最锋利的刀，将这四句话刻写在外面的墙壁上。

卷二百一十八

百里奚

　　宫之奇来过了，他把晋国大夫前来商谈借路的事情说了，国君竟然答应了。我都想不出来，他为什么要把路出借给晋国？他难道看不出晋献公的野心么？在我看来，虞国的君主还是有着仁爱之心的，但他的缺点就是太贪婪了，眼前看见的只有自己喜欢的，除了自己喜欢的之外，他不喜欢做任何别的事情，也不喜欢听自己不喜欢的话。所以这个人就生活在一个自己喜欢的世界上。

　　他不喜欢真实，他喜欢虚幻，一个好的梦能够让他手舞足蹈，好多天都在谈论这个梦，并让占卜者不断给他卜筮，然后将好的卜辞说给他听。他只活在他自己的世界里，这是一个人的世界，一个人喜欢的世界。他看待别人，不是看那个人的行为和想法，而是用自己的心去猜测，也就是说，他所猜测的是自己所愿的，而不是真实的。这是一个不能面对真实的人。

　　这一次，也许就如宫之奇所说，真实将击破梦幻。但我仍然不愿相信，虞国竟然将走向黑暗。我在虞国出生，这是我的家乡，别人可以选择逃离，我不能这样做。我年轻的时候就开始了游学生涯，在浪

古灵魂

迹天涯的过程中，体验了人世间的温馨和寒冷。说实话，我不想再过那样的生活了。

现在我最怀念的是和蹇叔在一起的日子。茅庐的前面是一片竹林，这竹林高高地盖住了视野，顺着小路出去是开阔的田野和无尽的山峦，在竹林里的石头上坐着，好像世界并不存在。只有一个人，或者两个人，你的身边围绕着漂亮的蝴蝶，各种各样的鸟鸣悦耳动听，好像整个世界为你一个人弹奏。密集的竹林上的叶片在微风里轻轻摇动，你会感到天籁和美酒每时每刻都伴随着你。还有清凉的泉水在身旁发出微微的声响，如果感到口渴，就用双手掬起一捧一饮而尽。

寂寞的时候，我就倾听蹇叔的高谈阔论，他的智慧和深邃的思想在我内心颤动，好像我的灵魂里也有着一片茂盛的竹林，有着和外面的世界相似的情境。我的内心里也有着可以栖息的石头和可以饮用的清泉。竹叶上的花纹和我内心的花纹是一样的，它们一起摇曳，一起轻轻触碰，一起发出天籁般的声音。白云在天边和你的内心同时升起，太阳和月亮在天上和你的内心同时升起，我和外面的天地有着同样的光明。猿猴和麋鹿经常在身边出现，内心的寂寞和快乐，它们是最好的倾听者。

可是人生就这样在悠悠的时光中耗尽么？这样的生活难道是真实的么？为了逃脱苦难，我深入了梦幻，为了逃脱梦幻，我回到了虞国。我已经离开我的虞国太久了，我再也不想离开了。我和蹇叔不是同样的人，我也不可能永远待在竹林里。我喜欢隐居者的生活，却更向往施展自己的才能，获得世间的承认。蹇叔则是将人间的道义和志趣深藏于山野之中。他的爱和希望、善良和仁义并不显露，而我则要将这些美好的东西加以弘扬。可是我并没有在虞国得到我所要的。国君表面上喜欢贤士，而贤士则要不断提醒国君，让他获得清醒，但他更喜欢美梦，不喜欢醒来时看见的真实。所以他所喜欢的是自己，以及自己虚幻的美梦。

美梦是令人陶醉的，我就是为了逃离美梦才回到家乡的，可是要面对美梦破碎后的苦痛。多少人寻求安宁，可是世间并没有真正的安宁。要是蹇叔在身边就好了，我的几次选择，都是蹇叔的明智帮我化解了危机、免除了灾祸。在每一个关键的时刻，他总是知道该怎样做。他和我曾一起面见虞国的国君，也曾告诫我说，虞国国君是一个目光短浅的人，贪图小利，并不是我所希望的有为君主。现在蹇叔的话似乎在一点点应验。我该怎么办？蹇叔在哪里呢？

蹇叔和我不一样，但他最知道我的心。几次我都听从了蹇叔的劝阻，而这一次回归虞国，则是我自己的抉择。我违背了蹇叔的劝诫，不知道会获得怎样的结局。宫之奇已经走了。他从我这里离开的时候，我看到他的脸上布满了阴郁，虞国的乌云笼罩了他。他的眼睛里好像并没有幽怨，而是对自己充满了自责，他反复说，他不应该引荐我来到虞国，我满腹学问，有着经纬之才，却不能跟随一个明君。

他的那张脸上，刻满了皱纹，胡须在脸上飘动，烘托着两只明亮的眼睛。我从他的眼里看出了他的悲伤，我想，他也不想离开虞国，但他想到如果继续跟随虞国君主，结果不可预测。我也是悲观的，可我觉得事情还不一定会是他想的那样。因为三年前晋国也从虞国借路，但攻克了下阳之后并没有顺手灭掉虞国，而是将下阳的财物献给了我的国君。可是，这一次会是怎样的结果？

看着宫之奇离开的背影，我感到十分痛苦，好像他不仅离去了，还从我的心里取走了什么。我的躯体里什么也没有了，只剩下了空空的皮囊。我觉得自己从来没有这样轻，轻得就要飘起来了。我感到自己就像从树上飘落的树叶，一点点飘着，翻滚着，旋转着，不知要落到什么地方。眼前一阵眩晕。

我已经无法做出选择了，我只能望着宫之奇的背影一点点远去，直到他消失在黄昏的尽头。也许他不仅仅是一次个人的出逃，而是带着虞国一起消失了。可是我仍然在一个空空的虞国，一个失去了灵魂的虞国，却没有和宫之奇一起飘荡到另一个地方。我望着那个背影消失后留下的空白，那个空白没有什么可以填充，那个空白一直停在我的视线里，停在虞国空阔的秋风里。

我就静静地等待吧，我只有在等待中等待。等待那个可能出现的结果，当然也可能是他所说的结果并不会出现。那样更好，那样我也许还有施展身手的机会。也许虞国的君主会忽然醒悟，也许这秋风不会很快将树上的叶子扫除干净，也许我的等待仅仅是漫长的、不能取消的等待。秋风已经悄悄来了，它是先从我的心头开始的，先扫去了我的叶子，然后似乎一点点猛烈起来了。

卷二百一十九

农夫

　　我听见人们在议论虞国大夫宫之奇的出走，这有什么可议论的？一个人想到什么地方就到什么地方吧，他的出走一定有他的理由。我早已听说宫之奇是一个智者，他不仅满腹经纶，还料事如神。可是虞国的国君很少采纳他的忠谏，甚至厌恶他的不断劝谏。虞国君主是一个只相信自己的人，他不会相信别人。或者说，他只相信他愿意相信的，而厌恶他所不愿相信的。

　　可是我们既不能不相信自己，也不能不相信他人。比如说吧，我每年耕种自己的田地，先要相信上天的垂顾，如果播种的时候没有雨水浸润，就会将种子抛撒在干地，种子就不会发芽生根，我就不可能获得丰收。所以我要观察天象，捕捉雨水给我的机会。在冬天里，我要出门看天上的云，是不是会下雪，因为下雪固然会给我带来寒冷，但也会带来来年的收获，这雪水会让我的土地更适合谷苗生长。

　　我还要听取老农的建言，每一年将在什么时候播种，什么时候除草，什么时候浇灌，以便让我的田地长出更好的庄稼。我还要相信勤劳可以获得更多，每天躺在舒适的梦中，你可能一无所获。所以我就必须相信自己。要是我不能掌握时令，我就不能依照时节做事，也不能发挥我的勤劳。如果我不听有经验的老农，我就要从头开始，而我的智慧还不能起作用，我的庄稼也不会长得旺盛，秋天也不会拥有好收成。

我想，种庄稼的道理和治国的道理是一样的，世间的万事万物都有着相通的道理。唉，可惜虞国的国君不懂得怎样种地，所以他必然丢失自己的君位。我知道自己应该怎样侍弄庄稼，所以我的谷子不会背叛我。他不知道这样简单的道理，所以，宫之奇这样的贤士就离他而去了。一个失去了贤士辅佐的君王，不就像没有雨水的庄稼一样，必定要枯萎了？

听说宫之奇临走时留下了四句话，这四句话说得很好。别人告诉我大意是，国君太贪恋财宝了，他却不知道那些财宝是他的毒酒，他还饮着这样的毒酒，品尝着它的甘甜，这样不是自寻死路么？最后一句说的是，嘴唇没有了，牙齿还能不感到寒冷么？宫之奇真是说得好啊。就像我所种的田地一样，土壤没有了，禾苗还会生长么？一个农夫没有了禾苗，他还是个农夫么？

就我所见，天下都没什么好的国君。就说虢国的国君吧，晋献公已经在三年前铲平了虢国的下阳城，可他还不会警觉，还要前去讨伐犬戎。你连自己的土地都守不住，还要去抢夺别人的土地，这不是失去了国君的根本了么？这一次晋国借路，虢国必定保不住了，虞国也危险了。我觉得，天下的君主都是愚蠢的，他们根本不知道种庄稼的道理，他们应该跟着我种地，与谷子和土地打交道并从中获得种种道理，就可以回去治理他们各自的国家了。

看来晋献公就要动手了，这个人也是贪婪的，只不过虞国的国君贪图小便宜，晋献公贪图大利，所以他舍得把小便宜给虞国君主。贪婪和贪婪是不一样的，但贪婪和贪婪又是一样的，他们都不会让我们的生活安宁。天下的动荡就是因为他们有着各自的贪婪。

　　我就要收割我的谷子了，今天早上出去，看到我的谷子成熟了。它们金黄一片，让我充满了喜悦。天空是碧蓝的，只有天边有几丝白云，它们一动不动，停留在山头上。秋天是美好的，过了这个季节，田野里就光秃秃的了。让国君们互相残杀吧，不论哪一个人做我的君主，总是需要我去种地的，不然他们吃什么？让他们吃饱了肚子然后去四处征伐吧，他们有他们的乐趣，我却有自己的乐趣，我们各自按照自己的乐趣生活，每一个人都要做些什么，这就是生活的秘密。

古灵魂

卷二百二十

晋献公

秋风吹来了好消息，荀息告诉我，虞国已经答应了我的请求，为我让出一条通往虢国的路。这是一条复仇之路，是一条让我完成自己心愿的路，我将在这条路上和我的先祖相遇，告诉他们这条路上的一切。我的先祖必定会保佑我，让我得胜归来。因为我所想的，是他们一直想的。但他们没有做到，我将完成他们的所想。秋风吹起了地上的枯草，也吹起了我的心，使我重新找到了自己年轻时的形象。

我照着镜子，梳理着自己的胡须，看见它们已经花白。这是我跃起的最后一击，将把两个国家归入我的箭囊。这一次我要亲自率军作战，我要亲眼看见虢国和虞国的灭亡。我要用它们的亡灵弹奏我的乐曲，我要倾听自己的笑声和他们的哭泣。我的脸上泛着光芒，我的眼睛里含着热泪。我就要实现自己多少年的所愿了。

我攻克下阳之后，虢公还有闲心去讨伐犬戎，和犬戎在桑田激战。可以看出他是多么健忘，他已经忘掉了失去下阳的疼痛。当时卜偃就说，虢国就要灭亡了，已经丢掉了下阳而不感到恐惧，又要贪图攻伐犬戎之功，这是上天要让晋国夺取虢国了。虢国已经病入膏育了，虢公已经忘掉了要安抚他的民众了，它的灭亡不会超过五个春秋。可是，我等不到五年了，我要现在就出击，虞国已经给我让开了一条光明之路，我要从那条路上疾驰而去，我的戎车将碾碎虢国的都城。

让我出去走走吧，欣赏一下秋风中的郊外景色。我感到自己的脚步已经迟缓，看来我就是老了，可是我现在的心情是欢快的，我的心跳在加快，我都要听到自己战鼓般的心跳了。我乘车来到了郊外的田野，谷子已经熟了，阳光射在了金黄的谷穗上，就像大片大片的谷子在发光。

我走下车，踏着松软的田间小径，感到谷子上的阳光在跳跃，它们在我的眼里燃起了火焰。这是多么好的秋天啊，农人已经把镰刀磨得雪亮，一切在掌握之中。我摘下一个谷穗，它的籽粒是饱满的，那么多的籽粒凝结在一个谷穗上，这是天神创造的奇迹。这让我想起先祖唐叔虞初封之后，竟然出现了异亩同颖的大谷穗，这是天降的祥和之兆，他将这样的嘉禾献给了周成王。那时正是周公率军讨伐武庚的时候，天子将嘉禾转赠给周公。周公启用八卦推演，确定迎接嘉禾的日子和时辰，修筑高台，赋诗高歌，周公借着嘉禾的祥瑞之气，一鼓作气荡平了反叛者。

重要的事情都在田间有所预兆。我再次从谷穗上看出了本次出征必胜的祥瑞兆头。你看这么饱满的谷穗，这么饱满的籽粒，这么金灿灿的耀眼的丰年之境，这么湛蓝的天空以及满地的和风，征伐虢国必定会一举成功。微风仍然是热的，但夏日那种燥热已经没有了，让你感受到的是寒冷未来前的温暖。我知道这样的温暖是短暂的，但世间

古灵魂

又有哪一样事物是长久的呢？

我的内心是凌乱的，就像秋风里的野草，它们没有人去收割，但秋风将会收割。因为这是一个收割的季节，它的结果不是农夫让它结束，而是时间让它结束。农夫可能会因收获而欢喜，但他又怎知收获就是结束呢？它说明一切都来自天意。农夫的收割只是顺应了天意而已，也让他顺便获得了自己所需的。他的欢喜来自他的顺应。所以我在自己老之将至的时候，注定要击破虢国，这是我所要顺应的。我已经从这个秋天的景色里看出了天意。

我的心情变得更加凌乱了，秋风将我的胡须吹起，我感到了这种凌乱的飘扬。我想起了死去的太子申生，要是他还活着，就不用我亲自率军讨伐虢国了。将军队交给他，我是放心的。可是他为什么要背叛我呢？也许他是被冤枉的，可是他也该和我好好谈一谈，说清楚事情的来龙去脉。他却选择了逃走，又进而选择了自缢。我的宗庙里的先祖就这样接纳了他。我不知道他见了我的先祖会说些什么？或许他仍然保持他的沉默？或者我的先祖早已知道了真相？

我始终怀疑祭肉里的毒究竟是谁放的，为什么偏偏在我出猎回来的时候发生了这样的事情？我后悔自己太不冷静了，应该仔细审问。可是问清楚又会怎样？也许是骊姬的挑拨，她只看着眼前，想让奚齐早一点封为太子，她根本不知道我的心里是雪亮的，我知道怎么办。她太着急了，太没有耐心了。我对她的依赖她是知道的，可无论是骊姬还是我的每一个孩子，我都不想抛弃。我希望他们都围拢着我，都在我的身边。那样该会多好啊。

可是他们已经四散而去了。实际上我也不应该派人追杀夷吾和重耳，他们逃走就逃走吧，为什么要追杀他们？现在他们都成了我的仇人，他们已经永远离我而去了。我只能把晋国的江山社稷寄托在奚齐一个人身上了。尽管这原本就是我的意思，奚齐作为我身边的儿子，他是可爱的，但他的将来我仍然是最担心的。我生怕失去这个儿子，我将为他而出征，给他留下更多的东西，让他的房子根基稳如磐石。

我已经老了，我还需要什么呢？我完全可以过安稳的日子，不需要做更多的事情了。我已经做得够多的了。可是只有不断地做各种事情，你才能忘记时间，才能忘记衰老，忘记对日子的恐惧。所以我不愿意在安闲里等待，因为等待是可怕的，尤其是在自己一点点老去的时候，等待就意味着等待死亡。我要在不断进击中忘掉死亡，甚至忘掉生活本身，忘掉我自己。

远处一个农夫向我走来，我向他挥手。他也挥舞着自己的手——那是一个背着阳光走来的农夫，他的手里拿着准备收割的农具。在这样的蓝天下，他的影子显得十分高大，因为他背后的山是高大的，但却显得并不巍峨。他的步伐是快捷的，看起来他是个年轻人。我又一次想起我年轻时候的样子。他是多么像我呀，那是一个持着长戟的我，是一个持着弓箭的我，是一个即将走向战场的我，或者要到林间狩猎的我，即将面对最凶猛的野兽。这一切，都因为他拥有一个广袤的背景，群山的背景，田野的背景，田野上等待收割的大片大片的金色谷子的背景，这背景天然地有着不同寻常的光芒，他也就获得了这光芒的照耀。尤其是这光芒被秋风吹动，仿佛浮在了空中，就像突然降临的天神。

卷二百二十一

里克

我们很快就踏上了虞国的土地，战车的车轮将路上的枯草轧过去，在颠簸中行进。虞国的君主派人前来引路，实际上我们对这条道路是熟悉的，三年前就走过这条路。它的每一段路都做了标记。有着虞国的人们领路，大军行军的速度更快了。路上不断有虞国人前来问候，可想而知虞国的君主根本不知道他们所问候的，就是要消灭他们的。愚昧的热情使我感到了内疚和惭愧。但侧向掀起的秋风很快就将内心的所有念头吹散了，落叶不停地从树上掉下，从我的身旁飘过。

国君亲自率军出征，将士们充满了信心，虞国开放了通道，攻陷虢国指日可待。所有的条件都已经具备，我能够从士卒们行军的步伐里听出决胜的鼓点。我看见国君端坐在自己的戎车上，面无表情，严肃地看着前方。戎车在颠簸，可是他仿佛和他的车钉在了一起，身体一动不动，只有胡须在风中飞扬。我从侧面看不见他的双眼，不知道他究竟在看什么。

他一定看到了他所要的东西，所以始终盯着前面。前面的路是空阔的，不断有两旁的各种树木从相反的方向闪到了身后。这些日子里，这个人好像获得了再生，看上去衰老的容颜里注入了光，整个脸都散发着一层光亮。以前可不是这样，国君的脸色曾是阴沉的，好像一直被灰尘蒙着。他的灵魂似乎被囚禁在蛋壳里，我们看不到他的活力。现在他竟然啄开了坚硬的蛋壳，重新露出了自己的羽毛。他又要展翅高飞了，又要从高高的白云里看世界了。

我对国君的感情是复杂的，我不喜欢他的恣意妄为，也不喜欢他对骊姬的无节制的宠爱，并对骊姬表现得那样顺从，以至于把太子申生逼到了墙角，不得不自杀身亡。太子是多好的人啊，他的面目从来是和善的，但为他惹来杀身之祸的，恰好是他的和善和仁义。他不善于表达，但并不是他心里没有主张，而是他觉得心里所有已经足够，言辞不能替代行动。这样的人都不能相容，可想国君内心的狭隘了。

太子申生的死是一个比喻。他让人知道，一个完全仁义良善的人必有灾祸降临。他的死不是展示了人世的绝望，而是展示了他对仁义和良善的理解，他将这样最为虚幻的理解转换为自己的信念。他死了，是被国君逼死的。这不是为了显示神的残忍和无情，而是为了让一个仁义者用自己的死来说明仁义本身。他没有能掌握自己的命运，而是将这命运交给了仁义，然而仁义又以他的死，将命运还给了他。

与其说这是太子申生的悲剧，不如说是国君自己的悲剧。他不仅以这样的方式失去了一个儿子，失去了一个仁义者，也失去了仁义。他不知道仁义乃是最重要的东西，用残忍和决绝的办法只能远离仁义。仁义乃是在灵魂里，它离开了生活的时候，就会生活在死灭里。也许这是神的安排？还是他的先祖的灵意？总之，天神的旨意不在我们的理解之中，而是在我们所不理解的事情里显现它的身形。

古灵魂

人的道路不是神的道路，我们只有在不理解的地方才能找到神的道路？可能因为它高于生命，也高于生活，高于人的有限的理解？我不知道了，也许我的有限的智力永远不可能理解。总之，国君将他的儿子逼上了绝路，可他却并不在绝路上。他的儿子们散去了，离开了他们的大树，却各自寻找自己的树。只要他们还活着，就一定会寻找到属于自己的树，也许那属于他们的树更加叶茂根深。谁又能知悉未来是怎么回事呢？

可是我又是佩服国君的。他用幽暗来包裹，又用云翳来遮蔽。我始终不知道他在想什么，又为什么这样做。但他确实是一个强大者，以至于强大到忘记了自己。他只知道自己是一个君主，却不知道自己究竟是谁。他触摸石头，石头就变为尘土。他捏住黏土，就会用血水拌为泥巴，并用这粉碎了的东西捏制自己，也捏制晋国的形象。晋国的形象就是他的形象。

没有人会将他打翻在地，因为他总能站住。所以我又喜欢他，爱他，并愿意服侍他。也许在很多时候恨他，厌恶他，但不会蔑视他，因为我仍然爱他，佩服他，并愿意服侍他。实际上，我渴望像他那样活着，能够断灭所有的羁绊，并获得自由。只要是挡住路的，不管多大的石头，都有力气把它搬开，如果自己的脚步遇到了荆棘，就用剑把它砍断。总之他要向前走，不论前面遇到了什么。

天色灰蒙蒙的，盖住了昨日的蓝天，也盖住了我们前面的路。我下车徒步而行，感到夏日的热已经褪去了，把秋天的景物托到了盘子里。一会儿，下起了绵绵细雨，一些细碎的小雨点，落到了我的脸上，我却看不见它们降落的斜线。我只能感到它们，却看不见它们。

这种感觉十分微妙，让人浮想联翩。道路变得湿润起来，我的脚下的路也渐渐变得松软了。

国君依然端坐在戎车上，他的眼睛也一直看着前面。可是前面的一切被迷蒙的雨雾遮住了，我已经看不了多远了。国君似乎却能穿透这迷蒙，将视线一直伸向路的尽头。这样的细雨落在衣服上之后，似乎很快就干了，或者说，它不知道落在了哪里，但它确实一直下着。在我的后面，脚印变得明显了，我看见自己的脚印清晰地刻在地面上。可是这样的脚印能够保持多久？我只能看见来时的脚印，那么归来时的脚印又在哪里呢？

卷二百二十二

士卒

秋雨开始下了，现在我不知道自己走在哪里，也不知道还要走多久。我只是跟随着大军一直行进在路上，我只是知道已经走出了晋国，到了虞国的土地上。一路上昏昏欲睡，只是麻木地迈着双腿，忘记了时间，也忘掉了自己。我只是这个大军中的一个士卒，不需要管更多的事，但我的内心却充满了忧伤。因为我不知道这一次征伐还能不能回到晋国，能不能活下来。

临行的时候我告别了父母和妻儿，他们都哭了。我看着他们流着眼泪，我的泪水也夺眶而出。我知道他们一直为我而祈祷，让天神和列祖列宗保佑我，期望我在攻克虢国之后重回他们的身边。我已经身经百战，看到多少熟悉的面孔倒在了血泊里。那些残酷的场景一次次出现在我的梦中，使我在深夜惊醒。

君王们从来藐视人的生命，他们把人看作野草，秋风中死去的，还要在春天里再生。但人是不是也能像野草一样，死后仍然拥有另一个人生？即使是野草，春天再生的也是另一株野草。我都死了，这个世界对我还有什么意义？那时我什么也看不到了，什么感受也没有了，我离开了自己的亲人，我还会有什么？

我不愿意在残酷的征战中送了自己的性命，何况那些彼此厮杀的人们有什么深仇大恨？我们和对手面对面地伸出自己的长矛，面对的都是陌生的面孔。我们彼此互不相识，为什么要杀死对方？我们彼此杀戮，却毫无理由。所有的理由都是君主的理由，可是他们的理由和我有什么关系？他们的理由归于他们，我的生命归于我。生命比别人的理由更重要。尤其是我的生命对我就是一切，而他们的理由对我来说一钱不值。可是我却要为这荒唐的理由去征战，它符合世间的道理么？

可是一切正是这样。我们不要指望人间的道理，因为人间的事情都是按照天神的愿望安排的。我们的愿望不能和天神的愿望正好一样，天神总是将他的想法让君主去实现，我们不过是在天神的安排之后，让君主又一次安排。毫无个人冤仇的每一个人之间的残杀似乎变得正当了，我们要么杀人，要么被杀。除此之外没有自己的选择。我每一次将矛头刺向敌人的时候，都不忍心杀死那个陌生人，可是我却不能手软，必须将手中的矛用尽全力刺向敌人，不然我就不可能活下来。

在我的梦中，经常会有一个或几个我曾杀死的面孔，向我扑来。那些面孔是扭曲的，脸上涂满了血，他们的手中没有兵器，只是伸出他们枯干的手臂，以及长长的手指，扑向我。有时他们失去了腿，或者失去了一只胳膊，他们残缺的肢体组合的形象更加恐怖。我在梦中拼命奔逃，可是却怎么也跑不快。他们总是在后面紧紧跟着，突然他们的一只手会伸到我的胸前——这时我就会被惊醒，我浑身大汗淋

古灵魂

漓，我感到一阵紧似一阵的寒冷。我睁大双眼，看见的是深夜无限的黑暗。我会感到自己的身边充满了死去的灵魂，他们像毒蛇一样缠绕着我。

我会在惊吓中把家人都唤醒，让他们和我说话，才能渐渐平息了内心的恐惧。这是多么深的夜啊，它深得看不见底，我就在这样的深渊里漂浮。我活着，却多少年来一直在死去的人中间，死者牢牢地抓住我不放。每一天的夜晚来临，我都感到害怕，会觉得每一个夜晚都是漫长的煎熬。有一些日子，我每一夜都在等待天亮，希望看见从窗子的缝隙里透入的晨光。

我甚至在夜晚不敢单独出门，因为我害怕黑暗，害怕夜晚满天的群星，它们太过高远，太过深邃，我不敢抬头仰望。因为那同样是一个深渊，它盖在我的头上。我的脚下是空洞的，天上也是空洞的，星光只是深渊的装点，它就像无数双死者的眼睛，从很高的地方俯瞰。所以我在黄昏的时候就尽快像野鼠一样缩回到屋子里，只有这样的地洞般的房间给我以安宁。

现在我在行军途中，又要准备厮杀了，又要看见血中的各种面孔了，又要面对尖利的枪和剑了。我在这样的凶险处境中，看不见自己的未来，就像我在黑夜所梦见的，我乃是被无数的死者纠缠，却不知道如何能够脱身。不过我是在万军之中，仿佛是地上尘土中的一粒沙子，一粒沙子就不会感到绝望了。不是它不感到绝望，而是它在众多的尘土里忘记了绝望。

我已经将自己交给了神灵，我只有指望它的保佑了。我在行军途中不断地祈祷，我相信它会听见我的声音，也会被我的虔诚所打动。

神也应该是有感情的，他对我们有着深深的悲悯，以便让我的铠甲保护我的身体，让我的长矛守住我的灵魂。也让希望杀死我的敌人看见我就停止脚步，或者让我先他一步刺穿他的铠甲，而他的长戟遇到我的铠甲时被挡回去。

蒙蒙秋雨不断地下着，我的身体接受着它的细小雨滴。我的脸上感到了它的冰凉，也感到了它似乎要说的话。这是天神在和我说话，可是我却不知道这雨滴的意义。天空是灰色的，它被灰色的云遮住了。也许这是神的阴影。如果神有着我所看不见的形体，就必有他的阴影。就像我在太阳下也会出现我的影子。不过神是无处不在的，所以他的阴影也无处不在。他的影子太大了，以至于将整个天空都覆盖了。为了证明这是他的影子，就用细雨不断洒在我的身上。

这是我的吉祥呢？还是我的凶信？我迷惑地感受着它，却不知道它的真实用意。知道它将自己的大影子均匀地洒在一支大军的身上，我们的身上落满了神的阴影，也许这是对我们庇护的暗示。又一天就要结束了，这样的天色让我们忘记了时间的流逝。只是觉得天色比刚才黯淡了一些。我们等候着命令，等候着安营扎寨的时刻。我感到十分疲惫，我想，今夜我会睡一个好觉，也许天神还会赐给我一个好梦。

卷二百二十三

孩子

　　我出来玩耍，却看见那么多人在路上行走。他们说是晋国的军队，要到虢国去。他们要到那里做什么？我从来没有见过这么多人，他们排成长长的一串，很长时间都看不见尾巴在什么地方。大人们真的很好玩，他们竟然用这么多人做一个有趣的游戏。穿着同样的服装，戴着同样的头盔，手里还拿着各种各样的兵器。中间还有骏马拉着战车，坐在上面的人趾高气扬，我不知道他们究竟是谁，但从他们脸上的表情看，一定是不同寻常的大人物。

　　为了看清他们，我爬在了高高的山崖上。这是一个很好的地方，因为从这个地方看去，他们像一群蚂蚁，一个接着一个，似乎正在从一个地方运送过冬的粮食。可是，这些大人们的粮食又在什么地方呢？他们好像很匆忙的样子，这么着急去虢国做什么呢？我真的猜不出来。也许虢国有什么高兴的事情等着他们。那么就由他们去吧。

　　从这里看不出他们脸上的表情，但从高处看见的却是他们的矮小的身材，山崖的高度似乎将他们压扁了，他们走路的姿势也变得十分可笑。他们好像是倾斜着身子走路，看上去就像是一个个瘸子。战车像一个个小盒子，只能看见一个个车轮。因为我的距离太远了，那些跟前看起来气势飞扬的骏马，一下子变得无精打采了。这些人们和骏马，经不起高处的俯视。

秋雨扫过了我的脸。这是多么好的季节，既不冷也不热，我从家里出来，顺着田间小路，看见野地里还有几朵野花在开放。我本想穿过道路，到对面的旷野上采集野花，放在我刚刚用泥巴捏的房子上，却遇到了晋国的军队。大人们是愚蠢的，他们耗费这么大的力气玩一场游戏，既可笑又可悲。他们根本不知道自己行路时的蠢样子。我从这样的高处看他们，就像看见田间没有收割干净的一垄垄谷子，但这些会动的谷子最后也会接受镰刀的收割。

我不由得在高高的山崖上唱起了我自编的儿歌——

野花野花，

蚂蚁搬家，

细雨麻麻，

马车嘎嘎。

虞国路滑，

晋军玩耍，

虞国何处，

屋漏房塌。

我不知道自己唱的歌词在说什么，但我和晋国的军队一起，已经看见了远处的虢国。一旦蚂蚁进入了虢国，虢国的家当就会被搬走，

古灵魂

他们的人就会哭泣。不过他们和晋国的军队一起，都会在烟雨中消失。我的目光将晋国的大军送到了看不见的地方，他们已经在烟雨迷蒙里失去了踪影。

我开始在野地里采集我所喜欢的野花了。我所看见的野花并不多，它们在杂草丛里默默地等待，只有我能够发现它们。我看见一些黄色的小花，也看见一些蓝色和白色的小花，我把它们轻轻地拔起来，藏在我的衣襟里。我想，这些花儿为什么会有各种不同的颜色？一种可能是，这是为了让我把它们辨认出来，知道它们绝不是同一朵小花，它们就像世间的人们，有着不同的名字，以及不同的性格。可是我仔细地端详它们，它们又各自有着怎样的性格呢？

我看着它们的时候，它们也同样看着我。我们有着互相发现的欣喜。秋天已经来了，它们开放的日子已经不多了，所以要给我一个最后的笑脸，我也同样对着它们微笑，以表达我的快乐。我确实是快乐的，我的快乐发自内心。不像那些长大了的人，他们的内心用快乐包藏起来，实际上我从他们不自在的笑容里，看出了他们的不幸和悲伤。我内心的颜色就像这些野花一样纯净，我的内心也是充满了各种颜色的，所以我的纯净是因为我的丰富。

我要回去了，我采集的野花已经足够装点我的房子了。我用地上的泥巴造出了我最喜欢的房子的式样，如果我住到里面，一定比君王的宫殿更漂亮。我的身子是轻的，秋风好像要把我吹得飘起来了，我多么想和草丛里的小鸟一样，在空中飘动，那样我就会飞起来，就会扇动着自己的翅膀到很远的地方去。可是很远的地方和我所在的地方又有什么不同呢？我不知道。

在我就要回到家里的时候，一个小小的瓢虫落到了我的衣袖上。它是飞过来的，它有着翅膀，但落下来的时候将那小小的翅翼收藏在自己的衣服里。这样我所看见的，仅仅是一个圆形的，有着鼓起来的外形的一个漂亮的小虫子。它的衣服是那么光洁，就像心灵手巧的匠人精心打磨过。

它的颜色调制得十分柔和，是那种并不耀眼的、质朴的橘黄，它的背部有着七个黑色的斑点。据说，它的背上所背负的是天上的七星，这样的七星将它的背部照得十分明亮，使它拥有了耀眼的光。它走得很慢，甚至经常停着不动。它现在就是这个样子，一动不动地停在我的衣袖上，让我仔细观赏。它是那么安静，却显得异常沉重。它小小的一个圆盖，怎能背负那么沉重的七星呢？为了自己的明亮，它竟然宁愿带着七颗天上的星在地上行走，有时还要展开薄薄的、透亮的翅翼飞行。

它就像我采集野花一样，采集了天上的星光。这样就让我在高出它的地方，欣赏原本在天上的七星了。本是笼罩在我头顶的，却到了我的衣袖上。我似乎已经获得了神的权力。我是不是已经站在了曾使我不断仰望的云头上？或者比云头还要高的地方？我已经忘记自己仍然站在地上。啊，我所看见的，远比那些长大的人要多，一只瓢虫身上展示的，已经是一个无限的星空了。

今夜我要在天上找到那七星，我要知道它在天空的哪一个位置上。可是令我迷惑的是，它是怎样将天上的东西收集到自己的背上的？不知过了多久，我看见它突然张开了自己的衣裳，露出了翅膀，它飞走了——很快我就看不见它的影子了。这时，随着它飞去的方

古灵魂

向，我看见远处的灰蒙蒙的天底下，升起了几柱烟雾。我想可能那些晋国大军并没有走远，他们开始垒灶做饭了。这些烟雾升得很高，最后在秋雨中渐渐消散了，秋天在烟雾里也将消散。

卷二百二十四

商人

经历了四个季节，每一个季节都不相同。但对我来说，春天和秋天是最好的季节，也最适合行路。夏天太热了，在路上不断流汗，会将我的衣衫湿透。冬天则太寒冷了，地上都结满了冰，甚至一些地方冻开了裂缝。我紧紧裹着自己的皮衣，在风雪中忍受着刺在脸上针扎一样的痛。只有春天和秋天是温柔的，它给我最好的礼物就是让我感到不冷不热，让我十分舒适地走在路上。

我穿梭于各个不同的国家之间，把各自需要的货物运送给所需的人们。每一个国家所产的，都不一定相同，我的行动使他们各自得到自己所要的，我也从中赚取了钱财。现在我比一般的人们要富裕，但这富裕乃是以我的观察、了解、智慧以及汗水来换取的。我是诚实的，从不做欺骗别人的事情。所以他们都信任我，我的生意就越来越好。诚实不仅是一种品行，也是一个商人最好的策略。

我熟悉他们的民风民俗，也知道民众对君主的看法。每一个国家发生了什么，我都知道，因为买卖货物的人们无意中就会说起他们感兴趣的事情。而他们最感兴趣的莫过于他们的国君正在做什么，而

古灵魂

国君所做的事情决定着这个国家的兴衰。我知道晋国已经出兵了，就要灭掉虢国了，而虢国的国君却似乎一无所知。他还在远处和犬戎交战。这怎么行呢？自己的生与死就在眼前，还在和另外的人们争战。就像强敌就在身后，却依然迷醉于捕捉面前的食物，这样的飞鸟必被身后伺机而动的毒蛇吞噬。看来虢国已经没有前途了。

我驾驭着自己的车辆，车子只有一匹马拉着，它远没有君王的戎车那样华丽，也没有他的骏马来自名马产地。但我的马匹和我相依为命，我凭藉它的力量走遍四方。我的车上拉满了货物，既有生活必需品，也有为贵族们搜集的稀罕物。这匹马已经跟随我十几年了，它看上去已经老了，但它不用我经常操心，即使我在车上睡着了，它也不会走错路。它知道我到什么地方，多远的路，只要它走一次就会记住，而且永远也忘不了。我的马是杂色的，它的颜色看起来既不是白色的，也不是黑色的，它一生下来就是这个样子，好像还是小马驹的时候就已经头发灰白，十分苍老了——可是多少年过去了，它仍然是这个样子。

唉，一切生命出生的时候是什么样子，就是什么样子，它就再也变不了了。这就是宿命，它和人是相似的。就说我吧，我生下来就喜欢做买卖，渴望自己长大之后做一个有钱的商人。可是多少年过去了，我还没有赚到多少钱。但是我的日子比之于我的邻居，还算不错。可是那些生在君王之家的，一出生就什么都有，从来没有想过无米之炊的日子。他们所做的，就是如何接替他的父亲，成为一个国君。为了这一切，他们每天都想着怎样争夺权力，或者率领军队讨伐四邻。

在我看来，在这个世界上商人是最公平的，我的心里就有一杆秤。我知道豆子怎样换成谷子，又用盐来换取油料，也知道什么货物值多少钱。而那些富贵者所凭藉的是抢夺，是把别人的东西占为己有。我从来不做这样的事情，当然也没有抢夺的力量。但我善于计算，我很快就知道我所换的东西是不是物有所值，也知道那些买我的东西的人需要什么。他们所需的，我就提供，他们没有的，我就想法从别的地方运来，这不是天下最大的善行么？我的仁善来自我所做的，并用这仁善获得自己的利益。你想，有的人用仁善来谋取声名，有的人用仁善来装饰自己，有的人用仁善来获取人心，而我用仁善寻找我所要的生活。

我的仁善就是我不做亏心事，我把一个地方的东西贩运到另一个地方，不仅获得我生活的所需，也获得了见识。在我的家乡，没有人比我知道得更多，也没有人比我善于计算。不论多么大的数字，我只要掐掐指头，就知道它们运算的结果。我有时候为自己的本领感到得意，可这是天生的，我也不知道怎样就成为这个样子。回家之后，我给乡邻们讲述我所见过的和听过的事情，他们会聚集在我的周围，好像倾听天上的神灵故事。是啊，那些天上的神不也是和人间一样么？如果不是这样生活，他们将怎样生活呢？我相信天上也需要商人，只要有生活，就必定会有商人。

商人也是最寂寞的。我把最多的时间耗费在路上。很多时候我和我的马说话，我抚摸着它的鬃毛，把我内心的秘密告诉它。我相信它可以听得懂，因为即使在行路的时候，它也会不停地把头使劲儿转回来，以至于车的方向会偏离直线。它转头的时候，我可以清楚

古灵魂

地看见它一侧的眼睛透出了忧伤。那种眼光是浑浊的，充满了沧桑感和暗云般的忧郁。在我高兴的时候，它的步伐会加快，发出那种轻快的节奏。在我伤感的时候，它的蹄声就变得沉闷，它的步履会缓慢而沉重。

我不忍心看见它疲惫的样子，每走一段路，就要歇一歇。把它从车辕中放出来，它不会走远。我让它去青草地上尽情地打滚，也让它在肥美的草地上吃饱，到山间的清泉喝甘甜的水。我会坐在一旁，欣赏它的每一个动作、每一个眼神以及听它发出的快乐的响鼻。它是我商旅生涯中的知己，使我长途的寂寞中获得深情的安慰。

我觉得时间一点点过去，它只是因我的不断踏下的足迹而流逝。如果我不在旅途上，时间就没有意义。我并不需要更多，只需要在路上一直走着，就像一个流浪者那样，我真正的家园就是道路。因为这脚下的路的缘故，我拥有了一个又一个日子，并让这些日子在不断重复中滋生。

现在我正在一个细雨迷蒙的秋天路过虞国，我曾在停歇的时候和一个农夫说话，他拿着镰刀准备去田地里收割，他说，今年的谷子长得非常好，他的脸上落满了星光般的喜悦。他的微笑让他脸上的皱纹更深了，就像一垄垄收获之后剩下的泥土。但这泥土是肥沃的，充满了光亮的，散发着谷子的香气。从他那里我知道了虞国发生的一些事情，它的君主把自己的道路出借给了晋国。

他真是太愚蠢了，自己的道路怎能借给别人呢？又怎能让晋国的军队随意践踏？而且他不知道这样做会给自己带来危险么？据说虞国的大夫宫之奇不断进谏，但虞公却坚持要将虞国的路借给晋国。可是晋国一旦消灭了虢国，虞国还能存在么？你难道不知道晋献公的野心么？这一点，一个农夫都能看出来的。那个农夫说，我绝不会在我的田地里借给别人一条路，因为那就会让别人把我的谷子踩坏。何况他们还带着镰刀，顺便就把我的谷子割走了。

只有一种可能，那就是这样的事情来自天意。这条路并不是因为虞公要出借，而是天神借他的手借给了晋国。任何一个人都不会愚蠢到忘记了自己的危险，也不会忘记了来借路的乃是一头凶兽。虞公实际上已经不能够支配自己，他被天神灌注了令他愚蠢的药物，他的想法已经变为晋献公的想法，他已经在晋国厚礼面前失去了自己。让人愚蠢的办法实际上很简单，那就是在他的面前放上他喜欢的东西就可以了。对于一个君王来说，他实际上并不需要什么。可他仍然在所喜欢的东西面前不能自持，伸出他的手。他不是因为需要，而是因为喜欢。他也不仅仅是为了喜欢而这么做，而是因为不能抵御喜欢的力量。

这样我们就对虞公的选择能够理解了。这不是虞公的真实意思，而是天神的旨意。天神让虞公愚蠢，是为了让他失去虞国。所以他把灾祸作为喜欢的衣裳穿在了身上，并照着镜子看了又看，觉得这衣裳是多么漂亮。唉，天意是隐蔽的，它仅仅是用别人的手做事情，却藏起了真实的用意。也许这含有天神对晋国的承诺，也含有对世人的嘲讽。他要灭掉一个国，只需要把统治这个国的君王蒙住眼睛，让他看不见自己的愚昧，就会盲目地喜欢自己的选择，并将所有明智的劝谏拒之门外。

宫之奇却不知道这个道理，他只是对自己的道理予以坚守。人

古灵魂

们一旦觉得自己的道理并不是天神的道理的时候，才会将人间的明智转变为神的明智。不过他的逃离还是明智的，他已经知道了灾祸不远了，所以他不愿意和灾祸做邻居。据说他还留下了四句诗，以说明自己为什么会逃走，也说明国君的昏庸。可是这有什么用呢？他的预料实际上已经是明显的，就像农夫种下了种子，又在适合的土地上，还有足够的雨水，就必会长出庄稼。这样明显的事实，农夫早就看出来了。

我所见到的或者听到的，都是暂时的、转瞬即逝的，当我还在路上行走的时候，所有的事情都在悄悄变化着。它不在明显的位置上摆放，而是在暗中进行。人世间的事情实际上都藏在了我们看不见的地方，它就像我的车上的货物，只有在售卖的时候才一件件摆放出来。可是那些东西却是我的车上本来就有的。如果我不摆放出来，谁也不知道我究竟有些什么。可是大神的车在哪里？他究竟为什么要摆放这些东西？他究竟想把什么卖给我们？

在虞国的道路上，我遇到了开往虢国的晋国大军。晋献公的戎车是华丽的，我看见他坐在上面，戎车的四周有那么多士卒在护卫，他在簇拥的刀枪剑戟中把脸朝向前方。我没有看清他的脸，也没有看清他的表情，更不知道他心中所想。无论是农夫所说的，还是宫之奇所写的，都在应验中。我看着庞大的军队渐渐消失在迷蒙的秋雨之中，我的眼前剩下了一片苍茫。不论他们将发生什么，最终我还要一个人独行于路上。我对我的马说，世间的事情太多了，你不可能都看见，也不可能都听见。不要挽救一个人的愚蠢，也不要为发生的不幸惋惜，一切发生的，都是应该发生的。

卷二百二十五

士卒

　　我们的军队已经将上阳紧紧围住，城里的人们已经逃不出去了。我们把军营安扎于城外的野地里，每天都注视着上阳城的动静。他们的城墙上列满了士卒，经常可以看见露出城垛的矛头和长戟，锋利的尖端在闪烁。即使在夜晚的月光里，这些兵刃也偶然放出亮光，就像微笑的灯火，转眼就被秋风吹灭。

　　我们穿越虞国的土地，渡过了波涛汹涌的大河。在河的对岸，早有先军接应。我们的舟船破浪而行，晋献公坐在船头，看着波光闪闪的开阔河面，他的周围站着石头般一动不动的武士。他们的盔甲在河面上映照，头盔顶上的红缨在风中飘动。我们所乘的船挤满了渡口，一艘艘舟船在河面上穿行，好像节日一样。

　　这让我充满了自豪感。晋国的军队真是太强大了，这样的阵容，虢国的大军怎能抵挡住？何况虞国的援军还在后面，看来虢国的都城上阳指日可破。我本来是厌倦征伐的，可是我作为晋军中的士卒，不得不跟随国君作战。每一次冲杀的时候，我都是跟在战车的后面，然后找准时机出击。但我必要面对敌人，几次都差点儿被对方的长矛

古灵魂

刺中。又一次我在逃跑的时候陷入了泥沼，因为夜色的到来才逃脱追杀。

对于我来说，能不能活下来，就是最大的问题。可一旦到了战场上，我竟然不再胆战心惊，似乎浑身涌起了不可抵挡的力量和勇气。我看到四处都涂满了血污，我的旁边的战车车轮就碾着这样的血污追赶敌人。我不知道自己的力量和勇气是哪里来的，我竟然变得毫无恐惧。我听见主帅的击鼓之声，就随着鼓点和我四周的将士一起涌向敌阵。我感到自己的脚步在飞扬，就像脚下掀起的尘土。

人真是太奇怪了，即使最胆小的人在战场上也会变成猛兽。或者说每一个人原本就是猛兽，只不过在平时会在镜子里看见一副人的面孔。据说，每一个人都对应着山林里的某一种动物，或者说，人可能就是某种动物变成的，有着奇异能力的人可以看出他的原形。我们就看一个人的脸吧，在某种意义上说，一个人的脸就是他这个人。他的脸上说出了他的一切。所以就有人通过面相来卜算他的命运。

从一个人的脸上可以看出，有的人像豺狼，有的人像狐狸，有的人像猛虎，还有的人像某种水鸟，会有长长的脖子和一个尖鼻子……这并不是人在出生之后的模仿，而是证明他出生前就以另一种样子存在，他有着与现在完全不同的形象。但这样的形象并没有全部褪去，从前的影子仍然在他的脸上。我曾在河水里反复看自己，我还是没有猜出我从前究竟是什么野兽。

我的内心是多么矛盾，我既是怯懦的，也是勇敢的，既是快乐的，也是忧伤的。我被别人捕捉和奴役，又有着残杀别人的本性。我在平时的生活里是善良的、温顺的，也总是从别人的角度考虑事情。

对我友好的，我充满了感激，而对我不友善的，我也能宽容，或者我远离他。可是在战场上我忽然变成了另一个人，我的眼睛里充满了血，我面对的乃是一个仇恨的世界。可是我又对那些从无冤仇的人有什么仇恨呢？我却拿着我的长矛冲过去，将一张张脸杀死。我想，那些死者在临死前一定看见了我可怕的脸，或者看出了我的猛兽原形。

可是我并不是一头猛兽，而是一个人。我不能理解自己所做的事情，可是我又毕竟做了我所不理解的。我不知道这一切是不是真的。如果我现在所做的是真的，那么它的原因就是真的。那原因来自我的本源，我的本源在哪里？它可能不在现在，也不在从前，而是在从前的从前。它不在今世，而是在我出生之前的前世。可我对从前的从前一无所知，所以我怀疑那本源是不是真的存在。既然我开始怀疑从前的从前，为什么不会因这样的怀疑而怀疑现在？就是说，我所做的是不是我真的所做？这么多的怀疑让我迷惑不解。

好了，不说这些了。我已经是这个样子了，说什么也不能改变了。那就谈谈我们包围上阳的故事吧。虢国的君主和虞国的君主一样是愚蠢的，我们已经围住了他的都城的时候，他还在一个叫作桑田的地方讨伐犬戎，和那个地方的人们争夺土地。三年前我们就夺取了他的下阳，但他竟然一点儿都不害怕。一个毫无惧怕的君王必遭祸殃，因为他不会为自己寻找自救的道路。他既不珍爱自己，也不珍爱自己的国，也不会珍爱自己所统治的民众。他只是在毫无惧怕的生活里沉溺于自己所想，并按照这毫无理由的所想做自己喜欢做的。

虢国的国君不得不率军从犬戎撤离，慌忙解救被围的都城。他的后面却又有犬戎的追兵，前面军情还不知怎样，一路上丢盔弃甲，军

古灵魂

心涣散。来到上阳城前，又被我们的大军围剿。但虢国的军队仍是强大的，虢公竟然冲破我们的铁阵杀回了都城。可这有什么用呢？一切为时已晚。他只是笼中飞鸟，只能在绝境里挣扎。

我不知道虢公现在想什么，也许他会为自己的无惧感到后悔。可他失去自己的下阳城之后还去寻找犬戎大战，这不是拨草寻蛇么？只有一种可能，那就是他太爱虚荣了。失去了下阳，他的脸面也丢失了，他希望自己在民众面前获得强者的印象，于是就忘记了恐惧，却获得了失败和空虚。实际上所有的掌权者都有着难以理解的虚荣，他们必在这虚荣中丧失智慧和力量，并让这虚荣转变为疯狂。

一连几个月过去了，围城里的人已经断水断粮，我们在城下升起炊烟造饭，故意大声喊叫，用我们的吃食向他们炫耀，引诱他们出城决战。我们经常在夜间听见城中人们的号哭，估计一些人已经饿死了。这是多么残酷的围城，我们却在外面谛听城中不断传来的死亡和不幸。他们都是无辜的，只是因为跟随了一个坏君王，就成为这个君王的陪葬者了。可是我常常在深夜梦见城里的惨状，就会被各种各样的僵尸吓醒。我们为什么要用这样的方式折磨这些无辜者？他们没有罪过，也没有别的选择，却要为他们的国君陪葬。

我开始恨所有的君王，他们从来不做好事情。他们是人的仇敌，所有的人间灾祸都是他们制造，这就是他们的天命？包括我的君王，他在自己的营帐里饮着美酒，让人在炭火上炙烤生灵的肉，然而血却从城里流出来。他们喜欢观赏他人的血，喜欢听别人的哭泣，却不喜欢做一些好事情。他们的仁义仅仅是为了包裹自己，以便迷惑别人，而里面被包裹的肉体却是肮脏的，因为我已经看见里面爬出了蛆虫。

可是我又能做什么？我完全是一个无用的人，或者我的有用仅仅是为了杀人，为我所厌恶的君王杀人。我的矛尖上闪着君王的光，它不属于我自己。我只是被君王所驱赶，来到了我所不愿来的地方，一切为了加深他的罪孽，也加深我的罪孽。我感到自己已经沉入了地下，它比所有的坟墓更深，那里拥有比坟墓更深的黑暗。是啊，我仅仅是为了自己的活命，才获得这样的黑暗的。

　　几个月以来，我和众多的士卒，都经历了从秋天到寒冬的日子。可是城里的人们却经历了从绝望到绝望的日子。似乎所有的日子都是一样的，可是我们所经历的，却完全不同。对于我来说，这些日子似乎每天都是平静的，但事实上每天都在杀人。我们不是用兵器来杀人，而是借用了时间的力量，让他们在牢笼里束手待毙。秋风扫落了树上所有的叶子，我们的脚下铺了厚厚的一层，我们将这些落叶收集起来放在火堆上。每一次将落叶投入火中，篝火就会忽然升高火焰，并发出一阵噼啪声。

　　暗夜被这样的火光照亮了，我们围绕在篝火的周围，火中的树枝被烧得通红，并被火焰卷起它的火渣，火焰的顶端不断冒出火星。士兵们发出阵阵狂笑，一阵阵喧哗向夜色中扩散，升高到缀满星光的黑暗穹顶。我一个人坐在一边，火光从众人的缝隙里投向我，我感到不断被遮挡的微热在身上抚摸，我的影子和别人的影子交织在一起。我不愿听他们说话，也不愿意卷入放肆的喧闹，我只想一个人独自冥想，实际上我并不知道我在想什么。

　　我的心里就像一团团乌云卷过，它们一会儿滚落到了天边，一会儿又回到了中间，我不知道这乌云来自哪里，也不知道它什么时候消失。我只能坐在自己的心里等待。借着外部的火光，我似乎一点点看清自己。那么我是什么样子？我仔细看的时候，我什么也没有，只有一个模糊的影子。即使这影子也是和众人的影子交织在一起的，我并不能把我的影子从中分离出来——我是模糊的，我似乎存在，也似乎不存在，我只是不断被外部的火光照亮，却又闪烁在明暗之中。

卷二百二十六

逃兵

　　虢国的君主在这个冬天逃走了。他带着家眷和一些大臣趁着暗夜逃走了。晋军几个月的围困……我们已经守不住都城了。一切就这样结束了，虢国灭亡了。我好像早就想到了这一天，只是不知道这一天什么时候到来。实际上我早已听说晋国要吞并虢国，在几年前他们就占领了下阳，我们的下都城就这样成了晋国盘中的美肴。那一次，虞国借给晋国攻打我们的一条路，那么虞国就不会第二次出借道路么？既然我们的下阳丢失了，就不会丢失上阳么？

　　道理是简单的，可是国君却对这浅显的道理视而不见。他还要用兵前往桑田去攻伐犬戎，他不知道犬戎的强悍么？还是不知道晋国在我们的身后虎视眈眈？也许他就是不知道，他太相信自己了，太相信自己的能力了。这是所有傻子的重要特点。跟着一个傻子去作战，还不如趁机逃走。那么别人为什么不这样做？我想，他们更相信权力，更相信权力统摄下的军队的力量，唯独不相信自己。

　　我不相信权力可以替代一切，不相信权力在一个傻子的掌握中会变得强大，我只相信自己的判断。我的家里还有父母和妻儿，我不能

古灵魂

就这样糊涂地送命。我最大的愿望就是活着，并和家里的亲人团聚。如果我死了，我的亲人会怎样悲伤？他们又怎样活下去？所以我必须选择逃走。

我知道作为一个逃兵是可耻的，可是那驱使我们送死的君主更可耻。我听说，几个聪明的大夫也曾向国君进谏，劝他不要攻打桑田，而是备足粮食和磨砺兵器，以防晋军的袭击。可是国君不听任何人的劝阻，执意要远伐犬戎。这不是将虢国的未来交给天意了么？可是我不相信天意会偏袒一个傻子。那么我为什么要违背天意呢？于是我早已有了逃跑的想法，只是等待一个机会。

当然做一个逃兵，和做一个勇敢的士卒一样，也是需要勇气的。因为我的逃跑将担负一个逃兵的名声，会让很多人藐视我。可是我没有用勇敢来博取好名声的虚荣，也没有惧怕获得一个坏名声。关键是我当一个逃兵乃是正当的选择。我作为一个人，也该获得正当的理由。这个理由只有一个，那就是我必须活下去。我不能为我所不愿的葬送自己的生命。我并不是一个人活着，我还为我的亲人活着，而且我有权利活下去。我也不是生来就必须为一个傻子卖命。

那些继续为君王杀伐的人，心里只住着一个君王，却不曾将自己移居到心里。我的心里不是这样，里面住满了我的生命，也住满了我对自己和亲人的爱。一个人为什么不爱自己？却要去爱一个奴役我们的君王？何况这个君王是一个傻子，他不接受任何人的理由，却只有他自己的理由。你即使有一万个理由，也不能使一个傻子回心转意，因为他从来就不知道自己所做的究竟是为什么而做，他也不需要所有的理由。所以我已经看到了，愚蠢不仅是因为愚蠢本身，而是它拒绝所有的智慧。它不仅将自己带入愚蠢的深渊，还将它四周的一起带入深渊。如果是独自的愚蠢还可以宽恕，那么愚蠢和权力混合在一起的时候，就是十恶不赦的邪恶。

虢国的大军是威武壮观的，我们前去讨伐犬戎的路上，枪刺林立，铠甲就像大湖里鱼群的鳞甲，在阳光里闪着夺目的光芒。武士们头盔上的红缨在秋风里飘动，就像农夫地里的谷穗，看上去势不可当。我知道这是一支看起来漂亮的大军，它徒有漂亮的外表，实际上不堪一击。因为它由一个傻子率领，然后这个傻子又让无数人变成了傻子。无数的傻子有什么可怕的？只要秋风一扫，他们就会从高高的枝头掉落。

我听说有一种鸟，长着一副凶猛的面孔，一双圆睁的怒目，遇到危险会把自己身上的羽毛立起来，体形立即变得庞大。当然它们也不是仅仅有一个可以恫吓其它野兽的外形，还有着尖利的嘴和刀一样锋利的爪。可是它们总要拣选出一只最傻的鸟来引领，所以从来不会好好守护自己辛苦积累的食粮，而是眼睛盯着别人的东西。捕鸟人将一些粮食放在显眼的地方，它们就一拥而上，但上面的网就会落下来，罩住它们。这样捕鸟人不仅捕获了它们，还去挖出它们埋在窝里的食粮。

现在这种鸟儿都很少了，因为它们从来不爱惜自己，它们用愚蠢来引领，又用愚蠢来断送了自己的一切。我想这不是我的国君么？我就是那笨鸟里的一只，我不愿跟着那只傻鸟去寻找别人的东西了，我要自己独自寻找。就在我们快要到桑田的时候，我趁着夜色逃走了。我知道自己走在林间的小路上时，我的同伴们还在鼾声四起的睡梦

古灵魂

中。他们不论是做着美梦还是噩梦，独有我行走在现实里。

那天夜里的月亮非常明朗，树林里的空气是清新的，不时听见泉水流淌的声音。有时我会看见闪着蓝光的野兽的眼睛，但我知道它们和我同样胆怯，我只要绕过这些蓝火似的威胁就可以了。即使需要我和林中的凶兽搏斗，这也是值得的，因为这是为我自己而搏斗。我感到自己的心里有一个神明，他给我点亮了一盏灯。所以我的灵魂是明亮的，和外面的月光一样，让我能看见闪光的路。

我现在是自由的，我的身体、我的心灵、我的路都属于我自己。我此时此刻的心情太好了，我的身体也是轻的，我的双脚就像插上了羽毛，有一种飞的感觉。我一直向着虢国的方向走，不断听见夜鸟的啼叫，它们经常会突然大声叫喊，好像在提醒我什么。有时我会惊扰了什么鸟儿，它们突然起飞，发出了令人毛骨悚然的扑棱棱的声响。我的脚下感到一滑，摔倒在地上，厚厚的落叶将我的身子托住。它竟然是那么温柔地轻轻托住，好像天神伸出了他的大手掌。

不知是什么时辰了，天上的明月越发明亮了，渐渐向天的一边倾斜了。深秋的风从林间穿越，我感到千军万马从我的身边经过，可是我看不见他们要到什么地方。我相信我和他们行走的方向是相反的，我已经完全脱离了他们，我在秋风里独自行走，只有迎面飘来的树叶不断落在我的脸上。也许秋风在提示我走过的路，也告诉我还有很长的路，但我的心里有着神明的灯，我的心里是亮的。我不仅能看见自己，也能看见回家的路。

我深知我所经历的很快就会消失不见，因为我将走在它的前面。我只把自己的脚印留在身后，我将忘掉这些脚印，忘掉曾经发生的一切，它将不再成为我身上的重担。我越走越快，就是要将一切甩掉。没想到这么快天就亮了，我找到了一条通往家园的大路，一个早起的农夫在路上拾粪，他告诉我，晋国的军队已经围住了虢国的都城，虢国就要归于别人了。

他看我是一个兵士，就说，你要脱掉身上的铠甲，否则遇到晋军就会遭殃。我听了他的话，将沉重的铠甲卸掉，好像一个小鸡从蛋壳里脱出，我看见了一个从未见过的世界。那么我要到哪里去呢？我还要从晋军的重围中回到都城么？还是在城外等待，一直到这个国改换了主人？也许我将成为一个流浪者？

故事的结尾已经知道了——虢国的国君先是杀回了都城，后来又在绝望中冲出重围，逃到了洛邑，那里的周王收留了他。他已经失去了一切，只留下了毫无意义的肉身。这样我作为一个逃兵，谁也不知道我的过去，只知道我的现在。我在自己的家里和父母妻儿一起，仍然过着原来的日子。这样的日子是最好的，在平凡中预留了虚幻，在实在中填充了自在。我摆脱了一个傻子的驱使，把一切留给自己，在自由中消磨快乐的时光。让君主死掉，他就成为一个国死亡的替身，这样生活中的人们就会活下来，生活也会穿过死亡，在君主的腐烂中获得新生。生活是极为壮观的，任何想要毁坏它的人，最终的结果是让自己毁坏。

卷二百二十七

里克

已经是冬天了，地上结上了一层薄薄的霜，山间的溪流已经结冰，天阴沉着，好像就要下雪了。我裹紧身上的衣裳，抬头仰望天空，一片灰蒙蒙的。一棵柿子树在寒风里摇动，上面还留着鲜红的果实，它们在枝头摆动，却不会掉下来。它们那么鲜艳，好像果实的内部有一盏灯，从里面透出了光亮。

虢国已经被我们灭掉了，它的国君已经仓皇逃遁。我们本可以追赶他，将他杀掉。也许是我的国君动了恻隐之心，说，让他去吧，我们已经得到了他的国，就不必再将他杀掉了。留着他在余生里煎熬吧，他剩下的日子将在痛苦里度过。这是不是有点残酷呢？还不如将他杀掉，他就不会有什么痛苦了。我痛恨所有的愚蠢者，他们不配有生活的权利。

获胜竟然是这样简单，几乎没费什么力气就把虢国灭了。我亲眼看见一个愚蠢的国君是怎样断送了自己的前途。现在该轮到下一个国君了。我们将从虢国都城攫夺的财产分给了虞国，虞公的兴奋已经抑制不住了，他亲自出城拜见晋献公，还将自己储备的粮草献给我们的大军。似乎一切已经风平浪静，但是一条河底下的石头将激起另一个巨浪。我看着虞公笑脸上的波纹，心里充满了鄙视。他不知道灾祸在悄悄接近，也不知自己所做的，已为虞国掘开了坟墓。

我真佩服荀息的智慧，他早已看出了虞公的愚蠢，他已经摸到了愚蠢的本性，那就是只看见眼前的食粮，看不见旁边的捕网。现在虞国所借出的路，正好通往它的墓地，可虞公还在这样的路上满心高兴。我的国君已经班师回朝，剩下的就是我来讲述了。我们把军队的营寨安扎于虞国都城的外面，我坐在军营的大帐里，让使臣前往拜见虞公，告诉他我生病了，暂时不能带病归国。虞公还给我带来了肉食、菜肴和美酒，向我表示慰问。我享受着这样的美食和美酒，在晴朗的天空下休憩。

多么好的时光啊，我的身边燃起了篝火，火焰烤得我浑身发热。寒风一阵阵发出尖啸，它旁边的小河已经结冰，冰面上反射着刺眼的阳光。我想起了童年时代曾经在这样的冰面上滑行，也在这冰上滑倒。可是那样的时光再也回不来了。唉，只有从前，却没有昨天。因为从前的事情历历在目，可是昨天却变得毫无意义。时间也是易碎的，它像一个完整的陶器，从昨天开始已经变成了一堆碎片。为什么是昨天开始的？因为今天是始于昨天的。

自从我成为晋献公的大臣，自由就消失了。我所经历的时间停止了，或者说已经变为了无数日子的重复，生活变得枯燥乏味。你还得小心翼翼，因为你就在一个充满了阴谋的漩涡里，稍不谨慎就可能带来杀身之祸，你将因之失去一切。现在我已经看惯了这些阴谋，以至于它已转化为我的乐趣。不然，我的日子里还有什么可留恋的？所以

古灵魂

我在这样的高处，除了感到寒冷，还能看见什么？我的视野里乃是一片苍茫，我的心中只有一团团乌云。

在某种意义上说，我失去了真实的生活。我只是围绕着国君旋转，围绕着权力旋转，却在自己的生活里没有真实的影像。可是那些愚蠢的国君却总是在自己的生活里旋转，却失去了权力和拥有的一切。究竟怎样的生活更好？这同样是一个谜团。就像我现在围绕着火焰，当前面感到温暖的时候，我的脊背却感受到了寒冷，当我掉转了身体，我的前面又要寒冷了。为了我的浑身都得到温暖，我就要不停地旋转。

我怀疑自己是不是真的病了。我可能真的是一个病人了。我现在率领着大军驻扎在虞国都城的外面，安闲的日子让我浑身发痛。我想，晋献公很快就要来了，我们很快就会兵不血刃地将虞国灭掉了。时间正在向那个日子倾斜，虞公已经要从那斜坡上滑下来了。可是他还在睡梦里。这样的情景我看见得太多了——我所见的，都是卷刃的刀、折断了的箭、失去了锋利的矛尖和腐烂了的剑柄。

唉，所见的都是立即要消失的，我们却以为它是真实的。每一个人的睡梦都在悬崖边上，一个翻身就会中断。甚至我们所看见的真实也不是真的真实。你看见旁边的柿子树了么？它的果实那么鲜艳，是因为它曾被树叶遮盖，现在叶子落尽了，它就显露出来。它不是为了说明自己，而是为了显明从前。我身边的篝火，乃是凭藉我不断添加干柴，烈焰才持续生发。一旦我离去它就会很快成为一堆灰烬。那才是真实的，灰烬才是真实的，可这样的真实已经远离了我的视线。

生活的秘密都是从坟墓里露出来的。我们在真实和虚幻之间，每一个人都是这样，虞公又怎能例外？我似乎理解他的愚蠢，又痛恨他的愚蠢。重要的是他放弃了真实。也许他觉得真实也不可信，与其这样还不如相信虚幻。我终于看见晋献公又一次率军来了，这一次，虞公浮在水面上的面影就要破碎了。

卷二百二十八

百里奚

　　我躲在自己的家里，却不断接到虞国的各种消息，看来宫之奇的预料都在应验。可是我现在已经不可能逃走了。何况我将逃往哪里？我将成为一个国灭亡的见证者，不知我会获得怎样的结局？我不敢想下去了，我只有等待，命运将我引向哪里，就在哪里生活吧。

　　寒冬的风是凛冽的、严厉的，我在虞国都城里从一条街道走向另一条街道，人们仍然不知道将要发生什么，生活的喧哗和以前没什么两样。看起来一切都风平浪静，但它的深处已经有了颠覆的激流。虞公的宫殿还在那里，里面仍然充满了美酒和美女的丰茂，即使是寒风也不能压低舞姿和歌声——但是这些已经是眼前的幻景了，就像埋在底下的尸骨，它正在一点点腐烂。可是地上的人们不会发现，他们所看见的仍然是坟头上飘荡的野草和正在结果子的树。

　　事实上现在已经是冬天了，严酷的寒冷占据了地面和天空。尽管我所看见的天仍然是蓝的，它的蓝一点都没有减少。阳光也是充足的，它照到身上的时候，仍然是温暖的，但是这些假象只在眼睛里显现。我的心里更加寒冷，我已经将自己的身体缩成一团，却仍然不能让自己抵御这暗中涌起的寒流。我从这喧嚣里看见了衰败，从树上残存的枯叶上看见了凋零，虞国已经在末日里了。

晋献公又一次率军来了，这不是一个好兆头。虞公竟然开门出迎，把强盗视为兄弟，并相约一同去狩猎。他们备足了弓箭，带好了利剑，聚集了良马和猎犬，深入到山林。他们远去的背影连同他们所带的随从，从山林的小径上消逝，很多人赞叹这两个同宗的国君如同一个人一样，这两个国家也像一个国家一样。实际上他们所赞叹的，有一半是现实。也就是说，这两个国家就要变成一个国家了，但这两个君王却不再是两个，而是一个，唯一的一个。

山林里开始另一种喧闹，野兽在惊慌中奔突，这样的狩猎更像是一个比喻。但它是真实的。一个真实的比喻。山林里的猎物在一支支飞箭中躲闪，却毕竟会有一些被射中。在山林之外的虞国都城，另一场狩猎也拉开了帷幕。城里突然发生了大火，火光和浓烟冲天而起。驻扎在城外的里克已经率兵冲进了城门。

虞公从远处看见了升起的浓烟，已经感到事情不妙。他策马而归，发现自己的都城已经成为晋国的了。他怎么也没想到，和他一起前去狩猎的，其猎物原本是他自己。他所发出的箭，都折回到自己的身上。而晋献公所射的箭，看起来目标是前面的野兽，实际上每一箭都射向虞公。虞公不断发出呼喊，快乐的呼喊，但这不过是为射向自己的箭而喝彩。

虞公一定没有想到，他一直都在晋献公身边，赞美晋献公精妙的箭法，而这赞美者却是真正的靶子。他所看见的奔逃中倒下的野兽，实际上是自己的化身。他亲眼所见的，乃是他自己的扮演者的奔逃，是他自己的扮演者的死亡。他早已是中了箭的逃兽，却一直没有感受到疼痛。

我也是这逃兽中的一只，我似乎预感到了自己的结果，却并没有真正预见到这个结果。这个结果似乎在想象中，而不是在现实中。在这一点上，我佩服宫之奇的先见之明以及他毫不犹豫的选择。我回到家里的时候已经做了晋国的俘虏，不过虞国之君也和我一样成了晋国的俘虏，俘虏和俘虏之间已经没有高下的区分了。他和我相见的时候，显得异常尴尬，他的脸色发红，他的腰是弯着的，他低下了头，可是我却可以昂着头走在他的前面。

虞公后悔自己当初的选择，却为时已晚了。他作为晋国的俘虏已经失去了往日的威严，他的真正的面目才重新显现。他低声对晋献公说，我们是同宗同族，你不应该用这样的手段来害我，这样你就失去了仁义和天道。晋献公回答说，我所失去的，已经得到了更大的补偿，我得到了你的国，又俘获了你，没有失去就不可能获得，而你所失去的是所有的，你所得到的是虚无的。他们说话的声音很轻、很轻，很快就被一阵寒风吹散。

现在我已经没有什么顾虑了，从前所想的，都已经放到了从前的温馨里。我不知道晋献公会怎样地处置我，我曾经在路上流浪，现在又一次踏上了流浪的旅途。这已经没什么可怕的了，经历过的事情再经历一次，只不过是对记忆的重温。我已经在虞国待得太久了，也该离开了。一旦待在一个地方，这地方就会消失不见。因为我所见的，只有这个地方，它已脱离了我的想象，也脱离了我的心灵。

只有四处奔走的人，才会使自己变小，你所处的世界太大了，这种变化就会改变自己的感受。因为度量的尺子变了，一切就会改变。我原本就很小，但以前却不觉得这样，甚至在自己的屋子里想象着自己的高大，狭小的世界让自己的形体膨胀，而世界的边界似乎伸手可触。现在我又一次感到了世界的无边无际，感到了一个流浪者的迷茫，也感到了从前的自己是多么可笑。

我被晋国的士卒押解着，拖着沉重的步履行进在路上。望着渐渐远去的虞国都城，我曾经寄居的地方，竟然毫无留恋之意。因为我知道这世界是广阔的，它只是一个小小的城邑，一个只有几条街道和一个君王的地方，或者说，它并不属于我，而是属于一个愚蠢的君王。我竟然忽视了愚蠢的代价，忽视了这愚蠢将要给我的惩罚，竟然将自己的命运寄寓在愚蠢者的侥幸里。

寒冬的风更加猛烈了，道路两旁的枯树晃动起来。虞公接受的赠礼，那些所谓的晋国宝贝，又归还了晋国。晋献公给他的，又夺了回去，还将他的国也一并拿走了。当然我也作为这个国的一个人，被晋献公俘获了。晋献公所得到的，原是更大的礼物。他在山林里的狩猎所得，是整个山林，这样的山林包含了它其中所包含的一切，连同山峦、河流、石头、飞翔的鸟、行走的兽以及天上的云。

古灵魂

卷二百二十九

穆姬

　　父君得胜归来，接连灭了虢国和虞国，使晋国的疆土更大了。听说虢国的君主逃到了洛邑，投奔周王以获庇护。虞国的亡国之君也被俘获了。我没有到过那么多的地方，也不知道这些地方在哪里，不论晋国的疆域有多大，我只在别人的谈论中知道一鳞半爪，但我却不能理解它究竟怎样地广阔。我不知道这些事情究竟有什么意义，也不知道父君为什么总是四处征伐。这是他们的事情，似乎也不需要我来理解。我只是看到父君摆设盛宴，犒赏群臣，他们在欢宴里举觞痛饮，很多人大醉而归。

　　他们有他们的欢乐，我有我的忧伤和寂寞。天气已经越来越冷了，北风从不知所处袭来，我只好在屋子里的炭火旁取暖，并想着自己的心事。他是个什么样的人？他长得什么样子？我对他一无所知，却就要嫁给他了。我看见所有宫中的女人是寂寞的，她们很少有快乐的时候，她们所做的一切就是为了使君王欢心。而且在君王的身边充满了阴险和狡诈，充满了争权夺利和无休止的争斗，并将自己的生命耗费于阴谋和凶险的泥淖里。

她们都是在污泥中扎根的，她们唯一的期盼就是生下自己的孩子，这是她们能够找回自己的希望。如果没有繁衍，就只能在绝望里苟活。我从她们的身上已经看见了自己的面容，就是说，我在青春年少的时候已经变得苍老。就说我的母亲齐姜吧，她是齐国的公主，有着超凡的美貌，却先嫁给了老迈的晋武公，后来又嫁给了晋武公的儿子诡诸，也就是现在的晋献公。她不过是男人们的附属品，是溪水里漂流的叶子，自己也不知道自己将在哪里流逝。

她的一切都由不得自己，她的命运在男人的手掌里。自己所喜爱的属于别人，又必须归于自己所不喜爱的。你遭遇到谁，为什么会遭遇到这个人，全都归于命运。我的母亲早早就离开了人世，她给这个世界留下的是永远的美貌和青春年华，是永远的微笑。她把最好的留下了，又把最不幸的可能带走了。我的父君并不缺少年轻美丽的女人，他转眼之间就会遗忘了从前的爱。因为权力可以得到所有想要的，得到这个世间最稀少的，也因而聚拢了所有的罪恶。

我生活于这样的罪恶里，却不能做出自己的选择。我想逃离这样的生活，但生活却给我预备了我不想要的囚笼。现在我就要坐在这样的囚笼里被送给另一个人，从一个囚笼到另一个囚笼里。应该说，一个女人出嫁是高兴的，可是对于未知的恐惧让我失去了所有高兴的理由。我的现在是在睡梦中，我的醒来将是怎样的？我所看见的女人都是我的镜子，我却从中照不出自己的容颜。

我就要嫁给秦穆公了，我的父君同样是一个国家的君王，可是他会是怎样的君王？我会不会喜欢这个人？我的高贵是生来就有的，可这样的高贵却给我带来了更多的困惑。我更喜欢做一个公主，这样我就会在众人的宠爱里度过一个个日子。可我变为一个国君的夫人的时候，还会不会被那个我所属的君王宠爱？作为一个公主，被人宠爱是因为我有着不同于别人的特权，而对于我要嫁给的那个人，我的特权没有了，剩下的只有我这个人。在被宠爱中我不知道自己究竟是什么样子，而面对将来的日子，我将被别人看见我的真貌——而这样的真貌，我也从来不曾看见过。

我的父君让掌管卜筮的大臣对我的未来做了占卜，得到了归妹和睽卦，这是两个卦象的转变。大夫史苏对这个卦象做了解读。他说，这个占卜结果不吉利，它意味着一个男人在宰羊，却看不见血，而女人拿着筐子就是白忙一场。受到西面的邻居责备，却得不到好的补偿。归妹变为睽卦，意味着没有什么人出手相助，而离卦转变为震卦，则意味着雷火交加。

他还说，车子脱离了车轴，火焰烧毁了军旗，说明不利于用兵，还将在某个地方被击败。这些都是不吉利的征兆。归妹嫁女会让敌人的木弓张开，利箭就会射出去。卦辞还说，侄子跟随姑姑，要在六年之后逃归原处，要丢弃自己的家，最后死于高粱的废墟。我不知道这些卦辞是什么意思，将以什么样的方式应验，但我知道这已经说出我的将来。这是多么可怕，卦辞上所说的都是凶险的，我可怎样应对这样的凶险？难道我必须从这样的卦辞上走过去？

凶险的卦辞就像汹涌的激流，我是不是无法阻挡这激流？或者我将漂浮在这样的激流中，不断遇到石头和悬崖，不断遇到无边无际的泥沼？我的森林是幽暗的，我的天空被树枝遮住，没有一条小径通往明亮之地。一天，我的父君看着我不断流泪，他安慰我说，卦象不能说明将来，我年幼的时候也曾让人占卜，我的卦象也不吉利，可是我现在不是很好么？我不仅是一个君王，我还不断得到更多的土地，我的每次征伐都能获胜，我夺取了别国的土地和财物，还将他们的国君俘获。我每次狩猎都有所获，我的利箭射出去，必能射中林间的兽。

我央求我的父君说，我们不能另外挑一个好日子么？他严厉地说，不能，现在的日子已经择定，我不能再等了。你看我已经老了，我必须趁着我获胜的好时辰，将你嫁出去。你要知道，你所要嫁给的是秦国的国君，他将成为晋国的好邻居。秦国是强大的，晋国也是强大的，这样的姻亲是多么好啊，又怎能在意卦辞所说的？那些话都是虚幻的，并不是真实的。我之所以让人卜卦，是因为这是嫁女前必要的礼序。我想，天神和先祖都会护佑你，你放心去吧。

我还有什么说的呢？我只有服从父命了。父君答应要给我带上最好的陪嫁，可这并不是我所需的。我需要的只是一个好日子，可即使这样的要求都得不到。我只能流着泪，等待那个不吉利的卦象，我要得到的从前已经得到，剩下的光景就是一点点失去。我知道的就是这些了，那些不可知的就只有在等待中得到——我的命运会一点点看到，卦象里已经隐约现出了我的画像。

我的母亲是悲惨的，又是幸运的。她曾获得了我父君的爱，尽管这爱在她的死后被丢弃。一个进入了坟墓的人还需要一个生者的爱么？与其说是我的父君丢弃了爱，不如说是我的母亲将这样的爱以及自己，一起丢弃到了坟墓里。爱和她的尸骨将一起腐烂。一切本自尘土，不要指望爱不会归于尘土。可是她的早去只把最好的留给了自己，却将灾祸留给了她的儿女。

古灵魂

我的兄长太子申生死了，他追随我的母亲去了。他是多么好的人啊，一生待人宽厚，对父君充满了爱和仁孝，却被嫉妒者和篡夺者所陷害。他带着无数的委屈和无数的仁爱自杀身亡。他之所以选择了自杀于宗庙，就是要对先祖们说出自己的屈辱，也说出自己的痛苦。他需要和死者的灵魂交流，需要和先祖说话，将他在生前不能说出的，用决绝的死来诉说。

现在我就要离开晋国了，我将带着我的所有记忆离开晋国了。我心里的晋国就是一个个具体的人，我的母亲、我的兄长、我的父君以及那些我曾经看见的和听到的人与他们的故事。这些故事都是我看见的和听见的，而不是我经历的。我还不曾做过什么事情，我的故事还没有开始。可是我所见的和我所听的，就不是我的故事么？他们所做的就不是我所做的么？

这是我的真正陪嫁，我带着如此丰富的陪嫁要到另一个地方去了，我要将这些无形的东西带去远行，把它置放到陌生的住房里。那房里的所有珍宝都比不上我的珍宝。它们永远闪耀，有着照亮我的光芒。尽管那些光是暗淡的、微弱的，隐藏着不幸和痛苦的，但它仍然是光，使我的生活微微发亮。它是从我的从前发出来的，是从我的灵魂里发出来的。它是我的星空，是我可以仰望的群星闪耀的长夜。

也许是我的父君觉得自己老了，希望亲眼看见我出嫁。也许他已经在安排身后的事情了，他要看到我有所寄托。我毕竟是他的亲生女儿，所以有着怜爱之情。可是我所看见的他，从来都是冷酷的，他为了自己，可以逼死自己的儿子，也可以追杀自己的儿子。他可以不顾一切攻克虢国，也能无情地夺取曾帮助自己的同宗虞国，不惜以欺诈的手段俘虏了虞国的君主。为了自己，他什么做不出来呢？

可是这么急于将我嫁给秦穆公，他的本意又是什么？依我看来，他是很少说真话的，他既防着别人，也防着自己，他的身上一直穿着沉重的铠甲，他的心里一直有着迎面射来的利箭，他从不是自由的。他觉得每一个人都在欺诈，而他也在随时欺诈别人。这样可怕的欺诈已经住在他的心里，乌云一样挥之不去，盖住了所有的阳光。所以他的内心是阴暗的，头顶被密林上空密集的树叶遮挡，他的身上套着枷锁，缠绕着毒蛇，他的一次次征讨，仅仅是他内心焦虑的排遣。实际上他已经没有什么快乐了。一个失去了人世快乐的人，又怎会对别人说真话呢？

现在他已经老了，连最后的希望也没有了。我既不知道他的内心究竟在想什么，也不知道他做每一件事情的原因。他特别容易暴怒，容易情绪冲动，如果他能看见自己的样子，一定也会感到恐惧的。而我自己呢？会不会变成他那样？我究竟是一个女人，我是柔弱的，就像地上的花儿，在暴雨到来的时候，只能用柔软的花瓣来承接雨水。它猛烈，我就更加柔软，它风雨交加，我就随意摆动。那愈加猛烈的暴雨，就是我无边的眼泪，我流泪，也承接人世间所有的眼泪。

古灵魂

卷二百三十

百里奚

　　我竟然成为晋献公女儿的陪嫁，这是对一个亡国之臣的最好侮辱。我从一个流浪者，变为虞国的大夫，又变为晋献公女儿的陪嫁，变为一个秦穆公夫人的仆人。我怎能想到自己竟然像大河里的波浪，这么快地起落，这么迅速地奔腾，这么急速地流逝。我既是流浪者也是虞国的大夫，既是高贵的大臣也是卑贱的仆役，我既是乞讨者也是侍奉者，我究竟是哪一个呢？

　　每一个都是我。我是一个命运的追随者，我不是自己的跟随者，而是在天神的脚步里行走。我不知道自己将走向哪里，却知道自己在什么地方。我被一个个君王嘲弄，又被我自己嘲弄。蹇叔曾夸赞我的学问和智慧，我的学问和智慧又在哪里呢？我都羞于再见蹇叔了，我要是见到他，该说些什么？和他谈论什么？当然他不会嘲笑我，也不会数落我的无能和短视，但他会看着我一直沉默。

　　现在他一定还在自己的茅庐里，烤着炭火，想着天下的事情。冬天是寒冷的，狂风夹杂着地上的尘沙，扑打着茅草覆盖的屋顶，并将这些茅草撕走一些，但那温暖的屋子太令人羡慕了。他会将秋天砍来的烧柴整齐地堆放在茅庐的前面，就像一堵特制的墙，储藏了整个严冬的温馨。他的地窖里储满了菜蔬，而粮囤里的谷子足够享用，还有狩猎得来的兽肉……他是多么充足，多么雅致和悠闲。可是他在梦中看见我的样子了么？他在梦中会对我说什么？

我已经很久没有做梦了，任何睡梦都失去了意义。因为我面对噩梦也不会受到惊吓，遇到美梦也不会感到快乐。它们像我的衣裳一样被剥夺，我已经赤身裸体了，只有羞愧伴随着我，成为遮挡我的草叶。所以我既不敢见我的挚友蹇叔，也不敢与梦境相遇。我就要跟着晋献公的公主一起去秦国了，陌生的、痛苦的生活在前面等着我。不过有一点让我感到安慰，那就是我仍然活着。

只要到了秦国，我会寻找机会逃走。我不能永远做一个仆人，每天服侍一个女人。我要逃跑，逃到没有人能够找到的地方，或者继续寻找明主。我是会飞的鸟，我的翅膀仍然在我的灵魂里翩然欲飞，我还有一飞冲天的冲动，决不能在平庸的生活里虚度余生。我相信自己是有才能的，只是晋献公的一箭射中了我的翅膀。不，是虞国君主的愚蠢和我的愚蠢合围，将我困在了猎人的笼子里。

秦国迎娶的人们来了，那么多的车辆装满了礼物，也将更多的陪嫁带回去。一个个箱子里放满了珍宝，金光和银光使得白日更加明亮。这个日子是闪光的，但也是寒冷的。天空是碧蓝的，几朵白云飘在天边，人们裹紧了衣裳，将自己的身体包藏在深处。在晋献公举办的筵席上，铜釜里注满了肉，美酒的香气在寒风里飘荡，火盆里的炭火吐出金色的火焰，盛大的喧嚣压倒了严寒。

钟鼓齐鸣，乐师奏响了古老的曲调，舞女们扭动着腰肢，长袖在空中交织，高亢嘹亮的欢歌使得殿宇振动，掀起了人们内心的激情。只有宫殿外面的树梢上悬挂的冰凌在摇晃，屋顶上的瓦垄间的枯草被卷起，抛到了半空。它们从屋顶上生长，又在屋顶上死灭，而在风中复活，并借着这凌厉的风向更远的地方流浪。

我只记得我们往西走去。一连串的车辆望不到尽头，在逆风里消逝。我也消失在这个庞大的车队里。大河已经结冰了，用不着动用舟船了，车辆直接从冰面上碾过。曾经激流汹涌的波浪停住了，时间停住了。我很难想象一条宽阔的大河桀骜不驯的样子。它们也对严冬有着深深的恐惧，于是它们用坚硬的冰层包裹起来，让自己的流水在冰下悄悄流动。曾经的怒涛惊天动地，现在却像一个巨大的僵尸，在水晶打制的棺木里沉睡。

我不明白，晋献公为什么要在这样寒冷的冬天嫁女？这样的严寒本身就意味着不吉，因为它属于阴气缭绕的节令，又有冰河封路，如果从冰上行走，则有着随时可能塌陷的寓意。冷风浩瀚的日子，是一个坏兆头的开始。我听说晋献公曾让掌管卜筮的大夫占卜，得到了不好的卦象。可是他却要以人意悖逆天意，无论是对他的女儿，还是对他自己，以及对晋国来说，都不是一件好事。人的意志怎能改变天意？这样的傲慢和狂妄必将自己推向毁灭。

可能不会太远，晋国就会有难了。晋献公的许多做法都令人生疑。他已经违背了天道和仁道，失去了德行，天下都看见了他的所作所行。晋国的强大只是表面的，里面却包裹着发臭的肉和枯死的草。他虽把虞国的贡物都献给了周王，但仍不能免去他的逆行之罪。人心已经背离了他，他所散发的已经不是香气，而是充满了恶的腐烂之气。一个仅仅以暴行和恶让人恐惧的统治者，定然不会持久。也许老去的晋献公不会亲眼看见房倒屋塌的景象，但他所种下的邪恶种子，必然开花结果。

我之所以没有离开虞国，并做了晋国的俘虏，就是因为不太相信一个君王的恶，也不相信狡诈、欺骗、阴谋和恶行会完全占据人心，也不会想到一个君王对天神和仁道毫无敬畏。但我想错了。我仅仅是以自己的心来度量别人的心，没有想到每一个心都是不同的，它们之间不存在同一把尺子。

自己的属于自己，别人的属于别人。现在我已经到了秦国境内了，这里的寒冷和晋国的寒冷是一样的，但它不属于炭火旁烤手的人，却属于一个沦为仆人的虞国大夫。我所感受的寒冷是无人可以替代的，甚至别人的寒冷和我的寒冷也不相同。我的脚已经失去了知觉，好像它已不属于我，而是我身上重物的一部分。我浑身发抖，冬天的寒风已经灌满了我的身体，我变为装满了寒冷的重囊。甚至我觉得并不是自己在行走，而是被人拖着滑动。

是啊，我已经无法支配自己，我的身体是别人的，我的心还属于自己。可这有什么用呢？我所想的并不能去做，我要做的都放在很远的地方了。我在很远的地方等待自己吧。但我还在秦国的路上走着，走着，眼前的路似乎宽广了一些，但我真正的路不在这里。每一条路都不是完全直的，它不仅弯曲，还有一条条岔路，而岔路上还有岔路，我将寻找时机在岔路上逃逸。而在逃逸中还有另外的时机。这就像岔路一样，时机中有着时机，另一个时机里仍有又一个时机。

古灵魂

贾华

晋献公又要派遣我攻击屈邑了，公子夷吾还在那里坚守。现在国君亲率大军灭掉了虢国和虞国，又匆匆把公主嫁给了秦穆公，唯一的后顾之忧就是将公子重耳和夷吾杀掉，为奚齐的继位铺平道路。看来晋献公自觉已老，必须安排好身后之事。国君已经毫无顾忌了，他急于亲眼看见他身后的东西。可是谁能看见自己的身后？一个人必将在时间里消逝，他的从前就是一切，后面的事情属于后面的来者。

事实上，国君已经十分虚弱了，然而这虚弱正是他的力量所在。他的力量不是来自强大，而是来自自己对虚弱的理解，来自对将来的恐惧。他自己已经没有了将来，但他试图把将来掌握在自己的手里。这样就可以证明他即使死去，也还活在他所掌握的各种事情中——他虽然被埋入地下，但他的灵魂仍然在人世间萦绕。

他喜欢奚齐，也希望让他成为自己的继位者，但这并不能成为仇恨其他公子的理由。可是他执意要这样做，也许不是因为仇恨，而是因为重耳和夷吾的存在就会威胁到奚齐，所以他必须在他还活着的时候为奚齐扫开积雪，让他走到屋外的时候不至于滑倒。所以他将扫雪的扫帚和铲子拿了出来，要挥动自己的臂膀。

　　到屈邑的路是艰难的，充满了沟壑、沼泽、河流和森林。好在我已经在上一次的攻伐中记住了路，知道从哪里走会顺畅一些。转眼一天就过去了，太阳开始下沉，我率领的大军就在一处背风的山坳里安营扎寨。大军在黄昏里开始升起炊烟，用山林里砍伐的木柴燃起篝火。太阳落到了蜿蜒曲折的山脊线之下，远处的山峦轮廓变得更加清晰，山廓的颜色变得更深，一种深蓝从里面透出，就像匠人的刻画，嵌入了深深的刀痕。这种深蓝是忧伤的，它意味着暗淡的时光就要到来。

　　上一次讨伐屈邑，公子夷吾凭藉坚固的城墙顽强抵抗，我便命令士卒放弃了攻击。那时我所率的士兵不多，如果消耗下去，结果难以预料。但是国君并没有埋怨和责备，而是感叹说，夷吾和我对抗是失去了仁孝，他和重耳不能相比，重耳远逃更显聪明。我不知道他的意思，但我看出他对于自己所采取的做法是矛盾的、犹豫的，他的内心显然有着两个声音，他必须听从其中的一个。

　　我想他现在仍然是这样，毕竟我所攻击的是他的儿子。我也是犹豫的，我似乎陷入了某种困境，但我仍然必须听从国君的指令。我是晋国的大臣，国君让我做的，我就必须尽我的力量去做。所以我备足了军粮，喂好了战马，我的箭囊里装满了利箭，我的强弓就在我的手上。士卒们的长矛磨利了尖头，刀剑的锋芒闪着寒光。春天好像已经来了，但风中仍然透出了逼人的寒冷，我们一路上逆风而行，脚步踏着脚步，铠甲的反光照亮了每一个人的脸庞。

　　夜晚到来了，月亮从天边出现，它竟然是那么明亮，在寒冷的

古灵魂

风中照着我们的军营。篝火里火星飞溅，它们就像一个个小飞虫，贴着火焰的尖端狂飞。我却毫无睡意，看着眼前的火焰发呆。我从这烈火中看见了一个个形象——国君的形象、公子重耳和夷吾的形象，还有奚齐的形象。他们有的对着我微笑，有的一副愤怒的表情，但即使是微笑也是带着某种嘲讽。他们一个个对我说话，我却一点儿也听不见。因为火焰的响声压住了他们的话语。

火焰不断变化，他们的形象在这火焰的摇动中变形，他们脸上的表情也变得捉摸不定，我不知道他们究竟要做什么。显然他们是痛苦的，又是快乐的，有时又变得悲伤，忽然又严肃而沉默。晋献公的脸尤其可怕，他用犀利的眼光照着我，让我感到了内心的慌乱。他拍打着手中的宝剑，发出清脆的金声。他把这剑锋伸出了火焰，好像立即就要刺中我的颜面。

我听到了春风的声息，它从我所不知道的地方吹来，在山谷中发出宏大的怒吼。它低沉，覆盖了所有的地方，它从不停留，却在半空里徘徊。它似乎夹杂了无数幽灵从一个山头到另一个山头，它又沉到了峡谷的底部，扫除了地上的枯叶和尘土，为即将到来的春天开路。那么，为了一个时节的降临，天神要在夜晚举行盛大的仪式么？还是天上的神灵都一起出动在人间巡察？

我越听越感到恐惧。我们的头顶上有多少不知道的事情。我们既不知道它是怎样发生的，也不知道它为什么发生，以及它将会给我们带来什么。所以我们不论做什么都应该谨慎，要想一想是不是违逆了天道。我的国君似乎并不在乎上天的法则，他所做的只是他想做的，这样的任性就像幼儿一样。我身边的大臣们都在暗中谈论，但国君的手里握着权柄，人们只好将自己所说的话丢弃在寒夜里。

　　我不记得怎样睡着的，就像我不知道自己从前是怎样做了很多事情。我愿意将一切遗忘。我竟然在军帐里睡得很沉，当军营开始了喧哗，阳光从军帐的缝隙里射进来的时候，才从睡梦里醒来。一夜的时间就在沉睡里度过，这些时间就像不曾存在。夜里发生的，属于野兽和神灵的故事，不需要我们知道，也不可能知道。我需要做好准备在白天行军。可是夜里的事情不是我们白日的预演么？我们所做的就是夜晚事情的验证？或者因为神灵的筹划，我们的一切原本在他们的计谋里？

　　天仍然是蓝的，但这并不是那种让人安静的蓝，而是充满了躁动的蓝。似乎每一个日子都是前一个日子的重复。看着眼前的光景，好像不是陌生的，而是见过了无数次。经过一夜的狂风扫荡，世界变得干净了，甚至脚下的枯枝败叶都不知去向。然而我的内心的枯枝败叶却依然在翻卷，在半空里翻卷。距离屈邑越来越近了，我所面临的将是一场怎样的激战？

　　就在我们行军途中，忽然听到一个讯息，夷吾自知不敌前来讨伐的大军，已经弃城而逃。他能逃到哪里呢？我估计最可能逃往的地方就是他母亲的出生地狄国。重耳也逃到了那里。他们要在自己去时的路上重逢了。夷吾的逃亡让我远征的意义失去了，我的弓已经拉开，但我的箭射出去的时候，靶子消失了。这难道不是一件好事么？我既没有杀掉晋献公的公子，也没有违背他的命令。这样我就放下了肩上的重担，就会十分轻松了。

　　早春的风仍然是凌厉的，它不断用细细的刺打在我的脸上。我身

古灵魂

上的铠甲似乎也被刺穿，我的浑身仍觉得寒冷。我所带领的大军将继续前行，但我将面对一座空城。在我看来，这空城仍是有意义的，它不是什么都没有的空，而是我所要的空。它意味着我已做了我该做的事，并在这样的空城里充填春天的荒芜。它是时间的荒芜，也是我的荒芜。世间的一切不都是在荒芜里生长的么？

卷二百三十二

夷吾

　　我的父君又要派人来追杀我了，我的心里十分恐慌。我不知道他为什么一直盯着我不放，他难道一点儿都不爱我么？我难道不是他的亲生骨肉么？他为什么一定要杀掉我？上一次就是大夫贾华率军来追杀，但我的屈邑是坚固的，我将他的军队一次次击退，他只好无功而返。这一次，我的父君灭掉了虢国和虞国，晋国的疆域已经足够大，它已经在很远的地方扎好了自己的篱笆，差不多没有什么后顾之忧了。所以贾华带了足够的兵马前来讨伐。

　　我的父君一向是阴险狡诈的，他能灭掉虢国这样的强国，还灭不掉小小的屈邑么？我深知他的性格，他想要做的必要做到，他想要制服的必要制服，他想要杀掉的也必要杀掉。除非不要让他生出某个念头，一旦这个念头产生，就像射出去的箭，会直奔靶心。这样的人太可怕了。可是他的大军很快就要到了，我该怎么办？我是坚守还是奔逃？

　　我虽然还是晋国的公子，但我的内心里已经不是晋献公的儿子了，他的一次次追杀，说明他也不会把我作为他的儿子了。我只是我

古灵魂

母亲的儿子。但我还是害怕他，因为他的恶让我恐惧。他毫无怜悯之心，他也只爱他身边的骊姬，为了一个女人，他可以抛弃一切，可以用血来涂抹一切，以致可以忘记一切爱。他逼死了太子，又把我和重耳流放到荒野，还要将我们杀掉。这是多么残暴，我不知道他的心为什么会成为一块石头。他的晦暗给我的心投放了阴影，而且这阴影越来越大了。

他之所以能够不断夺取，不断获得不属于自己的，就是因为他的狡诈，就是因为他的不断背离仁义和天道。那么，面对这样一个人，我为什么不能背离他？他要背离他所要背离的，我也会背离我要背离的。他的背离有他的理由，我的背离何尝没有自己的理由？背离所失去的，会得到更多的补偿。我的背离也将获得我所需的补偿。所以他所投放给我的阴影，我便接受了。我也要投放我自己的阴影，并将这阴影还给世界，以证明这世界上还有阳光。因为没有阳光，又哪里来的阴影呢？

人世间所有的仁义都是虚假的。如果你把别人所说的当作真实的，那你将在失落中绝望。太子申生的遭遇已经说明了这一点。他就是将仁义化为自己，又将自己作为仁义的替身，所以他的死就变为了必然。他将这虚假的东西带在身上，他的枷锁就是沉重的。他不说话也不抵抗，试图让仁义说话，这怎么可能呢？一个虚假的东西怎会说话？因为它所说的并不是自身。

所以我要背离和抵抗。可是，上一次的抵抗，使我失去了仁孝，背着这样的恶名，谁还肯收留我呢？我知道我的兄长重耳已经逃到了我的母亲之国，那里仍有我的亲人们，要么我也出逃到狄国？在那里和我的兄长相逢，彼此也会照应。这可能是最好的选择了。原想冬天结束了，寒冷也渐渐减弱，温和的春天就要来了。谁还能想到在一个充满了希望的时候，却得到了更加严厉的暴雪。

我不能束手就擒，也不能就这样被杀掉。我的生命是美好的，我的母亲给了我生命，不是为了被别人杀掉，而是为了活下去。农夫播下种子就是为了收割么？答案是肯定的。但这生长于地上的庄稼不能再半途死掉，否则就会让播种的人感到绝望。我的身边有我的师傅冀芮，何不问问他呢？

我说，大夫贾华已经率军来袭，我们是抵抗呢，还是逃跑？师傅冀芮说，屈邑虽然易守难攻，但贾华所率的军队十分强大，我们恐怕不是他的对手。而且他已经来过一次，对周围的地形十分熟悉，他要是将我们围住，我们又能坚守多少日子？现在又是青黄不接的季节，城中积存的粮草也没有多少了。我说，那就逃往狄国吧，我的兄长重耳也在那里，我们都可获得庇护。

冀芮说，你上一次的抗拒已经失去了仁孝之名，如果这次出逃到狄国，就会和你的兄长重耳会合，那样就获得了合谋之罪。国君原本就猜疑你们合谋叛逆，这样就会证明这一切不是凭空猜测，而是真的了。本来人们还谴责你的父君，可这样就会转而谴责你，国君的征伐就变得合乎正义。所以这样的选择不可取。应另外寻找安心躲藏的地方，以等待属于你的时机。国君已经老了，他的日子已经不多了。以后晋国将成为什么样，我们都不知道。

另外你要是奔逃狄国，就会和重耳一起相处。可是你们两个人的性格不同，就难免会有冲突，现在你们两个都是脆弱的，就像两个鸡蛋的相撞，彼此都会破碎。即使产生微小的不和，也会给别人留下击破的机会。我皱起了眉头，心上涌起了绝望，说，那我该怎么办呢？除了奔逃狄国，我已经想不出更好的地方了。烧光了草木的荒滩上逃窜的蛇，能被人一眼就看见，农夫的锄头就会跟过来击打。没有树木的地方，飞鸟就难以筑巢。我在哪里才能找到自己的栖身之所？

冀芮说，可能投奔梁国是最好的选择。因为梁国和秦国亲近，秦国又和我们的国君亲近，而且你的姐姐又嫁给了秦穆公，也许能获得最好的庇护。你今天成为这个样子，就是因为骊姬的挑唆。你要是到了梁国，骊姬就会害怕，将会向秦国求助。国君已经老迈，骊姬必将你当作心腹之患，但她又有什么办法？她只能为此后悔。梁国依凭秦国的庇佑，你就有免罪的可能。

我的眉头立即就舒展了，我的师傅的确有着超凡的智慧。当我还没看见什么的时候，他已经看见了山峦背后的东西了。他说，上一次抵抗之所以能逼退贾华，是因为国君已经有了吞并虢国和虞国的想法，所以不愿意在屈邑消耗力量。这一次不一样了，他的想法都实现了，就可以全力来对付我们了。我说，好吧，我们就到梁国去避祸，等待父君在时光里老去。

我站起身来，使身体尽可能舒张，浑身的筋骨发出了轻微的响声，我听见了自己的心跳。城门已经打开，城墙上的城垛露出了锯齿般的暗影，阳光使我的眼睛难以睁开，我从眯着的缝隙里看着我的屈邑，我就要离开它了。我的内心掀起了复杂的情感，就像我所迎接的春风——它既是寒冷的，也是温暖的。它既是荒凉的，也是繁荣的。因为荒凉的是现在，繁荣却埋藏在将来。

我开始回忆昨夜的梦，那是一个怎样的梦？我记不起来了。好像它让我伤心，又好像我在微笑。这样的梦已经做了无数个，每一个都不一样。梦中的地点好像还就在屈邑，又好像在晋国的都城，但它们都是陌生的。我难以确定我身处何处，但梦中既有恐惧，也有绝望，还有对绝望的反抗。梦中曾出现各种形象，好像是我的父君对我训斥，但觉得又不是他的样子，他什么时候变成了别人的容貌？

古灵魂

里克

看来国君仍然不会放过他的两个公子，他的心里因为爱着骊姬，所以他只有奚齐一个儿子。他拥有很多儿女，但他只需要一个。他的心是狭小的，以至于放不下自己的其他子女了。他要把他们从心里拿走。这是一个什么样的人？他是不是觉得自己已经老了，就什么也不需要了？一个即将死去的人还需要什么呢？他的心里压根儿没有天神，或者认为天神根本就不存在，所以他对人世间所有的东西都没有敬畏。没有敬畏就意味着什么都可以做。

或者，国君有他自己的神。如果天神不帮助他，他就寻找另外的神。如果所有的神不帮助他，他就寻找恶神——天上有那么多神灵，就像地上的人一样多，他总会找到和他意气相投的神灵。所以他从来不怕得罪哪一个神，更不怕得罪哪一个人。连神灵都不怕得罪的人，还惧怕什么呢？因而他就不会相信人世间的一切，既不相信忠诚与仁义，也不相信礼法与天道。他相信天子是因为天子是天下的统领，但实际上他也不相信天子，因为看起来的相信仅仅是他的假象，他仅仅是在利用天子的威严，这是他为了获得一切的诡计。

他把从虞国攫夺的财物献给了天子，这是做给世人看的。这实际上就像把屈产的宝马和垂棘的美玉献给虞公一样，仅仅是垂钓者的诱饵。他知道天下的东西不是依靠创造，而是依靠劫夺。只要拥有暴力和权位，什么都可得到。既然什么都能得到，那么为了得到更多的，献给他人就会慷慨。献给不是对别人的尊敬，而是一种更高的蔑视。这意味着，他不仅蔑视神，也蔑视掌管天下的天子。

所以他觉得每一个人都是狡诈的，他也以狡诈来待人。他用诡计和暴力应对一切，因为他用这样的办法总是管用的。如果伸手不能获得，就伸出剑来。这剑上住着邪恶的神，所以他所向披靡。我也是他手中的剑，我的心里却有着对邪恶的不安。但我慑于国君的威权，不得不去做他所吩咐的事情。这样我就成为一个邪恶的侍奉者，也接受了邪恶的正当理由。

现在国君派遣大夫贾华率军讨伐屈邑的夷吾，夷吾已经逃走了。屈邑成了一座空城，夷吾出奔到了梁国。他没有去自己母亲的狄国，而是去了与秦国亲近的梁国，因为梁国较之于狄国，更为可靠和安全。我现在就要去攻打狄国，它的罪名是收留了公子重耳。国君让我攻破狄国，将重耳杀掉。他要将两个公子都除掉，以绝后患。这是多么可怕的事情，他要杀掉自己的两个儿子。连自己的儿子都可以杀掉，还有谁不可被杀呢？可见国君的心是涂满了血的石头。

也许只有这样才可以成为真正的雄主。必须放弃常人的感情，才不会让自己脆弱。没有什么比感情更让人易碎。他已经彻底看穿了感情的真义，所以就毫无留恋地抛弃了它。一个没有任何羁绊的人能不强大么？我奉命要去攻打狄国了，可是我对重耳是寄予希望的，这个人生性厚重，但不愚钝。他甚至是聪明的，因为他的每一次选择都是明智的。上一次国君派寺人披去他所驻守的蒲邑追杀他，重耳并没有选择抵抗，尽管他完全有抵抗的能力，但他选择了出逃。

因为他懂得避开别人的锋芒，也懂得如何不激怒国君。这样既保全了自己，也收获了仁孝的名声。他知道抵抗是无效的，可能会一时获胜，但依照晋献公的性格是绝不会善罢甘休的。他显然比夷吾更知道生存的策略。你要面对一头凶猛的野兽，就一定要先躲起来，然后再拉开你的弓。

现在我要去狄国除掉重耳，我该怎么办？一边是国君的命令，我不能违背；另一边是公子重耳，我不愿杀掉他。我就要陷入困境了。我先率军出发吧。因为要在群山里行军，只能率领徒兵前往征伐。春天仍是寒冷的，但也许这是最后的寒冷了。沿途的树木仍然是光秃秃的，它们还在冬天里沉睡。我们穿越大山和丛林，还没有抵达狄国，就已经疲惫不堪了。

我们在山林里停歇，旁边的溪水发出汩汩的声响，残冰还贴在溪流的岸边，水里的游鱼摆动着尾巴，一会儿停下，一会儿突然加速，它们的每一个动作都是不可理解的，好像毫无理由。但它们的一切都似乎是自在的、快乐的。它们一定没有疑惑，也没有忧愁。我坐在小溪边，静静地看着它们。我想它们在冬天的时候是藏在冰层下的，它们在冬天里做什么？是在睡觉么？有着厚厚的冰层保护，它们不用担忧渔翁的钓钩，也不用担心捕捉的手。

对于它们来说，冬天是多么好啊，不论冰层之外多么寒冷，不论狂风呼号，它们躲在自己的屋子里，可以透过窗户，感受白日的阳光，观赏行人踏过冰面时落下的幽暗影子。它们不用恐慌，也不用忙于四处征伐，更不用经历一次次血战。它们既不需要工匠精心打制的剑，也不需要背负箭囊。所以，它们不需要手，只需要摆动尾巴就可以在溪流里游荡。它们也不需要播种和收割，一条溪流里拥有它们所需的食粮以及所需的所有。这样不是很好的日子么？

可是我们却没有这样的自由，每一个人都在别人的驱使中过日子。或许在一个国家里，只有一个人是自由的，那就是国君。他所要费力的就是驱使别人。他只要有足够的诡计就行了。眼前的游鱼需要诡计么？它的内心没有狡诈，也不需要知道礼法和仁德，然而它所做的却没有不合乎天道的。它不需要每一次摆动尾巴都去找人占卜，不需要知道有无吉凶。它们的日子都是安闲自在的。它们甚至不需要智慧，因为智慧和狡诈总是联系在一起的。

它们抛弃了所有不好的，扔掉了所有不需要的，剩下的都是自己的。一条鱼在我的面前停住了，它大胆地看着我。它好像对我说，你在做什么？为什么坐在这里？这里可是没有人烟的山林啊。我心里说，我也不想来这里，但这是国君让我来的。它问，国君是什么？他为什么要让你来？你究竟要做什么？你又为什么要听他的话？我说，我不知道国君是什么，但我知道他是一个人，就像我一样。你看见我长的样子了么？他也像我一样长着眼睛和鼻子，长着手和脚。可是他是国君，我是他的大臣，我必须听他的话，他让我做什么，我就必须做什么。

为什么你必须要听国君的，你不能听自己的么？我说，不能，因为我是国君的大臣，就必须听国君的。我不知道为什么必须听他的，

古灵魂

但我知道自古以来就是这样。它说，从前的从前就是这样？我说，我不知道，我出生之后就是这样。我从来不能听自己的，我必须听别人的。它说，这是多么奇怪，你们这些人真是难以理解。我说，是的，因为你不是人，你就不能理解人间的事情。显然，它对我的回答毫无兴趣，最后用它的圆眼睛直瞪着我，似乎露出了某种意味深长的嘲笑：我看出来了，你害怕了？我所问的都是你害怕的？你既然对我的疑问害怕，那么你对自己的疑问也会害怕。说完它就顺着溪流游走了。我看着它渐渐消失了。

它所问的不正是我要问的么？可是我又从哪里能够找到答案？就像它的毫无兴趣一样，我有什么必要一直问下去？这样的问题是虚幻的，它就像那条鱼一样，仅仅是在我的面前停一停，然后就逍遥而去。我现在还在想着那条鱼的样子，它的鱼鳞上有一些黑色的斑点，它的眼睛不会眨动，它的嘴有一点儿尖，很像飞鸟的喙，前面却飘动着几根胡须，它究竟是什么鱼？它一定是一个老者，却没有一点儿皱纹——因为它没有心计和各种各样的忧伤，它们是生活的智者？

我必须向我所不知的和不能理解的事物屈服。我之所以向国君屈服，是因为我不知道国君是什么，也不知道和不能理解国君的每一个举动。我之所以向神屈服，也是因为不知道神是什么以及不能理解神。有时我还向仁义、礼法和天道屈服，同样是因为我不知道它们的含义。现在我还向国君的一道命令屈服，因为我对这样的命令也不能理解。未知和不能理解构成永远的迷惑，所以我必须向所有的迷惑屈服。

可是我也应该向我自己屈服，我同样不能理解自己，对自己也处于未知之中。可是这些让我所屈服的，它们有时又是相互矛盾的、冲突的，它们竟然是那样不同，那么，我又如何在它们之间做出选择和取舍？我不知道，我真的不知道。所以我也要向这些我所不知道的选择和取舍屈服。我向所有的事情屈服了，我又怎样向自己屈服？如果我真的选择向自己屈服，那么我所要做的，就意味着背叛。

天色已经不早了，太阳变得发白了，而且在一点点向西倾斜。我命令大军就在这个地方扎营，这个地方太好了，值得人留恋。这时我的御戎梁由靡和戎右虢射来到我身边，说，你为什么坐在这个地方？我说，小溪边是最好的观鱼之地，你看这些小鱼都在做什么？梁由靡说，它们只是在水中游，它们也不知道自己在做什么，我们怎会知道？虢射说，它们也许什么也不做，只是我们认为它们一定要做什么。或者它们所做的必有它们的道理，我们又怎么知道它们所做的？就像我们所做的，它们也不会知道的，我们各自知道自己，却彼此不知道对方。

我们不是鱼，鱼也不是我们。可是我们要去攻打狄国，自有攻打的理由，可是狄国又怎能知道我们的理由？那么我们将要按照我们的意图去做，它们就只能在等待中接受。可是我们就知道自己的理由么？我们的理由只是国君的理由，我们所信的，都是国君的理由。林间变得黯淡了，士卒们的疲劳可以看见，他们中的很多人已经在寒冷里睡着了，身上的铠甲都没有来得及卸下。林间的春风从他们的身上轻轻掠过，并将他们的梦带到了我所不知之处。

卷二百三十四

梁由靡

　　我跟随里克来征伐狄国。我是里克的御戎，但这次却没有车兵，因为路途遥远，需要穿越山林，战车庞大笨重，只有带着徒兵轻装而行。一路上群山逶迤，山林密布，大军行进缓慢。里克似乎也不着急，他让我们不断在路上休憩。山林里的草还没有长出来，但刨开表面的土就可以看见似有似无的绿，草木繁盛的季节离我们不远了。沿途的景色仍然是荒凉的，我的心也是荒凉的。

　　这些年来我不知经历了多少激战，我的战戈下送走了多少亡灵，都不记得了。我不愿回忆这些悲凉的故事，但我每一次拿起战戈的时候，我就看见了在战戈尖头缭绕的死亡之气。它就像云雾一样，使锋刃上的反光变得暗淡。它是亡灵的气息，它让人一看就感到恐惧。它里面包藏着无数死者的面孔，你仔细倾听，甚至能够听到骇人的惨叫和粗重的呼吸。

　　我是勇敢的，我有着粗壮的臂膀和结实的身体，我的浑身有着使不完的力气，每一次我都能在万军之中建立战功。但我厌倦了争战，也不愿眼看着那么多人死去。他们为什么要去死？他们既没有被处死的罪，也没有其它必死的理由。可是他们却死去了。我看到在我曾经血战的地方野草丛生，就想到这些野草的根是扎在尸骨里的，它们的花是用血染的，死亡竟然是这样艳丽么？

我们这一次出兵，是要去狄国杀掉公子重耳。据说他被追杀的理由是他背叛了国君。可他毕竟是国君的儿子，国君对他就没有一点儿感情么？如果我们真的杀掉他，国君反悔了怎么办？要是那样我们就罪无可赦。我们要杀掉的毕竟是国君的儿子。国君已经老了，他的身边难道不需要自己的孩子么？他的心里就没有一点儿爱么？如果真是这样，这就既违反了人道，也违反了天道。可是我不是国君，所以我不可能理解国君，一个国君所看到的，我又怎能看到？就像天上的飞鸟所看到的，地上的兽就不可能看到。

大夫里克却没有任何顾虑，他竟然在一条小溪边观鱼。他竟然是那么悠闲，那么自在。他的心里就不想这件事情？毕竟他是领军的主帅，他就不知道他所做的意味着什么？我对他说，公子重耳还是仁孝的，他怎么会和太子申生合谋去谋害自己的父君？我是不相信的。他说，我也不相信，但国君却相信。我们怎样理解没有什么意义，国君的理解才是最后的定论。

我又说，我们真的要杀掉公子么？他说，人世间有真的事情，也有假的事情，真假之间并没有真的界限。所以我们既不是为真的事情而来，也不是为假的事情而来，而是为国君的事情而来。我们没有权利分辨真假，我们所做的都是真的，因为我们只有做真的事情的权利。你看见那条鱼了么？它们所做的都是真的，至少我们看见的都是真的。我看着水面上那条鱼划出的波纹，它穿着自己的衣裳，它毫无表情，却向着远处游去，可是我们为什么要判断真和假？

一棵树在我的身旁，我将身体依靠在树上。树上没有一片叶子，它的枝丫从树干的中间伸开，又一次伸开，再一次伸开……它有多少树杈？也许我能数得清。但当它长出树叶的时候，一切都被遮住了，我既看不清它有多少树杈，也看不清它有多少树叶。每一件事情都是复杂的，我不可能为每一件事情理出头绪。因为它本身就不是清晰的。我不需要知道一切，我的职责就是去做该做的事。我是一个晋国大夫，国君让我去做的，就是我该做的事，而事情的理由却在国君的心里，它对我来说，可能是永远的谜。我不是为了揭开这个谜，而是将这个谜放在我所做的事情里。

我为什么要为别人的事而纠缠？就像这棵树吧，在我来到这里之前，我的记忆里没有它，它对我来说并不存在。在我来到这里之后，我看见了它，它被我靠在身后。它就是那个样子，这是因为我看见它的时候，它是这个样子。夏天到来之后，我再一次路过这里就不会认出它了，因为它改变了容颜，它长出了满树的叶片。所以我看见它之后，我的记忆里就再也不会找到它。它会躲藏到它自己的地方，也就是它现在所在的地方，满山的树木，我就再也不可能找到它了。

我不需要为此纠缠，它在原来的地方躲藏，它仍然在这里，这已经足够了。而我也在我的地方，我也在原来的地方，却无处可藏。所以我不要再多想了，我所做的是我所厌倦的，我又必须去做，这就是我的命运。我不需理解我的命运，因为它一直跟随着我。夜晚就要来临，我已经看见了一片漆黑。我等待着这个时刻，我要躺在地上，面对一个无限浩瀚的星空。只有我闭上眼睛，才可能出现一个属于我的梦。可是那梦真的属于我么？在每一个梦中，我也是无力的，我既不能改动梦境中的每一个细节，也不能决定我是不是做那个梦。

唉，我只是觉得，公子重耳太可怜了。他出生于王侯之家，其命运也不由自己把握。他怎么会知道今天沦落到被自己的父君追杀呢？他到了蒲邑，就有人追杀到蒲邑，逃到了狄国，我们又追杀到狄国。哪里是他安身的地方呢？一个人仅仅因为自己的出生，就在茫茫大地上四处逃命。他甚至难以找到自己逃命的原因。如果就像我所看见的树，待在原地就可以深藏，那该多好。

我既同情自己，也同情别人。现在我既是自己也是别人，既是一个毫无心事的年轻人，也是一个忧心忡忡的老者，既是遥远的星也是真实的人，既是别人手中的矛也是自己心中的草，既是柔弱的、脆弱的，也是勇敢的和无所畏惧的。我是晋国的大夫，我是里克的御戎，又是无名之形。这无名之形中既是空虚的也是实在的。夜晚地上的一切既是黑暗的，也是有着微弱的光亮的。这是多么可怕。我不知道自己是谁，却在这即将来临的黑暗中等待着黑暗。

我忘记了寒冷，可是我却分明躺在了寒冷里。我等待着黑暗，却也分明已经在黑暗里。我忍受着内心的疑惑，却又分明在疑惑里流连忘返。我究竟想要什么，连我自己也不知道。在冥冥之中我似乎已经接受了命运塞给我的礼物，这并不是我想要的，可是它却已经在我的怀中了。我把自己的战戈放在一边，却一会儿突然想起了它，就拿了过来，把它枕在我的头下，我的身体因为这别人给我的战戈而安稳了一些。醒来之后，我将带着它去狄国血战。它的尖端已经沾满了血，也沾满了一个个亡灵，也许哪一天我会成为其中的一个，和其他死去的人们一起，围绕着我所拿过的战戈，烟雾般缭绕，永无脱身之日。

古灵魂

卷二百三十五

虢射

经过很多天的行军，我们来到了狄国之境。一路上穿山越岭，大军已十分疲劳。但狄国显然没想到我们会来袭击，在一个叫作采桑的地方仓促迎战，被我们一击即溃。我们一直追击到它的都城附近。狄国的罪就是收留了晋国公子重耳，可它是重耳母亲的国，它不能收留自己亲人的孩子么？而且这也是我们国君的孩子。晋献公为什么这样做？我真的不能理解。我只是大夫里克的戎右，我的职责是护卫主帅，将强敌击败。但我仍然想不通，晋献公为什么这样做。

我已经看出来了，里克也不想这样做，他也和我一样想不通，他只是不说罢了。他心里所想的，要从他做事的态度上判断。里克只是将狄国的军队击溃就满足了，他并不想真正将其消灭。本来我们有机会把敌人全部围住，但里克还是敞开了一条路，让溃散的狄军从我们的干戈中逃出。他也并不想真的杀掉公子重耳，而是既击败敌军，又在恰当的时机收兵。这样，他就既可以向国君报捷，又没有违背自己——里克的感情更倾向于重耳，却又不得不率军进击。

即便这样，狄国也不能理解。它和晋国有着姻亲联系，这样的

—137—

亲近关系被利剑砍断了。狄国的民众是凶悍的，他们不能容忍晋国对他们的背叛，也不能忍受这种无缘无故的兵刃相见。他们必会愤而报复。这一次对狄国的讨伐为以后的灾祸埋下了种子。仇恨也是一种赠礼，你给了他，他也会在必要的时候还给你。你可能已经忘掉了这件事，但是受赠者心里必记得。刀剑划下的伤口比鲜花留下的香气更持久，仇恨比恩典的烙印更深，它的存在也更让人难以忘怀。

这一场争斗是可以避免的，为什么国君要不断挑起仇恨？我为国君所行的事感到迷惑。人世间都遵守礼法、各行其路、一团和气，难道不好吗？可我所见的，却和我所想的不一样。自从晋昭侯把自己的叔父成师封于曲沃，同宗相残的争斗就没有停止过。就像寒冬的风一次次掀动屋顶的枯草，直到瓦片上剩下残根，然后又被大雪覆盖。我所看见的，总是奸邪战胜仁厚，狡诈战胜正义，拿刀剑的战胜拿鲜花的，暗藏刀剑的战胜把刀剑放在灯下的。

他们围绕着君位争夺，血染红了别人坐着的宝座，然后又一个别人来抢夺。这已经是一个抢夺者的世界，抢夺成为抢夺者的唯一理由。抢夺者获得了被抢夺者的，被抢夺者失去一切，人们看见了抢夺者所获取的，就愈加相信树上的毒果，而不再喜爱甘甜的、香气四溢的果子了。仁义之道已经沦落为人们嘴上说的，心里却被狡诈和奸邪所灌满。这岂不令人绝望？

所以国君和大臣都崇尚暴力和阴谋，并将之作为得意的智慧，而真正的智慧却被抛弃。因为真正的智慧不能获取私利，它就只能多藏在深山里，与野兽为伴。因为野兽所做的都是有规则的，它们不做自己不该做的。可是我们却什么都做，我们从来没有畏惧之心。或者我们所畏惧的就是抢夺，而最不畏惧的也是抢夺。于是天下的所有得权者都以抢夺为傲，也以抢夺为羡，人的内心只藏着抢夺的计谋、抢夺的仇恨、抢夺的邪恶，也不断获得抢夺的快乐和这快乐滋生的恶果。

我的国君是不是这样的抢夺者？我和里克说，我们远袭狄国是不是作恶？我们总想除掉公子重耳是不是作恶？里克说，不是我们要作恶，而是我们只做自己该做的。我们都是晋国的大臣，国君给了我们应有的位置，我们只是在自己的位置上行事。所以这既不是仁善，也不是邪恶，而是职责和忠义。我说，如果我们所做的的确不符合仁善，又该怎样做呢？里克说，没有真正的仁善，只有内心的仁善，内心的仁善是可以改变的，因为它只是你所知道的仁善，或者是你认为的仁善，而不是真的仁善。真的仁善只有天神知道，我们不知道。

他继续说，我们谈论仁善只是让自己怀有希望，但我们所谈论的并不是真实的，只有我们所做的才是真实的。真实的东西是不能问的，它不能辩论，因为它已经是结论。我说，难道我们不能怀疑这结论是错的么？里克回答，结论就是结论，它没有对与错，它只有它自身。我又问，你怎样看待我们的国君？他是一个怎样的人？里克说，国君就是国君，你不能把他当作一个一般的人，他所站的地方和我们不一样，所以我们也不能谈论他。或者说，谈论他没有意义，他也是一个结论，一个事实，一个我们不能谈论的事实，因为我们不知道这个事实究竟包含了什么。

我看着里克的脸，他的表情是诡异的，似乎十分严肃，又似乎充满了狡黠。他的眼睛里放出了一种诡诈的光，既明亮又幽暗，既有射穿一切的力，又有夺人魂魄的剑。他似乎直视着你，又似乎把这眼光飘过了你的头顶。我无法捉摸他心里所想。我说，其实你的心里有你的答案，只是你不愿意说。他说，你猜错了，我没有答案，我们都不会有答案。答案既不会在心里，也不会在语言里，谁也捕捉不住它，它往往比任何一个国君更狡猾。因为我们试图捕捉它的时候，它已经逃到了另一个地方。它不征服你，它只是逃跑。

是啊，国君不会逃跑的，他就在他的位置上。里克反驳说，不，国君也逃跑，只是他逃跑的时候，我们认不出他，因为他变成了另一个样子。逃跑的国君很多，有的逃跑了，有的没有跑掉，即使这样他的心里也是想逃跑的，或者说，他已经逃跑了，他在自己的心里逃跑了。就说虢公吧，他逃跑到了洛邑，找周王去了，而虞公则没有跑掉，他成了晋国的俘虏。还有我们的国君，他表面上没有逃跑，实际上他已经老了，他最终也要逃跑。我们所做的是他逃跑前要做的，也许他能够做到，也许他根本做不到，但他终究要逃跑的。

——再说重耳和夷吾，他们也在逃跑，他们都可能是国君，但我们还暂时认不出他们的样子，他们化装成了逃跑者。我说，我们又何尝不是逃跑者？我们做的每一件事都是在逃跑，比如说吧，我们这次来追杀公子重耳，应该是能够做到的，但我们心里所想的是逃跑，于是你巧妙地逃跑了。表面看起来是敌人逃跑了，实际上是你逃跑了，你所看见的别人的逃跑，实际上是你自己的逃跑。当然，我也跟着你在逃跑，不过这是我愿意的逃跑，我们在一起逃跑。

里克沉默了一会儿，忽然说，我们逃不掉，只有国君可以逃跑。我们只是跟着国君逃跑，但结果是国君逃跑了，我们留下了。我看着里克，他似乎露出了悲伤的表情，他眼里的光也黯淡了。他心里一定想起了什么，可是我不知道。我只是从他的脸上做出判断，一个人的脸呈现的就是他所想的。他的脸是阴沉的，阳光似乎照不到他，他已经置身于无数山壑的阴影里。我安慰说，我们在原地逃跑，留下也是一种逃跑。别人逃跑到别处，我们逃跑到我们自己的心里。这个世界是广阔的，它不会让有些人逃跑，而不让另一些人逃跑。

就像我们眼前的树木，它们在秋天落下了叶子，放下了繁荣的外观，脱去了让人赏心悦目的衣裳，它们逃跑了。它们看起来一直待在同一个地方，但它们也在逃跑。在春天来到的时候，它们就会再次出现。逃跑不是为了消逝，而是为了再现。它们在适当的时候逃跑，又在适当的时候显现。它们总是逃跑得很快，但出现的时候总是悄悄的、缓慢的、不知不觉的。它们在原地逃跑，我们也是这样。

里克说，我知道你说什么，但事实不是这样，我们仍然生活在事实里。实际上，在事实里谁也逃不掉。我说，你说得有一定道理，但事实也是虚幻的，真正的事实也不存在，我们仅仅是在一个个虚幻的事实里，但我们将这些事实当作真实的事实。因为事实不是一个，而是一个事实接着另一个事实，另一个事实又产生又一个事实。事实是无穷无尽的，所以我们所看见的事实并不是真正的事实，真正的事实从来都在后面，以及后面的后面。

这正是事实的可怕之处。我们在春天寒冷的阳光里彼此面对，却不知说什么好。我们陷入了深深的沉默。我们的大军已经踏上归途，但路途还很遥远。众多的剑戟已经擦干了血迹，变得金光闪耀。它们在一个个肩头，倾斜着指向天空。获胜却没有喜悦，只有在疲惫中的行进。步伐是凌乱的，内心也是凌乱的。每一个人把自己的脚印摆放在路上，而自己的心里有着另外的脚印。里克从自己坐着的石头上站起身来，对着空阔的原野轻轻说，你说得对，事实也在逃跑。我们获胜了，已经走在回归的路上，但是我们也是在逃跑，因为一切事实都在逃跑。

卷二百三十六

农夫

昨天夜里我辗转反侧，一夜没有睡好。我听见外面下起了雨，起初是一些稀稀拉拉的雨滴，但半夜就下大了。风声和雨声交织在一起，拍打着窗户和屋顶，好像就要把我的屋子掀翻了。我本想点亮灯，但一想到我的灯油已经不多了，就放弃了这个想法。不知过了多少时辰，雨又变小了，屋檐上的流水声也清晰起来，它十分清脆，就像每一滴水都打在坚硬的玉石上。

已经很多日子没有下雨了，昨天我沿着田间小径巡查，发现我的田地里的谷禾垂下了头，它们的叶子卷了起来，就像一个个老人伛偻着身子，我听见了它们的喘息声。这让我十分伤心。我蹲下身子，仔细察看每一株禾苗，好像我所感受到了的焦渴在嘴唇上燃烧，我感到自己的嘴唇已经开裂。天气是炎热的，我坐在田埂上，浑身在流汗，我多么想把我身上的汗水浇灌这些可怜的庄稼。

到了黄昏时分，南面的天边出现了乌云，然后一点点蔓延到西边，将太阳落山后的余晖盖住了。天空昏暗下来，我却从这发暗的乌云里看见了光，看见了焦渴里的光亮。天空越是暗淡，它的光就越亮。我的心怦怦直跳，我内心充满了喜悦，可能过不了多久就会下雨了。我回到屋子里等待着，等待着。我倾听传来的一阵阵闷雷，仿佛天上的车轮碾了过来。

外面完全漆黑了，我一次次推开门观望，空气里显然有一点儿潮湿了，风向也转了，乌云已经将世界完全盖满了。我猜测今夜就会下雨。也有的时候，看着雨云覆盖了天空，但不知什么原因它们又会散开。夜深了，我却一点儿睡意都没有。在这漆黑中我想象着天空究竟是谁在掌管下雨，谁又掌管着打雷并施放闪电。它们是怎样的神灵，它们在平日都藏在什么地方？需要我们怎样祈祷它们才会出现？我们用怎样的方式才会让它们感动？

天上的事情我不可能知道，我只关心人间的事情，关心我的谷子在什么时候播种，又在什么时候收获。我在夜晚听着雨声，渐渐有了一点睡意，好像睡着了，又好像没有睡着。因为我一直能够听得见雨声，知道它下大了，后来又变小了，还听得见雨声里的风声，它们完全是交织在一起的。大雨扫过我的屋顶的时候，似乎有着某种神秘的节奏，好像天上的乐师在演奏。这样的音乐真好听，我不知道国君的宫殿里所演奏的是什么曲调，它肯定不如天上的乐师，能演奏这样一个复杂的、充满了无穷变化的玄妙音乐，它是这样浩瀚、广淼、深不可测，它包含了万物生机的玄奥。

我整夜都在倾听。世界好像在旋转，它一会儿走得很远，一会儿又回来了。这个世界上有多少美好的事情值得期待，值得倾听。这些美妙的音乐好像在我的梦中，又好像在梦的外面徘徊。可是国君却不断寻找仇恨和杀戮，他们竟然不知道这个世界多么美好，而且本来就是美好的。可我们为什么要去做那些丑陋的恶行？每一个人都应该守护美好的东西，不应该不断袭扰别人的宁静和天赐的福分。

春天的时候，我还没有开始播种，晋国的国君就让大夫里克率领他的军队去讨伐狄国。他们路过我的田地，把我的田地踩得坚硬。以至于我费了很大的劲儿才将土地翻开，我的谷子才种在土里。那一次，他们好像获胜了，狄国的大军败退了。后来我才听说晋国出兵的原因，他们国君的儿子逃到了狄国，晋献公要把他的这个儿子杀掉，所以就要出兵讨伐。为什么要杀掉自己的亲生儿子？这哪是一个做父亲的应该做的？即使是山林里的凶兽也不会这样做。

我在很小的时候，到山林里砍柴，我拿着刀爬到了树上，要把一些细小的树枝砍下来。忽然我看见一只野兽，它在山间匆匆走过，它的背上驮着它的孩子。这是多么温馨的景象。那只大兽的面孔我没有看清楚，它有着庞大的身体，走起来十分从容淡定，步伐也是稳健的，好像是带它的孩子散步，来看看周围的世界。背上的小兽却一点儿也不安分，它不断东张西望，尾巴不停地摆动。它会经常给大兽用前爪挠挠背，而大兽却像没有感觉一样，只是一会儿回过头来用自己的舌头舔一舔自己的孩子。它们是那么亲昵，它们生活得一定很美满。

我停止了砍柴，一直看着它们远去。它们并没有发现树上有一个人在看着，我也不愿意使这样的美好时刻受到惊扰。那只大兽是它的父亲还是母亲？似乎并不重要。但我知道所有的生命都有着相似的一面，它们都有爱，至少对自己的孩子是充满了爱的。可是晋国的国君却违背了自己的天性，竟然要出动大军杀掉自己的孩子。国君难道不是人么？他竟然不知道应该爱自己的孩子。在爱和仇恨之间，他选择了仇恨。在好与坏之间，他选择了最坏的。

我可不会这样。我还没有孩子，但我准备秋天收割了谷子，就娶一个漂亮的女人一起过日子，然后生几个孩子，我要好好爱他们，夜里听他们的梦话，让他们睡得安稳。等他们长大了，就教他们怎样做农活，怎样伺服田里的庄稼。这里有很多学问，很多事情一辈子也弄不懂。嗨，我似乎已经看见他们长大了的样子，他们的眉目和我一样清秀，他们从小就有力气，有着粗壮的手臂和结实的胸膛，以及被太阳晒得发黑的脸。他们的头发在风中飘扬，跑起来比骏马还要快。我会坐在我的田埂上，看着他们玩耍，笑得合不拢嘴。

我对所有的日子都是满意的，我感到天神对我是很好的，我所种的田地给我充足的粮食，并使我度过幸运的时光。我喜欢这样的日子，我的每一天都是快乐的，只有我田里的谷子遇到灾害的时候，我才会忧心忡忡。可是我所难理解的是，国君住在宽敞的宫殿里，吃着最好的食物，饮着最好的美酒，听着乐师的演奏，又有美女的歌舞陪伴，他还有什么不满足的呢？他为什么要经常征战？为什么要杀掉那么多无辜者？为什么让血流成河？他们为什么喜欢残暴而不喜欢仁德和和善？为什么不喜欢和解，而是喜欢仇恨？

现在狄国要复仇了。狄国为晋国的公子重耳感到不平，也为晋军对自己的袭击，狄国要复仇了。我来到了我的地里，庄稼长得很旺，看来今年是一个好年景，我能收获更多的粮食了。他们又要路过我的谷地，我怕他们踩坏了我的谷子。我早早就守候在地头，一直看着他们绕过了庄稼地，沿着小路走向晋国。我松了一口气。他们的仇恨将

古灵魂

在什么时候结束？讨伐和再讨伐，复仇和又一次复仇，仇恨一旦挑起，就不会有尽头。他们将沿着仇恨一直走下去。

据说，一个晋国的大臣和他的主帅说，我们讨伐了狄国，狄国将要复仇，本来没有的仇恨，却让我们开了仇恨的泉，这河流就止不住了。他说对了。看来那些征战者并不是糊涂的，他们的聪明却不能将自己救出来。因为他们已经跳进了泥淖，脚上必沾染污泥。他们由不得自己，因为一切要等着国君役使。他们所食用的，来自我所种的粮食，但他们却以为来自国君的赏赐。

雨后的空气是清新的，我大口大口地呼吸，我的身体内部被洗刷得干干净净，我感到浑身都是舒畅的，我的手臂充满了力量，过一会儿我就要干活儿了。我旁边的树木也是旺盛的，它们的树叶上沾满了雨水，它们是那么绿，就像宝石一样耀眼。乌云早已散尽了，阳光变得热烈，但有时是柔和的，地上的湿气开始上升，我能感到自己似乎被托了起来，似乎也一点点升高了。

我在小路上徘徊着，看着狄国大军踏下的脚印，它们在雨后的泥泞里变得清晰而深重，他们的仇恨有多深重，他们的脚印就有多深重。我可以从他们的脚印里看出他们身体里装满了的仇恨。他们的长矛划过天空，却不会留下彩虹。他们从我的视线里一点点消失，就是让我忘掉他们以及他们要做的事情。因为我有自己的事情，我的庄稼等待着我。让他们沿着仇恨走下去吧，我要到田垄里把混入禾苗的野草一根根拔掉，以便让我的谷子长得更好。

卷二百三十七

晋献公

　　我躺在这里，知道我的日子已经一天天近了。年轻的时候总会觉得日子是无限的，觉得人是不会死的，觉得自己可以拥有一切。可是我渐渐看见了事情的真面目，人是不可能一直活着的，他的出生就意味着他的死。就是这样的一个简单的道理，却需要用一生来认识。既然如此，我们都不需要太多的东西，因为你得到的越多，失去的也将越多。得到会使你快乐，但这快乐是短暂的，而失去将让人痛苦，这痛苦却要持久得多。你的快乐越多，你的痛苦就越大。

　　我这是躺在哪里？一个高榻承载着我的身体，承载着我的全部，可是我将不再拥有自己。我曾经拥有它，曾经拥有自己，我现在仍然拥有，但我已经感到自己的身体在下陷，一点点陷入泥土，陷入万劫不复的黑暗。我曾经拥有的和现在仍然拥有的，就要归于泥土了。它才是最后的拥有者。我所劫夺的要归于它，我所继承的也归于它，连我所畏惧的也要归于它。

　　那么我所看见的事情的真面目是什么？实际上哪里有什么真面目，一切都是归还，归还才是事情的最后结果。我所要的都要归还，

古灵魂

我所抛弃的也要归还。它把假象给我，却留下了真的。看看这无边的世界吧，我走过很多地方，我带着刀剑从一个地方到另一个地方，让别人的血流在地上，就像农夫撒的种子一样，但没有一颗种子是真实的，它们开花但没有果实，它的果实本是泥土捏制。

我已经听见了先祖的呼唤，他们说话的声音是真切的，有的来自天上，有的来自地下，有的就在我的耳边。他们呼唤着我已经忘掉了的自己的名字。他们记得清清楚楚。我让人拿来铜镜，我从中照着自己，上面的尘土用我的袍袖擦净，但我的面容却擦不掉，只有我把它放在一边的时候，我才会从其中离去。我就要放下它了，我的面容不会一直留在上面的。

我挣扎着坐起来，环视着四周，似乎所有的东西都是陌生的，可是这曾是多么熟悉。可现在变得陌生了。它是我一直生活于其中的宫殿么？我记得身旁的灯一直是明亮的，可是那火焰的里面却变黑了，它使得我的周边都一团漆黑。它的跳动只是漆黑的跳动，就像我的心跳，它已经是漆黑的了。我似乎认出了服侍我的人，但他们的面孔是陌生的，他们的手好像是死亡里伸出来的，他们要把我拉走，我就要到另一个地方去了，那也将是一个陌生的地方。那个地方也是这样的漆黑么？

我有着死亡前的骄傲，因为我在死亡前已经做了很多，甚至我的先祖也是比不上的。我将他们没有得到的都得到了，我已经将晋国的疆域扩展了那么多，许多过去存在的国已经归于我。我也将我的仇和他们的仇都报了，我洗清了先祖身上的污斑，也擦掉了他们心里的仇恨，用仇者的血将他们的灵魂洗净。

我从不敬畏神，也不敬畏天道，因为我是生活在人间的，而人间没有他们的地盘，也不需要他们来设计规则。我也祭祀和祈祷，但它并不意味着我敬畏我所不知道的，而是将这祭祀和祈祷作为我的权力。我的权力不是神给的，也不是先祖给的，而是我生来就拥有的。天意并不存在，我的命运就是我的天意，而我的命运是我自己去夺取的。我夺取，所以我拥有。

　　可是这样的骄傲还剩下什么？我看看自己的身边，一切都不属于我。它曾经属于我还不够么？不，我一直不知道自己究竟想要什么。我要了那么多，却不知道我想要的。我曾痛饮美酒，可是天下的美酒多得是，我怎么也喝不完。美酒是无穷无尽的，我却不需要那么多。我也曾拥有很多美女，她们各有各的美，妩媚的和温柔的，也有强悍的，可是天下有的是美女，我不可能全部拥有。我想拥有的已经拥有了。

　　我还有很多珍贵的宝贝，它们都是稀有的，可是它们有什么用？我拿出了屈马和垂玉就可以换取虞国和虢国，我又把它们拿了回来，可我已经不稀罕这些东西了。我想拥有别人没有的丰功伟业，我也有了。我攻伐了那么多国家，将它们吞并到晋国的舆图里，可是我所能见的，只是我的目光所及的。我看见的野花早已枯萎，我所见的树木每个春秋都不一样，我不能穷尽人世间的一切，我所见的都是我能够见的，更多的事物我见不到，我只能做到这些了。我所占据的是我能够占据的，天下是无穷无尽的，我得不到所有的。那么这些对我来说还有什么意义？

　　我不需要能够得到的东西，我想要我得不到的。得到的都是无用

古灵魂

的，无意义的。我所得不到的，就是以后的日子。无穷无尽的日子。它是多么可怕，它就在我的身后，可是我却不能转过身去。我的身体只能向前走，而前面已经没有道路了。我所面对的是无限的黑暗，是荒芜的、黑暗的旷野，这个旷野上将什么都没有，这样我将只剩下自己，一个完全孤寂的自己。一个完全的孤寂，意味着自己也不存在。是啊，我将会不存在，将会沉入深深的泥土。

我想起了公子重耳和夷吾，他们已经逃到了各自的地方。我让贾华攻伐屈邑，夷吾逃到了梁国，梁国有秦国的庇护，我已经不可能杀掉他了。这个人没有仁孝之心，他只有自己。他也缺少世间的德行，从小就很少讲信义，贪图安逸和眼前的利益，估计他会遇到不可知的灾祸。我不除掉他，他也会用自己的手将自己推下深渊。

重耳还是仁厚的，好像也获得了一些好的虚名，不知将来会怎样。但他们都背叛了我，所以我要遣兵追杀。狄国收留了他，我就讨伐狄国。我知道这样的方法很难杀掉重耳，但我必须这样做，否则更多的人就会背叛，因为他们失去了惧怕，前面有了一个坏榜样。

我并不想真的杀掉他们，他们毕竟是我的儿子。我之所以派遣里克讨伐狄国，就是因为里克不仅同情太子申生，也同情公子重耳，他会适可而止的。他会在讨伐中掌握分寸，并为重耳放开一条路。里克对我的忠诚是可疑的，但他仍然惧怕我。我要让所有的人保持这种惧怕，而不是畏惧天上的神。天上的神在天上，而我掌管着晋国，他们必须知道这一点。我要让他们看见我脸上的仇恨而不是仁爱。仁爱是软弱的，它远不如仇恨严厉。我不给他们春雨，而是要让他们领略严冬；我不让他们滋长，而是让他们感到被摧毁的恐惧。

只是这次讨伐让狄国受到了伤害，他来报复也在情理之中，所以我也让里克去在抵抗中适当避让，以便抚平狄国身上的伤痕。这样，我要做给世人看的，都已经做了，剩下的事情，我已经没有能力去做了。这一切都过去了。所有的恩怨都随着我的生命的结束而结束。然而我不愿我的结束是真的结束，我的影子要在这结束中蔓延，就像夕阳中人的影子，我会被放大，拉得很长，我的虚像将替代我的真实，只要影子是真实的，我就是真实的。即使是虚假的影子，它也意味着我的存在。

我要把恐惧种在人们的心里，让他们的身上裹上阴影。我并不是没有感情，我只是将我的感情藏起来，就像地下的树根，地上的树则是另一种样子。我的树上开着有毒的花，是不让人采摘，我也结着毒果，也防着别人来吃。但我地下藏着的根却伸向很远的地方、很深的地方，它不被人看见，它只属于我。我用毒性警诫人们，却用我的根仔细照看我的感情。我的身边只有骊姬和奚齐了，我不能丢弃他们，我丢弃我自己的时候，要照看好他们，因为他们是我心里所爱的。

骊姬是我的女人，她既漂亮又贤惠，她知道我心里想什么，我的一个眼神就会让她明白我的意思。现在她就在我的身边擦拭着眼泪。她什么也没有说，她知道现在所说的一切话语，都是无用的。她的眼泪就是她的语言。我穿过她的眼泪抵达她的内心。因为她的内心里只给我留下了房间，这里只有我们两个，这里有着刻骨铭心的宁静。只有在这样的宁静里，我的快乐才像太阳一样升起，我才会发现自己的光辉。我的灵魂里的光辉不仅照亮了她，也照亮了我自己。

可是我就要沉下去了，所以她不停地流泪。我说，我知道你想什么，我会安顿好的。奚齐是一个贤良的孩子，他身上有我的影子，我不论走多远，他将用我的影子护佑你。可是她仍然不停地流泪。她的手伸给了我，我紧紧握住了，这只手是冰冷的，可是更多的时候它是温暖的。之所以这样冰冷，是她的眼泪浸泡的缘故，因为她的眼泪是冰冷的。

卷二百三十八

荀息

一个个年头过去了，时间真是过得太快了。许多事情就是在这流水般的时间里出现的，既有好事情，也有坏事情。你不能把好事情留住，而把坏事情挡在时间之外，它们是混合在一起的。就像大河里的波浪，你不能把泥沙从中分离出来。它不知在什么地方混合了泥沙，也不知在什么地方会变得清澈。浑浊和清澈都是大河的事情，它排斥我们的愿望，也不会按照我们所想的样子流逝。它的波浪总是一个连着一个，我们不可能分清它们究竟是哪一个，它们是交织在一起的。

我听说，宋国的君主宋桓公死了，他突然在一场大病中一卧不起。地上刚刚长出草叶，树枝上也长出了新叶，他却死了。他看不见今年野地里的鲜花了。这让我想起他的兄长宋闵公的故事——宋闵公在一年秋天和他的武将南宫长万一起狩猎，他们一起射出了箭，击中了野兽。于是他们都说是自己射中的，为了猎物争执起来。宋闵公极为生气，就讥讽南宫长万说，我原来还是尊敬你的，可是你已经成为鲁国的俘虏，你又怎能再让我尊敬呢？

南宫长万感到自己受了侮辱，就开始怨恨宋闵公。因为他的确曾留有耻辱的伤疤，在一次战役里被鲁庄公的箭射中，又被鲁庄公的戎右歂孙捕捉。那支箭叫作金仆姑，鲁庄公的每一支箭都有吉祥的名称。后来在宋国的交涉中鲁国才释放了南宫长万。南宫长万的这个伤疤让他疼痛。肉体的伤疤可以揭开，但耻辱的伤疤不能揭开，因为这耻辱不能经得起第二次，它意味着在耻辱上又加上了耻辱。

后来南宫长万终于等到了机会，在蒙泽杀害了宋闵公，又连续杀掉了大夫仇牧和太宰华督，将公子游立为国君。宋国的几个公子都逃到了萧邑，公子御说也就是后来的宋桓公逃到了亳邑。为了杀掉公子御说，南宫长万让他的胞弟南宫牛和武将猛获将亳邑围困。但萧邑大夫萧叔大心调用曹国大军前往讨伐，南宫牛在阵前被杀，猛获逃到了卫国，南宫长万自己驾车载着母亲逃到了陈国。这样，公子御说就被立为宋桓公。

君臣之间的一句话竟然引发了弑君之祸。他们所猎获的猎物就是他们自己。他们同时射出了箭，自己既是射箭者也是被射的靶子。一个国君也该让自己的大臣有所畏惧，但南宫长万竟然要与国君争夺猎物，这说明国君已经失去了威权。当然南宫长万也没有一个好结局，他没有逃脱自己的罪恶，这罪恶追赶着他，直到他无路可逃。宋国让卫国归还猛获，卫国试图拒绝，可是卫国大夫石祁子说，天下都憎恶邪恶，而我们却想要袒护邪恶，在宋国作恶者在卫国却受到庇护，得到一个邪恶者却得罪了一个国家，这绝不是一个好主意。猛获就被捉拿回了宋国。然后，宋国又向陈国索要南宫长万，并用重礼贿赂，结果南宫长万在美女陪伴中饮酒大醉，被犀牛皮包裹着送回了宋国。这两个叛逆者被乱刀剁成了肉泥。

现在宋桓公死了，我的国君也在疾病中等待。但从前宋国的故事并没有结束，它仅仅是河流里的一个波浪。晋献公曾与很多人结怨，他死后会发生什么？谁也不知道。宋国的故事不仅仅属于宋国，它在所有的地方都在暗中滋长。只是我们不知道它还在什么地方重现。我已经看见，所有的故事都不会发生一次，一个故事和另一个相似的故事会在时间里相遇，它们会在彼此的脸上认出自己。

不得不承认，我的国君是一个充满了激情的人，他想做的事永远比他能做的事多，他不管那么多，只管自己的想法能否实现。所以他需要路上的石头，他就要与很多人结怨。他的故事就不会仅仅是生前的故事，而是会由更多的人来接续他的故事，这也许是不会有结尾，只有不可预测的、惊心动魄的悬念。他不知道激情是需要克制的，过度的激情燃烧会迸溅暴戾的火星，它会点燃自己的房子。他不是没有感情，他的感情乃是向着严寒蔓延的，或者说，他的感情就是仇恨。如果没有仇恨，他就寻找仇恨。

也许他认为，没有仇恨的生活是没有趣味的生活，只有仇恨才会让世界变得五彩缤纷，才变得华彩绚丽。毒草的花儿是最艳丽的，他欣赏这样的鲜花，并感到在这样的生活里才会体验生活本身的意义。所以他喜欢仇恨甚于喜欢爱，因为爱过于温柔，它缺少刺激，缺少那种令人振奋的力量，也缺少创造。他和我的谈话说明了他的内心，他觉得没有仇恨，没有暴力，没有扫平一切的想象，就不会有创造，因而仇恨是万物的源泉。他已经从自己心里铲除了天神，却留下了主宰仇恨的神。

现在他就要死了，在病榻上等待着。他把我召唤到身边，说，过

古灵魂

来吧，离我近一些。我就到了他跟前，看着他晦暗的脸上有着怪异的微笑。很显然，这微笑是善意的，也许每一个人在最后的时刻都是善意的，即使他是一个恶人。因为这最后的时刻已经放弃了虚伪，放弃了阴险，放弃了狡诈，这些东西都不需要了，只需要赤裸的、不用掩饰的真实。因而他对我露出了微笑。我被这样的微笑感动了。

是啊，面对一个人的真实，谁不会感动呢？我的眼泪夺眶而出。我说，一切都很好，你安心养病，一切都会更好的。他说，我知道的，我很快就会离开这个世界了，我有许多话要说。多少年来，你对我是最忠诚的，我的心里知道，只是没有对任何人说起过。所以很多话我只对你说，你要向我保证，我说的你要去做。我说，我保证。可是我这时已经禁不住自己，眼泪一直流下来，我哭了起来。

国君说，不要哭，我们应该笑。任何时候都要笑，只是我以前笑得太少了。因为人世间没有什么值得哭，即使流泪也要笑着流泪，这样的眼泪才有意义。我说，我笑不出来，我也不太会笑，因为我所做的都是严肃的事情，而严肃的事情不能笑。我侍奉国君都是战战兢兢，总怕有什么事做错。他说，我知道，你所做的我都看见了，也记在了心里。不过我倒是有很多错误，却很少说出来，我一旦说出来别人就会觉得我错了，他们就不会把我的话放在心里了，一个国君的权威就会动摇。

我说，我知道，我也能理解，我所做一切都是为了国君，为了晋国强盛。国君是一代雄主，是晋国的开拓者，我们的今天已经和以往的晋国大不相同。国君说，不要说过去的事了，所有的事情都会过去，谈论已经过去的没有意义。我想给你说的，是将来的事情。我就要走了，所不放心的是骊姬和奚齐。你知道他们都是贤良的，我所寄予希望的就是奚齐，我所爱的就是骊姬，我难道不应该给他们一个好的将来么？我将奚齐托付给你，你将怎样对待他，这是我想知道的。

我说，国君放心吧，我会竭尽股肱之力，并加之忠贞之心。如果一切都好，那就归于国君灵魂的佑护；如果没有好的结果，我将追随你而去。国君说，那就好，我就放心了。你就作为晋国的卿相主持朝政，我就把骊姬和奚齐交给你了。我说，你对我的信任我永远铭刻在心，我的生命属于你，属于晋国，但我的才能和智慧是有限的。我只有借助你的威权以及你的力量来辅佐新君和治理晋国了。

然后，他告诉我，人世间所有的人都是有罪的，你要敢于把他们的罪状公之于世。没有无罪的人，只是人们的罪藏在自己的心里，成为一个人的秘密。他不被说出就意味着没有，所以罪是说出的，你说出来他们就有，这将成为他们的恐惧。我也有罪，但因为我是国君，我有着不说的权利，又有着说出他们的罪的权力，所以我将自己的罪都加在了别人的身上。所以我所恐惧的不是过去，也不是现在，而是将来。所以我就把这将来托付给你了，你使我看见了希望，忘掉了恐惧。

我看着国君伸出手来，他的力气已经十分微弱。我也将手伸给他。我感到他的手指抓住了我，并且将他身体里的力量传递过来。他的手是枯瘦的，就像干燥的树枝，但其中仍然暗藏着火焰。这样的火焰是看不见的、无形的，但我能感受到它的热力，它炙烤着我，就要将我的灵魂烤焦了。我不喜欢邪恶，我喜欢正直，也喜欢忠诚和信义，但我却不能拒绝一个国君弥留之际的嘱托。我既然答应了国君的托付，我就要担起这个重负。我立即觉得自己的身上变得沉重，我的双肩已经承受不了，我已经弯下了身子。

从国君的眼里射出的幽暗的光，是那样强烈，那样不可阻挡，它穿透了我。我就像中箭的野兽，似乎在挣扎，也似乎在从我所依靠的地上汲取力量，我听见了自己的咆哮。但这一切最后转换为寂静，一种幽暗里迸发的深沉的寂静，我的心里感到了这寂静的震撼。我原以为国君是孤独的，但我想错了。他并不孤独，他只是看起来孤独。他的心里有着惦记的事情，有骊姬和奚齐，有着他所担忧的将来，所以他并不孤独。他带着那么多的东西，怎么会感到孤独呢？他将带着那么多的东西，走向属于他的黑暗。

他也是真实的，尽管他的周围充满了虚幻，但他知道这虚幻，所以真实就藏在他的心里了。在他即将离开的时候，他将内心的真实显现给我，让我看见一个真实的人。他突破了四周紧紧围着的假象，让我和他自己回到了真实。他既告诉了我他内心的晦暗，也让我在这样的晦暗里发现了由这晦暗发出的光。当然我也看到了他所做的恶，他是知道的，他只是在一直这样做。他有他的道理，可这样的道理我并不喜欢。一个人生来并不是让别人喜欢的，而是让别人来理解的，即使所有的人都不理解，他就寻找自我理解的理由。他的理由不是我的理由，但确实是我理解他的理由。

我从国君的身边离开了，我不知道这是不是最后一次离开。我曾经服侍他，他离开之后我仍然服侍他。我不是服侍他的恶，而是服侍他的恶的光里所照出的仁善。我从国君的宫殿里出来了，外面的路已经灰暗了，又一个黑夜就要来了。我不知道今夜会不会有一轮明月，但现在是灰暗的。夏天的微风从我的面颊上掠过，我感到了几丝凉爽。

　　但它不能给我安慰。我就像火焰上的飞蛾，我尽管感到了疼痛，但还是要飞。要在这火焰的四周飞，直到我的翅膀被烧焦。因为我就是为这火焰而生的，没有这燃烧的烈焰，我身上的翅膀就没有意义，我的飞翔也没有意义。我也明知这烈焰包含着神秘的死亡，但我同样有着烈焰般的激情。我尽管用自己的全部力量来克制这激情，但面前的烈焰怂恿着我，推着我，将我卷入了这无边无际的、永远看不到真实的激情。这让我忘记了疼痛，忘记了死亡，忘记了自己，甚至忘记了我究竟是在飞翔还是停顿。

古灵魂

卷二百三十九

骊姬

　　我又一次来到国君的榻前。他的脸上浮现着笑容，这笑容好像不属于他，而是被贴到他的脸上的。他竟然笑得这样天真、纯净，就像个孩子。我听说人老了的时候，就会变成一个孩子了。国君真的是这个样子了，我从他苍老的皱纹里，看见了一个心无所思的孩子。他的眼睛忽然变得不那么浑浊了，而是像孩子那样透彻、澄明，好像我从他的瞳孔可以进入他的灵魂。他的严厉和可怕的暴戾都不见了，他竟然除掉了自己田地里的杂草，剩下这纯真的庄稼了。一切被阳光所照彻，被和煦的风所吹动。

　　他对我说，唉，我真的老了，甚至不能做一个完整的梦了。我现在睡不了多长时间，我的梦总是七零八落，它们究竟在说些什么，我完全不知道。我说，我的梦也不完整，我总是担忧你，在梦中能看见你的脸。不过你的脸总是模糊的，没有一张脸是清晰的。他说，你现在就看着我，我的脸就是这个样子，一切都是过去的样子。你现在一定看得十分真切。国君双眼一眨不眨地盯着我，我的脸难道是陌生的么？

他说，你低下头来，让我好好看看你。他抚摸着我的头发，又摸摸我的脸，说，你是真实的，可我已经不那么真实了，因为我将离开你了。我离开后，你就想不起我是什么样子了，一个人的面容只在他活着的时候是清楚的。我说，不，你不要说了，你永远是清楚的，因为我的心里只有你，一个女人用她一生的力量还记不住一个人的样子么？

我伤心极了，眼泪泉水一样涌了出来。他笑着说，你看，你哭得像一个孩子。他的声音是微弱的，好像是从很远的地方和我说话，被风吹送过来了。我把脸贴近他，我的泪水和他的泪水融在了一起。我说，你也哭了。他说，我没有，我从不流泪，是我灵魂里的血涌了上来，我真的舍不得你，也不放心你，我死后不知你将怎样生活。

你不会死的，你不会死的。你经历了那么多的激战，都没有死，你怎么会死呢？在我的心里，谁也没有你勇敢和健壮，谁也没有你那么多智谋，可是你从来没有将残酷的智谋用在我的身上。在我的心里，你是纯净的、真实的，没有任何虚假，你也是完美的，就像你珍爱的垂棘之玉。他说，你错了，我不会珍爱一块石头，我只珍爱你。我喜欢垂棘之玉，是因为觉得它稀奇，但你不仅稀奇，而且是唯一的，也是我唯一的珍爱。

——我已经把你和奚齐托付给荀息了，他已经向我发誓要保护好你们。你们有什么事要多和荀息商量，他是忠诚的，也有着足够的智谋。我已经安排好了以后的事情，你就放心吧。我只是不想这样离开你，可是每一个人都要死的，天神也不会挽救。过去我不相信天神，也不相信天意，但现在看来，天神和天意还是有的，因为一些人活着，而另一些人已经死去。我能想到的原因就是天神在暗中支配。

——这样想来，什么事情都不必惋惜，包括我的死。他帮我抹掉眼泪，说，你就用眼泪洗掉我在你心里的形象吧，因我的死，你将会有新的生活。重耳和夷吾仍然活着，他们仍然是奚齐的威胁，我已经提醒荀息了。你要知道自己在哪里，你现在就是长在山顶上的树，每一个樵夫都可以看见你。他们的手里拿着斧头，都在上山的路上。

我的国君，那我可怎么办呢？我倒可以随着你去另一个地方，可是奚齐怎么办？他还年轻，你知道他是贤良的、仁孝的，他怎么能对付这些狡诈的对手呢？他沉默了一会儿，收住了自己的微笑，脸上的皱纹更深了，就像农夫的谷垄。

这皱纹里藏着他的一生，藏着他的命运，也藏着他所经历的每一次征战以及他积攒了几十个春秋的智慧。我即使不相信他身体里微弱的力量，也相信他的皱纹里所藏有的深不可测的谋略。他总是在危险的时刻皱起眉头，他的皱纹向上波动，他的内心已经掀起了波澜，将前面危险的巨石推到一边。他的皱纹里永远含有我所不知的东西，那么我还能从这皱纹里找到什么？我看着这神秘的皱纹，想从中看出将来的奇迹。

可是这样的皱纹依然和从前一样，却更像是一道道用剑刻出的疤痕。它蜿蜒而行，向着额头的两边延伸，暗示着无限。它通往他的身体之外的无限，通往神奇的无限。我顺着这无限审视，却发现两旁是我看不穿的黑暗。是啊，它通往无限的黑暗。只有黑暗是无限的，有限的东西我都能看见。这无限中有着无限的可能、无限的疼痛、无限的不幸以及无限的快乐，有着无限的无限，我的目光又怎能穿透？可是这无限之中唯一缺少的就是一道光线，一道能够让我感到惊喜的光线。

我仔细听着他的每一句话，可是他的声音却越来越低，几乎像梦中的呓语。这些不连贯的语言，既像是神秘的咒语，又像是玄奥的卜筮之言。它既是完整的，也是不完整的，既是圆满的又是残缺的。他的双眼慢慢闭上，也许他和我说得太多了，太累了，似乎进入了梦境。我听见他说，我的灯太亮了……这是在夏日的白天，阳光从窗户射了进来，可是他需要一盏灯？或者他在梦境里遇到了谁？他在和谁说话？是我么？

是什么样的灯这么明亮？我看着被阳光照不到的地方，角落里是暗淡的，几乎看不见更多的东西，可他却觉得太亮了。他一定看见我不能看见的东西，或者他根本不想看见。他需要灯，却不需要太亮的灯，他既想看见又不想看见。他的心是矛盾的、犹豫的，他在一个光亮太大的地方徘徊，灯的光芒让他眩晕。可是我却希望这灯亮一点，再亮一点，这样我就知道他在说什么，也知道他究竟看见了什么。

我悄悄地离去，来到了阳光地里。夏天是多么炎热啊，我不知道自己竟然流汗了，我的脸颊是潮湿的，因为我已流了太多的泪，我以为擦不掉的泪，却在我的脸上变为了一片湿地……汗水是咸的，我的泪水是苦的，可我的嘴唇是干渴的。我的步子是沉重的，感到了浑身的疲累。我在一棵树下停住，坐在了旁边的台阶上。大树的影子盖住了我，我闭着眼睛，隔着眼皮看到了世界的光芒。在这光芒里，好像有着无数的人影正在向我走来，让我隐隐感到了前所未有的惊骇。

日头是毒热的，它的光是那么刺眼，即使一些光从树叶的缝隙

古灵魂

里掉下，也似乎发出轰响。但它会冷下来，像一个大冰块放在远处的山头上。我头顶上的树叶也会在秋风里纷纷逃离，它们一片接一片逃离，直到我们找不见它们。它们可能默默地被脚踩住又松开，可能藏在了石头的缝隙里，也可能是到了更远的地方。总之所有的生活都会离开它所在的枝条，但我所见到的还是这样繁茂。那么我的日子又往哪里逃离？

里克

国君的背影已经远去了，我看见他的步伐还是原来的样子，他消失在了夏日的阳光里。这个人像冬天一样严酷，他几乎背离了所有的人，他总是背对着我们，走的时候也是这样。他没有转身，没有回头，他只看着前面。可是前面有什么呢？他就一点儿也不想他背后的东西？要知道，一个人的背后才是实在的，才有他从前面看不见的真实。太子申生在后面，重耳在后面，夷吾在后面，奚齐在后面，骊姬也在后面。可是他没有看见，也看不见了。我也在后面，我却看见了他，看见了他消逝的背影。

他的宝剑也将随着他放在墓葬里，它曾经是那么锋利，闪着寒光，可是它已经被埋在了泥土里。它曾经那么让人恐惧，剑锷上的血一直在滴，它映着一个个骷颅，一张张恐怖的脸，但却要埋到了泥土里。它是暴戾的，它有着残酷的、反复无常的性格，它被不断打磨，也有着镜子般的棱面，照出了众多人的容貌。但这些容貌都一个个消失不见。它所创造的就是让形象消逝，只有它有权存在。

但它也要被埋到泥土里了，它和国君一起做伴，它的亮光已经不能继续穿透人世间了。它曾拿在国君的手里，被那只手捏得发烫。因为它本身就是火的化身，它从炉火里取出，又被重锤击打，火与力都已在其中集聚。所以它成为权力，成为取走别人生命的权力。可是它和自己的主宰者一起，陷入了死亡。或者说，它没有死，它还在暗处发光，它还有游荡在地上的灵魂，它将在另一个国君的灵魂里永生。因而它在泥土里仍然活着，只是它的主人死了，它幽暗的光仍然在传递，将它的精华给了另一柄宝剑。

现在奚齐拿着这含有其精华的剑。荀息守护着这柄剑。奚齐被立为晋国的君主，骊姬成为国母，荀息掌管着国家事务。他们开始分割晋献公留下的权力。骊姬的亲信梁五和东关五被封为司马，晋国的大军掌握在他们手里。这样下去晋国将没有我的位置了。我内心的愤怒在燃烧，我已经在火焰里了，或者我已经变成了火焰，我要将他们夺取的烧成灰烬，让那些藐视我的，埋到这灰烬里。

我不能让新铸的剑被别人挥舞。我要把它折断，扔到深渊里。我找到了大夫丕郑，说，你还记得我们说过的话么？丕郑说，我不记得了，还需要你提醒我。我说，我们都拥戴公子重耳，可是奚齐已经被立为国君，骊姬成了国母，她的亲信都被安插到重要的位置上，以后我们就没什么好日子了。我们曾说好要在晋献公死后把公子重耳迎回，看来你已经忘掉了你所说的。他说，我没有忘掉，只是还没有好机会。

许多事情就在等待中延误，因为机会不是因等待而获得，而是在行动中捕捉。献公从来没有等待过，他想做的就立即去做，因为机会无处不在。所以他夺去了他所想要的，每一次行动都不会失手。我觉得现在是最好的时机，骊姬在国君活着的时候受宠，但保护她的人已经死了。奚齐年龄还小，也缺少智谋，一切依靠荀息。可荀息独木难支，因为忠诚和正直，他的身边也没有什么人拥护，太干净的土地上怎么会有树木？国君刚刚死去，他们还来不及防备，也没有积累起足够的力量，这是我们问罪的最好机会。

何况国君生前得罪的人太多了，人们都认为是骊姬挑唆的结果。太子申生被逼而死，公子重耳和夷吾逃到异国，树上的果子成熟了，我们不去摘取，它们就会烂掉。丕郑说，让我想想吧，你所要做的不是简单的事情，一旦事情败露，就再也无法收拾了，甚至带来杀身之祸。多少人因国君的猜疑而死，不要以为国君死了，他手里曾拿着的剑也死了。

丕郑太胆小了，但我相信他已经被我说服了。他是个谨慎的人，这么简单的道理他一定已经明白了。我知道他也是恨骊姬的，也不会满意奚齐继位。骊姬已经被宠坏了，她以为国君已经给她安排好了一切，就可以肆无忌惮地做她想做的事，也以为上天为她围好了篱笆。但篱笆是虚弱的，已经围住的，可以被拔掉。必须给她施加灾难，才会让她知道坏事也可以降到她的身上。她曾经加于别人的，必将归还给她。

果然，丕郑把太子申生、重耳和夷吾的亲信们召集在一起，前去责问荀息，国君已经离去，重耳和夷吾仍然在他国，你作为晋国重臣，不去迎接长公子重耳继承君位，却扶立骊姬的儿子，这怎么和国人交代？你现在重新抉择还来得及，不然谁也不能预测你将来的结果。荀息的脸色阴沉，说，我已经准备好一死。我说，你怎么能这么想呢？你难道不爱惜自己么？荀息说，我已经在先主面前发誓，又怎能背叛自己的誓言？先主已经去了，如果我违背了誓言，他的灵魂怎会让我安宁？既然人总是要死，什么时候死去又有什么紧要？

看来荀息的愚忠已经不可改变，但我的想法就会改变么？夏天就要过去了，我总是不喜欢夏天，它太热了。我感到内心紧张，真不知道以后该怎样做。我要到郊外去观赏草地上的野花，也不知道现在哪些野花在开放。天上的云彩正在积聚，也许就会下一场雨。是啊，要是有一场大雨就好了，天气就会变得凉爽。

我走出都城，它的轮廓是那么清晰，那么宏伟。里面有我的生活，也有我睡眠里的梦境。这样的都城发生过多少事情啊。以前发生的还会发生，没有发生的也将发生。就像这天上的云，你知道它在下一个时辰会是什么样子？丕郑现在在想什么？他是不是想好了对策？我们已经坐在同一条船上了，不论遇到怎样的大浪，我们都在同样的颠簸中。他说得对，也许还是需要等待机会。可是机会什么时候出现？

先给他们快乐的时光吧，他们的快乐将不会持久。他们将在快乐中忘掉了别人，只剩下他们自己。郊外的风光多么好啊，林间落满了野鸟，它们的鸣叫欢快而热烈，它们在交谈着所见的所有事情。但它们是友好的，不太像是争吵，而是在议论什么。它们有着自己的生活，不受干扰而生活，这样的生活是值得交谈的。河流在我的前面流淌，它的流水声很小、很轻，河水的流逝也是缓慢的，不易察觉的，它把两岸的树木映照在自己的河面上，但不会将它们带走，让一切留在原地。

草地上的野花也在开放，谁也没有留意它们究竟在什么时候开放的。在我看见它们的时候，它们就是这个样子。也许它们出现的过程并不重要，现在，也只有现在，才是最重要的。可是现在和将来是联系在一起的，可以预见它们毫无例外地会枯萎，草地上的所有繁荣都会被荒凉取代，但它们也不是完全消失，而是在适当的时机再一次出现。它们的故事并不单调，所以才这么美好。它们的故事也不仅仅是它们的故事，而是所有事物的寓言——人间的故事何尝不是这样？可人间的故事也是这样美好么？

古灵魂

卷二百四十一

丕郑

里克和我商量好了，我们要采取行动了。晋献公的葬礼是一个好机会，那时候会有很多人参加，奚齐和骊姬也会参加。我本不想这样做，但里克是一个心狠手辣的人，他有很多办法。他是一个既有智谋又有胆量的行动者，我的命运已经和他联系在一起了，他要做的事就必定去做，而我不能成为旁观者。

我已经答应和里克一起，废黜奚齐，迎回重耳。荀息不违背自己的许诺，我也不能违背自己。我已经说了，就必须按照自己所说的走下去。即使我的面前是一条岔路，我也要照着我的选择走到路的尽头。也许我所选择的是一条好的路。晋国要想兴旺昌盛，就必须要有一个好君主，可是奚齐太年幼，他不可能担当这样的重任。辅佐他的荀息又太仁厚，他经不起骊姬的挑拨，必定在犹豫不决中断送晋国的前途。

说实话，我并不是一个胆大妄为的人，许多事情我不敢做。在晋献公生前，我对他的许多做法也不满意，可是他手中的剑让我胆寒。在他的面前，我就是一个忠诚的仆人，他让我做的事，我总是尽力为之。他确实是一代雄主，即使在老了的时候，仍然亲率大军讨伐虢国，并将它一举灭掉。他能看出人的弱点，也能够在关键的时刻拿起自己的剑。他也能背弃自己的许诺，在与虞国国君一起狩猎的时候，虞国的都城已经被晋军所破。他违背信义是为了晋国，这样他所违背的就成了他的磨刀石，所以他的剑总是锋利的。可是谁能做到这一点呢？他所能做的，我不会去做，他能够做到的，我也做不到。所以我愿意做一个服侍他的仆人，我也只能做一个仆人。

可是现在一切都不一样了，奚齐可能是贤良的，但他不是一个好君主。他会听从他的母亲骊姬，这样事情就会变化。晋献公之所以逼死太子申生，又将他的两个儿子追杀到天涯，难道不是骊姬挑唆的结果么？一个女人为了她的孩子，什么事情都能做出来。女人是有毒的，是树上的毒果，但她的美艳外表会将人们迷惑。所以一旦事情有了女人的参与，就会将好事情转化为坏事情。

晋献公不就是这样的被迷惑者么？他甚至不知道自己已经被迷惑，这就是被迷惑者的悲哀。他以为自己所做的都是对的，却在这迷惑中走上了永不复归的歧路。他不是没有智谋，而是这智谋在迷惑中丢失了。他更多的时候是清醒的，能够看清每一个人的面孔，但却不能看出离他最近的人的模样。他难道不知道太子申生是冤屈而死？难道看不出重耳和夷吾是无罪而逃？也许他心里清楚，也许是骊姬迷惑了他，使他的眼睛蒙住了。

他难道看不见奚齐年幼无谋么？看不见骊姬会将事情做坏么？难道不知道荀息虽然忠厚却不懂得巧妙处事么？而且，一根草怎能压得住颠簸的船。他难道不知道自己的做法已经让很多人背离了他么？他们只是因为恐惧而不说话，但内心的想法会在恐惧消失之后爆发，每一个人的内心里都暗藏着雷鸣电闪。

他能看见眼前的，唯独不能看见远处集聚的暗云。他以为自己已经将一切安排就绪，却不知道这安排不过是短暂的。它就像釜中的水，能够在烈火上熬干。它将变为汽，在半空中散失不见。他也许是清醒的，但他在最重要的事情上遵从了感情的驱使。或者他在临死的时候已经知道了结局？据说，人在弥留之际可以看见自己从前所做的所有事情，也能看见他死后将要发生的事。他也许看见了一切？

也许他真的看见了，可我没有看见。没有看见的就可以改变，也有可能改变。农夫在自己的地里种什么庄稼，他是知道的。他知道他所播撒的种子将长出什么样的禾苗。但在播种之前，他也许还没有拿定主意。他可以改变自己原先的想法。即使长出来的禾苗不是他所想的样子，他还可以将它铲除，种上适合自己想法的种子。显然，晋献公所种的，不是我们想要的，他死了，就将由我们来拔除，并重新栽种。因为他的想法不是我们的想法，所以我们将代替他重新做出决定。

他已经死了，一切都可以重来。我们再也不会因他手中的剑而感到惊恐。奚齐所执的剑是软弱的，是一柄卷刃的剑，他虽然拿在了手里，但他还没有足够的力气挥动。剑锋上缭绕的寒气逼不退我们，我们将向他靠近，将自己手里的剑拿出来。我的剑也有杀气，也有血，还需要他的血洗亮。他将在我的雪亮的剑上看见自己真实的形象。

卷二百四十二

刺客

　　我从来没有见过这么多金子，晋国的大夫里克和丕郑真是慷慨，他们给了我这么多金子。我掂掇着它的重量，并放在阳光下仔细看，它是这么耀眼，金光灿灿，让我感到一阵阵眩晕。不就是杀掉一个人么？我已经杀掉多少人了，多一个也没什么。我的手上已经沾满了血污，也只能再用血来洗净。我从来没有得到这么多的金子，它的重量压在我的心里，我感到我要杀的这个人一定值这么多金子，否则他们怎么舍得把这金子给我？

　　我从小就长得健壮，长大后就力大无比。我的浑身有使不完的力气。我能经常听见我的心跳那么有力，它给我源源不绝的力量。在乡间，我的名声越来越大，就像风刮遍了远近的乡村。曾有许多人来找我较量，我一次次将他们摔倒，把我的木剑指向他们的咽喉。我不断击败对手，让他们感受我的力量和技艺。这样就有很多人收买我，让我杀掉他们的敌人。我用他们给我的钱换来饭食，供养我的肉体，也满足我的虚荣。

　　多少年来我从不失手，也信守我的承诺。谁给我钱，我就给谁做

古灵魂

事。我能举起别人举不起的大石头，我也身手敏捷，迅速找到对手的弱点，然后将他击败，甚至将他置于死地。我的身上只有一把木剑，却所向无敌。很多人一听到我的名字就会吓得发抖。但我也善于伪装，我能够将自己化装成一个陌生人，即使是我的亲人也认不出我。

现在我穿上了晋国新君卫兵的衣服，混杂在了威风十足的卫兵里。看起来我比其他士卒更加威风，我的眼睛喷射着火焰，我的脸上布满了威严，单是我的一张脸，就会让我的对手害怕。我刺杀过的那些人的灵魂，会浮现在我的脸上，给我贴上他们的恐惧表情。因而我不仅有着非凡的本领，还有着让人惧怕的脸。我在河水里看见过我的双眼，它里面射出的光比真的宝剑更锋利，以至于我自己都感到不寒而栗。

我想起那天和大夫里克见面的情景——他让我抬起头来，我的脸就高高仰起。我的目光直射，竟然吓得他后退几步。我听说他是一个将军，曾率领千军万马征战，经历过无数激战，蹚过血的河流，可是他仍然被我的目光惊吓。他给了我一柄利剑，那柄剑是锋利无比的，剑柄上刻着精美的花纹，还镶嵌着宝玉。我用手指试了试它的锋刃，感到它就像要将我的手指粘到上面一样，它有着一种神奇的吸力。这是一柄好剑，我从没有使用过这样的剑，也没有见到过。我将它放入怀里，然后对他说，我从不使用真的剑，我有自己的剑。

我把自己的木剑拿出来，上面已经被许多死者的血染红，就像从一朵巨大的花上摘取的叶瓣。它的纹理是模糊的，因为它已被血涂了厚厚的一层，放射着夺魂的光亮。仔细看起来，它的红是那种暗红，但它有着一种幽光，一眼就可看见的耀眼的幽光。它是从血中迸射出来的，是从一个个死者的灵魂里迸射出来的，是从死亡里迸射出来的，它远比任何宝剑的光更深邃、更幽暗，也更明亮、更耀眼。

大夫里克笑了，说，这不过是一柄木剑，你还是用我给你的宝剑吧。他竟然敢于藐视我的剑。我也笑着说，这是我自己用别人的剑削制的，我把自己的心刻了进去，里面住着死去的灵魂，你仔细倾听，就会听见他们恐怖的叫喊。我把自己的木剑抛向空中，它在我的头顶旋转，红光在闪耀，我一个敏捷的飞跃，把那道红光捏在了手里。他吓得连退几步，说，我知道了，它确实厉害，快收起来吧。

让他看见的，是一道红光，而不是真实的剑。它既不是宝剑，也不是木剑，它是一道闪电一样的光。它似乎是无形的，但却有着花瓣一样迷人的红光，明亮、耀眼却也幽暗，它生来就属于地狱，而不是属于人间。它是我的天赋和电火一样的灵感，它不是天神赐予的，而是幽冥之神的赠物。它没有人工的花纹，没有任何装饰，也没有镶嵌宝石，却用血来装饰，用血来镶嵌，用血来制作。

他又说，我昨夜做了一个梦。梦中有一个巨人，他手里攥着一个小人。我在梦中说，你快把这个人放下，但那巨人说，这不是你让我拿来的么？我醒来后不明白梦的意思，现在知道了，我遇见的巨人就是你。我说，我从不做梦，生来就没有做过梦。但许多人都梦见我，并被我惊醒。我能进入别人的梦，但别人进不了我的梦。因为我有着无穷无尽的力，又拿着我的木剑，不论怎样的梦都挡不住我。我不仅出现在你的梦中，也出现在许多人的梦中，昨夜也该不是你一个人梦见我。

里克惊恐地看着我，露出了怪异的表情。他的目光黯淡下来，他

古灵魂

的脸色是苍白的。也许他还沉浸在昨夜的梦中，他同样被我惊醒。他又说，我第一次做这样的梦，以前的梦都是模糊的，醒来就忘记了，但这一次是清晰的，看来你必定能够完成我的托付。我放心了。我说，我既然答应了，就不喜欢别人怀疑。怀疑只针对怀疑本身，因为它仅仅是怀疑，而不是事实。事实就是对怀疑的否定。

我就怀揣着我的剑混杂在国君的卫兵里。我身边的士卒也许感到了我怀里的木剑，他迅速躲开了我。它的气息也是有锋芒的，那个士卒已经感受到了死亡的吸力。天气已经微凉，秋风使树叶纷纷离去，树枝上已经稀稀拉拉，遮不住惨淡的阳光了。我从一棵棵树下走过去，几片树叶扫在我的脸上，又纷纷躲开。也许这些树叶看见我扭曲的表情，我的眉头紧紧皱着，两道浓眉连在了一起。它们已感觉到，我要杀人了。

士卒

我身边有一个奇怪的人，我从来没有见过他。他的身上携带着杀气，我似乎感到他粗重的呼吸里夹杂着死亡。我很快就躲开了他。这个人真是太可怕了，他的脸上毛孔粗大，鼻孔外露，胡须盖住了半个脸，一双眼睛里透出红光，极像山林里凶兽的样貌。他是谁？是刚来的卫兵？这个人一定是十分厉害的，他的胳膊那么粗壮，胸膛那么厚实，他的力气一定很大。如果这个人站在国君的身边，谁也不敢靠近。他眼里的光就像一道剑光，谁还有胆量靠近这样的光呢？

我躲开了这个人，站到离他远一点的地方。可是那个人的凶相却让我不能忘记，他伸出的手有那么大，简直是巨兽的爪。秋风已经掀起了凉意，它将树上的叶子卷起，抛撒到满地。有时一阵狂风，树叶就会像暴雨一样倾斜着击打到地上，好像它们从半空获得了重量，沉重而严厉，盖满了我的视野。那个人的脸在这落叶里变得虚幻，这样的景色只有在噩梦里遇见，我浑身打战，天气的确是冷了。

我的手里持着长戟，我和其他士卒一样，戴着头盔，盔顶上的红缨在风中飘扬。我们站成几排，围在晋献公的灵堂前，巨大的棺椁放在里面。乐师奏起古老的哀乐，节奏缓慢而深沉，前来参加葬礼的人们在灵堂前肃穆安静，天地之间的一切都停止了，只有时断时续的秋风显示着时间的流动。据说，这样的仪式要有好几天才结束。

实际上，棺椁已经停放了很长时间了，尽管人们放上了各种香草，但是死尸腐烂的气味还是不断散发出来，混合了各种不同的气味，格外难闻，但谁也不敢捂住鼻子。是啊，这味道太怪异了，既不是香气也不是臭气，也不是单纯的死尸味儿。你很难说它的味儿是什么，但真是太难闻了，一会儿就让人感到恶心，觉得自己肚子里的东西就要翻上来了。

旁边的一个士卒低声告诉我，有人说国君的棺椁下面在滴水，死尸已经烂了，还有人看见了蛆虫在爬，我觉得自己就要呕吐了。我说，我也和你有一样的感觉，但我们要忍着。是啊，所有人都忍着，只有乐师演奏的哀乐在空中盘旋。我们头盔上的红缨火焰般跳动，如果有鸟儿飞过，它们所看见的，很像国君宫殿前栽种的几排鲜花。它既是艳丽的，也是庄严的，它是飞鸟难以理解的人间秩序和威仪的譬喻。

我是这宏大葬仪的见证者，它将成为我的故事。我回到乡间就会给乡邻们讲述，让他们知道国君的葬礼是什么样子。我会给他们描绘每一个细节，每一个人，以及穿着黑衣、排成两排的乐队。他们面无表情，敲击着一串串吊在木架上的编钟，乐声缓慢而悠扬，它一定会传得很远很远，并和一阵阵秋风扫荡的浩瀚声息混合在一起。远处的人们不知道这乐声究竟是来自天上还是人间，因为它已经成为风声的一部分。

当然我也会给他们描绘，我所见到的那个人是多么可怕。他和我穿着一样的衣服，却有着高大的身躯和令人恐惧的脸。实际上最不容易的就是描绘一个人，你几乎说不出更多的东西，你只能说他是可怕的。人和人长得都差不多，但那个人绝对不是你所见过的任何一个，他太独特了，太像凶兽了，他的每一个动作都是可怕的。

新国君出现了，他被众多的人簇拥着。一片哀哭不知是哪一个人先发出来的，因为他们都蒙着面，都穿着长长的白衣，头上裹着各种样式的白冠，实际上都是一些白麻布折叠的造型。有的看起来像山羊，头上有着长长的角，有的像白虎，因为这冠冕上有着一双耳朵的样子，有的像水鸟，头上插着羽毛……总之就像众多动物，来自不同的山和河畔。他们的装束代表着不同的身份，可是对我来说，这些都是陌生的，我辨认不出他们究竟是谁。

他们的哀哭也很像野兽的嚎叫，但听起来都是肝肠寸断，内心的悲伤是真实的，也有一些是虚假的，你能从中分辨出来。有男人的哀号，也有女人的尖利的哭喊。一个国君的死竟然是这样让人伤心。他的生前是荣耀的，他有着主宰别人的权力，有着美酒和美女，可是也要死去。即使他死去，也有这么庞大的乐队，有那么多人哀哭，还有那么多士卒护卫。可是他还能听见和看见么？

他被放在巨大的棺椁里，还有着那么大的灵堂。可是这对一个死去的人还有什么意义？死就是他的全部意义了，也是他最后的收获。而这些哭声也不是全归于他，我听出来了，那些最悲伤的痛哭，乃是为自己的，他们所哭的乃是自己的悲伤。因为一个人的死，让别人看见了自己的结局。就是连同这哀哭也要被秋风扫去，它将和秋天

古灵魂

的落叶一样，纷纷离开树枝，飘落到冬天的寒冷里，又被飘扬的大雪覆盖。

他们为什么要穿白色的丧服？就是要将白雪穿在自己的身上么？就是要让自己感到大雪覆盖的冬天么？还是有着更多的用意？他们所穿的和装扮的样子，是从前的从前遗留下来的，我们已经不知道人们最初的意思。可是他们依照从前的样子，将一身白色罩住自己，以表达自己的哀伤。也许，这样的颜色是最适宜的，也直通自己的内心。也许这样的白色能够安慰死者的灵魂，是因死者的灵魂是白色的？

我从没有见过国君，或者说我只是远远地看见他的影子，没有看清他的面孔。就是他的影子也是飘忽的，那一次他穿着长衣，就像落在地上的一朵乌云。他远远地飘过去了，从我的视线里飘过去了，我擦了擦眼，以为是一个幻觉。现在他已经躺在棺椁里了。我甚至怀疑他是一个真实的人么？如果他是真实的，却又很少有人能够见到他，他和我同样是一个人，可他为什么在看不见的地方能够统治一个国家？他的权力是哪里来的？他又怎样把权力施加于每一个人的身上？

我甚至怀疑，国君并不是真实的。他只是一个名号，只是由不同的人来装扮，他仅仅是一个个替身，真实的国君并不存在。这个世界上并没有国君，这是我的一个重要发现。可是如果没有国君，那么这还是一个国家么？国家必须有一个国君，必须有一个名号，所以国君作为强大的形象是存在的，作为一个人则不存在。可是这个死去的人是谁？他不就是国君么？不然他为什么需要这么巨大的棺椁和这么奢华的灵堂？

他以前是奢华的，死去也同样奢华，这是一个名号的奢华，而不是一个人的奢华。一个真实的人并不需要这样的奢华，也不配享有这样的奢华。他只需要每天吃饭和喝水，只需要每天干活儿，让自己身上的时光一点点消失。其它都是多余的。只有一个名号才需要多余的东西，并用这多余的东西来装饰自己的虚假。

在哪里出生，就意味着他在哪里。国君都是生于宫殿里，他就属于他的宫殿。人们很少见到他，或者根本见不到他，即使是死了，也在贵重的木头所制的棺椁里，他和世界隔着一层厚厚的木头。即使是他的儿子成为新的国君，也被蒙住了面目，我只看见他的个子不高，听他的哭声，年龄也不大，那么他仍然是真实的么？只有国君的死是真实的，我相信一个国君的死，却不相信一个国君的存在。

我发现国君的旁边有人伸出了指头，好像是告诉我他就是国君。我不知道是谁伸出的指头，那个指头很快就缩回去了。就在这一瞬间，那个可怕的士卒，曾在我身旁的士卒，一下子从卫队里飞了出去，是的，他好像长着翅膀，他的动作迅疾，闪电一样飞了出去。他从怀里抽出了一柄红色的剑，一道红光从空中划过，我听到了一声惨叫。然后那红光几次闪耀，又有几个人倒在了地上。

然后那个人的剑被高高抛在空中，它旋转着，就像在空中开出的一朵红花。他一跃而起牢牢地捉住了剑，把剑利落地收入了怀中。人群一片混乱，四散逃命的人群给他让开了一条路，他迈着大步，从容地走出了众人的视线。这时我们才醒过来，开始追杀这个人，可是他似乎飞走了，我们已经看不见他了。那么多的长矛在空中碰撞，发出了一阵金声，可是那个人似乎飞走了，他和他的红色的剑消失于白日之下。他飞到了哪里？也许只有飞过的鸟儿看见了他，地上的人们发

古灵魂

出了声音更大的哀号。

　　国君的灵堂前又多了几具死尸，他们裹着白色的丧服，在血泊里漂浮。一个死去的国君，又一个死去的国君，国君一个个死去了，但国君并没有消逝，他的确是真实的，却也是虚假的，只有死是真实的。没有真实的生，只有真实的死。这一点，我可以做证。

卷二百四十四

荀息

幼主奚齐被刺死了。我不知道这个刺客是从哪里来的，又是谁派遣的，但奚齐已经死了，他和他的母亲骊姬都倒在了血泊里。我答应先君的事没有做到，还有什么颜面继续活着？奚齐和骊姬太可怜了，他们失去了亲人，却又被人暗杀。他们身体里的血流了出来，把身上的丧服染红了。我听见了他们的惨叫，可是我却没有能力救他们。一切都是那么快，几乎没看见他们是怎样被刺杀的。

先君的灵柩还停放在那里，灵堂里的香烟缭绕而起。我从这烟雾里看见了晋献公的形象，他在和我说话，他在责备我，他在香烟里显形。他说，荀息，你是怎样做的？我都看见了，你不是说好要保护好他们么？可是他们竟然被刺死了。你不是发过誓么？我看着被秋风不断吹散，又不断升起的香烟，晋献公的脸孔若隐若现，他的眼睛直视着我，他的目光就像利剑，直刺向我。我的胸口感到一阵疼痛。

我就怎么没想到呢？我应该想到的，但还是疏忽了。这些天来一直安排先君的葬礼，已经十分劳累。也曾有一些不祥的念头在心里一闪，但似乎闪电一样过去了。我总是把事情往好处想，也把每一个人往好处想，却不知道人心的险恶和诡诈。旁边有人提醒我说，一定是里克和丕郑干的，他们这一段时间总是在一起商量什么，今天他们又躲了起来。先君的葬礼上大臣们都到了，唯独不见他们。

这是有可能的，因为他们在立君的时候曾向我发难，要把重耳迎回来。这两个人早已对先君和骊姬心有怨恨，而且也只有他们的心里充满了诡计。可是他们依仗着自己是晋国老臣，又在征伐中屡建战功，早已不把众臣放在眼里。可是我怎么就没想到呢？现在一切都已经晚了，奚齐和骊姬已经死了，让我怎么给先君交代？又怎么兑现我的誓言？

我真是缺少智谋啊，先君竟然这么信任我，将保护奚齐和骊姬的重任托付给我。我是这样无能，辜负了先君的信任。我的忠贞又有什么用？我太糊涂了，太没用了。我的泪水就像泉水一样涌了出来，我伏在先君的灵柩上放声大哭。我哭喊着，我的眼泪已经留在了奚齐和骊姬流出的血里，我的眼泪又在先君的灵柩上流着。我不知哭了多久，我的哭喊是不是能把先君惊醒？

我已经浑身无力，身上的筋骨似乎被拿走了，我的手从棺椁上滑了下来。我的心在流血，我的浑身都在流血，奚齐和骊姬所流的不仅仅是他们的血，我的血也已流干净了。我活着还有什么意义？我摇摇晃晃站起来，向着灵堂的木柱撞去。但旁边的大臣拉住了我，他们的手死死拉住我不放。我说，放开我，放开我，我要去见先君，让他处罚我吧，我是有罪的，我是有罪的。可是他们还是拉住了我。

我已经没有力气挣扎。没有一点儿力气，我的力气已经用光了，被我的哭喊呼了出去，它已经从我的嘴里呼到了秋风里。我的眼泪也流完了，脸颊上剩下了几条干涸的河道。我的心里却仍然涌动着巨浪。我感到天旋地转，眩晕里有一次看见了先君的脸。他是愤怒的，他寒冷的眼光让我颤抖，他从剑匣里抽出了宝剑。好吧，我伸出了自己的头。因为我的头已经毫无用处了。把我的头颅丢到荒野里去吧。

我身边的人在安慰我，可是我一句都听不进去。因为他们所说的是一些平常的话，这些话没有任何意义。先君的遗体还在棺椁里躺着，他已经进入了永远的睡眠，我知道他醒不过来了，可是在我的心里他仍然在那里，因为我们最后的见面情景还历历在目。我的眼里不断现出他的影像，然后在他灵前的烟雾里放大，他仍然在我的头顶上，他从来没有离去。我相信他的灵魂就在我的身边，可是我听不清他和我说的话。我只是听见秋风的呼号，它穿越每一棵树的时候，发出了有力的尖啸。这是他的哭喊，也是我的哭喊。

我从来没见过先君的哭喊，现在我见到了。我从来没有听见他的悲痛，现在我也听见了。他的灵魂在哭喊，他的灵魂在悲痛中盘旋。众人的劝说丝毫不能减少我的悲痛，因为它不能减少先君的悲痛。我听见的他们听不见，我感受到的他们也感受不到，谁也不能从我的心里取走这悲痛，我的泪水也没有将它带走。我忽然听见身旁一个人在低声说，发生的已经发生，悲痛已经没有意义。重要的是现在怎么办？幼主已经死了，死去就不可复生，但还有卓子在那里，你可以将他扶立为国君的。

是啊，我怎么没想到呢？我已经哭晕了。这个很低的声音就像天上的雷霆，将我从噩梦里惊醒。卓子是骊姬的姊妹少姬所生，还是一个孩子，但他十分懂事，也十分聪颖。将他立为晋国的君主，既可以安慰先君和骊姬的灵魂，也可以反击那行刺者背后篡权者的阴谋。我能做的只有这件事了。我抑制着自己的哭泣，尽可能让自己冷静下来。我坐在地上，让旁边的人们离开，让我独自想一想。

可是我的心里仍然一片混乱，行刺者的身影和先君愤怒的脸在我眼前挥之不去。我看着先君的棺椁，看着奚齐和骊姬的血，内心的悲愤愈加强烈了。落叶已经撒满了我的头顶，我在悲愤的秋天里独自坐着。我身边人们并没有散去，他们远远地看着我。无数双眼睛看着我，我在他们的目光里独自坐着。我痛恨自己，痛恨自己的无能，我不知道自己究竟还能做什么事情。让我独自想一想。可我又能想出什么？

梁五

晋献公死了，奚齐死了，骊姬也死了。一个个都死去了。谁能想到他们一个个都死去了呢？一个人死了，他所庇护的人也将死去。因为大树死了，就要被砍掉，被作为劈柴扔到火焰里。它上面的鸟巢也和它所依傍的，一起扔到了火焰里。鸟巢里的鸟失去了归宿，也要被捕鸟人捕捉，或者在寒夜里死去。

我知道晋献公将身后的事情都托付给了荀息，他是忠贞的，但他太良善了，总是将仁德放在心里，而没有仁德的人就会有机可乘。仁德成为仁德者身上的绳索，违背仁德者因失去了这样的绳索而增添了本领，他们从不考虑事情是否合乎规矩，也不考虑死者的意愿，他们会背离正道，在邪路上越走越远。背离仁德的人什么不可以背离呢？这背离又有他们心里的诡计辅佐，做坏事的时候就不会犹豫。

骊姬那么美丽，晋献公最宠爱她，可是被残酷的刺客刺死了。她的孩子奚齐刚刚做了国君，他还不知道怎么回事儿，也被刺死了。奚齐是一个贤良的君主，他从小就贤良仁孝，懂得天下的各种道理，可是他还是被刺死了。他们太可怜了，在一瞬间倒在了地上，我看见他们的血过了一会儿才开始流出来，丧服被血浸泡，血泊里漂满了树叶。这血中照出了惊慌而逃的众人的影子，他们的脚也溅满了血，每一个脚印都是红的。

荀息和死去的人都是信任我的，给了我左司马的官职。我还刚刚上任，准备建功立业，以报幼主的恩德，但国君却被刺死了。我都不忍心看他死去的样子，他蜷缩在地上，双手抱着胸脯的创口，承受了难以忍受的剧痛。血从他的手指缝中流了出来，然后一点点漫到了地面上。我好像看见一个淡淡的影子从他的身上飞升，汇合在灵前的香烟里，也许那是他的灵魂？他随着一缕缕烟雾上升、上升……这影子越来越淡，在秋风里消散。我想秋风已经把他带到了很远的地方，一个我所不知的地方。

他被卷在了树叶里，他被携带到了尘土里，他在秋风里飞着，他的面容成为远天的云朵，然后继续飘动。明天醒来之后，我将看见的不是他们，而是另一朵云。唉，人的一生是这么短暂，就那么一瞬间，利剑朝着他一刺，就结束了。一想到这些，生活的意义在哪里呢？就在那一瞬间么？或者我们活着的意义就是为了活着？可是这样的活着，也只是在一瞬间就结束了。飘动在天边的云也是这样，你再一次看见的，就是另一朵了。

荀息伏在晋献公的棺椁上痛哭失声，他也是可怜的。他答应先君的事情没有做到，所以他不仅为死者悲痛，也在为自己悲痛。我从他撕心裂肺的悲痛中看出了他的忠贞。这个人是一个好人，是一个心怀仁德和信义的人。他很快就让我更换了国君的卫队，清除了可疑的士卒，又将晋献公的葬礼操办完毕。几天来他一言不发，保持着神秘的沉默。他的目光总是直直地射向前方，好像因为悲痛而变得迟钝。我们不知道他在想什么，也不知道他将怎样应对现在的危机。但我看得出来，他心中有数，他有他的主意。

一天，荀息召集群臣，将九岁的卓子扶上君王之座，立为新的国君。群臣一一上前祝贺并行君臣之礼，大殿上钟鼓齐鸣，立君之礼都按照周礼进行。但这盛大的礼仪却并不欢乐，人们脸上都表情严肃，肃穆中含有忧伤。新君是那么年幼，他的脸上还布满了稚气，他还不知道自己所做的究竟是什么事情，只是按照礼官的指引一一完成。他的眼睛一直看着外面，这礼仪对一个孩子来说，是一种煎熬。

我环视四周，发现里克和丕郑不在朝上。那天晋献公的葬礼上他们就不在场，这是大逆不道的背叛。他们在哪里？为什么不来朝贺新君？难道他们不是晋国的大臣？我立即上前奏本，说，你们都看见了，众臣都来祝贺新君登上君位，可是独缺大夫里克和丕郑，说明他们就是谋划行刺幼主的主使，应该立即派兵捉拿。

可是荀息却说，司马不必疑心，里克和丕郑是先君的旧臣，跟随先君屡立战功，怎么会做这样的事情？荀息说话的时候，眼睛直盯着我，我已经看出他是知道的，只是为了朝堂的安稳，不想在这样的日子里滋生事端。他息事宁人的态度让我很不理解，如果不能及时将这两个人除掉，晋国必将生乱。这些奸邪之徒不会善罢甘休，他们能够杀掉幼主，也会在适宜的时候继续谋反作乱。

我也直视着荀息的眼睛，说，相国不可大意，多疑可生警惕之心，不疑就可能带来祸患。农夫不能及时拔掉禾田里的野草，等野草蔓延之后就难以分辨了，那样他的田园就会荒芜，秋后就要引来饥荒。他说，先君和幼主先后逝去，我们应该先做好眼前的事情，群臣如果彼此猜疑，事情还能做好么？他摆摆手，不让我说下去了。

我从朝堂出来后，心里充满了悲凉。我从落满了树叶的路上向前走，脚下发出枯叶被踩碎的声息。我的脚步是沉重的、缓慢的，我感觉到晋国还将有大事要发生。天色阴沉，天空是灰色的，好像沉了下来，就要压住我的头了。我的胸中无比愤懑，好像垒满了石头，我却没有力气将这些石头搬开。

风停了，除了我的脚步声，四周一片死寂。这死寂就是死寂的本来含义，它似乎什么也没有，但又什么都在那里。只是田地里荒芜了，野草也不再生长，河流不再流动，秋风也停在了原地。只有远处的山峦还朦胧地延展自己的山脊线，它也停在了我目力不及的地方。先君和幼主的灵魂就在那一切都停顿了的地方，他们也停下了。但他们的目光还在燃烧，我隐隐看见几团火，在灰色里停住了。但这不是熄灭的灰烬，而是这火焰被看不见的绳索所束缚，它不再跳跃了。

我感到有一些冰凉的东西掉到我的手上。今夜又要下雨了。这几天几乎每一个夜晚都会下雨，是那种绵绵细雨。可是我多么期盼那种畅快淋漓的疾风暴雨。它能够冲刷地上的污垢，压住飞扬的尘土。也能让我的心变得一尘不染。那样，即使是地上的枯叶，也是干净的，它们漂浮在一个个水洼，让我从这水洼里找见自己的影子，这影子里飘满了落叶，却是干净的被落叶贴满了的影子。

让这让人忧伤的、也让人厌倦的秋天快过去吧，我不想在这样的秋天里停留。我的脚步快起来，我要快速地从这秋天里走出去。我不喜欢这样的死寂，不喜欢绵绵细雨，也不喜欢它在夜晚降落，凡我不喜欢的，我希望它很快过去，我就从我所不喜欢的秋天走过去。让冬天冻得我发抖吧，虽然它是寒冷的，但它却是有力量的、有激情的，它不是死寂的……我从一片片落叶上踩过去，我听见了自己脚下发出的破碎的声息。

卓子

我怎么突然成了国君？我在外面玩耍，听着一阵阵鸟鸣，那么多的鸟儿，聚在一棵大树上。它们是什么鸟儿？翅膀上镶着白色的花边，羽毛有着各种奇异的色彩，头上还戴着冠冕。它们的叫声好听极了，一只叫开了，另一些就跟着叫。树下还有一个蚂蚁窝，蚂蚁们从里面出来，被风吹得摇摇晃晃。还有一些蚂蚁从外面回来了，嘴里含着小树叶，也有的用螯子抱着不知什么东西，它们在准备过冬的食物？还有一群蚂蚁拖着一只虫子，进入了洞穴。

蚂蚁窝的外形十分漂亮，一圈圆形的土墙围绕着中间的窝口，窝口是一个圆圆的洞，很像一个城邑。我不知道它们居住的洞穴里是什么样子，也许里面住着一个国君，有着大大的宫殿。但国君从来不出门，就待在里面发号施令。也许它们的生活就像人间一样，有着各种各样的官职，也有着军队和战车？可我从没有见过它们的战车是什么样子。

天气已经凉了，已经见不到蝴蝶了，花朵也都凋谢了，地上都是一些发黄的枯叶。大树上的叶片已经很稀了。为什么一些叶子早早就掉了，而另一些则一直挂在枝头？我拿起一片落叶，看着它上面的花纹，它仍然是比较完整的。它的边缘卷了起来，上面还有一个被虫子咬开的小洞，它是受过伤的，是什么虫子咬了它一口？虫子也需要活着，也需要食物，它正好被虫子看见了，这有什么办法？

这时有一个人走过来，从地上捡起一块石头，朝着树上的鸟儿扔去，鸟儿尖叫着飞上了半空。它们展开了好看的翅膀，惊慌地逃离了栖息的树枝。这个人真讨厌，简直是太可恶了。它们在那儿欢叫，一点儿也没惹着你，为什么要用石头打它们？这个人说，你母亲让我领你回去，你以后就不能经常玩耍了，你就要成为国君了。

这怎么可能？我还是个孩子，我什么都不懂，就要让我做这个国家的君主？我不喜欢做国君，我喜欢玩耍。我梦见自己坐在朝堂上，四周围绕着大臣们，他们说一些我根本不懂的话，这有什么意思？我也必须端坐在那里么？我不想做他们想让我做的，我只想做我想做的。能不能让别人替代我？

国君是可怕的，我曾见过我的父君可怕的样子，他经常拿出他的剑，脸上布满了让人魂魄飞散的怪笑。那种笑比愤怒还可怕。我可不想成为那个样子，那会让多少人难受。我也见过我的兄长奚齐，他也做了国君，他倒是没那么威严，没那么可怕，但他遇到了刺客。我亲眼所见一个长相怪异的、十分丑陋的人，那个人从国君的卫队里飞了出来，用一柄红剑刺死了他。他的鲜血直流，他的四周都是血……我吓得捂住了脸，不敢朝那个方向看一眼，我母亲紧紧把我搂在了怀里。

我大声地哭了起来，我的哭声和大人们的哭声混合在一起，我的

古灵魂

耳边充满了痛哭声。我被吓坏了。那一天夜里，我不断被噩梦惊醒，并在梦中哭喊。我的父君死了，我的兄长死了，是不是做一个国君就必须要死？我可不想死，我想活着，我想玩耍，这世上多有意思啊，为什么要死去呢？做一个国君真是太可怕了。

那个人拉着我要去国君的宫殿里，我哭喊，我不去，我不去，我不做国君。我的哭声惊动了很多人。我的母亲来了，她对我说，孩子，多少人想做国君，但他们做不成，现在该你来做了。你还不懂，做一个国君是荣耀的，你将拥有巨大的权力，想做什么就可以做什么。你可以统率大军，那么多大臣要向你朝拜，这个国家就是你的。

可是我要这个国家做什么呢？我只要自己的生活，我只要在园子里玩耍。我要听各种鸟儿的叫声，要看它们起飞的样子，以及它们镶着白边的翅膀。我要看蚂蚁怎么回家，它们在自己的城邑里生活，我还没有见到它们的国君，也没有见过它们的战车。我还要看树上落下的叶片，它们的花纹是那么的美丽。我不想成为人间的国君，也不想拥有人间的战车。当然，我想拥有一匹骏马，但不需要那么多。我骑在它的背上，在秋风里奔驰。我要到山林里狩猎，但我不想用我的利箭射死它们。我想看见野兽的模样，看见它们活着的样子。

我哭喊着，但他们是有力的。尽管我不停地挣扎，他们还是把我抱到了宫殿里。我被这严肃的气氛所震慑，停止了哭泣。但我的两道泪痕还留在脸上。人们给我穿上了国君的衣服，还给我戴上了国君的冠冕，然后相国荀息把我扶到了国君的宝座上。我由着他们摆弄，就像一个假人一样。我内心的想法被他们拿去了，我成为一个空空的、什么也没有的假人，我已经不是真实的我，而是一个任由别人摆弄的躯壳。

　　我被一种不祥的恐惧感吓住了，我让掌管礼仪的大夫引导，完成了烦琐的礼仪。我不知道人们为什么要做这些无用的事情，一次次用这些礼仪来折磨我。我看见大臣们向我朝贺，说着一些我所不懂的话。乐师演奏着古调，我觉得一点儿也不好听。我多么希望有一群飞鸟落在我的身边，让它们在我的身旁飞，让它们欢叫。

　　我真的是一个国君了？我怀疑我自己，也怀疑这一切。一个人仅仅穿了一身国君的衣服，就成了国君。可是我不还是我自己么？我以前不是国君，因为我穿着自己的衣服，现在换了一身衣服就成了国君。看来国君仅仅是因为他的衣服而成为国君，而不是因他自己。这样的衣服谁都可以穿，却为什么必须我来穿呢？我一点儿也不想穿这样的衣服，能不能让别人来穿呢？我还是喜欢自己的衣服，那才是一个真实的我。

　　我不想做一个假人，我想做一个真的人，我想做我自己，我不想做国君，因为国君并不是我自己。可是这一切都由不得我，而是由着那些想让我做国君的人所决定。他们也不是他们自己，他们的脸上没有任何表情，他们也是一些假人。他们好像都戴着面具，而不是露出他们真实的脸。他们的脸藏在了假脸的背后。这似乎是一场带着假脸的游戏，可是这样的游戏一点儿也不好玩。我不喜欢这样的游戏。他们能不能换一种游戏？我已经是国君了，难道我不能做我喜欢做的事情么？

　　他们不是说我想做什么都可以么？他们所说的并不是真的，他们和国君所说的都是假话，包括他们事先许诺的都是假的。做一个国君又有什么是真的？我被他们欺骗了，他们一直在欺骗我，我却不知道他们在欺骗。我不能这样，我也要欺骗他们。我在被欺骗中获得权力，又在欺骗中获得自由。在欺骗和被欺骗中，我失去了自己，又要在欺骗和被欺骗中寻找我自己。可是这样的欺骗和被欺骗，可能最后所获得的只有欺骗本身。

卷二百四十七

仆人

　　我现在开始侍奉新国君了，可是国君还是一个孩子，他经常提出一些无理的要求，这可真的太难办了。他经常骗我，说要到外面去察看，却跑到了郊外去玩耍。他感到什么都是新鲜的，就是地上的枯草也那么有趣。可是这又有什么意思呢？国君应该有国君的样子，决不能让他由着自己的性子。可我只是一个仆人，我只能侍奉他，当他说出想做什么的时候，我只能欺骗他、吓唬他，这样他就老实了。

　　这么小就懂得哄骗我，这可不是国君应该做的。国君应该知道礼仪和信义，应该说出来的话都是真的，这样才能做一个有仁德的君主。唉，他还是个孩子。虽然他已经是一国之君，但他还不知道一个国君应该是什么样子。也许长大之后他就会懂得一切。现在还不是时候。就像田地里的禾苗，到了一定的季节才会露出谷穗，现在他还只是生出几片叶子的时候，和地里的野草也差不了多少。

　　可是他已经穿上了国君的衣服，他就是一个国君了。尽管他仍然是一个孩子，但我仍然惧怕他，因为他如果不高兴就会惩罚我，我的头随时都可能掉在地上。我的内心并不是惧怕一个孩子，而是惧怕他

古灵魂

所穿的衣服。他有时也会拿着他的宝剑，这宝剑只是他的玩具。他用来砍削树枝，在地上搭建自己想象的小房子。

又一次，他把自己的剑扔到了草丛里，竟然有一条蛇盘住了它。这么冷的天怎么还有蛇呢？地上已经只有一片荒草了，而且只是一些发黄的枯草了。可是竟然还有一条蛇出现在他的剑上。那条蛇有着黑色的花纹，张开的嘴里吐着火焰一样的信子，简直太可怕了。我在那儿站了很久，甚至不敢靠近它。我和它对视着，它恐怖的样子使我害怕，我打算找一根树枝将它赶走，但显然它一点儿也不在乎我，不断吐着信子向我挑衅。

这时国君走了过来，我正要提醒他，但那蛇却突然不见了。它到了哪里？我找了一会儿，竟然什么也没有。难道是我的幻觉？或者是做了一个梦？这简直太不可思议了。或者它趁我不注意钻入了地下？可是我却没有在旁边发现有什么蛇洞。我想着也许是天神向我显现权力的真相。

它既是柔软的，也是凶猛的；它既有着美丽的花纹，有着好看的外表，又有着尖利的牙齿和可以置人于死地的毒性。你不能看见它局部的美丽，你不能从它的一个斑点上观察它，你需要将一条蛇的整个形象摄入眼中，并用恐惧的目光看待它。尤其你要看它的面部，无论是眼睛还是相貌，都是凶恶的。无论是人还是其他，它的一切都会在它的脸面上显现。你可以从它的身边走过，但不能惊动它。你也不能总是待在它的身边，因为你不能总是与危险为伴。

国君就意味着统治的权力，他的剑就是权力的比喻，而一条蛇的出现又是他的剑的比喻。一个比喻接着另一个比喻，最后指向结果。

这样说来，比喻不仅仅是比喻，它不是空幻的，也不仅仅是一个巧妙地说明某种事情的形象，而是在形象里含有的真实。真实是可怕的，但我们又不能回避真实。不能回避意味着你不得不接受。

这样的权力具有蛇一样的毒性，它吐着信子，随时可能攻击任何人，也可能会攻击它自己？我不知道。它之所以敢于和我对视，就说明它不害怕我，它是藐视我的，在它的眼里，我并不存在。是啊，一个国君的权力怎会在意一个仆人？我听说，蛇是龙的化身，它可以腾云驾雾，可以在云里，也可以在水里，它在地上的出现，仅仅是为了显示权力的真相和一个君主的剑的本性。让我明白自己所伴随的权力有多么可怕，也提醒我必须处处小心，不然就会遭遇不幸。

我不知道这样的暗示意味着什么，也许会有什么事情要发生。或者将要发生的事情和这柄剑有关？那一天回来的路上，我忧心忡忡，心神不定。一种不祥的预感在心里挥之不去。我的眼前出现了各种景象，一个个人影从我的面前闪过，他们都是真实的人，却是我从未见过的。他们是谁？为什么要在我的眼前一晃而过？

我手里拿着国君的剑匣，里面放着那柄剑，代表着国君权力的剑，心里却被那条蛇盘着，我感到自己的身体越来越沉重了。手里的剑匣也越来越沉重了，甚至我的手颤抖起来。我感到不是我的手在颤抖，是剑匣里面的剑在跳动。它并不是死的物，不是简单的铜，而是从火焰里取出的神灵。或者有一个可怕的灵魂住在了里面，它就要出来了。

天气已经越来越冷了，冬天来到了。河水开始结冰，第一场雪落了下来。它不是那种大片大片的雪花，而是一些细小的颗粒，沙子一

古灵魂

样扑打着我的脸。幼小的国君看着这样的雪高兴地欢叫着，他在外面奔跑，试图用手接住这些从天而降的雪粒，这怎么可能呢？他紧紧地攥着小手，伸开后却什么都没有了。这么小的手，能攥住什么呢？寒雪是不需要温暖的，它只需要寒冷。你要用温暖的手抓住寒冷的东西，这想法本身就是错的。可是年幼的国君还不知道这一点，他还沉浸于自己的梦中，这是一个孩子的梦。

我不敢藐视国君，也不敢藐视自己。他的地位是高贵的，属于天上的云，而我只是生活于人间尘土里。我不敢藐视他，虽然他还是一个孩子，但他已经是一个高居于云端的国君。我不敢藐视自己，是因为我虽然是卑微的，但我所做的一切都需要智慧，这要经历多少年的锤炼。而一个国君一夜之间就可以成为国君。他需要我的服侍，是因为我能够做他所不能做的事情。他需要我的照看，而我不需要任何人照看。我看见了高贵者的无能，也看见了一个卑微者的卑微，以及一个卑微者远超高贵者的才能。

我所看到的他还不能看到，我所能做的他永远不能做到，我所预料的他又怎能想到？他置身于自己的世界里，只能感到自己的世界，而我则超出了自己的世界，我所看到的还有别人的世界。所以只有一个人的世界是危险的，而能够看见别人的世界就可以看见自己的危险。自己的危险在别人的镜子里。因而国君就是危险的根源，或者他本身就是危险。那么，我只不过是伴随着危险，侍奉着危险，而危险自身却永远逃离不了危险。

我的危险来自我的愚钝，我只要知道我的愚钝，并谨慎行事就可以避免祸患。但国君却一直在自己的危险中，他如果能够避免危险则来自他的好运气。 我实际上已经感到危险无处不在。晋献公死于疾病，而他的继任者却死于别人的剑。那鲜血所映照的一切还在那里，祸患并没有解除。别人的剑还在别人的手里，而国君的剑太重了，一个孩子还拿不动它。别人的剑在暗处挥舞，而国君的剑就摆放在灯光里。在它的旁边有无数只手，正在伸向它，想把国君的剑抓住。

卷二百四十八

士蒍

晋献公死了，我也老了。我应该追随先君而去，但我还想着用我的眼看以后发生的事情。我已经预料到先君身后将有许多不幸，但我没想到来得这么快。我是先君的老臣，曾跟随先君做了很多事。在他继位之初，我就帮助他杀掉了晋国那些傲慢的公子，又帮助他杀掉了游氏二子，使他绝除了后患，他的基座得以稳固。

我又帮助他在曲沃、蒲邑和屈邑修筑城池，并在城垣的修筑中塞进茅草，以让这城垣失去牢固。我知道太子申生、公子重耳和夷吾将在这城邑里躲藏，他们必会与先君反目，以便在先君讨伐的时候，让他们不能坚守。我的想法一一得到了验证，我所想到的，结果也和我想的一样。

先君急于攻打虢国，因为我帮他诛杀晋国公子的时候，一些公子逃到了虢国，而虢国还几次讨伐晋国，只是没有取胜。我曾劝他，我知道你急于复仇，但真正的复仇者应该等待时机。虢国的君主是骄傲的，他已经因他的骄傲而失去了他的民众，等他完全没有依靠的时候，我们就可以用很小的力气推倒他。何况他一直忙于对外交战，民众已经气馁并厌弃了他，只要再等一等，他就完全失去了力量。

国君采纳了我的谏言，他得到了虢国，还顺手灭掉了虞国。他所要做的，我都帮他做到了。但我已经垂垂老矣，不能帮助他做更多的事情了。但我的目光仍然是锐利的，我看见了以后的事情，尽管它还没有发生。或者说，没有发生的，实际上已经发生了，只是它的种子还埋在土里，厚厚的土挡住了我们的视线。

他将身后的事情托付给了荀息。我多么希望荀息能够前来和我商量，但是他刚愎自用，似乎他将一切安排好了。我承认，他是忠贞的，他也是一个有智慧的人，但他的智慧是软弱的智慧，这智慧里缺少剑的锋利和果断。他不是怯懦的人，但他的忠厚妨碍了他的决断。里克和丕郑早已对先君不满，他们对他的安排也必定不满。因为他们害怕失去自己已有的权力，害怕荀息和骊姬铲除他们所种的树，并摘取属于他们的果子。

他们也不希望晋国的君主让先君来安排，而是他们要自己安排。自己安排的属于自己，别人安排的属于别人。所以他们希望获得一个自己可以支配的晋国，而不是别人的晋国。所以奚齐和骊姬就被他们刺死了。他们没想到荀息为了实现自己在先君面前所立的誓约，又要让卓子来继位。但这还远不是最后的结局。

我已经很久不去朝堂了，我也管不了那么多事了。但不断有人给我报信，告诉我朝堂上发生的事情。冬天已经来了，这是晋国的严冬。外面下着细雪，我的心里却大雪纷飞。我坐在炭火旁接受这火焰带给我的温暖，但心里却仍然感到一阵阵寒意。我的腿脚已经不方便了，每迈动一步，都感到身体的沉重。我的每一步都踩在软绵绵的地上。但我仍然用我的眼光扫视着四周，扫视着夜与昼，扫视着天上的云和地上的迷雾。

我将是一个见证者，我不是为了见证我所看见的，而是为了见证我所想到的。其实我的内心是矛盾的，我既想看见我所预料的，又不想看见它真的发生。因为我的内心里充满了不祥之感，我并不想让这不祥之感变为现实。先君对我是信任的，因为他知道我对他的忠诚，我所做的都是为了晋国，为了他的宝座更加稳固。先君有时也会对我的做法产生怀疑，因为他不理解我为什么这样做。他的明智在于能够采纳他所理解的，又能对不理解的事情予以谅解，以便等待了解它的时机。

他的宝剑有着两面锋刃，事情也是这样。他要只是磨亮一面，另一面就会锈蚀。他要将自己的威权获得最大效果，就会减损他的跟随者。事实上就是这样。他后面的跟随者越来越少了，这就让他的身后留下可怕的暗影。这样的暗影里什么都可能发生。他扶立的奚齐被杀掉了，现在荀息又扶立了卓子为国君。这样的做法是好的，也符合先君的本意，可是荀息却会由于自己的仁厚而让这本意动摇。

荀息不是一个狠心的人，虽然他能够将前面的路看清楚，但他却没有力量搬开路上的石头。这样就会让行路者绊倒。我想，里克和丕郑是不会甘心的，他们也许正在暗中谋划，卓子的性命也危险了。对于拿剑的，必须用剑来决胜。单凭自己的仁德不能感化别人，真正的仁德不在心里，而是在剑刃上。太子申生不是扔掉了自己的剑么？他的仁德也随着他的剑一起被扔掉了，他的生命也随着他的剑被扔掉了。

我从来就不相信没有剑的仁德。仁德是用来磨砺剑锋的，而不是为了将手中的剑折断，也不是把宝剑藏入华美的剑匣。如果要让国君坐在他的宝座上，就要有残忍之心，没有残忍就会让好想法落空。你需要看到，这个宝座的四周集聚了无数邪恶，你就必须用邪恶来驱逐邪恶，用诡计来压住诡计，用力量制服力量。一座华丽的宫殿必要建在牢实的基础上，这要用石夯不断砸实地上的松软的土。

　　荀息做不到这一点，所以他注定要失败，奚齐死了，卓子也不会长久。我不知道这样的事发生在哪一天，但它会发生的。我已经给荀息捎去了口信，但他不会像先君那样采用我的办法。他的软弱是命定的，他应该回忆我当初是怎样做的。一个真正的国君必须坐在血中，要么他在血中微笑，要么他在血中死去。

　　我在屋子里烤着炭火，火焰不断跳动，我看着火焰在烧红了的木炭之间跳着，火星四溅，一会儿就变得暗淡。我添加着木炭，并用火棍拨开烧尽了的炭灰，让这火光重新变得明亮。屋子里顿时一片亮光，我的脸被照得通红。我能从这火焰里看见自己的形象。我的身体是僵硬的，动作是迟缓的，但我的心里依然有着一团火焰。我被这火焰烤着，就像蜷缩在冬天的蛇在太阳下醒来，开始慢慢舒展。我多想去找荀息谈一谈，将我的残酷的智慧传递给他，将我的计谋告诉他，让他知道一个人和一个君王是不一样的。一个人可以是贤良的，可以怀着深厚的仁德，但一个君王不能这样。

　　他会听我的话么？我摇摇头。他会微笑着看着我，但不会反驳我的道理。他或许也知道我的道理，但他不能按着这道理去做。他不会的。尽管我有着雄辩的口才，但对于一个沉默的对手，就不会有激烈

古灵魂

的论辩，最后我也会归于沉默。好吧，我就待在我的炭火旁，拨弄我前面的火焰，但我的心却渐渐成了灰烬。

但我仍然会从灰烬里露出我的目光，看着四周将要发生的事情。面前的火焰已经像血一样闪耀，活跃的血，我已经从中看见了真相。可是我仍然在这炭火旁烤手，并且静静等待。我知道这样的等待没有意义，但我还是在等待。我要作为见证者，亲眼看见这个已经感受到了的寒冬。我的火焰只能照亮我这个烤火的老人，却不能照亮别人。

卷二百四十九

大臣

　　我们在朝堂上议事，年幼的国君端坐在他的宝座上。他的小脸是严肃的，他的眼睛直视着众臣，他已经很像一个国君的样子了。只要那个宝座上坐着一个人，不论他是谁，整个朝堂就有了灵魂，有了某种无形的生气。要是那个位置是空的，我们就会缺少议事的理由。我们需要那个地方有一个人，我们需要一个国君。一个没有国君的国，是不可思议的。一个没有国君的朝堂，也是没有意义的朝堂。那样，我们将给谁出谋划策？我们所说的事谁在听？我们站在这里要做什么？

　　国君戴着他的冠冕，他的脸已经不重要了。重要的是他坐在那里。晋献公已经被安葬了，晋国需要商议的事情很多。这些事也许不是十分重要的，但必须在朝堂上决定。大臣们奉上一个个奏本，这些奏本上写明了一件件事情，但这些事情却是尚未发生的事情。我听着各位大臣洪亮的声音，在冬天的寒冷里回荡。我没有什么要说的话，我只是在众臣的中间，听他们的一个个高论。

　　荀息作为相国站在最前面，真正的倾听者不是国君，而是他。大臣们好像是对着国君说话，但他们也知道自己的话要说给谁听。国君听不懂这些晦涩的语言，但其中的每一句话都有着婉转深奥的含义。人们不会直截了当地说出自己的意思，而是采用各种巧妙的比喻和曲折的暗示，但对于真正的倾听者，是能够听得懂的。国君只是别人语言里的中心，但这中心是黑暗的，因为别人的语言指向黑暗，却在黑暗的四周激起一个个漩涡。

大殿上的炭火在燃烧。尤其是国君前面的炭火，放射出耀眼的光亮。因为火焰的不稳定，国君的脸也不断闪烁，在明灭中变换，仿佛是梦中景象。这一切看起来都十分荒唐，但真实的都是荒唐的，只是因为我们对于真实的无比信任，才严肃地对待它。整个朝堂都在炭火里变化，人影并投射到四周，每一个人的脚下都踩着另一个人的影子，这种光影的混乱和严肃的气氛形成意味深长的对照。

就在这时，一群手持刀剑的武士闯进了大殿，殿门突然被打开，一股寒风席卷而来，似乎还夹带着外面的尘土。混乱的脚步将肃穆的气氛击破，刀剑的寒光被燃烧的炭火照射，好像他们的手里所拿的不是刀剑，而是色彩斑斓的一根根树枝。他们快速地把大臣们围住，其中的一个冲上了前面，将利剑刺入了国君的胸脯。在拔出剑的一瞬间，国君的血从前胸喷射出来。谁也不知道发生了什么，群臣都惊呆了，就像一块块石头立在那里。

荀息大喊，你们是谁？你们要做什么？你们不知道这是朝堂么？将这些叛逆者杀掉……可他的喊声没有人回应。他几乎是在咆哮，声音都变得嘶哑，但没有人回应。一个人进来了，从我的角度看，仅仅是一个黑影，一个轮廓，我看不清他的眉目，不知道他是谁。但荀息认出了他。他喊叫，里克你太大胆了，竟然在朝堂上杀了国君。我要将你的头砍掉，祭献给先君……你这个叛逆……

一个声音从那个黑影里发出来，说，荀息，你是晋国的相国，你应该对这事情负责。你一开始就错了，你将骊姬的儿子扶上了君位，结果他被杀掉了。你一错再错，又把卓子扶上了君位，结果又被杀掉了。你一连害了两个人，你的罪过还小么？你对得起死去的先君么？可你还想杀掉我，你不仅做错了，你也想错了。

荀息说，你这个奸佞小人，竟然做出大逆不道的事情。先君对你太信任了，你却在他死后作乱，你还有一点儿德行么？里克说，我不需要德行，可你却抱着你的德行，断送了先君两个孩子的性命。你要知道，你的德行妨碍了你的想法，你的仁德不过是愚蠢的见证。先君太信任你了，竟然把身后的事情都交给你。他看错了人，他竟然不知道你既没有智慧，也没有谋略，却只用愚蠢来治理晋国。如果我不这么做，晋国将因你而失去前途。我不是叛逆者，我乃是用我的智谋来挽救晋国。

——我不会蔑视你，因为我知道你不是怯懦的。也不蔑视你的仁德，因为你是忠贞的。可是怯懦不是怯懦者的弱点，而仁德才是勇敢者的缺陷。仁德也不是仁德者的弱点，但忠贞乃是仁德者的缺陷。你用仁德为自己掘开了陷阱，又以勇敢者的名义跳入了火焰，还把自己的忠贞作为最后的理由。所以你所有的计算都是愚蠢的，你所有的做法都是空洞的，你毁掉了几个人的生命，也毁掉了你自己。

——我只有两个选择。要么我杀掉别人，要么我被别人宰割。我选择了前者。这是我的智慧，而这智慧必须用我的刀剑来转变为真

古灵魂

实。我知道眼前的真实不是真实，我的真实才是真实。只有用刀剑拿来的，才是真正的获得，而用仁德得到的，终究会失去。我不喜欢梦境，我喜欢在醒来的时候触摸自己的脸，这样的我才知道自己仍然活在世上。可是你呢？你分不清梦幻和真实，你以为自己所做的梦就是真实的，当你醒来的时候，才发现真实原是掌握在别人的手里，而你不过是梦幻的俘虏。

荀息说，先君交代我的，我都想做到，我所做不到的，是我不能做到的。但我忠实地履行了自己的职责，我做了我所应该做的。我不做卑鄙无耻的事情，我只做君子所应做的。你竟然以叛逆为荣，却不知自己将以一个叛逆者的名声死去。我死去，是因为我没有做到我所承诺的，而你的死去则因为自己的无耻。我们所走的是两条不同的路，现在我看到了，这两条路将都是死路。

里克大笑起来。他的笑声让朝堂的炭火和国君流出的血，都在微微震颤。我看见了地上的血好像被一块石头击破红的平面，它似乎掀起了令人惊惧的波澜。这笑声在我的双耳轰响，让我的心瑟瑟发抖。我觉得我面前站着说话的两个人，都是死去的人，这是两个死人的对话，所以他们所说的就像从地下传到了地面。不然这前面的火焰怎会发颤呢？

里克说，事实不是你这样的人可以猜测的。我不会死，将要死去的是你。不会有人记住你的仁德和忠贞，却会记住你的愚蠢。你将以愚蠢的名义而死，这比以可耻的名义死去更加可耻。可耻可以成为活着的理由，但愚蠢却成为死去的理由。可耻者并不是完全可耻的，但愚蠢者却是真正愚蠢的，因为愚蠢者不仅让别人死掉，也让自己死掉。所以愚蠢是死的替身，一个人一旦内心里充满了愚蠢，他实际上已经死了。

——你看吧，这地上的血已经写上了你的名字，它不是卓子的血，却是你自己的血。你已经从这血中照出了自己的脸，你已经在死地里了。可是愚蠢的人并不知道自己已经死了，因为愚蠢者连自己的生都不知道，又怎会知道自己的死呢？我要告诉你仁德是什么，告诉你忠贞是什么，我不想用语言告诉你，因为你不可能听得懂。我用剑告诉你，用血告诉你，用严冬的寒风告诉你，你就可以听得懂了。这样，你不仅会听懂事实，也能听懂自己的愚蠢，因为我是用你的死来告诉你的。

荀息也大笑起来。他的笑声同样让前面的火焰颤动，这火焰所放出的光让所有的人影颤动。他的大笑几乎是从灵魂里发出的，所以有着一种嘶哑的力。里克似乎也被震撼了，他的黑影摇晃了一下，又站稳了。里克问，你笑什么？荀息回答，我笑你也笑我，我笑我所笑，我笑这人世间居然会有你这样的人，天神怎么会听不见我的笑呢？我所笑的天神已经知道了，因为天神会从我的笑声里看见你的脸。

里克说，我的脸？我的脸上有什么？他擦了擦自己的脸，又一次问，我的脸上有什么让你发笑？荀息又一次大笑起来，他说，你的脸上涂满了血污，你却不知道自己的丑陋。你让群臣看看你的样子，你的手里也是血污，你是肮脏的，不仅你的脸上是肮脏的，你的灵魂也是肮脏的。里克说，我承认你所说的，可是你却什么也没有。我有手中的剑就足够了，可是你呢？我要把我的剑放到你跟前，它是你最好的镜子。

荀息突然冲到那个黑影前，夺过了里克的剑。武士们立即护住了里克。荀息说，你害怕了吧？我不会杀你，会有人杀掉你的。你害怕了吧？我已经看见你在发抖。我不会因你的血脏了我的手，但你会因你的罪过而发抖。它比你的剑沉重，你拿不动它。我不会害怕死，但你害怕。你不仅是卑劣的，还是怯懦的，我蔑视你。说完，荀息用剑伸向自己的脖子，血从剑锋上流了下来，他缓缓倒在了地上。

　　结束了，一切都结束了，地上的血就是结束，事情都是用血来收尾的。朝堂里的人群很快就离去了，纷乱的脚步已经远去。我才发现只有我还在这里。我呆呆地立在那里，我的脚好像生了根，怎么也拔不起来。我发现自己才是真的怯懦。空荡荡的议事大殿，只有血泊里的两具死尸。冬天的炭火还在燃烧着，不过火盆里的木炭已经发暗，这些整齐的方块木炭上的微弱的火焰，提供了这个大殿里微弱的光。结束了，一切都结束了，只有这炭火还在烧着，火焰还在跳动，就像死者的灵魂。

　　我不知自己是怎样从中走出来的，我惊恐的眼睛望着外面的天空。天空是昏暗的，大群乌鸦在绕着宫殿飞翔。它们从高空向下盘旋，发出了一声声沙哑的怪叫。这样的怪叫更像是惊叫，它们既然和我一样惊恐，为什么不飞走？它们就在宫殿的屋顶上面不断地飞，一只接着一只，翅膀连着翅膀，就像乌云从天而降。它们好像是天神派遣的，要在这样的昏暗里接走卓子和荀息的灵魂，这灵魂已经驮在了乌鸦的翅膀上。它们久久不肯离去的原因只有一个，那就是它们还眷恋着这大殿，眷恋着寒冬里狂风大作的人间。

卷二百五十

里克

严冬的狂风渐渐平静了，一切都平静了。在这样的平静里，我可以安心做我自己的事情了。曾经有人阻挡我，但我用剑拨开了这样的阻挡。于是我从一阵阵骇人的狂风中走到了平静里。我感到了某种寂寞，失去了惊险的寂寞。我并不是喜欢这样的寂寞，而是别人的死加剧了我的寂寞，我的剑也平静地躺在了剑匣里。这剑匣由名贵的木头制作，又经过匠人的精心雕刻，它上面的瑞兽也沉睡了。

现在我已经主持朝政，我让我的亲信们各自担任晋国的重臣。我深知他们都是一些利禄之徒，他们喜欢的，我就给他们。否则我所说的话，还有谁会听呢？我杀了两个国君，已经让他们感到了我的剑光凌厉，所有的人都害怕我。是的，先君就是这样做的，我从跟随他的历程里，把他的灵魂放入了我的生命。他所用的谋略和手段，我都使用了。他所具有的胆量和勇气，也附在了我的身上。

我要把公子重耳迎回晋国，一个国家必须有一个国君。重耳是最好的，我当选择他。他既能获得众臣的拥戴，也能获得民众的认可。而且他的君位是我给的，他的权力是我所赋予，那么，我所要的，他

古灵魂

怎能不给我呢？我要我的那一份就满足了，他要的都归于他。我和众臣在朝堂商议后，就派遣狐突前往狄国，以实现我的筹划。

剩下的就是等待。一切已经不那么急迫了，让时间慢慢地前行吧。我悠然自得地在炭火旁倾听着屋外的寒风。这个冬天真是太漫长了，夜晚也那么长，一场大雪已经盖住了一切，一个白茫茫的、干净的世界，就在我的视野里。地上的血被覆盖了，地上的脚印被覆盖了，从前的事情已经过去，所有的事情要重新开始了。

这是多好的一场雪啊，我要到郊外去观赏。我乘着自己的马车，来到了郊外，后面路上长长的车辙，弯弯曲曲地通往我出发的地方。但前面却什么也没有，只有无限的苍凉、洁白的苍凉。我徒步走在白茫茫的阔野上，我的后面只有我的脚印，我的前面谁的脚印也没有。这才是我的世界。没有别人，只有我自己以及自己的脚印。

一棵棵树木的枝条上，都落上了雪，它们的上面是白色的雪，下半部分则保留了原先的深黑的颜色。它们只留了一半让我知道它们的真实样子。它们在雪地上伫立，保持着自己的沉默。只有寒风替它们说话，而它们自己却把要说的放在内心。这更像是野地里的修行者，用沉默说出自己。它们只在春天来了的时候才长出绿叶，这就是它们的语言。它们在忍受寒冷，在等待中寻找机会，沉默只是等待中的煎熬。

我大步走向雪原，我的脚踩在了柔软的雪中，这是多么舒适。尽管有点冷，我仍然感到了快乐。等待并不是煎熬，等待也是快乐的。关键是你在哪里等待，又为什么等待，你将等待什么。太阳从云中出来了，将它的光芒洒往遍地，它压住了寒风，又使我获得温暖。它是炫目的，雪地上的反光是耀眼的，我不得不将眼睛眯起来。但我的眼前忽然出现了我杀死的人的一张张脸，他们在雪地的反光中映现，他们的表情是仇恨的，他们伸出了沾满了血的手……我心里一惊，但他们又消失了。

是啊，我杀掉了他们，因为他们挡住了我的路。他们不应该怨恨我，而应该怨恨那把他们推到路中间的人。他们应该怨恨他们的父君，是他在弥留之际安排了这个杀局。他难道不知道民众对骊姬的怨恨么？难道不知道民众对太子申生的怀念么？难道不知道人们对他们的父君已经积怨深重么？也许他们不知道。所以我所杀的是无辜者。无辜者的背后却是不可宽恕的罪过。

奚齐是年幼的，而卓子更年幼，他们还不知道他们的座位上已经被罪过坐好了，所以他们正好坐在了别人的罪过上，所以他们就要被杀掉，以用无辜者的血洗掉罪人的罪过。你们没看见那么多人都为你们的死惋惜么？但也有更多的人拍手称快。你们本不应坐在那里，你们坐在了不该坐的地方。你们不死掉，你们所坐的宝座就不可能归还给该坐的人。所以无辜者并不是无罪，而是他在无辜中而获罪。

荀息的死令人惋惜，他本不应死，但他却因自己的顽固而死去。这个人仅仅因为自己在先君面前的一句许诺，就送了自己的性命。他不知道那许诺是空洞的，它仅仅是嘴里说出的，它一旦说出就已经消散。剩下的事情都可以改变，然而他拒绝改变。就像河边端坐的大石头，你不可能搬动它，要让它改变自己的位置，就必须使用重锤砸碎它。

他难道不知道，他的忠诚用错了地方？因为他的忠诚面对的，是

古灵魂

一个从来不信守诺言的国君，先君什么时候把自己所许诺的，当作自己应该做的？他怎样对待别人，你就应该怎样对待他。可是荀息不是这样。他只是像对待自己一样对待别人。可是别人和你是不一样的，你却不知道这差别。我本不想杀掉你，可是你却自己杀掉了自己。你把我所做的，当作了你自己的羞耻，又用我的剑割掉了这个羞耻。

我想，荀息是一个生活在梦中的人，他分不清究竟是梦还是现实。他在梦中却又做着另一个梦，他的一个梦套着另一个梦，以至于难以从梦中逃脱。于是他只能从一个梦进入另一个梦中。他以为梦可以给他庇护，但他想错了，因为在梦中是对的，但离开了梦就是致命的错误。他在梦中坚守，又在现实里溃败。他在梦中做了很多事情，但是他又在现实中自杀身亡。他从没有清醒。或者他是在梦中自杀的，因为他不知道自己怎样死掉，也不知道自己为什么死。他以为自己死了，一切可以完结，但事情还在继续。只不过以后的故事和他无关，以后就是我的故事了。

他的故事在梦中结束，但我的故事从真实开始。其实我也不知道他为什么这样，因为我也不能进入他的梦中。一个梦只能从梦中进入，而从现实里是不能进入到梦中的。现实没有梦的入口，所有的梦都对现实紧闭着门。它拒绝一个现实者进入其中。这是一个比现实更坚固的城邑，即使用人间最好的剑也难以攻破。可是我在这雪地上走着，我是不是也在梦中？这一望无际的雪地，这白茫茫的雪地，太像一个梦了。

我在郊外的积雪里走着，我现在看见的不仅是我的脚印，还有你们的脚印。我的脚印和你们的脚印是混在一起的，我已经难以分辨哪一个是我的。从外表看起来，只有我的脚印，但我的脚印是踩在你们的脚印上的。似乎这并不重要，因为冬天不会仅仅下一场雪，不论是谁的脚印，还会被另一场雪所覆盖。

现在我的手里没拿着剑，我不会在等待中拿着剑。我喜欢轻松一点。等待是轻松的，我想，重耳会答应我的请求的，他会回来坐到属于他的宝座上。我还没有看见谁不愿意做一个国君。他一定愿意的。他应该想到，太子申生不是因为国君的位置而死么？奚齐和卓子不是因为国君的位置而死么？你和夷吾不是因为国君的位置而逃么？如果谁都不愿意成为国君，国君的宫殿里就不会流满血，国君也不需要自己的剑。因为剑是为血而生的，它的里面住着嗜血的恶灵。

我在这雪地上已经走了太久了，呼吸是这样通畅，空气是这样新鲜，一场雪压住了地上的尘埃。很久没有这么快乐了，因为白茫茫的雪地给了我快乐。它让我看到了一个不曾见过的空阔和无限，也让我感受到了世界开始的样子。因为在这样的雪地上，一切都是从我开始的。我的腿迈出去，雪地里就会留下我的脚印。我每迈出一步，它都会给我计数。它告诉我我走到了哪里，走了多少路。它还告诉我一个悲哀的事实，雪地是无限大的，我根本不可能走完，它没有尽头。可是我仍然为这悲哀而快乐，因为我的快乐因悲哀的衬托，变得更加快乐了。

我要将我喜欢的雪，用我的鞋子带回去，然后用我的剑铲掉它。我不沾染不属于我的东西，尤其是纯净的东西。我要带回去，是因为我要用我脚底的雪，证明我所走过的路。我要铲掉它，是因为我不需要它。它意味着我的脚印，我从我的脚印里带走了雪，我不需要自己

古灵魂

的脚印，我只需要看见世界开始的样子，只需要知道这一切是从我开始的。太阳又隐没在云里了，天更加冷了。我登上了自己的车辆，看着前面的骏马慢悠悠地走着，它们一点儿也不慌张，因为它们能够从被雪覆盖的地方看见归去的路。这一切都不用我操心。我只是坐在车上，听着车轮碾轧雪地的吱吱声。

卷二百五十一

狐突

　　没想到晋献公死后，晋国竟然乱象纷呈。这都是他在临死前埋下了有毒的种子。他竟然逼死了太子申生，还追杀公子重耳和夷吾，让他们一个逃到了狄国，另一个逃到了梁国。这两个公子都是我的外孙，我是看着他们长大的，他们怎么会谋反呢？太子申生的仁孝和德行是尽人皆知的，他又怎么会陷害他的父君？

　　只要想一想，就知道这都不是真的。但晋献公竟然相信了骊姬的挑拨。也许他并不是真的相信，而是明知这是假的，却故意装作相信的样子，因为他所要相信的正好暗合了他的本意。他将自己想做的事交给了荀息，利用了他的忠贞和仁德，却不知道忠贞和仁德却和狠毒不能相容。里克是狠毒的，他一连杀掉了两个幼主，又使得荀息挥剑自刎。最后的结果是，狠毒的胜过仁厚的，血剑胜过了仁义，忠贞溃败了。

　　里克已经主持了朝政，他遣使我去狄国，将我的外孙重耳接回来做国君。他所要想的，也是我所想的。重耳自幼聪明，做事有条不紊，能够知晓大义，也怀有仁德之心，晋国的民众和朝堂上的大臣大

古灵魂

多拥戴他。但我内心又是矛盾的，经历了这些日子的血腥，我感到做一个国君是危险的，因为他的身边处处充满了刀光剑影。稍有不慎，就可能给自己带来杀身之祸。难道奚齐和卓子的被杀还不能让我们惊醒么？

冬天的景象是枯燥的，只有事物本身，赤裸的事物现出了它的原形。所有的遮蔽都被除去了，剩下了事物的丑陋的骨架。一切都是真的，山的颜色是真的，石头的颜色是真的，树木的颜色也是真的。草地上的枯草说出了它们的真实，它们也许本应是这样的。它们在夏天的万紫千红，仅仅是它们暂时的繁荣，只有冬天才看出它们干枯的本性。

在山脚底下的转弯处，我感到有一些冰凉的东西落到了我的脸上，这是下雪了。我很担心自己被阻隔在大雪中。很快就看见，大片大片的雪花飘落下来了。开始是稀稀拉拉的，然后寒风越来越大了，雪片也越来越大、越来越密集了，我的视线渐渐被遮住了。我眼前的路变得迷蒙了，我曾看到的一切都显示出了迷离恍惚的面孔。它们似乎陌生了，在飞扬的大雪中改变了容颜。

御车的车夫是从狄国跟随我来到晋国的，他熟悉从晋国到狄国的这条路，甚至每一个转弯和每一棵树，都在他的心里。这些马匹是晋献公赠送的，它们来自遥远的地方，保持着所来之地的傲慢和野性。但它们和我的车是亲近的。这不是因为车夫的驯服，而是来自彼此的亲近，它们的感情已经和自己所拉的车融为一体。驯服是感情的驯服，但必须保留它们原本的野性，否则它们就不可能是真正的好马。

看看它们的步伐吧。它们知道这是一条长路，所以走得既不慢也

我徒步向前走着，很快就到了那棵树的跟前。它还是那个样子，但已经长粗了，粗糙的树皮上有着无数裂缝，从中可以看出它生长的艰辛。根部的石头裂缝被撑开了，它的力量竟然是巨大的，但它也更加奇特了。树上的裂缝挂住了一些雪花，它们就像一些有翅膀的小虫子，落在了上面，翅翼不断在风中颤动，好像随时就要飞起来。我从充满了褶皱的树皮上照出了自己的面目，可是我已经离开了自己的石头，却寄居在另一块石头上。

　　那是涂满了血的石头，它的下面藏着毒蝎和毒蛇，我被啃噬着，我的浑身布满了伤痕，我的内心充满了疼痛。我是在忍受和煎熬里度日的，这是我的选择，我接受了这样的选择，就只能忍受着选择的疼痛。我坐在了山岩下的一块石头上，雪花在我的身上不停地落，我将自己的身体斜靠在这棵奇特的树上，并怀念它秋色斑斓的一幕。现在我觉得它同样是美好的——它独特的身姿是美好的，它对严冬的承受是美好的，大雪不断落到它的枝条上也是美好的。不论发生了什么，它都用自己的枝条承接，这些都是美好的。它的树枝上已经落满了雪，它能接住的都接住了。

　　那么我的心里接住了什么？我的心也是落满了冬雪的，因而我经常感到寒冷。我是跟着我的两个女儿来到晋国的，重耳是我大女狐姬所生，夷吾是我小女小戎子所生。我和我的儿子一起来到晋国也有几十年了吧？可是晋国并没有给我温暖，而是给了我很多悲凉。我曾是太子申生的御戎，跟随太子四处征伐，但太子申生已经死了。他是那么仁厚，我本以为他会成为一个好君主，可是他还是被逼死了，并且带着谋害父君的污名而去。他可以承担一切，却不能承担这样的污名。因为他从来没有这样想过，更不会这样去做。

不论是祸害别人的，还是害了自己的，都一个个死去。晋国的血从来没有干涸，它就像一条河里的水，不断从一个个泉眼里冒出来。这泉眼里泛着死亡的泡沫，映照出一张张陌生的脸，那些脸又在泡沫里消逝。他们都是母亲所生的肉体，又在母亲的怀中长大，却在血流里化为泡沫。这血流里浮着他们的脸，就像浮着一片片落叶和无限的冤屈，漂到了不知之处。他们不是流浪者，他们的灵魂也不是流浪者，但却在死亡中成为死亡的漂流者。没有什么能够挽救他们，因为在一个个阴险的诡计里沉浮，就必然要接受这样的命运。

重耳和夷吾是幸运的，因为他们选择了逃离。在远离国君宝座的地方，就可以得到栖身之地。没有远离就没有生路，这不是对死的逃避，而是对自己的珍惜。一个人不能随意死去，他没有理由随意死去，即使是死，也必须有一个能够接受的理由。这一次前往狄国，也可以见到我的儿子狐偃了。他一直跟随着重耳，也不知他现在是什么样子了，我还能不能认出他？我只记得他从前的样子，记得他憨厚而狡黠的笑容和顽皮的姿势，一切历历在目。现在还是那个样子么？我还能不能认出他？

马车在我的前面停着，马的身上也落满了雪，它们一会儿就会抖一抖身体，将身上的雪花抖落。它们漂亮的鬃毛上也落满了雪花，好像上面染了一层白色，是啊，它们在雪中更漂亮了。马儿们一会儿就会踢踏一下马蹄，是不是它们也感到冻脚了？我站起来，看着我的身上同样也被白雪落满，这风雪中的旅人，带着晋国的使命，还要走多远的路？

古灵魂

卷二百五十二

狐偃

　　我的父亲来了，他冒着风雪来到了狄国。我太高兴了，我要拿出美酒，和老父一起痛饮。这些年的晋国乱象，使他太伤心了，他明显老了，脸上的皱纹多了，胡须和头发已经花白了。他的眼睛一直看着我，这让我非常感伤。我的眼泪夺眶而出。为了不让他看见我流泪的样子，我慌忙背过身去。我都不敢直视他的双眼，我怕他太难过。可以看出，他已经多少个日子没有睡好觉了，他的眼睛里布满了血丝，他所射出的目光也是浑浊的，夹杂着一丝丝红光。他的背也有点儿伛偻了，动作变得迟缓。

　　父亲老了，我却不能在他的身边尽孝，内心感到十分愧疚。见到了他，各种苦涩的滋味涌上心头，那么多想说的话都说不出来了。我说，我昨夜在梦中见到你了，看见你还是那么年轻，可是今天见到你，却不是梦中的样子。父亲说，我也常常梦见你，可是又不太像你，但是梦中的你，也不是我熟悉的样子。梦是天神的指示，它是真的。天神在梦中给你画像，让你成为别人的样子，又要让我认出你。

　　我说，我是多么想你，可是我回不去，不能去看你，只能从梦中见到你。可就是这样的梦也很稀少，这让我异常失望。我不能在你的身边尽孝，连做梦都由不得自己。他说，梦是由不得自己的，天神给你梦，你才能得到梦。它就像很多你想要的东西，你想得到的并没有给你，你不想要的却给了你。唉，我们都是这样，一切都跟所想的不一样。这是天神给你的命，不论好坏都要接住它。

他给我们讲述了晋国发生的故事。奚齐、卓子和荀息都死了，国君的位置空了。那个位置上有一个无底洞，它不断吞噬生命。谁坐在上面，谁就会陷入万劫不复的黑暗。现在里克已经掌握了朝政，但没有一个国君的晋国，就不是一个真正的国。那个座位上需要一个人，需要一个里克能够掌控的君主，或者说需要一个能够捏在他手掌里的假的君主，这样他就可以在背后支配这个国家了。

我的父亲就是来请重耳去做这个国君的。他将里克的信函递给了重耳。重耳给我和赵衰读着信函上的文字，我们从中倾听来自晋国的声音。这声音里有着冬天的苍凉，有着寒风的呼啸，有着血的滴落。它不是用笔书写的，而是用沾了血污的剑来刻画的。这声音里有着奚齐的惨叫，也有着卓子的哭喊，还有荀息的悲鸣。重耳的声音是低沉的，却让我浑身颤抖。我看见赵衰的表情也是凝重的，他的脸凝固在沉重的悲痛里。

骊姬让我们逃离了晋国。她已经死了，吃了她所种的毒果。但奚齐和卓子有什么罪呢？尽管重耳就要回去做国君了，我们将结束逃亡生活，但我的心里仍然没有快乐。奚齐还很小，卓子就更年幼了，他还不懂事，还在玩耍中经历童年的欢乐。他还是纯真的孩子，里克怎么能将剑指向一个孩子？还要残忍地杀掉他？我没想到里克竟然是这样残酷和冷漠，竟然这样无情，这样毫无怜悯之心。

我的心也被远方的剑刺伤了，感到了胸口的疼痛。重耳说，他们让我回去，你们都听见了，我不知怎样抉择，你们都谈谈自己的看法。我说，我们在外面太久了，不知道晋国竟然发生了这么多事情。说实话，我很想回去，也许你做了国君，一切都可以改变。你如果不放心，我可以将里克杀掉，就可以断绝后患。

重耳说，我怎么可以杀掉让我做国君的人呢？里克是晋国的功勋，我杀掉一个跟随父君东征西讨的功勋，就会让天下人耻笑。我不会做这样无耻的事情。他的冷漠归于他，我不能将他的冷漠作为我冷漠的理由。赵衰说，我觉得应该先远远观望，事情似乎才刚刚开始，故事还没有结束。里克能够杀掉两个幼君，又怎么不会对另一个国君心生杀念？回去是危险的，因为现在众臣都惧怕里克，你又怎能处处让他感到满意？

我说，奚齐做国君是先君的本意，荀息只是因对先君的忠贞才将他扶上君位，这违背了里克的心愿。卓子是荀息扶上君位的，他还是个孩子，自己并不懂得国君是什么意思。荀息只是为了安抚自己才做出这样的选择，他以为这样就可以告慰先君，也能够安慰骊姬的亡灵，可这也不是里克所愿，所以里克仍然杀掉了卓子。他现在是想让你去做国君，这是他的想法，他怎会再一次萌动杀念，杀掉自己的意愿呢？

赵衰说，你只看见了事情的一面。里克是贪婪的，又是残暴的，即使先君在世的时候，他也总是怨言满腹，只是慑于先君的力量和智谋，他不敢轻举妄动。现在他什么事情做不出来呢？他一连杀掉两个国君，已是肆无忌惮了。重耳是仁厚贤良的，可面对残酷和冷漠，所

— 227 —

有的美德都不是对手，因为他不依照美德行事，你所想的不是他所想的，你永远不知道他要做什么。这样，你就会将自己置于险境而不知。你所知道的他也知道，他所知道的你却不知道。你要做的他会知道，他所做的你却不知道。这样做一个国君，就等于坐在了黑夜里，你看不见前面伸出的剑，所以就不能躲避。

我想，荀息不就是这样死去的么？他可能猜到里克的不满，但没想到他会这样做。他也可能知道了里克会这样做，但他以自己的心揣度别人的心，仍然不相信里克会这样做。但是里克不是荀息所想的里克，而是一个突破了荀息所有想象的里克。先君死后，他已不惧怕一切，但荀息却惧怕损害自己的美德，所以他面对不惧怕任何事情的里克，就不可能有所防备，就只能用里克的剑来杀掉自己。他不是自杀的，也不是被里克所杀，而是被自己的美德所杀，被自己所惧怕的杀掉了。而里克却没有惧怕的，所以他杀掉了别人，却不会被别人所杀。冷酷者只将冷酷施与别人，温情者却把别人的冷酷留给了自己。

父亲说，你们都是我的亲人，我不希望你们到危险的漩涡里。你们已经看见了，一个人死了，他就再也不能做什么事情了。一个人的结束，就是他的一切结束。晋国现在仍在乱局里，还不能看到它的乱局什么时候终结。你们远在狄国，没有亲身感受，我却不一样。我就是岸上的观察者，我看到的都是我不想看到的。人为什么要寻找危险呢？智慧者懂得躲避祸患，即使是虫子也知道活下来是最重要的。我小的时候就看见地上的虫子，它遇见危险的时候就一动不动了，你觉得它已死了，可它实际上却是装死。

——装死是一种智慧和诡计，它发觉危险已经离去，就又活了过

古灵魂

来。虫子尚且能有这样的智谋，人难道不能学一点虫子的本领么？我希望你们都活着，而不是在危境里死去。死去的世界是空的，因为什么都没有了，连死者的肉身也要腐烂。做一个国君就是为了活得更好，也更精彩，而不是为了死去。死去也许有意义，但也是所有意义的落空。先君之所以对你们展开追杀，就是因为你们活着，就可能夺取国君的位置，而不是对你们充满了仇恨。他怎么会恨自己的孩子呢？

重耳说，你的意思我懂了，你点出了事情的要害。现在要活下来，就必须装死，让那些争夺者觉得你已经死去，他们就不再理会你了，这样你就从危境里逃出来了。离开了争夺就离开了死。可是我怎样去装死呢？别人不会因我的装死就真的认为我已经死了，我仍然在活人的漩涡里挣扎。即使我表示自己已经死了，别人也会利用你的装死而把你拉进污泥里，因为有些人不愿意承认你的死，你的活着永远会成为他们争夺的理由。

赵衰说，人世间没有万全之策。我们装作死去了，其它让他们去争夺吧。争夺是没有穷尽的，但暂时逃过晋国的内乱就是我们装死的理由。如果走进了泥沼，可能就再也出不来了，但在岸上观望，就可以找到通往明天的路。我们需要绕过去。当然我们希望你很快就成为国君，但现在似乎还不是好时机。看来我们仍然需要待在逃亡的路上。只要我们活着，就可以等待，等待就拥有希望。

我说，你们说的都有道理，但这样的等待什么时候是个尽头？看不见尽头的等待也是空的，因为这意味着无限的等待。也可能我们会在等待中死去。等待中的死和搏杀中的死又有什么差别？现在晋国的一切都说明，等待者死了，而搏杀者获胜了。里克是搏杀者，所以他获胜了，搏杀者在搏杀中获得了时机。

赵衰说，不，你错了。死去的都是搏杀者，而等待者还活着。骊姬是搏杀者，奚齐和卓子也是搏杀者，尽管他们不知道自己在搏杀，但已经站在了搏杀者的位置上。荀息也是搏杀者，他也输了。里克是搏杀者的胜者，但他也不是最后的胜者，最后的胜者仍然在等待者中间。等待不是无意义的等待，而是对搏杀者的观望，对时机的观望。只有等待者是最清醒的，搏杀者只是在梦中，一切搏杀都是梦中的搏杀。

我沉默了，因为我太想回到晋国了，我所说的是我的感情让我这么说，而赵衰所说的，却是事实让他这么说。也许我是错的，在真实面前，没有感情的立足之地。感情会把人推到梦中，所以我所说的也许正是在梦中所说，我所说的搏杀也是虚幻的搏杀。我拿起了酒盏，说，我父亲来了，我们应该高兴一点，不要让沉重的话题驱散我们的兴致，我们就为我们的活着而饮酒吧，饮酒就是活着的证明。我们在一起饮酒，谈论晋国的一切，就是活着的理由。让梦中的人们沉浸于梦中，我们饮着美酒，观望所有梦中的事情。

外面的大雪已经停下了，露出了碧蓝的天空。雪从那么高的云中落到了地上，让地上的一切变为了它的领地。我们在一起说了很多话，我都不记得了。我们所说的并不是为了记住，而是为了不断说出自己想说的。可是想说的是那么多，怎么能够说完呢？但美酒也是一种语言，它诉说着我们说不完的话，它没有多余的，它让我感到了人世间的眩晕，并在眩晕里寻找失去的激情。我对父亲说，大雪落到了你的头上，你的头发已经花白了。父亲说，都会遇到冬天，遇到下雪，一切迟早要发生。

卷二百五十三

赵衰

　　我跟随公子重耳寄居在狄国，只能远望自己的晋国。逃亡者的生活是枯燥的，它的意义就是逃亡本身。我跟着公子从晋都逃到蒲邑，又从蒲邑逃到狄国。晋献公临死前还在讨伐狄国，就因为狄国收留了我们。狄国是公子母亲的故乡，他只能逃往这里了。我们的生活尽管是安逸的，却无事可做，每一天都是前一天的样子。日子不断重复，从一个日子穿过，又进入另一个日子，就像穿过一个没有尽头的地洞，看不见出口在哪里。这样的日子一点儿光亮也没有，只有无尽的黑暗。

　　一切都是为了消磨时光。我在磨刀石上打磨我的剑，是为了不让它生锈。每一天早上起来，我就开始在磨刀石上打磨，让它一直保持着它的锋芒。秋天的时候，我去田间帮助农夫收割，把谷子的头割掉，然后把它的秸秆捆起来。我是天生的农夫，以前我并没有做过农活，可是我做起农活来又快又好，连老农都夸赞我的利落。我告诉他，我在战场上能割下敌人的头，这谷子我还割不好么？他说，你不像一个武士，更像一个书生。可是你做农活儿的利索，已经胜过了农夫，你的镰刀使用得就像武士的长戟，就像一阵狂风把田里的谷子卷走了。

我还跟着公子到山林里狩猎，和公子一起比试箭法，每一次出狩，我都会有所猎获。我们看见林间的麋鹿在奔逃，它们跳跃着，就像身上长着翅翼，可是我的箭更快，总是能抢在它们的前头。我的弓是强弓，我的箭射得很远。我不是为了简单猎杀麋鹿，而是要瞄准它身上的一个斑点，以验证我的箭法。我欣赏麋鹿头上树枝一样的角，也欣赏它们舒展的身体和奔跑的速度，更欣赏自己搭在弓上的箭。

我的每一支箭上都刻着一个名字，我要给我的每一支箭命名，让它不仅仅是一支箭，而是有着生命和灵魂的箭。比如说，它们叫作红麟、鳍云、莫稷、箐魔……它们带着自己的名字飞翔，将锋利的箭头刺入猎物的斑纹。我每从自己的箭囊里取出一支箭，就能看见它们在人间对应的形象，它们就像一个个人脸，它们有的无比冷酷，有的十分温柔，有的充满了愤怒……它们各自有着不同的表情。

公子同样有着精妙的箭法，有一次，我们约好瞄准麋鹿身上的同一个花斑，我的箭刚刚射出，他的箭也跃出了弓。我听着嗖的一声，两支箭合成了同一个声音，奔向了麋鹿的花斑。我们看着那只鹿在奔逃途中倒下了。我们策马过去，发现他的箭射中了我的箭尾，并穿透了我的箭，射中了那头麋鹿身上的花斑。那时我们是多么兴奋，两支箭在同一个地方会合，找到了同一个花斑。我认为他的箭法胜过了我的箭法。

我们在旷野上升起了篝火，把鹿肉放在火焰上。我们吃着烤好的鹿肉，肉香散播到远处。可是我突然流泪了。公子问我，你为什么悲伤？我说，我们在狩猎，猎杀了麋鹿，可是我们也是逃命者。我从麋鹿的奔逃中看见了我自己。我们的身后不也有狩猎者在追杀么？我们吃着奔逃者的肉，而我们背后的追杀者也在觊觎我们身上的肉。我们火上所烤的，就是他们所想要烤的。我们都在逃命，但它们没有逃出我们的箭。

狐偃说，我们的箭都已经收入了箭囊，可他们的箭却从箭囊里取出。我们眼前的火焰，就是他们所渴求的明天的火焰。人世间的事情都是相似的，我们所做的，不过是别人的演练。唉，晋国现在不知是什么样子了。人们都陷入了沉默。快乐一扫而光。秋风从我们的脸上掠过，就像穿过了旁边的树，飘落的叶片落在了火焰上，发出了哔叽的声响，突然冒出的火星，溅落在手背上，我感到了一点刺痛。

风是这么大，把火焰吹得更旺了，它的尖梢摆动着，好像被梦魇压住了。它挣扎着，拼命向上蹿，试图伸开自己的手臂。公子的脸被映得通红，就像刚从炉火里拿出的铜。我想自己的样子也是这样。我们倾听秋风的声音，实际上却是听到了自己内心的呼号。这秋风一定是从晋国吹来的，它带着家乡的寒冷，穿过了我们的灵魂。

冬天来了，它带着一个个晋国的信儿。先是晋献公死了，公子深感沉痛，他甚至想回去参加父君的葬礼，可是我们阻止了他。我们是逃命者，却要回到追逃者的剑光里，这怎么行呢？我们知道荀息掌握了朝政，可他是晋献公选定的大臣，死者已经将自己的灵魂放在了他的身上。追杀者仅仅是寻找了一个代替他的追杀者，在我们想要回去的地方，已经布满了陷阱。我们仍然要远离追杀者的脚步，死者的棺椁里依然藏着他的剑。死者的杀气依然在四周萦绕，它和灵前的香烟已经缠绕在一起。

后来我们知道奚齐死了，接着卓子也死了，荀息自杀了，一个个生命消逝在杀气里。尽管我们不知道每一个细节，但他们的结果已经知道了。冬天是残酷的，它要扫尽一切，要从世间拿走所有的生机。晋国没有逃过这个季节。我们却在严冬的暖屋里躲藏着，只听见外面的一阵阵尖啸，万物都在溃逃。

现在大夫狐突来了，带来了晋国的故事。我们知道里克杀掉了奚齐和卓子，知道了这故事的一些细节，也知道了惊心动魄的杀戮。这样的晋国更让人悲伤。我们幸亏早早逃走了，没有在这血的漩涡里停留。我们虽然是逃命者，但逃命者获得了逃命的机会，那些坐在原地的人则失去了自己的性命。逃命者获得了逃命者的幸运，追杀者获得了追杀者的死亡，因为追杀者的背后仍然有追杀者。

这是一场无穷尽的追杀，在每一个追杀者的身后，都存在另一个追杀者，甚至是你所看不见的追杀者。这是多么恐怖的人间。你一旦成为追杀者，就不可能逃脱了。我们仅仅是逃命者，我们知道追杀者是谁，这让我们得以躲避。即使山林里的野兽，也懂得躲避。它们遇见更强的猛兽，就躲藏起来。更多的时候，躲藏是最好的生存。我们在山林狩猎中，被猎获的，总是那些不会躲藏的。它们太相信自己奔逃的迅疾，却不知道我们弓上的箭飞得更快。它们不懂得躲藏，是因为不知道身边存在狡猾的狩猎者。

大夫狐突还带来了里克的请求，希望公子重耳回到晋国，成为新的国君。晋国需要国君，里克也需要国君。可谁知道这是不是又一个诡计？现在晋国已经充满了一个个诡计的谜团，每一刻都不知要发生什么。一般说来，诡计不是一个，总是诡计连着另一个诡计，另一个诡计连着又一个诡计，所有的诡计都是纠缠在一起的。现在里克已经用自己的诡计杀掉了两个君主，难道他的诡计就会因此而终止？

诡计一旦开始，就不会停住脚步。诡计就像谎言一样，你说出一个谎言，就必须用另一个谎言来说明这谎言的真实。你施展了一个诡计，就必须用另一个诡计使前一个诡计获得理由。里克既然已经在诡计中行事，就必定会产生另一个诡计。我早已知道他是个诡计多端的人，现在的事实已经验证了这一点。他依靠诡计和暴力而活着，这已经成为他生活的依据。他已经不可能逃离诡计了，但我们却可以远离这诡计。

所以我们还是劝说公子重耳不要受诡计的诱惑，保持自己逃亡者的逃亡。他如果回到晋国，就坐在了火焰上，就可能成为别人嘴里的肉。说实话，做一个国君是巨大的诱惑，谁不想做一个国君呢？可是这国君是一个诱饵，我们就不能像鱼一样上钩。我们需要远远地，看清渔翁的脸孔。

公子已经做了抉择，他不准备回去了。血腥场景历历在目，公子看见了黑暗里的狩猎者。他让狐突回复里克，说，我已经违背父命出逃，怎么还能做一个国君？我的父君去世了，我又没有在他的身后尽孝，我又怎能成为一个国君？国君需要一个有德行的人担当，但我已经失去了做一个国君的德行，我只能带着我的罪过和羞耻流浪了。

我想，这是很好的说法，也说出了自己作为逃亡者的理由。这理由是充足的。可是这样的回话里还带着鞭挞，它也指向了残暴的里克。一个人违背了先君的本意，一连杀掉了两个幼主，却要掌握晋国的朝政，岂不是忘记了自己的罪过和羞耻？

里克听了这样的答复会怎样想？一个残暴的人并不会把自己的罪过放在心里，也不会把羞耻贴在自己的脸上。因为他所做的，已经沾满了罪过和羞耻，他的手上和脸上都是肮脏的。他不是要将自己的手和脸在清水里洗净，而是要将这肮脏涂在别人的脸上和手上，这样他就以为自己和别人一样了。更重要的是，一个肮脏者不会觉得自己是肮脏的，他会以肮脏为荣，因为他用肮脏换取了虚假的荣耀。

我们继续过逃亡者的日子吧。这更像是隐士的生活。逃亡者也有逃亡者的快乐，他因逃亡而成为幸存者。我喜欢这样的生活。在一个没有杀戮、没有争夺和没有奸诈的世界里是快乐的，因为这是属于自己的生活。可是我仍然经常朝着晋国的方向瞭望，我的视线被群山的轮廓遮住了，我所瞭望的在我看不见的地方。我记得晋国的冬天是很冷的，要比我们所住的狄国冷得多。大雪覆盖了狄国，晋国也应该在大雪覆盖之中了。

卷二百五十四

里克

很多日子过去了，狐突才从狄国归来。他的道路被大雪阻断，他曾在山间的野屋里投宿，据说他们所住的，可能是猎人遗弃的房屋。他给我讲述了路途中的故事，我都听得入迷了。他说他们在屋子里燃起火来，一夜没有睡觉，半夜还有饥饿的野兽来撞门。马儿在外面嘶鸣，其中的一匹还挣断了缰绳，天亮之后它又回来了。

这是多么有趣的一个夜晚。狐突带着他的故事回来了。狐突讲得绘声绘色，还不断地停下来，一个悬念中包含着另一个悬念。我不断催促他把后来的事情讲完，他突然说，讲完了，这让我大失所望。尤其是那匹马究竟在黑夜跑到了哪里？他只是说，房子的前面有很多踪迹，有马匹的，也有野兽的，也许是马儿把野兽赶走了，并追赶了一段路？这真是一匹好马，我一定要去看看他的这匹马。我的马儿如果遇到这样的情况，也会这样么？

我突然想起了遣他所做的事情，我问，公子重耳答应了么？狐突说，他一直夸赞你，说你做了你应该做的事，无愧于先君的老臣，你的忠贞让他十分感动。我说，我知道他会回来的，做一个国君多么不容易啊，他已经在外面等得太久了。如果不是苟息假借先君的名义扶立奚齐和卓子，这国君之位本应就属于公子重耳。先君追杀重耳和夷吾，不过是他的计谋而已。他并不是真的追杀，他就是预料到他死后可能会出现乱局，所以用这样的方式让他们躲避一时。先君要是真的追杀，他们还能活到现在？你知道，先君要做的，没有做不到的。

狐突说，是啊，可是公子重耳却把这件事当作真的了。唉，我一直规劝他，但他却认定自己没有颜面回来。他说先君在世的时候，他被先君误解了，自己也没有和先君当面说清楚自己的事情，却不辞而别，等于背叛了先君，失去了仁孝和应有的德行。先君去世之后又没有尽自己应尽的孝道，他已经背负叛逆者的名分，怎么还有脸面回来呢？他还说，感谢里克的一片诚心，他实在是没有德行做一个国君，一个国君应该由具有美德的人来担当，这样晋国才能昌盛，民众才能禀服，众臣才能信任。

我站起身来，眉头紧锁，这个重耳太让我失望了。他真是太没有出息了，国君的宝座就在那里，他却不去坐，我曾对他寄予厚望，看来我看错人了。多少人在争夺国君的位置，他竟然一点儿也不动心，却甘于在狄国做一个寄人篱下的逃亡者。也许他在狄国过得太舒适了，他难道不再思念自己的晋国么？这会让多少人心寒啊。多少曾跟从他的人想让他回来，国君的座位已经给他预备好了，他却辜负了众人，也辜负了天神给他的机会。

别人想做国君，却没有这样的机会，而重耳拥有这么好的机会却放弃了。一个人不能看他的表面，我曾以为重耳是一个勇敢而有智慧的人，现在看来，我所看见的表面不是他的真实，他的真实藏在了他的背后。他不回来也好，不然还要让我再杀掉一个国君么？我已经将我的剑收入了剑匣，我实在不想再一次拿出它。我经常在夜晚听到剑匣里的跳动，我知道我的剑是不安分的，它已经注满了血的激情，但我仍然不愿再把它取出来了。

那么还有谁能做国君呢？我想，只有把夷吾找回来了。可是这个夷吾远不如重耳能获得民众的拥戴，他也缺少重耳的德行。这个人虽然一直逃亡，但他和重耳的逃亡是不一样的。晋献公追杀这两个公子，重耳选择了逃出蒲邑，而夷吾则选择了在屈邑抵抗，以至于贾华不得不率军溃败。他明知这样的抵抗意味着彻底背叛，但他仍然选择了背叛。

背叛者有着背叛的天性，他不会安分守己，不会简单屈从别人。可是我没有别的选择了，我只有选择一个背叛者作为国君了。也许这不是好的选择，但是没有别的人了。也许众臣会不满，但这对我有利。因为他必须依靠我才可以让众臣服从。我是晋献公的老臣，我是看着夷吾长大的，他即使有着背叛的天性，也不敢背叛我。国君的位置是我给他的，是我赋予他权力，因而这权力也应属于我。

重要的是，我给予他的，也可以收回，这样他就必须依照我的想法去做。那么我给予他，他就必须将我所要的给予我。这是礼物的互赠，是利的交换。他可以背叛他的父君，因为他的父君在追杀他，他必须通过反抗来守护自己的性命。而我则是给予他权力，他背叛我，就等于背叛了他自己，也背叛了我给他的一切。

现在我就派屠岸夷和梁由靡两个大夫前往梁国。我想，夷吾和重耳有着不同的想法，他早已渴望得到国君的位置了。他属于那种贪婪的人，一头林间的野兽怎会放弃自己口里的食物呢？猎人就是看到了野兽的天性，所以他们就设置陷阱，用它们喜欢的食物来引诱。所以猎人总是能猎获那些贪婪者，贪婪者的敌人就是它的贪婪。我将国君的宝座给了这个贪婪者，他怎会拒绝呢？

我听说夷吾早已说过要回归晋国，他已经不能忍受流亡者的生活了。跟从他的人们也渴望早一点回来，所以他一定会回来的。我已经主持了朝政，和我亲近的人已经安插到每一个角落，他即使想背叛我，也没有背叛的能力。他的背叛只有藏在自己的内心，却不可能放到我的面前。何况，我已经杀掉了两个国君，众臣已经对我怀着深深的恐惧，夷吾也必定会在恐惧中保持谨慎。我的剑虽然已经藏入了剑匣，但它并没有失去力量，它仍然在镂刻的花纹和瑞兽下跳动。我只要放开我的手，它就会一跃而出。

我赞赏自己，因为我的身上最大的美德和美好的情感，就是冷漠和残酷。我排除了自己身上的温柔之情，拒绝了怜悯和同情。这是我曾赞赏晋献公的原因。但他仍然做得不够好。他虽然将太子申生逼死，又将重耳和夷吾赶走，并试图将他们逼上绝路，但他对骊姬一直一往情深，也对骊姬的儿子奚齐抱有不能舍弃的感情。他的这种感情害了他，也害了晋国。他不是没有能力，而是他的感情消除了他的能力。

他所做到的，我也做到了，但他所没有做到的，我也做到了。我比他更彻底。冷漠不是仇恨，而是远在仇恨之上。它是对仇恨的消解，也盖过了仇恨，因为冷漠即使面对仇恨也是冷漠的。我不仅杀掉了先君喜欢的美人，也杀掉了他的两个儿子。这不是出于我对年幼的

古灵魂

孩子的仇恨，而是他们要坐在国君的位置上。不，我不会对两个孩子有什么仇恨，甚至我还爱他们，但我仍然要杀掉他们。

尽管两个孩子是年幼的，但他们的存在，妨碍了我的想法，也妨碍了晋国。我的想法超过了我的同情和怜悯，我将我可能面对的处境放在一边，而把自己的想法放在一切的前面。我要实现自己的想法，就必须劈开前面的通路，就要砍除路上的荆棘，这难道不需要冷酷的勇气么？不论是谁挡在了前面，我都会拿出自己的剑。我不是看我所杀的人的脸，而是看谁在我的前面，哪怕他仅仅是一个影子。只有放弃自己的美德和感情，才不会有羁绊，才会在自由中获得真正的智慧。

重耳和夷吾都应该感激我。我不仅为他们在通往国君宝座的路上扫清了障碍，也扫清了他们和先君的恩怨。先君的死不是真正的结束，我才是这恩怨的终结者。他们之间的爱与恨都消融了，晋国不再处于分裂状态，是我将所有的裂缝得以修补。现在晋国因我而重归一个整体。他们仍然在逃亡中，但这样的逃亡已经不是在仇恨里逃亡了，而是成为他们自己的一种生活选择。重耳不回来，是他的选择，我已经给了他更好的选择，但他拒绝了。他的拒绝会给他带来遗憾，因为他和本来应有的好运失之交臂。

已经是深冬时节了，寒冷的冬天不会太久了。天气越是寒冷，寒冷就结束得越快。春天到来的时候，晋国也就安定了。这个国曾经属于晋献公，但他已经远去了，他已经在黑暗的地下享受他的梦。即使是他的梦也被厚厚的土埋住了。地上的生活属于我了，晋国是我的晋国，只是我不能做一个国君，但坐在宫殿里的国君也属于我。那个国君不过是一个摆放在宫殿里的国君，一个虚假的国君。我可以坐在他的背后，让他代替我说话。我喜欢自己拥有一个替身，我就把这个替身给予夷吾。

让他回来吧，坐在我的前面，他的每一个动作都是我的动作，他的每一句话，都是我的话，他捏着权力的剑，但真正捏着剑柄的却是我。而我自己的剑，则放入了剑匣。我将用别人的剑，指向别人的脸，而我的脸将隐藏在别人的背后。

古灵魂

卷二百五十五

屠岸夷

　　我和大夫梁由靡一起前往梁国。里克派我们去请公子夷吾回到晋国，国君的位置在等待他。这是一件好事情。我就愿意做好事情，非常乐意前去请公子夷吾，这是我即将要侍奉的君主，我得到这个差事非常高兴。

　　但是深冬的天气太冷了，我要穿好我的皮袍，以裹好自己的身体。我曾是别人的门客，我的勇武获得了众人的赞赏。我擅长使用长剑，在众多技艺高强的武士中凌波独步。我的长剑飞舞起来，就像闪电一样迅疾，对手还没有看见我出剑的时候，一道光已经直指他的脸。这迫使他放下自己的剑。我还有惊人的力量，我的弓弦不知拉断了多少，我有着箭无虚发的精妙箭法，曾在无数次射箭的比试中赢得无数喝彩。那时，我只要跟随我的主人，他的心就是踏实的，我的一双怒目就能逼退暗藏的杀手。

　　我不喜欢智谋，人世间不需要智谋。使用智谋是弱者的表现，勇气和强力可以推倒所有的墙，而智谋是因自己的怯懦而采用的诡计。面对一个怯懦者，你早已蔑视他了，他就已经因他的怯懦而获得了耻辱。所以我喜欢阳光，喜欢将自己放在阳光下，让别人看见自己，也让我看见他。如果他躲进了黑暗，我就用长剑挑开这黑暗，让阳光射进去，让躲进去的现出原形。

说实话，我的一切都是用我的长剑获得的。我现在已经是晋国的大夫了，有着从未有过的荣禄，可是我竟然开始害怕冬天的寒冷了。以前我从不畏惧冬天。我曾在大雪中习剑，我的剑在闪电般的盘旋中，将一片片雪花削为碎片，让它们落地之后变为细小的沙粒。寒风一阵阵扫过我结实的胸膛，我不是避开，而是迎着这狂风，并让它所卷起的雪花融化。我身上的热气逼退了寒流，我根本不知道什么是寒冷。

可是我竟然害怕寒冷了，因为我不仅仅是一个门客，也不仅仅是一个武士，而是一个晋国的大夫了。我需要穿着自己的皮袍，戴上我的冠冕，以彰显我的身份。我曾是卑微的，但现在不一样了，而且里克赋予我重要的使命，我怎能在寒冬里退缩？我登上了自己华丽的马车，车顶上的风铃发出了清脆的响声，它比国君宫殿里乐师的演奏更动听。拉车的是来自远地的名马，它们展现出自己优美的身姿和饱满的精神。它们的头高高昂起，鬃毛在寒风里飘动，马蹄叩击着冻得开裂的地面，路上的冰雪在它们的脚步下飞溅。

我的马车和大夫梁由靡的马车并驾齐驱。路上太寂寞了，我邀梁由靡和我同乘。他同样是一个勇气十足的武士，我们有着同样直截了当的语言。我们不像那些虚假的文官，他们从来不把自己所说的话直接说出，而是处处充满了弯曲的玄机。他们选择各种华美的语词，比喻中含着比喻，暗示中含有暗示，把真实修饰为另一种真实。我最不

古灵魂

喜欢在朝堂上听他们说话，他们就不能口出直言么？我藐视这种拐弯抹角的技法，就像我藐视所有的智谋，藐视所有运用智谋的谋士。

我希望所有的人直接拿出他们的剑，让剑的光芒把我们一起照亮。唉，我真不知他们究竟是怎样想的。还有那个公子重耳，真是个傻瓜，里克让他回来做国君，他却放弃了。他宁愿做一个逃亡者。我真的很难理解他这样做究竟有什么理由。据说，他觉得自己没有在晋献公生前尽孝，死后也没有尽孝，所以没有什么颜面回来做国君。这是什么理由啊，真是一个傻子。要是换了我，我才不做这样的傻事呢。里克已经杀掉了两个国君，就是为了让他来做国君，这个公子重耳，竟然辜负了别人的一番好心。

现在这个国君的座位马上就是夷吾的了，重耳一定会后悔的。一个傻子和聪明人相比，就是他总会以各种歪理错过好机会。而聪明人就不一样了，他不会放过任何良机。每一个人的差别太大了，所以得到的会得到更多，而失去的则会一直失去。我和梁由靡谈起这件事来，他和我的看法是一样的。不过，他仍然顽固地认为，公子重耳还是一个有德行的人，他这样做必定有他的理由。

德行有什么用处？里克的聪明之处在于把很多人挂在嘴上的仁德和礼法，放在一边，让自己的剑说出理由。这是最好的理由。所以他想得到的，都可以得到；他得不到的，是他不想得到。我就觉得里克是最聪明的，因为他所做的和我所想的一样。而且，他还重用我，给了我很多好处。我愿意为他做事，为聪明者做事。我不愿做一个傻子。

我对梁由靡说，我们去梁国请夷吾回来，夷吾不会拒绝这样的好事情吧？梁由靡说，夷吾和重耳不一样，我想他会回来的，他周围的谋士吕省和郤芮也会劝他回来，夷吾早想做国君了，他不会放过这个机会。我说，我也是这样想的，夷吾一定比重耳聪明，他知道什么是好事情。梁由靡说，他们所想的不一样，重耳想着自己怎样保持内心的德行，夷吾更多想着如何获得好处。就说晋献公生前对他们的追杀吧，重耳选择了逃走，以至于被寺人披一剑砍掉了袍袖，差点送了命。而夷吾选择了抵抗，实际上已经选择了叛逆。

　　我说，一个人连他的性命都保不住，还说什么德行呢？我觉得夷吾更聪明，如果换了我，我也会坚守自己的城邑。因为晋献公要杀掉他，他就有理由保全自己的性命。他应该抵抗，而不是逃走，一旦逃走就会成为一个流浪者。梁由靡说，夷吾还是逃走了。我说，那是不得已才逃走的，他该抵抗的时候进行了抵抗，该逃走的时候就逃走，这是明智的抉择。就凭这一点，他会成为一个好国君，晋国也需要一个聪明的国君。

　　梁由靡说，我还不知道夷吾能不能成为一个好国君，我希望有一个是非分明、有德行的国君。只有这样的国君才能使得晋国兴旺繁荣，也才能让民众安居乐业。原来我和里克一样，希望重耳能够回来，但他拒绝了。现在也没有别的选择了，只有去将夷吾请回来了。一个国家不能没有国君，而先君的儿子们有的被逼死了，有的被杀掉了，也只有夷吾了。

　　我说，晋献公不知怎么想的，他竟然把太子申生逼到自杀身亡，又让自己的儿子重耳和夷吾逃亡他乡。都是因为骊姬要让自己的儿子继位。骊姬这个女人真是太狠毒了，可是晋献公居然听她的话。作为一个国君，已经拥有那么多的美女，竟然还把自己的爱放在一个女人身上，还对这个女人言听计从，真是不可思议。一个国君怎么会被一个女人支配呢？晋献公对所有的人都是冷酷无情的，唯有在一个美女面前是软弱的。

他说，一个人不能没有感情，感情是美好的。但晋献公不仅是一个人，他还是一个国君，他要将一个人分为两个，作为一个人他希望爱一个女人，也希望被女人所爱。但作为一个国君却需要他拒绝这种感情，以便冷静地处理好所有的事务。他在自己被分成的两个人之间徘徊，直到弥留之际才做出最后的安排，实际上他已经失去了把心意变为真实的机会，也不再有这样的能力了。他不能做到的，荀息也做不到了。

——最能理解晋献公的是太子申生，他知道他的父君需要一个女人的爱，所以他不愿对国君说明真相，所以他选择了自缢身亡。他之所以选择在宗庙里自杀，就是为了让先祖知道他是清白的，也让他的父君知道他的冤屈。但一切因为他的死就结束了。这也是他不曾想到的。我想晋献公也许有所醒悟，但他只能一直走下去了。他将自己的错藏在了心里，并带着它死去。他又割舍不了自己的爱，也就只有听从骊姬的话，让奚齐继承自己的君位。但以后的事情，他已经管不了了。一个人的死，就是他心愿的全部，一个个都死了，他们的心愿都已在其中。

我想，选择死是最傻的，太子申生是傻子，骊姬和奚齐也是傻子，卓子还是个孩子，谁也没有得到想得到的，但却得到了自己没有预料到的死。荀息也是傻子，明知道自己做不到还要去做，最后也死了。这真是一个傻子的世界。重耳是另一种傻子，他明明可以得到，却偏要放弃。晋国之所以发生这么多的乱象，就是因为人们都将自己的希望寄托到一个个傻子身上。这个梁由靡也是个傻子，好像说得很好，但他所讲的一切道理，都是傻子的道理。我想，他也不会有好结局。

夷吾不会也是一个傻子吧？我可是满怀希望去梁国的，里克也是满怀希望的。但愿他是聪明的。我和梁由靡一起行进在去梁国的长途中。我们在婉转曲折的路上走着，我的马匹昂着头，它们从来不知道疲倦。它们浑身都充满了力量和耐力，你只要看看它们迈步的样子就明白了。远处的山丘起伏蜿蜒，到处都是巨大的沟壑，我们的路只能在深沟里，这不是我的选择，而是山沟里的路才会平坦。

这是众多人们的选择，谁愿意选择一条不断爬坡的路呢？我只能看见一个个山丘上的积雪，它在太阳的照耀下发出炫目的反光。冬天的空气是清新的，它不会混杂任何别的气味。没有野草的气息，也没有树木散发出来的各种气味，只是在临近村庄的时候，能够闻到炊烟的微微气息。不过这样的气息是人的气息，就像看见人们呼吸的样子。我大口大口呼吸，我的鼻孔张开，呼吸着外面的寒气，口中吐出了一个个白色的气团。马匹在前面喷出的雾气和我呼出的雾气混合在了一起，然后在广袤的空间一点点消散。

我已经不知道自己走到了哪里，也不知道走了多远，但知道梁国还很远，我们还要走很长很长的时间。在这样的路上，我感到巨大的寂寞藏在了我的心里，却得不到释放。我所呼出的，远不如我藏起来的。我和梁由靡在途中说了很多话，但却渐渐厌倦了。我们说得越来越少了，后来他一直保持着沉默。他似乎不愿意再和我说下去了。我发现，我们谈得并不投机，因为他所说的和我所说的完全不是一回事。虽然我们坐在同一辆车上，但他和我的想法却行进在各自的路上。

卷二百五十六

梁由靡

　　已经几天过去了，应该距离梁国不远了。不知道为什么里克派我和屠岸夷前往梁国，这个人是个有勇无谋的利禄之徒，和这个人一起行路，太让我失望了。他原来是东关五门客中的一个武士，只知贪图小利，却不能明辨是非，现在竟然也是晋国的大夫了，可见晋国已经没什么有才能的人了。他的谈吐是鄙俗的，只有一副凶恶的相貌和一身好力气。可是林间的野兽也是有力气的，也有着凶恶的相貌。

　　但是里克可能更信任他，这也说出里克是一个怎样的人。一个人喜欢什么，喜欢哪一个人，也说出了自己是谁。一个人的内心是浮现在脸上的，我一见到屠岸夷，就不喜欢这个人。但他和我一起去梁国，漫漫长途上有一个旅伴，也没什么不好，也许会少一点路上的孤寂。可是我和他的话越来越少了，实际上我们并没有多少要说的。

　　在他看来，每一个智者都是傻子，只有他是聪明的。这样的人才是十足的傻子。一个傻子的特点就是他不会认为自己是傻子，这样他就可以获得傻子的傲慢，就会觉得自己站在了山顶上，可他又怎知自己实际上是在一个深深的山坳里呢？他是卑微的，不是因他出自卑

古灵魂

微，而是这卑微出自他的本性。虽然他的头上戴上了大夫的冠冕，但冠冕下的脸仍然是卑微的，现在这张卑微的脸和我在一起。

我蔑视这样的脸，但他却看不出我目光里的蔑视，因为他藐视所有的人，但不曾蔑视自己。我重新坐回到自己的马车上，这样就和这张脸保持了距离。冬天真是太寒冷了，我看着他在马车上缩着脖子，一颗头紧紧贴在两个肩膀之间，就像在一个凹地里放了一块石头。他的样子让我暗自发笑。

看来夷吾就要成为晋国的国君了。夷吾也许并不狡诈，但他并不是一个顺从者。他身边的谋臣是狡诈的。这一点，里克看错了。以狡诈者对付狡诈者，这也许是一个天意。我不知道晋国以后会发生什么，但似乎不会平静。重耳放弃了君位，也许是为了把国君的位置让给自己的弟弟？显然重耳是有德行的人，可惜他甘愿做一个流亡者。

我不知道公子重耳的本意，却想着流亡者也有流亡者的快乐，而做一个国君则有着国君的祸患。从他逃亡到蒲邑，又躲过了寺人披的追杀，他一直选择了躲避。他以自己的躲避而获得仁孝，这是值得的。一个心怀美德的人应该躲避别人的误解，而不是选择对抗。这看起来的软弱却表现了极大的刚强。

他显然不同于太子申生，他没有在冤屈中选择死，而是用惩罚来洗清自己的冤屈。冤屈已经是一种惩罚了，可为了洗清这冤屈，需要更大的惩罚。只有惩罚才能重获清白，而在惩罚中的清白才是真正的清白，因为忍受惩罚是最好的自我辩护。

某种意义上说，别人怀疑他的清白，他就失去了清白，所以洗掉了冤屈，也就获得了清白。所以他不愿意就这样回到晋国，尤其不愿意就这样做一个国君。因为这样的国君虽然掌握了权力，却不能让人信服，也不能保持自己的仁德。他不愿意做一个没有仁德的国君，所以他仍然继续选择做一个逃亡者。

一个逃亡者仅仅是肉体的逃亡，这逃亡是为了坚守。他可以做一个国君，却放弃了国君的位置。在别人看来，这是多大的放弃啊。这说明他拥有了比一个国君更重要的东西。他虽然还没有掌握国君的权力，但他却有了掌握自己的权力，也许掌握自己比主宰别人更重要，也更有意义。所以他才知道放弃还不应得到的。那么他获得了什么？难道一个国君的荣耀不能胜过流亡者的荣耀？

我站在自己的位置上，不可能理解站在另一个位置上的抉择者。我的想象也仅仅是在我的位置上的想象，这想象不过是我自己位置的扩展。别人总是未知的，因为你不是别人。这些年来我所看见的，都是血腥的场景，一幕又一幕，你又能了解多少？我的推测够不住每一件事情的边缘，我只是在我的视线里徘徊。我却看见了真正的逃亡者。他逃亡，却不知道自己在逃亡。

也许里克就是这样的逃亡者。他不断施展诡计和暴力，不断杀掉国君，也杀掉无辜者。他表面上是坦然的，他以为他有能力杀掉别人，甚至还为自己的杀人感到得意，觉得自己通过杀人获得了权力。他杀掉了一个国君，就可以支配另一个国君。可是他怎会知道，那些被杀掉的冤魂会追逐他，他只有在不断地逃亡中获得安慰。但是那么多的冤魂追逐着，他又可以逃往哪里？

他只有缩回到自己的内心，他就只有在自己的内心逃亡了。这样他给人以恐怖的外表，也远离了众人。他所获得的只有无限的孤独，

古灵魂

邪恶的孤独。他也许试图抓住什么，但他还能抓住什么呢？能够抓住的只有眼前的利益，但这利益将把他引向死路。他杀掉了别人，又会有别人杀掉他。他将别人的血沾在手上，他的脸上也会涂满自己的血。他需要一面镜子，才能看见自己将要流的血，但他连可以映照自己的镜子也失去了。

现在我虽然照着他的旨意去做，可是我还用我的眼睛看着他的将来。他可以用攫夺的权力迷惑屠岸夷这样的人，但不可能迷惑我。我看得清是非，看得清好人和坏人，也看得清我面前的每一个人。我也许看不见他的心，却可以看清他所做的事情。他所做的事情里有着做事者的面孔。

我听到我的车轮发出吱吱声，两匹马似乎已经疲惫了，它们没精打采地迈着步子，应该休息一会儿了。我让车夫喝住了马，车稳当地停了下来。就要到大河边了，远远地看见了蜿蜒的冰河。要是在别的季节，就可以听见大河奔流不息的涛声了。那种宏大的、藐视一切的波涛声能够传得很远。那样我们还得乘着渡船过河，现在用不着了，我们可以乘车从宽阔的冰面上直接走过去。

冬天的寒冷是严厉的，它让奔腾的大河都停住了，让时光凝结在冰河上。夕阳从西边失去了叶片的林间开始沉降，它就要坠落在地面以下了。据说，它将在一个幽冥之地等待，第二天又会出现在东方。那幽冥之地在哪里？谁也不知道。它的辉煌就像野地里的篝火，也需要添加柴禾，不然就会熄灭。那么人死后是不是也到那个地方？众多的灵魂就是它的柴禾？我看见冰河上闪耀着它的反光，似乎一个个灵魂在其中晃动。

两国已经不是很远了，过了河就可以安顿住宿了。我们要在河对岸待一个夜晚，然后在明天早晨继续赶路。屠岸夷的车辆在我的前面，我看见他的背影随着车的行进而颠簸。在夕阳的光线里，我只能看见一个黑影，一个人的轮廓。他不时回过头来，看看我是不是还在身后。里克为什么要派我和他一起去梁国？也许他有自己的理由。但这样的长途太枯燥了，尤其和一个枯燥的人一起行路。

古灵魂

卷二百五十七

夷吾

好消息来得太快了，我以为自己要在梁国住下去，可现在就要回晋国了。屠岸夷和梁由靡两个大夫来了，他们给我带来了好消息。我就要回晋国做国君了，这个冬天就要过去了，流亡者的生活就要过去了，寄人篱下的生活就要过去了，一切就要过去了。我就要回到晋国都城的宫殿里，那里的一切将属于我。

我知道自己会有今天的，可是没想到今天来得太快了，竟然没有任何征兆。我甚至都没做一个好梦，但好梦却出现在生活里。真正的梦不在梦中，而是在生活里。它不是在睡梦中出现，而是在你毫无准备的时候突然降临。想起了这些年的一个个日子，都不是我想过的日子。本来在晋都过着毫无忧虑的日子，却突然被流放到屈邑，那是多么荒凉的地方，可是我必须在那个荒凉之地苦熬。

这是骊姬的诡计，她为了奚齐做国君，就让我远离父君，这样父君对我的感情就会渐渐疏远。但我还是接受了这样的安排，也许这是天神的安排，天神只不过借着父君的口，说出他要说的。可是事情并没有因我的离开而结束，而是一件事接着另一件事，我被太子申生谋害父君的事情所牵连，受到了父君的追杀。我不能接受这样的冤屈，我不曾知道太子申生要谋害父君，他也不可能这样做，或者说，他不是谋害者，而是被谋害者。这样的事实几乎所有的人都知道，唯独父君不知道。

或许父君也知道太子申生是冤枉的，但他依然要追杀我，一个冤枉转变为另一个冤枉的借口。太子申生选择了死，重耳选择了逃跑，而我选择了抵抗。与其被别人认为是叛逆者，不如干脆成为一个叛逆者。与其要作为假的叛逆者，不如成为真的叛逆者。这不是我对父君的叛逆，而是对父君所相信的事情的叛逆，也是我对强加给我的冤屈的叛逆。既然太子申生的死不能证明自己的清白，我就用叛逆来证明。我不是谋反者，而是叛逆者，不是为了叛逆而叛逆，而是为了洗清我的冤屈而叛逆。

我难道做得不对么？我难道应该因冤屈而死么？不，我不会这样的。我有自己的想法，所以不会和别人一样。因为别人的冤屈乃是别人的，而我的冤屈是自己的，而对冤屈倾诉的最好方法就是叛逆。我不是为了得到什么，而是为了将我本来没有的归于无。我以为这样就可以安心了，在我的屈邑寻找生活的乐趣。可是父君仍然不放过我，他又一次派大夫贾华前来讨伐，我就只有逃到梁国。我本想逃到我母亲的狄国，可是重耳已经逃到了那里，所以不得不选择了梁国。

我相信这是天神给我的磨炼。一柄剑要想成为真正的宝剑，就要耐心锤炼和打磨。一个大鼎要成为宝鼎，就要将坚硬的铜化为燃烧的铜水，还要制作精美的范，才能浇铸而成。天神就是这样的工匠。他要锤炼我，打磨我，把我化为铜液，又用他的范来塑造我。现在，我终于获得了机会。我就要做一个真正的国君了。

谁也挡不住我。父君试图挡住我，他死了。奚齐试图挡住我，他也死了。卓子试图挡住我，他还是死了。荀息也要挡住我，他还是死了。他们的死为我开通了路，我的前面已经一片开阔，我所看见的是一条直道，一条通往晋国的直道，我可以乘着我的马车回去了。我的骏马可以用它的蹄声告诉所有的人，我就要回去了。我将不再是我，而是一个国君。我也不仅仅是一个国君，而是一个历尽磨难的国君。而我的磨难已经成为记忆，我不想再回忆它了，我要将我以及我的记忆一起丢弃。

我以为等待是无限期的，但这所要等待的却突然来了。我拿出了自己最好的酒来招待屠岸夷和梁由靡，他们从蜿蜒的山路上来到我面前。他们是里克派来的，实际上是天神派来的。天神的显形不是他的本形，而是用一张张人脸来显形。他们两个人，一个显得凶猛，另一个则是文静而冷静。屠岸夷和梁由靡都是晋国的武士，却用两张不同的面目来展现我的命运。他们用各自的相貌告诉我，我既要有凶猛的外表，也要有冷静的谋算。

没有凶猛就没有威慑，就不可能压服众人，一个国君就没有威严。没有谋算就会被别人谋算，一个国君也就成为别人盘中的肉食。就说我的遭遇吧，我被骊姬谋算，也被父君谋算，又被荀息谋算，所以我只能是一个逃亡者。太子申生也被谋算，所以他至死都不知道自己是怎样被谋算的。他在别人的谋算中死去，他的好名声也失去了。他的死带走了一切，他便在别人的谋算中彻底失去了，因为他不知道谋算的意义。

还有我的兄长重耳，他同样一直处于别人的谋算里。可是他却放弃了自己的机会。他的放弃是因为自己的恐惧。他对里克一连串的杀戮感到了恐惧，他还缺少凶猛，缺少凶猛的勇气。所以他将继续做一个逃亡者。可是我不害怕。我都敢于抵御父君的追杀，还害怕什么呢？被杀掉的人已经成为往事，我的眼是看着前面的。前面的事情才最重要。你要想赶路，就不能经常回头。

我的内心充满了喜悦，我要和身边的人们说一说，他们会给我谈论自己的看法。我能想到的，他们未必想到，但我也有自己想不到的地方。我的几个跟随者都有着不凡的智谋，他们总是在关键时刻提出自己的好主意。对于晋国派来的使者，我只是让他们在这里享受冬天里的温暖，他们一路上是辛苦的，我已经给了他们很多赏赐。我做了国君之后，仍然需要他们。先让他们饮着我的美酒，品尝着美味佳肴，然后做一个好梦。生活不仅是辛劳，它还有着美好的一面。

我微微闭上眼，似乎进入梦境，又好像在现实中。但我又分明醒着。眼前暖烘烘的火光在我眼皮上跳跃，它不断浮现各种影像。我看见曲沃的宗庙，住在里面的先祖们在呼唤我，这些声音都是沙哑的，既虚幻又真实。他们说，你回来吧，晋国需要你做一个好国君，你的一切我们都看见了，你有足够的智谋应对晋国发生的事情，只有你可以担当国君的重任，回来吧，回来吧……这些声音汇聚为宏大的、广森的、就像大河波浪一样翻滚的声音，在山谷里回荡。好像它来自天上的云，又好像来自严寒的风，它是那么远，又是那么近，就贴着我的双耳……

太子申生出现了，他的那副面孔就像他活着的时候一样，还是那

古灵魂

样沉重，皱着双眉，眼睛是暗淡的，他的脖子上还有自缢时留下的深深勒痕，发着青紫的光。他说，你还是回来吧，重耳不回来了，你一定要回来。我们已经死了，活着是美好的，只有活着才会有希望。我已经用我的死为你赎回了你的罪，因为你原本就是无罪的，我为你赎回的，乃是你不存在的罪。你已经用你的流亡证实了一切，国君应该属于一个无辜者，一个活着的无辜者，这是你应该得到的。

奚齐和卓子也出现了，他们的脸上涂满了血污，但仍然露出了微笑。这微笑纯洁而稚气，毫无死的痛苦和绝望。他们没有说话，但一直向我挥手。这是什么意思？是向我告别？还是想告诉我更多的事情？他们没有什么话要说，还是有更多的话说不出来？他们的微笑耐人寻味，既是纯洁的，也是深奥的。我也想对他们说什么，可是说什么好呢？既不能安慰他们，也不能说出我内心的欣喜之情。因为他们也是无辜者。

如果他们仍然活着，我就不可能成为国君，我还仍然是一个流亡者。我的内心是复杂的，矛盾的，所以我的话语只能对自己说，我想说的也只好隐藏起来。我同样抬起我的手臂，向他们挥手，他们的面影在我手臂的挥舞中渐渐暗淡了，退到了光与影的背后。他们死了，永远不存在了，他们只是在我的眼前晃动了一下，就归于暗淡。

父君的面影浮现出来了，他的眼睛发出了宝石般的蓝光，看起来十分可怕，就像在幽暗山林里的凶兽。可是我却并不惧怕，因为我反抗过他。他的样子不会逼退一个叛逆者。是的，我一点儿也不怕他的凶相。后来他渐渐收起了自己的凶相，变得温柔了，这反倒让我惊骇。他的表情是悔恨的、遗憾的，他轻轻地说，孩子，我做错了，但我已经不能挽回我的错。你是一个贤良的孩子，也有着仁孝之心，但我把你逼上了逃亡之路。好在都结束了，你应该回去做一个国君，我曾把我所有的给过别人，现在我从他们的手里收回来，都给了你。他们曾得到的，已经没有了，你看，他们的手里是空空的。

一只只手向我伸过来，一只只空空的手伸向我，我被这空空的手吓坏了。我猛然睁开了眼睛，只有面前火盆里的火焰在跳跃，发出了呼呼的声息，就像我的面前刮着微风。我在这明亮的火光里伸出了自己的手，我的手不也是空空的么？我仔细看着自己的手，上面有树枝般的手纹。这是一些神奇的图像，它一定有着不同寻常的含义。每一个人都拥有不同的手纹，我的手纹属于我自己。是的，我的手也是空空的，但又不是完全的空，我的手纹也许告诉我手中已有的东西。我紧紧攥住了它。

古灵魂

卷二百五十八

吕省

公子夷吾召我们来到他的面前。我看见他闭着眼睛，似乎睡着了。可是他的眼皮在微微动着，他没有睡，只是在火盆前烤着手，想着什么事情。今天晋国的大夫屠岸夷和梁由靡来了，一定又有什么事情发生了。公子这么着急把我们叫来，必定有大事需要商议。

他突然睁开眼，却伸出了自己的手，看了又看。他的手上有什么呢？他看了很久，然后才开口说话。他说，我刚才好像做梦了。我说，公子一定做了一个好梦，说出来让我们猜猜这个梦说了什么。他说，我好像做了一个梦，但实际上不是梦。因为所有的梦并不真实，而我所做的梦是在梦的外面。

我说，难道梦还有里面和外面么？他肯定地说，是的，里面的是虚假的，只有它的外面才是真实的。所以我做的不是梦，而是我在梦的外面徘徊。一个人在梦里要么是快乐的，要么是凶险的，但在他的外面却不会有快乐和凶险，因为我竟然成为一个梦的旁观者。重要的是，我既是梦里面的人，也是梦外面的人，我既是做梦者，也是观梦者。

邰芮说，梦中的人并不知道自己在梦中，而观梦者却知道自己不在梦中，又知道自己在梦中。这是因为自己是清醒的，所以公子并非做梦，而是有一个真正的好梦已经在现实中。公子夷吾说，你说对了，你猜出了我的梦，也猜出了我的非梦。我需要和你们商量一件重要的事情。这既是我的梦，也是我的非梦。我既在这个梦中沉浸，也已经走出了这个梦。你们已经知道，晋国大夫里克已经主持了朝政，他接连杀掉了两个国君，现在他派来了使者，让我回去做国君。

我真是太高兴了，就对公子说，这是一件值得庆贺的事情，我们的愿望就要实现了。你不是一个观梦者，而是已经置身其中。这不是一个梦，但它是曾经的梦，它已成为真的了，所以它不再是梦了。那么我们什么时候回去？我有点儿急不可待了。是啊，我们在梁国待得太久了，我早已厌倦了等待者的生活，现在我们就要跟着公子回去了。我们也不再是一个流亡者的谋臣，而是国君的大臣了。

公子夷吾说，我还不知道。大夫屠岸夷和梁由靡带来了里克的请求，希望我尽快回去。我是希望回去的，可是我也有自己的顾虑。我还不知道这是里克的真心，还是他另有图谋。现在晋国一片混乱，回去就会将自己置身于险境。我想了想说，里克应该是真心的，因为先君只有你和重耳两位公子可以继承君位了，重耳已经拒绝了里克的请求，除了公子，他已经没有别的选择了。我们在梁国这么久了，这是一个好时机。

邰芮说，回去做国君是一件好事，但回去的危险来自里克，他既是请求者，也是谋取者。回去最重要的事情，就是摆脱里克，不然，他既然可以杀掉奚齐和卓子，也可以杀掉另一个国君。公子夷吾说，这也是我担心的。里克可以杀掉别人，也可以杀掉我，所以我虽然成了晋国的国君，但随时可能面对杀身之祸。因为他既然可以杀掉前面的国君，那么弑君就是他的本性，我们不可能改变一个人的本性。你见过山中的凶兽不再吃人了么？里克就是这样的凶兽，我们需要制服他的手段和智谋。

我说，里克的亲信已经安插到各个地方，他掌握着军权，我们怎样制服他？只有杀掉他，才可以掌握晋国。对于一个惯于杀人者，他用怎样的方法制服别人，我们就用怎样的方法制服他，他用的是剑，我们也用剑，而且我们的剑必须更加锋利。公子夷吾说，你说的道理是这样的，但做起来岂是一件容易的事？我们回到晋国，等于置身于虎狼之中，能否保护好自己，这才是最重要的。

郤芮沉默许久，说，我有一个想法，不知能不能用。要做晋国的国君，必须先做好两件事，那就是拥有贤臣以及与邻国的和睦。现在里克和丕郑等先君的老臣主理朝政，他们的势力很大，我们必须借用更大的力量来压制他们，他们才不敢轻举妄动。我们必须做好充分准备，不能就这样回国。然后，他拿来一勺水浇到了火盆里，火盆里的火发出了刺耳的噗的一响，火焰渐渐熄灭，通红的木炭变为原来的黑色。灰烬随着热气蒸腾，我们周围一片灰尘，我和公子夷吾立即站起来，眯着眼，擦着脸上的炭灰。

公子夷吾一惊，说，你这是做什么？接着似乎明白了什么。他说，那么我们从哪里取水来压灭里克的火焰呢？郤芮说，水就在我们旁边，但你要给我一柄勺子。夷吾说，什么勺子？郤芮说，一柄重金打制的勺子。晋国的邻居中，秦国的实力最强，我们要用一份厚礼贿赂秦国，让他们出兵护送我们返国，里克的火焰就会熄灭。

屋子里很快冷了下来，郤芮开始动手重新生火，火盆里又燃起了炭火。他说，我们灭了他们的火，并铲除了原先的炭灰，我们自己的火才能烧旺。公子夷吾说，哦，我知道怎样做了，但我们怎样面对里克？郤芮说，我们也要先给予，他之所以让你做国君，就是要满足自己的贪欲。他所要的，我们就给他。他想要，这就是他的弱点。一个贪婪的人只会看见自己想要的东西，不会看见这想要的东西背后藏着的东西，因为他的视线被想要的东西挡住了。我们给他所要的，是为了给他所不要的。

郤芮是睿智的，他总能说出自己的道理，他的腹中有着无数智谋，又能用可理解的话说出来。我一向是佩服他的，我看着他的双眼在火焰前闪烁，他的脸由于火光的映射而变幻，就像一个梦中的形象。公子夷吾端坐在那里，他直直地看着飘动的火焰，火焰的外沿是发黄的，里面却包裹着淡淡的蓝色，它每一刻都在跃动。他虽然还没有回去，但已经是一个国君的模样了，因为他的周身边缘已经有一层朦胧的光晕。

那一个夜晚，我辗转反侧，怎么也睡不着。是什么让我睡不着？我使劲闭上眼，但仿佛却是睁着眼，因为我什么都能看见。是哪里不舒服？还是太冷了？的确冬夜是寒冷的，我起来把炭火拨得旺一点，又将更多的木炭加入到了火中，火焰已经升高了，寝室里的暖气开始蔓延。我再一次躺在卧榻上，使劲闭上眼睛，可是我仍然睡不着，似乎我的眼睛还是睁着的，一个人影推门进来了，一点儿声音都没有。我的门怎么没有声音？他的脚步也没有声音？多么怪异的人，他要来

古灵魂

到我的身边做什么？

　　我看不见那个人的面孔，却在炭火的映照中看见他的轮廓。他一点点靠近我，对我说，我终于等到你了，但你却睡着了。我说，我没有睡着，我睁着眼，也看见了你。你是谁？你为什么在这个时候过来？他说，我不是谁，我就是我，你应该认识我，可你却不认识我了。我知道你要回去了，但路上都是迷雾，所以你看不见自己的路。我说，我睁着眼，我能看见的，只是我所看见的路，不是你所看见的路。

　　他说，这样的话应该我来说，因为你看见的是假的，而我看见的才是真的。因为你看见的是假的，所以你所说的也是假的，你没有说出自己的话。他拿起了旁边的木勺，舀了一勺水，将水泼到了火盆里。火焰很快就熄灭了。这不是邻芮所做的事么？进来的人就是邻芮么？他的脚步仍然是无声的，他很快就走了。一切都是无声的，因为这样的夜晚拥有巨大的寂静，这个人留下了更大的寂静。

　　我又听到门外传来他的声音，说，冬天看不见彩虹。他说的是什么意思？我浑身颤抖，感到一阵阵寒意袭来。我睁开眼，看见火盆里的炭火仍在燃烧。那个人不是将这炭火泼灭了么？如果这是真的，那他泼灭的是哪里的火？我神情恍惚，看着前面不断飘动的火苗，我刚才做了一个梦？还是有什么事情发生了？或者将要有什么事情发生？刚才那个人是引路者还是诅咒者？我满心怀疑地起来，穿好衣服，推开门。门发出了吱的一声。

　　夜是漆黑的，我能看到的只有一个个树影和漫天星斗。这是多么深邃的夜空啊，我就在这样的夜空下徜徉，我的内心充满了彷徨，我不知自己要走向哪里。我是公子夷吾的跟从者，我跟着他到了屈邑，又从屈邑来到了梁国。现在我又要跟着他回晋国了。我不知道回去将遇到什么，也不知道自己的前途。我是不是一个迷途者？因为我是一个跟从者，我只是跟着别人走。别人走向哪里，我就跟从到哪里，我的迷雾不在我的路上，而是在别人的路上。别人将要遇到的迷雾，也将是我的迷雾，因为我的路从来不是自己的路，而我的内心所想，也不是我的所想，是啊，我真的看不见自己的路了。

古灵魂

卷二百五十九

郤芮

公子夷吾命我写两封函，一封让大夫屠岸夷和梁由靡带给里克，另一封密送秦国的秦穆公。我要给里克的函件中写明公子夷吾给他的许诺，而给秦穆公的函件中也要给他许诺。许诺是重要的，因为我们都在许诺中生活。没有许诺就没有希望。许诺既是真实的也是虚幻的。它之所以虚幻，是因为你看不见它。它之所以真实，是因为它可以放到你的心里，你已经获得它了。可是这样的获得并不是真正的获得，而是仅仅获得了一个许诺。它是真实的化身，又不是真实，你只有在等待中才会知道它的真假。

骊姬就是获得了一个许诺，但她只获得了一部分，剩下的部分用她的死代替了。她没有看见她的死究竟代替了什么，因为她沉入了万劫不复的黑暗，这是她最后获得的。这黑暗不仅是代替，还是对奚齐的补偿。她得到了许诺，但她也死了，她得到的和她的死放在了一起。荀息不是得到了许诺，而是将许诺给了别人，他也死了。获得许诺的和给予别人许诺的，都死了。许诺可能是诅咒，也可能仅仅是它自身。

更多的人为许诺而死，所以许诺不是空洞的。它是用死来填充的空洞，无限深邃的空洞。它看不见底，但却永远透出一丝光。这是许诺对人的唯一引诱，也是它的力量所在。现在，公子夷吾要把这许诺分别给予两个人，一个给里克，另一个给秦穆公。还有第三个许诺，他留给了自己。这留给自己的许诺包含在前两个许诺中，我要将它们一起写入信函，但又不让他们看出第三个许诺的存在。

这需要高超的技艺。我将怎样开头？又怎样结尾？我要将这些内容用怎样的言辞来包裹？我必须直接、简明而又婉转和含蓄。直接和简明是为了让承接许诺的人真实地看见他所要的许诺，婉转和含蓄是为了让他知道这许诺的理由，以便使得他们在许诺里迷失自己。语言的表达有着三重意义，它的表面的意义，它的背后的意义，以及在表面和背后的中间所埋藏的不能理解的意义。这就是我们使用的语言如此深奥的原由。

语言表面的意义是为了让人理解，背后的意义是为了让人猜测，在表面和背后之间埋藏的意义是为了让人迷惑。任何一个许诺的表达都包含了这三重意义。获得许诺的人在理解中追寻，在猜测中等待，在迷惑中死去。那么，我跟从公子夷吾难道不是对一个许诺的追逐？我得到这个许诺了么？只有他得到了国君的位置，才会有我的许诺。可是那许诺在哪里？它是空洞的还是实在的？

我忽然露出了苦涩的笑。我的笑好看么？我要照着铜镜，才能看见我笑的样子。我所笑的，已经在所有的许诺里了，它从许诺里出现，所以是苦涩的。许诺就是苦涩的，它里面开出的花怎会不苦涩？它结出的果实怎会不苦涩？我的笑怎会不苦涩？现在我思考着，将把这苦涩的许诺给别人，不，我是代替我的主人夷吾，将这苦涩给别人的。可是这许诺里就没有我的许诺？就没有我所要的许诺？

是啊，许诺中藏着许诺，一个许诺中又藏着另一个许诺，许诺是无穷的。它当然包含了我给别人的和别人要给我的，每一个人又怎能逃脱许诺的诱惑？那么，我心里就获得灵感，我知道应该怎样写了。我只要将他们换成我，一切就好办了。是的，他们就是我，我就是他们，我既是许诺者也是被许诺者，我所要的，也是他们所要的，我愿意要的许诺，也是他们愿意要的许诺，但我们又不是相同的。我必须站在他们的位置上，才会知道我要什么，也就是他们想要的究竟是什么。我知道了自己，也就知道了他们。所以我要写给他们的信函，看起来是写给他们的，实际上是写给自己的。

是的，我给自己写信，给自己一个许诺。我要从这信中看见自己，并在所有的言辞里写满了自己。我不断挠着自己的头，想着自己喜欢的东西。因为我要把给我自己的给他们，又把给他们的给我自己。我发现，我们都是互相包含着的，我的笑，不仅笑我自己，也是对他们的笑。我对着铜镜并不能照见自己，而是在他们的脸上照见了自己。

我要先给里克和丕郑写信，我要用夷吾的口气先赞美他们，因为不仅他们喜欢赞美，我也喜欢赞美。我要说，你们作为先君的老臣一直坚守在动荡不安的晋国，处处面对险境，差不多是身处山崖之险，在虎狼的窝穴里奋起搏斗，除掉了奸邪之徒，建立了不世之功。这既肯定他们的功劳，也免除他们的怀疑。我还让公子夷吾用谦卑的语言说话，让他说出自己担当国君这样的大任，怀有惶恐之心，但获得他们的襄助，晋国必定兴旺昌盛，我心里也就踏实了。

这样的功勋当然就有了许诺的理由。我接着写道，我做了国君之后，对你们的忠诚和卓越功勋必要重酬，将分封你们更多土地，给你们更大的权力和位置。他们不就是想要这些么？他们想要的，就给他们，他们还没有想到的，也给他们。当初先君讨伐虢国的时候，不是把自己钟爱的屈马和垂玉都给了虞公了么？先给他们，让他们保存，然后还可以将给他们的都夺回来。许诺他们一切，不够的可以追加，让一切从许诺开始。让贪婪者获得许诺，又让贪婪者因获得许诺而失去。

这是许诺的结果，也是贪婪的代价。许诺得越多，许诺就越空洞，这许诺也越锐利，也越让获得许诺者疼痛。许诺的理由越充足，许诺就越虚假。可是被许诺的人已被许诺所迷惑，因为他相信了理由充足的许诺。难道这样的许诺还不够么？屠岸夷和梁由靡将把这样的信函带回去，他们会讲述公子夷吾的真诚和在梁国受到的礼遇，因为公子也给了他们足够的赏赐。里克和丕郑会阅读这封信，会被其中的言辞打动，他们将沉迷于许诺的幻想，因为言辞中藏着幻想的源泉，也藏着他们内心的秘密。

每一个字都是一发利箭，每一支箭都射向靶心。我要写第二封信了，这要给秦穆公。这封信的每一个字都要蘸满情义，要让柔情击中他。如果把情和利混合在一起，就像把锋利的箭头、长而直的箭杆和轻盈的尾羽组装在一起，它有着稳定的飞翔和锐利的穿透力。秦穆公是有着雄心的君主，他一直想和晋国联合，然后谋取中原。现在夷吾将成为国君，这不是一个好机会么？

我已经知道他想什么，那么就照着他所想的去做。他对晋国的河西五城垂涎已久，那么就把这河西五城给他。你要让你的马拉车，就得喂饱草料，不然它怎么会有长途奔驱的力气？我去找公子夷吾商议，他说，我真的做了国君，还给他么？河西五城可是先君征讨获得的，就这样给了秦国？他显然舍不得。我说，你要做国君，就要秦国派兵，可是他为什么要派兵护送你？你一旦做了国君，你就获得了晋国，先君能够开疆拓土，你也能够做到，怎么会得不到更多的土地呢？你现在要做的，就是先回到晋国。

他想了想，说，那就照你说的办吧。很快两封信都写好了。我已经将自己饱满的激情和飞扬的文采都凝聚到了文字里。公子夷吾派遣使者将信函送给秦穆公。使者骑着快马，扬起了手中的鞭子，他的头发在疾风里飘扬，他身上的黑衣飘动，就像夜里的蝙蝠在飞翔。他掠过地上的冰雪，消失在了去往秦国的路上。

我想，屠岸夷和梁由靡也快要回去了。夷吾给他们带了足够路上享用的美酒和肉食，两个人应该在酒足饭饱中一路疾驰，就要看见晋都的城垛了。我也该歇一歇了。这些天来太紧张了，简直身心俱疲。我沉浸在对别人的许诺和对自己的许诺里，在一个虚构的世界里犹豫和徘徊。我在别人的迷途和我自己的迷途里行路。无论是许诺还是迷途，都在虚幻的文字里，而这些文字，已经被使者带走了。

那么，还给我剩下什么呢？我在即将告别的梁国都城走一走，光秃秃的树木和石头街道，留下我的目光和脚印。我很快就走到了街道的尽头，然后我沿着来时的路折返。这不是给我留下的，而是我要留下的。已经过了多少日子？我记不住了，但我知道梁国的秋天是最美好的，街道上落满了缤纷的落叶，树上依然飘动着各种色彩的树叶，秋风在耳边沙沙作响，我的目光也被色彩盈满。可是即使是这样美好的日子，也仅仅是供我消磨。它不断唤起我的忧伤，给我源源不绝的空洞和寂寞。

冬天是万物蛰伏的季节，秋天的鸣虫都转入了地下，水中的鱼也暗藏到冰层下。它将曾经的繁荣珍藏在看不见的地方。应该说，蛰伏不是痛苦，而是漫长的等候。我就是那些蛰伏的虫子中的一只，我在土层里忍受着寒冷的梦，只有这一连串的梦给我一点点暖意。我的头顶是坚硬的冰，它融化的时候我就会知道另一个季节的开始。我似乎已经感到了它的融化。我就要从幽深的黑暗里露头了。

在这美好的折磨里，我的才能无法施展，我心里的梦仅仅保存在心里，没有什么能使我动心，也没有什么能让我心旷神怡，我在无限的空阔里寻找自己。我越是在寻找，越是感到迷惘，这迷惘中包含了我的绝望。我曾想，这一节短短的路程，我走了多久？我计算着我的每一步，我丈量着这路的长度，也计算着我的脚印究竟留下多少。现在，就要结束了，我反而留恋这寂寞的时光。

用最优美的字体写在锦帛上的文字，已经在通往晋国和秦国的两条路上。在这深冬的节令里，这文字将经受寒风的锤炼和冰雪的凝结，它将在别人的火盆旁被渴望许诺的目光照亮。我将在自己给予别人的许诺和对自己的许诺里等待。我还不知道这许诺意味着什么，但我知道寒冷的季节就要过去了。梁国的野地里将有农夫耕种，也有野草暗自发芽，树上会出现朦胧的绿，天上会出现春天的惊雷，地上的一切都将苏醒。

古灵魂

卷二百六十

公孙支

秦穆公命我率兵护送晋国的公子夷吾回国，他就要做国君了。这个人我还是有一点了解的。我年少的时候曾在晋国游历，也听到人们谈论晋国宫廷里的各种事情。我也曾见过这个人，从他的相貌和谈吐中获知了他的本性。秦穆公接到了夷吾传来的信，说里克请他回国做国君，希望秦国能派兵送他回国，并许诺事成之后要将晋国的河西五城割让给秦国。

秦穆公十分高兴，他也正好谋划如何能联合晋国，一起图谋争夺中原。晋国的邻国，也逐渐变得强盛，秦穆公又娶了晋献公的女儿做夫人，一切顺理成章。现在夷吾要做国君了，也有求于秦国，这是一个多么好的时机。可是我提醒秦穆公，夷吾是一个充满了猜忌和好胜心的人，这样的人难以信任。一个人对别人多有猜忌，就不容易合作同做一件事，而太过好胜就易于言而无信，他的许诺就失去了意义。这样的人，你不能看他怎样说，要看他怎样做。因为他所说的，是想利用别人的信任，并不是他内心想要说的。

可是秦穆公不相信我所说的话，他觉得我对夷吾有着偏见。他说，一个人不能仅仅看他的相貌，也不能仅仅听他说了几句话，就认为他就是那个样子。就像你判断树上将要结出的果子，不能仅仅看它所开的花，也不能仅仅看它刚刚结出的果子，而是要等到果子成熟的时候，你才能品尝它究竟是甘甜的还是苦涩的。

秦穆公是一个胸怀宽广的国君，他总是以自己来衡量别人，却不知道别人不是他，而是有着自己的另外的样子。每个人的内心和他的相貌是匹配的，这是天神的造化，每一个人配不一样的一张脸，让人有了差别，变得能够识别。所以秦穆公能够识别人才和具有仁德品性的人，却不能识别奸邪之徒。他能以自己的本性认识与这本性相同的人，却不能理解与他本性相反的人。然而，人世间却不是他所想的样子，有白天就有黑夜，有夏天就有冬天，有太阳就有月亮，它们的存在各有道理，天道就是在这阴与阳中互转而运行。

我是秦国的大夫，所以我只能听命于我的国君。于是我就率军前去梁国，以将夷吾护送回晋国，使他免受晋国乱局的威胁。秦军是强大的，徒兵和战车铺满了前往晋国的路，旌旗和剑戟遮蔽了阳光，夷吾坐在他的戎车上，我则在他的前面引路，他的左右都是我的将士，他们背上的箭囊是充满了的，他们手中弓箭随时可以对付前面可能出现的强敌。

一切都是顺利的，我们渡过冰河，在晋国的疆界，里克和丕郑已经率众臣前来迎候。他们在寒冬中站立，寒风掀起了他们的衣袍。他们看见气势恢弘的秦军，一个个露出吃惊的表情，但很快恢复了平静。夷吾下了车，与迎接他的大臣们互行君臣之礼。他已经是一个国君了，他回到了自己的土地上，脸孔被阳光照得发亮，就像自己发出

古灵魂

的光。他的样子谦恭却掩饰不住自傲和欣喜，却也借助了秦军的威风，在喜悦里保持着自己的威严。这里的一切都要属于他了。

我已经看出来了，他脸上的表情既是真实的也是虚假的。真实的一面属于他自己，而面对里克和丕郑，以及众多大臣的时候，却布满了虚假的微笑。他的微笑里有着猜忌和畏惧，也有着有意收敛的威严。我想，晋国仍然不会平静，因为一个国君的内心已经充满了波澜，只是它藏在了微笑的背后。

这条路是熟悉的，我想到自己的从前。那时秦国公子絷来到晋国，他是代秦穆公前来与晋献公商讨结亲的事情的，晋献公非常爽快地答应将自己的女儿伯姬嫁给秦穆公。秦穆公想通过联姻了解晋国，并获得强邻的信任，以共同图谋大业。公子絷在回国的途中遇见了我。那时我正在田间翻耕，我有着强健的身体和巨大的膂力，我用双手各执一锄，每一锄刨下去，都能将一尺深的土翻起。

我挥舞着我的锄头，就像旋风一样快速而利落。我的动作比武士手中的剑更快，我前面的土地在我的锄头下换成了新土，我将坚硬的变为松软，我的锄头从土中拔出时的亮光让观看者眩晕。公子絷在田垄旁停住了，他呆呆地看着我的每一个动作，我在我的田地里专注地干活儿，根本没有注意他们一直在我的身后观看。

有一个人出现在我的面前，他说，我的主人想看看你的锄头，他还没有见过这样的锄头，也没有见过用两只手各持一个锄头耕地的人。我说，这并没有什么稀奇，我从来都是这样干活儿，所以我的土地翻得又快又好。他用双手拿起我的锄头，却不能把它举起来。我的锄头是沉重的，只有我可以随心所欲地使用它。他说，这是什么锄头，竟然这么重。我说，我拥有的别人不会有，因为它属于我。我只用属于自己的锄头，也只耕种自己的土地。我不会让我的锄头生锈，也不会让我的土地荒芜。

公子絷踏着我新翻的土地走到我的跟前，仔细打量着我。他的目光有着电火般的神韵，落到我的脸上时，我感到了微微发烫。我看见这个人不同寻常，他的衣裳和冠冕说明了他的身份和地位，他的眼睛告诉了他的智慧。我知道，我也拥有不同寻常的相貌，只是被更多的人忽视。我在田间耕种，只是为了等待能够认识我的人。我有紫红的面庞和高高的鼻梁，也有着卷曲的胡须和飞扬的头发，即使我在风中站着，也会给人飞翔的想象。因为我的内心是高傲的，我的灵魂早在空中飞着，我所伴随的不仅仅是我的土地，而是天上的云和雨后的彩虹。我所渴望的不是谷子的丰收，而是心灵的快意。

公子絷充满了好奇，他似乎想了很久，突然问我，你叫什么名字？我告诉他，我叫作公孙支，说起来我还是晋国君主的远亲呢。他又说，我看出来你有着超人的本领，却在这里耕种这土地，岂不感到委屈？我说，我没有委屈，因为我的委屈已经通过我的锄头放进了我的土地。土地是深厚的，它会将人世所有的委屈和不幸埋在里面，然后长出你所需要的粮食。我用汗水浇灌我的内心，又用心血培植我的新苗，怎会有世俗的委屈和烦恼？

他说，你愿意跟我去秦国么？也许在秦国有着更大的土地供你耕种，这土地不是在地上，而是在天上，因为你只有飞在天上，才能看见地上的一切。有形的土地上已经挥不开你的双锄了，你需要无形的土地。我说，我已经知道你说的了，这正是我所想要做的。多少年来

古灵魂

我一直期待，可是没有人引荐我，我就只有在这土地上消磨时光。我并不是想种出地上的粮食，而是需要心灵的粮食。我在地上耕种，眼睛却望着天上。好吧，我就跟着你走，秦国也许能为我提供我真正种粮的天空，公子，你给了我希望。

这样我就到了秦国。我见到了秦穆公，他设宴款待我，和我彻夜长谈。我的见识和思想让秦穆公欣悦，我告诉他晋国的生活和我对天下大势的理解，我用无形的双锄在空中飞舞，他看见了我的力量和敏捷的动作，就把我封为了大夫。我是幸运的，我遇到了知己，遇到了赏识我的君主，他帮我展开了翅翼。秦国给了我挥动双锄的地方，并赋予我新的灵魂。那么我的力气、我的忠贞以及我的智慧，就不会藏在腹中，又埋入土地。

我遵照秦穆公之命，将夷吾送回晋国，现在他已经是晋国的国君了，他的愿望已经获得满足。可是他能够兑现自己的诺言么？他能把河西五城给秦国么？在做国君之前和之后，他所想的就不会一样了。他还是公子的时候，晋国不属于他，他就可以拿不属于他的东西赠送别人，因为那所送的，原本就不是他的。可是他已经做了国君，这所要送出的，已经是他的了，他还能拿自己的东西送人么？

卷二百六十一

晋惠公

　　我已经不是夷吾了，现在我是晋惠公，是晋国的国君。我在行使自己的权力，因为我的宝座已经渐渐稳固。我把自己所信赖的人放到每一个重要位置上，他们占据了权力的要津，这让我感到放心了。我又把里克和丕郑的权力一点点减少，这样我就摆脱了他们对我的掌控。他们似乎已经知道了我的用意，但他们却不能说出来。我也不再提起割让河西五城的事情，因为这已经是我的城，怎么舍得送给别人？

　　晋国的军队也是强大的，它难道不能保护我所喜欢的东西？是的，我曾许诺将这五城给秦国，可那是过去的事情了。这只是一个许诺，他们凭藉我的一句话，就要将我的宝贝取走么？但公孙支这个人不断催要，我将怎么办？

　　我将众臣召集到朝堂上，谈起这件事，让他们商议。我的近臣吕省十分气愤，他说，我们要是把河西五城给了秦国，晋国的疆域就会缩小，我们就所剩无几了。晋国之所以是一个强盛之国，就是因为我们的土地广阔和城邑众多，要是我们除去了五个城邑，就不再是一个强国了，就会被邻国藐视和耻笑。

古灵魂

里克内心充满了怨言，这怨言来自他的权力被削弱，他想要的东西也没有增加，他想从我的手里拿走的，也没有拿走。他说，这是先君用血和剑取得的，怎么能随便给人？当初就不该应许。既然许给了秦国，我们还有什么理由毁约？失去了信义，才会让诸侯藐视和耻笑。邰芮说，你的言辞里包含着言辞，你说出的代替了你没有说出的。你是借用了河西五城的商议，想向国君讨回应许你的百万封地。你这个人连杀两个国君，还要谈论信义，一个毫无信义的人却谈论你所没有的，这才让人藐视和耻笑。

邰芮的话激怒了里克，他气得说不出话来，脸上的肉扭结在一起，眼睛里冒出了火光。我赶快说，你们都不要说了，我就照你们说的去做，河西五城先留下了。但我们也要和秦国和睦相处，不能因为河西五城而把我们的邻国变为敌人。你们都是一心为国，你们各自的想法都有道理，需要我好好想一想。朝堂议事就这样不欢而散。我还能想什么呢？只有两个选择，要么把河西五城给了秦国，要么仍然属于我。

众臣退去了，大殿上变得空旷，我的心变得沉重起来。里克和丕郑交头接耳，两个人似乎在密谋什么。这两个人都因为我没有将许诺的给他们，已经对我愈来愈不满了。我已经从他们的眼神里看出来了。他们的眼神是诡秘的，总是不敢正视别人。他们可从来不是这样。这说明他们已心怀诡计。里克可以杀掉奚齐和卓子，该不会对我也动了杀念吧？

今天我看见他眼里的怒火已经抑制不住了。我召来了吕省和邰芮，对他们说，你们都说得对，我当初是许诺把河西五城割给秦国，可是我若真的这样做了，我又怎么对得起先君？你们的想法也是我的想法，可是我又要给朝堂的众臣交代，所以不能在他们面前失信。里克说的也有道理，这河西五城是先君的遗产，现在归我了。可是我又的确许诺了秦国，还需要给秦国一个交代。河西五城是一片肥沃的土地，既是一个好粮仓，也是将来拓展疆土需要依托的要地。如果给了秦国，晋国和秦国就只能隔河相望，而秦国就可以远眺中原了。

吕省说，一个国有多少土地，就有多高的位置，我还没有听说没有土地的国。晋国的位置越来越高，就是因为它的土地越来越多。一个国君的位置也要看他拥有的土地，国君的位置将随他拥有的土地而决定。如果我们把晋国的河西五城给了秦国，我们的位置就会降低。即使秦国和我们发生争战，我们也不会失去河西五城。所以我们不能给他们。先君东征西讨，难道不是为了拓展我们的土地么？先前所说的不是现在所说的，事情不会停留在那里，它随着大势变化，秦穆公应懂得这个道理。

郤芮说，国君已经决定了的事情就不能再变了，许诺不是真实，许诺就是许诺，如果公孙支再来催促，我们就干脆拒绝他。他把从前的许诺当作了现在的真实，岂不是愚蠢？从前的许诺有从前的道理，树上的果子已经掉在了地上，他仍然要去树上采摘，岂不是愚蠢？国君不要理睬他的催问了。

我觉得晋国的问题却要多想一想。我们的安危已经和秦国无关了，而真正的危险来自里克和丕郑。你从他们在朝堂的言辞，就可以看见他们内心的想法了。这两个人是阴险的，也是暴虐的，如果我们一直忍让，就会让他们寻找到机会。我们不能再等待了。给他们的时间越多，我们就越危险。实际上这是在悬崖上的搏斗，谁先动手，谁就不会掉下去。

我沉思着，但我觉得郤芮说的有道理。可是这样的话不能从我的口里说出。做一个国君，就要把自己的真面目藏起来，而我挡在前面的脸就不能露出真的表情。我说，里克和丕郑都是先君的老臣，我的继位也曾倚仗他们，怎么能这样做呢？这会让别人怎么说？郤芮似乎理解了我的意思，他不再言语了。

吕省开口了，他说，我想先要把他们两人分开，这样才好击破他们。现在我们需要拿上一份厚礼，前往秦国说明情况，并报答他们的出兵相助。这样既能不割让河西五城，又能求得秦国的谅解。不如让丕郑作为使者，理由就十分充分，也不会引起里克的怀疑。我们全力对付里克就变得容易了。

我说，好吧，你们准备一份厚礼，以让秦穆公感受到我的诚心。你们两个人一直跟随着我，就各自做应该做的事情吧。此时，郤芮又说，里克早已不怀好意，他不满你取走了他的权力，又没有给他所应许的封地。从朝堂上出去之后，他与丕郑两个人一直暗自交谈，留着他们将后患无穷。他连杀两个国君，又逼死了大夫荀息，已经罪孽深重，杀掉他，人们都会拍手称快的。我的脸严肃起来，训斥他说，我已经说了，他是先君老臣，又立功无数，我怎么能这样做呢？

郤芮又说，国君太良善了，但里克可不是这样。对于危险的敌人不可施以仁德，而且国君念他多有功勋，乃为国君的私事，可他依凭自己的势力乱政，必须予以惩罚，这乃是国家的公事，两者决不可混淆。我沉着脸，又一次说，我该说的已经说过了，你们做自己该做的事情吧。我也累了，你们要做自己所说的，而不是让自己所说的成为空谈。你们所说的道理我都知道，你们没说的我也知道，关键是你们要自己知道。

　　现在我的大殿又空了，我站起身来，在地上走着。我的眼前是昏暗的，我看着自己的暗淡的影子，想着今天的事情。我的内心是凌乱的，里克、丕郑、吕省和郤芮……他们从我的眼前一个个走过去了，然后他们又返回我的眼前……他们各自的脸都是阴沉的，就像一个个梦幻。他们围绕着我，又从我的眼前散去。我是在真实中还是在梦中？难道我的每一天都是一连串的梦？我走出了殿门，外面的阳光太明媚了，太刺眼了，我用自己的袍袖急忙遮挡。我的眼睛慢慢睁开，看见了宫殿的台阶，以及台阶下的花池……

　　我蹲下身子，发现地上已长出了草叶，尽管这草叶是细小的，但毕竟是春天了。寒冷已经过去，又一个季节开始了。我只在自己的宫殿里感受阴暗，却遗忘了我所在的季节，也遗忘了一个个日子。春风不仅唤醒了野草，也唤醒了我。黑夜我在梦中，白天也在梦中，似乎我已经不能从梦中逃离了。但现在我逃出来了，我看见了野草的萌发，看见了地上的奇迹，也看见了自己。

　　我还记得梁国的冬天是那么寒冷，现在已是晋国的春天了。我在梁国的时候还是逃亡的公子，现在已是晋国的国君了。都会过去的，一切都会过去的。日月在运行，星斗在移换，可我仍然是我自己。我不曾改变过，但我已经改变了。因为每一个日子都不一样，我又怎会停留在原地？既然我已经改变了，原来的我还是不是我自己？我的面貌还是原来的面貌，但我已经不是原来的我？现在长出来的草，还是去年的草么？

卷二百六十二

丕郑

唉，我要远行了，要作为晋国的使者前往秦国了。这一去还不知道要到什么时候回来。我还没有想清楚，这是出使秦国还是要逃亡到秦国？随从的人们不知道我在想什么，因为我所想的只有我自己知道，却不能说给他们听。

我等候着里克，他要来送我。国君的话我必须听从，可是我所听从的并不是我愿意听从的。他还在梁国的时候，曾许诺封给我土地，可是他却再也不提起这件事情了，我知道他不会给我了。或者他从来没想过要给我，却许诺了我。一个美好的许诺，一个空洞的许诺，我却相信了。

我不会再相信他了，也不会相信他说的任何事情，可是我又必须听从。这就是我悲伤的原因。可我又能相信谁呢？里克是我的老朋友了，也许我还能相信他，可相信他又有什么用？因为他也不相信什么了。我所相信的，乃是一个什么也不相信的，这有什么用？我甚至连自己也不相信了，相信自己又有什么用？

我现在才知道，相信什么都是没有用的，因为相信本身就没有什么用。相信并不是真实的，相信只是自己内心的真实，而事实的真实却总是从内心中逃离。我相信别人说的话，可说话者却不相信自己所说的。这让我的相信被击溃了。我曾依靠相信而行路，现在我的相信没有了，我仍然在路上，但我却不知道自己将走向哪里。

里克出现了，他还是原来的样子，但好像一夜之间苍老了很多。他显然没有睡好，眼圈是发黑的，脸上的褶皱骤然多了起来。他的神情是悲戚的，他说，不要走这么远的路，我们还不知什么时候相见。我说，也许我很快就会回来的，秦国也不是很远。他说，你要在秦国多住一些时候，你看，晋国已经不是过去的晋国了。

我说，我知道的，但我走之后，你也要多加小心啊。你说话太直，也不会掩饰自己，就会让国君和他的近臣生出怨恨，日子就会越来越不好过了。我看着里克一脸忧伤的样子，心里就被一阵又一阵的怜悯之情所刺痛。我的疼痛不知是来自对里克的怜悯，还是对我自己的怜悯。春天的风越来越大了，它将我和里克的衣袍一次次掀起，我们就像飘动着离开了地面，向远处一点点飘移。

是啊，我似乎已经失去了根，枯草一样被大风卷着，自己的身体和灵魂已经由不得自己了。我不知道这究竟是冬天还是春天，在郊外的野地里，一条蜿蜒曲折的路通往天涯的尽头。远处的景物似乎是熟悉的，好像荒凉已经消散，可内心的荒凉却越来越浓了。里克已经送我很长的路程了，我劝他回去吧，但他仍然要送我到更远的地方。

我说，我们总要告别的。他说，是啊，但我想再送你一程，因为我还有很多话要说。可是我问他的时候，他却保持着沉默。里克是一个脾气暴躁的人，但他却在压抑中说不出话来。他是一个充满了激

古灵魂

情的人，却因着激情的压迫说不出话来。他每次张开口，似乎要说什么，但还是没有说。他在等待爆发，他的爆发是可怕的，但他仍然等待这可怕的爆发。在很长的路上，我们都在沉闷中走过。

可是我们都能感受到对方，知道各自的苦恼。这苦恼是复杂的，似乎很难用语言来表达。语言是肤浅的，它只能表达肤浅的东西，一旦到了深处，它就失效了。我说，我们当初就想错了，我们应该再去找重耳。还是要和仁德厚重的人打交道，我们的错误在于没有看清打交道的人。我们真诚地期盼公子夷吾，可是他做了国君之后，一切都变了，我们已经不认识这个人了。这个人贪婪、逞强而无信，他所说的每一句话都不能相信。

里克说，我们原本就不该相信他。重耳不回来，可能是因为惧怕，因为晋国在混乱中危机重重，他不愿意将自己置身于危机。可是我理解错了，我应该亲自去狄国，和他当面解释，以使他的戒惧之心涣然冰释。可是我认为他不想回来，是不愿意做国君，而习惯了流亡者的生活，那样的生活是自由的、毫无羁绊的……所以请夷吾回来是迫不得已，我们没有选择了。但我当时认为这个人虽然自私和贪婪，但他的叛逆本性却与我相似。

我说，相同的人是不能相容的，只有不同的人才互相理解，尽管这不同的人之间会有误解，但这误解是可以化解的。但相同的人则由于这相同而排斥。我觉得，夷吾不是因为和你相似，而是另一种人，一种危险的、毫无信用的无德之人，过去我们不知道，现在知道了，但一切已经晚了。

里克说，也许还不晚，我在想怎样废黜他。我既然可以将两个国君废黜，也可以废黜他，我的剑还在那里，我仍然有力量和勇气。说到这里，里克的眉宇之间似乎有点儿舒展了，他好像已经吐出了心中的怒气，但眼睛里还喷着火焰。我们穿越一座山林，他的火焰就要将这整个山林点燃了。他使我心里一惊，莫非他又要杀人了？他的内心在流血，但他不愿自己流血，他又动了杀心了。

我说，我们还是先忍受，总会等到机会的。他和前两个国君不一样，前两个还年幼，只有荀息扶助，荀息又优柔寡断，总是希望安稳。在一个强君之下他是一个贤臣，也有足够的智谋，但他没有危局中治乱的能力。但夷吾不一样，他的身边有吕省和郤芮这样的诡诈之徒，又把自己的亲信安插到各个位置上，我们稍有动静就会引来祸患。夷吾又多有猜忌之心，如果我们不能在虎穴里忍受，就会被恶虎所伤。何况，从郤芮的言辞里，我已经听出了他们的警觉，你还是要好好想一想。

——忍受不是屈服，它是另一种反抗。对强大的力量做出的最大反抗，并不是激烈的，而是做出最大的妥协。反抗和妥协没有界限。妥协仅仅是把反抗隐藏起来，它是一种谋略。看起来忍受就是你的屈服，就是一种假死，但假死不是真的死。可征服者却以为自己已经征服了对手，似乎他们的残暴已经得逞，但他们也会在这征服中被自己的征服所迷惑，这样你就能获得免罪的机会。这样的机会并不多，我们应该珍惜。只要拥有机会，一切就会重新开始。我想，这是一种有尊严的被赦免？还是智慧的欺骗？还是施展韬略的谦卑？还是反抗中的屈服？还是希望中的等待？我不知道，但现在来说，这是最好的选择。

他说，我已经不能忍了，你看见了，郤芮已经仇视我了。我把他们从梁国迎回来，给了夷吾国君的位置，我做错了什么？他们应该感激我。他们许诺我的，我可以不要，但却不能敌视我，给我的路上摆满了石头，又种满了荆棘。我怎么能忍受呢？国君派你去秦国，就是要把你和我分开，也许他们不会让你回来了，也许你将成为一个逃亡者。你见了秦穆公会说什么？是按照国君交代你的去说么？

我说，不，我不会照他们的去说。我要说我自己的话，我要把晋国的事情都告诉他。让秦穆公知道夷吾这个人言而无信，绝不会割让河西五城了。实际上，两国已经有了裂隙，我要将这裂隙变大，让秦国不再对夷吾抱有幻想。他能让秦国出兵护送他回国，我也能让秦国派兵讨伐晋国。你要先忍受，一定要谨慎行事。你要装做什么都不知道，要压平你心里的怒涛，你的脸上要戴上另一张脸。

树林里的小路是狭窄的，我们沿着这小路走着，后面跟着我的车辆。我的随从们远远地跟着，我能够听见他们行路的脚步。他们的脚步是杂乱的，还有马蹄的声音，它是那么沉闷而不清晰，它的脚下还有着残存的落叶。树上已经有了朦胧的绿色，就像每一棵树的四周笼罩了绿烟，不断有飞鸟落在上面，而我们走近的时候，它们就敏捷地飞开了。这样，它们的叫声就到了远处，但我的耳边一直响着鸟鸣，它们从来不知疲倦。

里克送了我一程又一程，他的步履沉重，每一步都把脚下的积蓄的残叶踩出吱吱的声响。春风变得小了，现在只有微风在我的头上轻轻吹拂，我竟然流下了眼泪。我说，你回去吧，莫非你要一直把我送到秦国？他站住了，说，你流泪了？我说，没有，我只是觉得这风吹得眼睛难受。他感叹说，天气很快就热了，林间的野花也要开了。我们一起走了多远的路？我都忘记了，可是我会记得今天的相送，我会记住你告别的背影。告别是为了相见。我们每天都相见，却没有珍惜，因为我们不知会有告别的时候。我现在送你，就是送我自己，因为我也和你一起到了你要到的地方。我已经不将晋国作为自己的栖身之地了，因为我不能预料晋国将会是什么样子，也不知道自己将会是什么样子。

　　我说，我们都不知道。我所到的地方并不属于我，我出发的地方也不属于我，可是我曾以为我在人世间有着我自己的地方，可我却在行路者的迷茫里。我和你一样，原想夷吾回来会给千万封地，可是这仅仅是一个无用的许诺，现在连许诺也没有了。有许诺还有希望，可现在既没有许诺也没有希望，却只有一个独行者。你虽然还留在晋国，但也是一个独行者，因为每走一步都不是自己的土地，你只能踩着别人的土地行走了。

卷二百六十三

邵芮

丕郑已经走了，他被派到了秦国。他带走了晋国的无数珍宝，但他却将被异国的尘土埋葬。因为他成了一个人，离开了里克，就成为一个孤独者。一个孤独者又处于一个陌生的地方，他就是一个孤独的流浪者了。他也不可能被秦国所用，他做了那么多叛逆之事，他就永远是一个叛逆者，秦穆公会用一个叛逆者么？他既被晋国所抛弃，也将被他所去的地方抛弃，他将是一个被抛弃的孤独者。他的叛逆也到了终点，因为他已经没有可叛逆的了，所以就只能成为一个被抛弃了的、孤独的流浪者。

我派我的亲兵暗中窥探里克的动静。他送走丕郑之后，就一直没有出门。他在家里做什么？他已经失去了自己的密谋者，只能一个人密谋？众臣已经远离了他，害怕和他交往，因为和他交往就可能引起国君的猜疑。里克的势力已经溃散，他也只有他自己了，他也成为一个孤独者了。

国君的意思已经十分明白了，我就要做我该做的事了。我把我手下的武士们召来，告诉他们今夜要做的事情。这些武士都威武健壮，各怀绝技，都是忠于我的死士。他们有的擅长用戈，有的擅长用酋矛，有的擅长用铗和剑。我曾观赏过他们习武的场景，他们赤裸着上身，胳膊露出了一条条凸起的肌肉，每一个人都力大无比，又有着非凡的敏捷。手中的兵器似乎已经成为身体的一部分，而每个人的身上似乎长了翅膀，就像是贴着地面疾飞。

夜晚来了，我们都在等待最好的时机。晋都外面的野地里已经传来了草木萌发的独特味道，我的心在微风里荡漾。我既紧张又快乐，既兴奋又充满了担忧。我的谋划是严密的，我已经把我的想法告诉了国君，他没有多说什么，只是微微一笑，说，要有什么消息就告诉我。我说，一切都安排好了，必定做到万无一失。

都城里的灯火渐渐熄灭了，整个世界都陷入了一片漆黑。这漆黑笼罩着一个个酣畅的睡眠和不可思议的梦境。好像只有我醒着，我在他们的睡眠之外观看着他们的睡梦。我率领我的武士们迅速围住了里克的住宅，一个里克的亲兵在墙上观望，被我的一个武士一跃而上，从背后掐住了他的脖子，然后从高处飘落下来。他挣扎着，天上的星光在他的眼里映现出幽蓝的光，那样的光是可怕的，因为其中含着最后的绝望。

武士松开了手，那个人已经说不出话来。他只是用手指着一间漆黑的房子，我知道了，里克就在里面做梦。他正在做什么梦？一个好梦还是噩梦？让他从梦中走出来吧，让他看见和自己的梦完全不同的内容。国君已经派人来了，来人朝着这房子的窗户喊着，里克，你的时辰到了，你的梦该结束了。他的声音在这寂静的暗夜回荡，里克一定被这炸雷般的呼喊所震醒。那房子仍然笼罩在漆黑里，但我看见它

古灵魂

的轮廓在摇晃。

过了一会儿，里面的灯亮了，灯光从窗户上透了出来。一个小小的发亮的方形从暗夜出现了，它镶嵌在广袤的漆黑里，像一个凹陷的眼窝，射出的目光却是明亮的。窗户的背后隐藏着里克的目光，我似乎看见他目光里的惊恐。窗户里传来了里克的声音，他说，我知道你们是谁，我知道你们会来的，我每天都在等待，你们终于来了。

国君派来喊话的人说，你出来吧，你的罪众人皆知，你也知道，可你还在梦中。我要砸碎你的梦。如果没有你，我就不可能做晋国的国君，但我不能感激你。因为如果没有你，晋国也不会陷入混乱。是你把一个国搅乱了。你的手上已经沾满了晋国的血，你杀掉了两个国君，又逼死了主理朝政的大夫，而我现在是你的国君，岂不是在薄冰上行走么？

里克喊着，没有奚齐和卓子被我废除，你怎会有今天？你没有今天，又怎会杀我？你许诺我的却没有给我，你许诺别人的也没有给别人，你又怎能配得上国君的德行？我将你从梁国迎来，你却没有丝毫感激之情；我把你扶上君位，你也没有丝毫的感激之情；我对你一片忠贞，你也没有丝毫的感激之情。我应该知道，你的心是冰冷的，你觉得一切都是应该的，你还怎能配得上国君的德行？

国君派来的人说，你还知道德行两字，真是太可笑了。一个国君的德行是施与有德行的人，不是给没有德行的人。你早已失去了德行，还怎能配得上被施与的德行？我替晋国和被你杀掉的国君杀掉你，就是我的德行。我要不杀掉你，我的德行又在哪里？你怎样让别人死，你也应怎样死。

窗户里传来了一阵狂笑。里克说，我应该先杀掉你，可是让你先动手了。你应该感激上天，不然被杀的就不是我，而是你。那个人就说，你杀不掉我，因为在我的眼里你已经死了，一个死人怎能杀掉一个活人？何况我是一国之君，而你不过是个卑微的人。我所看见的你，是一个死掉的你，你的面容在我面前出现的时候，我看见的不过是一个死人，我又怎能惧怕你？我什么时候杀你，是我的选择。我等到今天，是想多看一眼你死去的样子，现在我连你死去的样子也不想看了，我已经厌倦了你。

　　他又说，你的灯该灭了，你可以好好睡觉了。里克说，我太后悔了，当初就不该把你迎回来，现在一切都晚了，你是国君，你想给别人定罪，还能没有理由么？我听见那窗户里大叫一声，整个房子的轮廓摇晃着，然后平静下来。一个人在我身边说，他死了。我走过去，推开门，里克手里的剑还停留在脖子上。地上流满了污血，他的眼睛仍然睁着，但眼睛里依然遗留着凶光。

　　我说，这个人死了，晋国就平安了。我吹灭了他的灯，屋子里的人影顿时消失了。我出来后看见了星光照着我，天上的众星是那么明亮，但地上却是黑暗的。这样的夜多么好啊，充满了神秘的寂静。据说，神灵们要在夜间出来，做他们的事情。我不知道我的身边是不是有一个神灵陪伴，或者我的脚步会不会惊动他们。我看不见他们，并不是他们不存在，而是我所见的是有限的，人的目光怎么会看见神灵呢？

　　我相信，我所做的一切都有神灵相助。我的神灵护佑着我，而里克的神灵离开了他。他自己拔剑自刎，是他罪有应得，他的罪孽太深

古灵魂

了，他已经不能把自己从罪孽里拔出来了。每当我在朝堂上看见他脸上的凶光，我就想着杀掉他。我不是杀掉一个人，而是杀掉我不想看见的那道凶光。我也不想看见那张脸，可是我刚才看见的那张脸，已经死了。不是我杀死他的，而是他自己杀死了自己。

我没有感到我的手上有他的血。因为他的血留在了他的身边。我的身边的神灵也看见了，我本不想杀掉他，但他希望我杀掉他，我就迎着他的希望给他一个结果。他想要什么，我就给他什么。他曾想要一个许诺，国君给了他，他还想要许诺里的实在之物，国君就从这许诺里抽走了它。他又想要死，我也给了他。这样的夜真的很好，因为一个人的死，赋予这夜晚以巨大的寂静，我的心里也变得寂静了。

卷二百六十四

丕郑

　　我出使秦国，向秦国对晋国的帮助表达了感谢。我献上了晋惠公给秦穆公的礼物，秦穆公看了看，说，这些礼物能替代河西五城么？他的表情里露出了对这礼物的不屑，也表现出对晋惠公的不满。他始终皱着眉头，我尴尬地立在那里，不知说什么好。

　　我的心里却暗自高兴，我要对秦穆公说出我要说的话。我说，本来这都是应该的，一个人必须兑现他所说的。尤其是一个国君，不能忘记自己的应许之事。不然怎么还会有人相信他？这样他的权威也就没有了。这样的国君不仅会失去邻国的信任，也会失去众臣的信任，他的身边就不会有很多人追随了。

　　秦穆公就问我，你不是晋国的使者么？却要这样议论自己的国君？他用怀疑的目光看着我，这样的目光让我感到一丝羞愧，但一想到我和里克的命运，我的羞愧就一扫而空。我说，我刚才是晋国的使者，现在我所说的却是我想说的。我不是作为晋国的大臣说话，而是作为一个旁观者说话。我不是一个人，而是内心里有两个人。一个是晋国的大臣，另一个是我自己。作为晋国的大臣我应对秦国施以必要的礼节，献上晋国相赠的礼物，而作为我自己，则要说出我心里所想说的。

秦穆公说，我知道了，说明晋国的大臣已经和他的国君离心离德了，也就是说，你已经背叛了晋国。我说，我不是背叛了晋国，而是背叛了没有德行的国君。我不喜欢言而无信的人，也不喜欢轻诺寡信的国君。我背叛我的国君是为了不背叛自己，因为一个连自己都背叛的人，他还有什么不能背叛？他就会失去自己所有的美德，那么他也失去了自己的立足之地，生活也变得毫无意义。

秦穆公说，你既然背叛了你的国君，你也能背叛别人。我怎么能知道你所说的是真的？既然你的国君不信任你，又怎么会派你来秦国？我又怎么会相信你？我说，我不需要你相信我，我只需要我说出自己想说的话。这些话我在晋国不能说，否则就可能带来杀身之祸。现在我来到了秦国，我就可以说了。

秦穆公说，那么你不打算再回到晋国了？你是不是准备留在秦国？你在晋国已经被抛弃，你怎么知道秦国不会抛弃你？我说，我没有想那么多，也没有想着留在秦国。我只是想把真实的晋国告诉你。你可以相信你所相信的，也可以相信你所不相信的。或者你可以完全不相信我，但你会相信真实的。一个有智慧的国君不会抛弃真实。

秦穆公让人拿来美酒和菜肴，然后对我说，好吧，你说吧，我就听你讲你认为真实的事情。我就先从我自己讲起。夷吾在梁国的时候，不仅许诺了秦国的河西五城，还许诺了我和里克的百万封地。他的许诺仅仅是为了获得国君的位置，一旦成为国君，他就抛弃了自己的许诺。这个人没有继承晋献公的雄心和胆魄，却继承了他父君的贪婪、吝啬、残暴，没有信义和德行，他所获得的，就不会再给别人，他还要自己没有获得的。他还充满了猜忌之心，很少信赖别人，又感到自己一直处于危险之中。所以他什么事情都可能做出来，因为他连自己也不信任。

——你知道我为什么要背叛这个君主了吧？我不是背叛晋国，正好相反，我背叛他，是因为只要他在位，晋国就没有希望，晋国的众臣没有希望，晋国的民众也没有希望。他又是任性的，就像一个没有长大的孩子，他要什么，你就必须给他，不然他就不高兴。当初迎他回国的人们，里克和我，都已经感到了危险，我已经看见了前面的深渊，所以我背叛了他。他随时都可能将晋国连同我一起，推入这可怕的深渊里。

秦穆公说，那么你将怎么办？你的背叛仅仅是倾诉，只有我倾听。这样的倾诉只能倾吐你的悲愤，却不能逃脱深渊。我的倾听也仅仅是倾听，可是无论是倾诉还是倾听，都没有意义。重要的是，我又怎样帮助你和晋国？秦国和晋国相邻，我同样需要一个和睦的邻居，这样我也可以过得舒心。

我说，你可以帮助夷吾成为国君，也可以帮助我废掉他。秦穆公说，帮助别人乃是仁德之举，但废黜别国的君侯，就不合乎礼法了。我说，你帮助了一个不该帮助的君王，已经是一个过错了，你废黜他，就是对自己的过错的纠正。这有什么不合乎礼法？你废除一个暴虐的君王，又挽救了一个邻国，这是大义所在，又有什么不合乎礼法？你为别人铲除了无德之君，这不是对天下施以最好的仁德么？这乃是德善之举，你又何乐而不为？

秦穆公将酒爵里的酒一饮而尽，他似乎在沉思，但眼光却盯着我。我感到这目光里已经含有对我的赞同，他已经接受了我所说的。他说，那我怎样帮助你和晋国？我说，晋惠公的身边有吕省、郤芮和郤芮的兄长郤称，这几个人总是揣度国君的心事，这样就让国君的任性更加有恃无恐，一点儿也不加遮掩了。

——在朝堂议事的时候，众臣都希望国君能兑现自己的许诺，将河西五城割让秦国，但这几个人却坚决反对。要想废黜晋惠公，就要先剪除他的羽翼，断除他的手足。你应先将这几个人用厚礼招到秦国，我和里克就可以在晋国举事，废黜晋惠公，你再将公子重耳送回晋国，这样一切都将改变。秦穆公说，好吧，你先在秦国休养一段时间，我想一想，和我的众臣商议后，就告诉你结果。秦国的景物和晋国不同，你可以好好观赏，也能忘记在晋国遭受的屈辱。要想获得快乐，就必须让自己处于遗忘中。

我说，可是我到哪里寻找快乐？快乐好像已经永远告别了，它已经无影无踪了。我曾将快乐寄寓在没有到来的事情中，可这寄寓又在等待的煎熬中。在晋国的时候，我在忍受中等待，现在来到了秦国，我又要在煎熬里等待了。晋惠公还没有在位的时候，他给了我美好的许诺，也给了我很多溢美之词，我在这空洞的许诺里感到快乐。但这快乐太短暂了，他竟然那么虚幻，似乎就没有存在过。因为快乐没有跟随事情一起来到身边。

我以为新的国君被迎回，我看见了他，我就获得了快乐。我觉得他就是快乐。但我想错了，我把一个个痛苦当作了快乐，因为我没有认清痛苦的面孔。我脸上的快乐很快就被撕掉了，它只是我脸上贴着的一张皮，却不是我自己真实的脸。我发现，这快乐既不在我的外表，也不在我的内心，也许在我的彷徨中？快乐也许是迷人的，它就像春天到来之后掉转了方向的风，夹杂着未来的花香和树林里的各种香气，可是这却都停留在未来的秘密里。就像我盼望每一夜的睡眠里都藏着一个好梦，但实际上却总是被噩梦惊醒。

我再也没有快乐了，我已经是一个失去了快乐的人，我的彷徨已经是最大的快乐了，而这快乐又在彷徨里消失了。我的记忆太好了，以至于什么都忘不掉。我想着如何忘掉每一件事，可每当我试图忘掉的时候，这些事情就一个个赶来了。它们各自有着不同的面孔，却都要在我的记忆里扮演同一个角色，它们都在叫喊，你不是需要快乐么？我们都来了。可是谁能仔细辨认它们的时候，它们却都是痛苦。痛苦的声音和快乐的声音多么相似啊，只是快乐到了你跟前的时候，就变成了凶险的模样。

现在我已经放弃了快乐，我知道自己已经得不到它了。但我想望着更多的人得到它，可我已经没有指望了。我是一个痛苦的人，所以我来求你。我求你不是单纯为自己，而是为了晋国。我是先君的老臣，曾跟随先君到处征讨，我知道晋国是不容易的。它从一个小国变成了大国，我看着它一点点长大了。我没有随着先君死去，却看见了今天的样子。我来秦国不是为了寻找快乐的，而是寻找你的帮助。

我已经没有力量了，却想借助你的力量。夷吾借助了你的力量，他得到了国君的宝座，可是这不是我愿意看见的。他既不适合你也不适合我，他损害了我本应有的快乐，也损害了你本应有的河西五城。如果你拥有了河西五城，你就可以看见中原了。我想你是有雄心的君侯，你愿意让秦国更强盛，就像我愿意让晋国更强盛。

　　现在已经春暖花开了，我就到秦国的土地上看看吧。我要看的不是秦国的景观，而是从秦国的花朵里看见晋国的花朵。秦穆公说，你可以去河边垂钓，做一个渔翁是很有意思的，它可以锤炼你的耐心。那里有很多捕鱼的水鸟，你也可以看它们怎样捉住每一条鱼。天神使万物获得灵性，你只要仔细观看，就可以遗忘你的烦恼。遗忘既可以让你获得智慧，也让你寻找到丢失了的快乐。

卷二百六十五

共华

　　里克已经死了，丕郑去了秦国，朝堂上的众臣都感到了危险，所以每当议事的时候，没什么人敢说话了。但我不想那么多，以前是怎样的，现在还是怎样。一个胸襟坦荡的人，还会有什么惧怕的？这些年来我已经看惯了生与死，也看惯了荣与衰。四时的草木荣枯，不过是神灵的安排，夏虫在旷野里鸣叫，但秋天就渐渐灭了声息。野兽在林间出没，又在冬天的雪地上踩下脚印，不过是为了寻觅食物。可是我没有看见它们的惊惧，它们该做什么还在做什么，因为它们没有那么多想法。

　　我也没什么想法了。我虽然是晋国的大夫，但大夫中并不缺少一个人。晋献公死了，我仍然过我的日子，我的一切并没有改变。奚齐和卓子死了，我仍然过我的日子，我的一切也没有改变。现在里克死了，我还是一样过我的日子。如果有一天轮到我去死，那我的日子就结束了，还有什么可惧怕的？每一个人都逃不脱死，只不过他所经历的日子多少有所不同。可是少一天和多一天又有什么区别？

　　我既不想改变自己，也不想改变别人。可是里克却总想改变别

古灵魂

人，所以他的命运就必定是这样。他不断杀掉别人，他最后也被人所杀。他所做的必有报答，有好的报答，也有恶的报答。那么我什么也不做，我所得的报答来自我自己。我的内心是明亮的，我愿意让这明亮被忧虑遮盖，也不愿意落满各种暗影。所以我所得的报答就是快乐。我还不知道人世间有什么比快乐更珍贵。

每一次在朝堂上议事，我都说我想说的话。我不在意别人说什么，我只说自己想说的。我也不在意别人的反驳，因为别人自有他们的理由。但他们的理由不是我的理由，所以我不在意反驳。他们仅仅是借反驳来说出他们的话。实际上，我早已看出，所有人所说的，都是将自己躲在语言的背后，他们都不敢从语言的阴影里走出来，亮出自己的真面。他们的原形并不显露，而是在一片片暗影里徘徊。

这些人的意图只有一个，那就是杀人。要么杀死别人，要么杀死自己。所谓的议事只是寻找杀人的理由。听起来动人的言辞，实际上是射向对方的利箭，而张开的弓却藏了起来。他们每天都在互相厮杀中度日，每一天都是含血的。只有我站在明亮的地方，我的心里既没有弓箭，也没有别人的弓箭。他们溅起的血有时会落到我的心里，这巨大的明亮很快就将这飞溅的污斑抹去。而对于他们来说，这污斑是擦不掉的。

一个人的光芒不是来自外部的照射，而是来自他的内心。我之所以是明亮的，是因为我自己的内心充满了光。可那来自外面的光却不能照到内心里，反而会在内心里留下暗影。我将自己的光照到我走过的路上，照到我所看见的事情上。我看见外面的世界都是明亮的，不是因为它们本身的明亮，而是我照亮了它们。河流是明亮的，它的水面上的波纹是明亮的，它里面的鱼是明亮的，它们在这河水里畅游，自然而快乐，它们是明亮的。岸上的树木是明亮的，它的枝丫和每一片叶子是明亮的，草地上的野花是明亮的……它们摇动的影子只是为了反衬它们的明亮。

我坐在郊外的草地上，享受着这明亮的时光。我听着鸟儿的啼叫，这声音是这么明亮。它们既不愿意沉默，也不愿意发出古怪的叫声。它们的欢叫里有着明亮的天意，它们的声音从来都属于自己，所以每一只鸟儿的叫声都不相同。我坐在这里，看着周围的一切，我也是不相同的，因为我也属于自己。所以我安静地坐着，既不想惊动周围的事情，也不想惊动自己，这安静也是明亮的。

这时候，我听到了有车轮碾过的声音。我缓缓转过头来，发现是丕郑回来了。因为我认识他的马。他的一匹马是黑色的，但有纯洁的白色遮住了它的半个脸，而另一半则沉浸在黑色里。这是一匹奇特的马，我不知道这匹马用这样的面貌要说什么，但我确信每一个形貌都有它的暗示，至少这匹马的形貌暗示着自己，也暗示着它的主人。

丕郑下了车，向我走来。他说，一路上想遇见一个人，但路上的人却很少。我所遇见的都是陌生人，但我又不愿意和陌生人多说什么，也不想听他说的，因为我不相信陌生人说的话。我说，你就相信认识的人说的话么？丕郑说，也许不相信，但我毕竟认识这个人。虽然我也不相信，但我知道他说的是什么。

他说，在这里见到你，真是天意。说着，丕郑就坐在我的身边。他说，这里真好，天气已经热了，你还坐在阳光里。我说，我喜欢明亮的地方，我知道热是从明亮的地方来的。我问他，很久没见你了，

古灵魂

知道你去秦国了，那里一定很好，你应该在秦国多住一些时间，在闲逸里享受快乐。他说，我回来就没有快乐了么？唉，我在哪里都没有快乐。

我说，没有快乐是因为你心里没有明亮，你看我，总是待在明亮的地方，所以我不缺少快乐，我缺少的是忧愁，因为忧愁是发暗的，它遇见明亮就没有了。他说，我并不想明亮和黑暗，我只想晋国的事情。我说，晋国的事情有国君操心，我连自己的事情也不想，因为空想是没有意义的，所以忧愁也没有意义。

他还是说，你给我讲一讲晋国发生了什么，又有什么事情么？我去秦国太久了，已经什么都不知道了。我告诉他，里克已经死了，是被郤芮杀死的。郤芮率兵包围了里克的住宅，然后里克自刎身亡。这应该是国君的意思，郤芮应是奉命而行。我看见丕郑脸上现出了悲戚，眼睛似乎湿润了。他说，我去秦国的时候，里克曾送到很远的地方，我就似乎感到了某种不祥。一路上我就想着，里克从来没有这样久久不舍，但我还是没有多往坏处想。现在看来，所有的事情都有原因，都有预兆的。

我说，他应该能感到将要发生的事情。他所做的不会被任何一个国君容忍。也许重耳会不一样？但一个人做国君之前是一个样，做了国君之后就会是另一个样。不过我已不多想这些事情了，国君有国君的想法，里克有里克的想法，我则放弃了所有的想法，你应该感到这草地上的阳光多么明亮。你坐在明亮的地方，就不再多想什么了。

丕郑说，我不能和你一样。国君知道我离里克是最近的，现在我在岔路口犹豫，我是走入晋都呢？还是原路返回到秦国？我若返回去就意味着已经是一个叛逆者，若我要进入都城，我就不知道我会不会像里克一样遭遇严惩。生或死，我要做出选择。

我难道就没有生与死的选择么？我也是里克曾重用的朝臣，在别人看来我同样是离他最近的，可是我放弃了选择。与其自己选择，不如让别人来选择。因为选择是痛苦的，我放弃了自己的选择，是因为我不愿意放弃快乐。我选择坐在这草地上，享受自由和阳光。这既不是等待，也不是犹豫不决，最好的选择是放弃选择。你看我们身边的树，它选择了什么？又是怎样选择的？还有我们身边的草，它选择了么？又是怎样选择的？它们的种子落在哪里，就在哪里生根发芽，就在哪里生长。如果它们也有选择的话，那就是选择天时，它们在春天开花，在秋天结果，又在冬天枯萎和沉默。

或许这不是它们自己的选择，而是把自己交给了天意。它们已经知道，天意是不可违拗的，既然不可违拗，那么选择有什么意义？所以顺从比背叛更能够找到快乐，它们既顺从天意，也顺从自己。不过每一个人都不是相同的，我的想法不是你的想法，我的选择也不是你的选择，你选择，也是顺从自己。

他说，那么我是该进去呢？还是该返回去？里克死了，也许我也要死？我说，也许不会的，因为里克死后，别人还没有受到株连。和里克亲近的人都还活着，只有里克死了。也许国君只想杀掉里克，因为他仍然需要众臣治理晋国。他想了想，站起身来与我告辞，然后乘车向晋国都城驰驱，他的背影淹没在马蹄和车轮激起的尘烟里。

夕阳西下，天光就要黯淡了。我随着天上的云彩回到家里。我的兄弟共赐问我，你到哪里去了？我告诉他我所到的地方，并说出使秦

古灵魂

国的丕郑回来了。共赐说，这个时候他还要回来？他不知道里克已经死了？我告诉他，是我让他回来的。他想了想对我说，你要逃走了，不能再留在晋国了。

我问，为什么我要逃走？他说，要是走得迟了，杀戮就会轮到你了。你想想吧，里克死后，大臣们都没有灾祸，是因为丕郑还在秦国。现在他回来了，杀戮就要开始了。就像农夫除草一样，田里的野草必须连根拔除，不然野草将复活。国君是一个充满了猜忌的人，他怎会放过里克的同党？不把里克亲近的人铲除，他就睡不好觉。

我说，那我就更不能逃走了。是我让丕郑进城的，而我却逃走了，这岂是我所做的事情？我要等待丕郑，无论是生或死，我都要等待他。我原以为我什么都不需要等待，现在我有了等待的事情了。共赐说，你还是要逃走，因为你所等待的已不由你决定，我想国君早已有了谋划。

我不会逃走的，生或死已经不重要了。我告诉他晋国发生的事情，又将他引向晋国，可我却要独自逃走，这乃是没有信义。我明知道他可能会遇到危险，却还要告诉他没什么危险，这乃是没有智慧。看见了危厄之境，我竟然惧怕死亡，这乃是没有勇气。一个人有了这样三个大恶，我还能逃到什么地方？谁会收留我？逃出去又有什么意义？如果真如你所说，那我只好等待死亡了。

我点起了灯，夜已经来了，我用微弱的灯火收留光亮。在这样的黑暗里，我内心的光亮似乎不足了。或者我的光亮仍需与外面的光亮呼应。我和共赐坐在这样的灯下，彼此相对，他的脸上充满了担忧，而我仍然现出自己的微笑。我说，没有什么需要担忧，我们都要遵从天意。如果我的死是天意，那我为什么还要做出另外的决定？

　　灯光照到共赐的脸上，他的眉毛下目光随着灯火的摇晃而变幻不定，他的影子被投射到背后的墙壁上，这影子被放大了，黑影里只有黑影，失去了他的表情。我的影子同样投射到我背后的墙上，我们不过是被灯光投射的影子，如果我吹灭了灯，影子就会消失在黑暗里。我们不就是一个影子么？我们为什么要为一个影子担忧？如果我们失去了光亮，我们还能留下什么呢？

古灵魂

卷二百六十六

冷至

又一个冬天，又一个冬天，多少个冬天过去了。我对冬天是熟悉的，因我已经历过很多个冬天，每一个冬天都是一样的。我受命出使晋国，但晋国的冬天比秦国的冬天更冷。春夏相交的时候，晋惠公曾派大夫丕郑出使秦国，想暂缓交割河西五城。丕郑详细谈了晋国的乱局，得知晋惠公毫无信义的悔诺之举，秦穆公就开始谋划怎样将晋惠公废黜，让流亡在外的公子重耳返回晋国即位。因为晋惠公这样的狡诈之君，将有害于秦国。

晋国重臣丕郑和里克早已对晋惠公心怀怨恨。丕郑献计让秦穆公将晋惠公身边的三个大臣召到秦国，然后丕郑和里克合谋举事废黜国君，这样秦穆公就可以再次出兵将公子重耳送归晋国了。这几乎是上一次送公子夷吾的故事的重复。可是什么事情不是重复的？人世间的所有事情都是以前做过的，我们所做的一切都是从前的重复。

但是重复的事情总是可靠的。因为以前是这样，所以以后仍然是这样。以前的能够成功，以后仍然可以成功，万事万物看似在变化中，但重要的东西却是不变。不是变化在主宰我们，而是不变陪伴着我们。我们所做的事情就是从变化中找到不变，重复就成为行事的依据。你就看这个冬天吧，以前不就有冬天么？

春天到来，农夫就开始播种，秋天来了就收割，冬天就将粮食收藏起来，难道每年不都是这样么？春天来了，树叶和野草会萌发，夏天的时候草木就会繁荣，而秋风将这繁荣扫荡一空，冬天的严寒又将使万物得以停顿，剩下的只有寒冷和狂风，为的是将一年里积存的残渣清扫干净。难道每一年不都是这样？既然我们生活于重复之中，那就说明所有的重复都是有效的，我所做的，就是和天意相对应，所有事情的意义都在重复中。

我带了重礼前来晋国，晋惠公必将受到这重礼的诱惑。因为一个吝啬的、贪婪的君王，总是经不起重礼的诱惑，因为他所看见的只有所贪图的私利。他的眼光也被私利所束缚，就不可能观看四周了。我所带的礼物中有很多是稀世之珍，他怎会不贪爱这礼物？可是这礼物里暗藏着废黜他的计谋，他就要落在这计谋中了。

我见到了晋惠公，他面色苍白，有着一张野狐的脸形。他的眼睛很小，以至于我几乎看不见他的眼里所射出的目光。他端坐在国君的座位上，显得心神不宁。我所说的话，不知他是否听到，但我说到礼物的时候，他身体前倾，伸长了脖子。于是我将秦穆公的重礼献上。他对这礼物看了几遍，说，你将刚才所说的再说一遍。我就又一次说明了来意，并将秦穆公对他的称赞重复一次，唉，连这些虚假的言辞都需要在重复中获得意义。

他不断称颂秦穆公的仁德，并又一次就河西五城的缓交致歉。我说，两国之间的和睦是最重要的，不能将最重要的东西放在利益上。

古灵魂

你既然缓交河西五城，必定有你的难处。他说，是啊，大臣们有不同的看法，我又刚成为一国之君，许多事情还需要时间和机会。秦穆公知道，我是最喜欢信义和德行的，一个人若没有信义和德行，又怎么让天下信服呢？

他说话的声音尖利而细小，幽暗而微弱，我不喜欢这样的声音。一个人的声音也是他的形象，我从这声音里感受到了他的形象，又从他的形象里听到他的声音。天神给他的一切都是匹配的，他的每一部分都相互印证。他的样子不仅在他的外形上，也不仅在他的声音里，也在他的内心里。他的外面的形貌也藏在他的内心里，我已经清楚地看见了他。

我很想见到丕郑，以便知道现在晋国的状况。但是我却不能见到他，因为这会引发晋惠公的怀疑和猜忌。我说，我想到晋国都城的郊外看看，我早已听说晋国有着绝美的景色，却一直没有机会前来观赏。晋惠公说，好吧，我将派一个大臣陪伴你，给你引路。我知道他要监视我，也看我究竟想做什么。

夜晚沉浸在盛宴里，晋惠公召集众臣款待我。气氛热烈而虚假，美酒的香气在空中飘浮。我的鼻子捕捉着这香气，感到了迷醉中的快乐。但我又是清醒的，我知道这仅仅是一个神奇的梦，它不是真的，不必为它动情。我不认识这些人，他们都是陌生的，但他们的脸上都涂满了笑容。是的，所有的笑容都是涂上去的，只有薄薄的一层。

一张张脸在美酒里荡漾，我注视着这些脸，看见了他们脸的背后藏着的诡计和盘算。这里有着神秘的东西，神秘通过他们的每一个表情传递出各自的生活，也显示了他们对我的恩赐。可我对虚假的恩赐并不感激，我只是和他们一样虚假地露出我的笑容。我看见丕郑也在其中。他的脸被别人不断遮挡，他只看着自己的酒爵，他甚至不敢多看我一眼，因为国君的目光不断扫过他晦暗不明的脸。

我感到事情不太好，不然丕郑为什么那么沉闷地只顾着饮酒？他似乎用这样的方式给我暗示。他不是用声音说话，而是用自己的脸说话。不过每一张脸都在说话，每一张脸说着不同的话，我都在一一倾听。这些话语都是委婉的、晦涩的，既深奥又浅显，既真诚又虚假，既有着各自的本性，又失去了各自的本意。因为虚假的缘故，这语言已经不再是人的语言，而是来自神灵的语言。它不是让我听懂，而是让我捉摸和领悟。

可是我的领会是单调的，我所关注的不是其中复杂的内容，而是我将怎样完成自己的使命。我从这虚幻的脸影里感到了自己的虚幻，我觉得自己所要做的事就要落空了，所以我将自己斟满了的酒一饮而尽。我的心里一阵恐慌，我抬头看着晋惠公，发现他的眼睛也在盯着我——他的目光从一条细缝里洒出来，迎面和我的目光相撞。我感到这相撞是猛烈的，发出了砰的一声，是那种器物碎裂的声音。

那一夜，我几乎彻夜未眠。在天亮的时候，我似乎进入了梦中。我清晰地看见晋惠公向我投来的诡异的笑，然后被一道亮光穿透。这似梦非梦的模糊镜像，竟然让我突然清醒。我来到了晋国都城的外面，我的身后跟着几个晋惠公所派的陪同者，我看见有一个农夫在烧荒，浓烟遮蔽了半个天空。我向着农夫走去，我问他，你为什么要将这草木烧掉？他说，我烧掉这片草木，春天就可以耕种了。

他指着前面的田地说，那是我的田地，但已耕种了三年，它的地

古灵魂

力已经耗尽，所以我要轮换到这个地方了。这块地是肥沃的，我烧掉草木，它就更加肥沃了。耕种的第一年是菑田，第二年叫作新田，第三年叫作畲田。一般说来，菑田的收获还不够好，因为这田地对谷子还是生疏的，野草也多，尽管我不断拔除，但它仍不断滋生。新田是最好的，土地和谷子已经形成了默契，地力也十分旺盛，它的出产就多。但到了第三年，地力就开始衰退，我的收获就会少一些。土地和人一样，它累了的时候就要休养生息。所以我就要换一块地，烧掉上面的野草，滋养来年的庄稼。

我又问，晋国近来的情况怎样？你知道么？他说，我不关心朝堂的事情，但从种地的经验看，国君即位不久，就像我的田地，应该要烧荒了。他要把从前的烧掉，又要把野草和谷子分开，以让土地和庄稼互相适应。我听说，前朝的重臣里克已经被杀了，估计还有人要遭殃。只是烧荒要有节令，一般会在秋冬之际，那时庄稼已经收割，粮食也已收藏，草木已经干枯，这才是烧荒的好时机。我想，现在国君已经杀了里克，杀戮已经开始了，与里克亲近的人都不会逃脱。

我惊愕了，里克已经死了？丕郑还想着和里克一起举事，看来他已经独木难支了。我立即明白了国君宴席上他的表情为什么那么晦暗。他是要对我说出他可能的死，虽然他还活着，但国君已经不会放过他了。他的脸上已散发出死气，他已从自己的酒爵里看见了自己的尸骨。他活着，仅仅是暂时活着，或者说他实际上已经死去了。秦国还怎么指望一个死人来做事？看来我必须返回秦国了。

晋国的冬天是这样寒冷啊。唯在这放了野火的地里感受到了一点温暖，这火焰卷着浓烟在升腾，在蔓延。畲火扫过的地方留下了一片黑色灰烬。春天来了的时候，这土地会被翻过，谷种将从这灰烬里长出来，因为这灰烬里仍然留着余温。我看着这燃烧的草木，看着农夫的形象，烟雾向远方飞去，飞向遥远的山峦，并在寒风里飞散。

古灵魂

郤芮

秦国派泠至来到了晋国，带来了丰厚的赠礼，也带来了秦穆公的召唤，他想召我、吕省和郤称到秦国去，以商讨两国联合图谋中原的大计。秦穆公要做什么？他倒是早有雄心图谋中原，可为什么在这个时候召唤我们？为什么一定要召这几个人？就因为我们是晋惠公的近臣？还有另有所图？秦国虽然和晋国交好，但毕竟是晋国的强邻，也可能是我们家乡的强敌，它的每一个举动，都要多加留心。

国君面对秦穆公的厚礼，心里十分高兴。他把我们几个大臣叫到朝堂，说，秦穆公派来了使者泠至，给我带来了礼物，这礼物比我给他的还要多几倍。他说河西五城可以缓交，也对我的处境非常理解。秦穆公这个人真不错，既仁德宽厚，又有胸襟，是我们的好邻居。他就是想让你们几个人去秦国，以便商议我们怎样联合共图中原，我想这个主意不错。我把你们召来，想听听你们的想法。

吕省说，不知是不是秦穆公的计谋？丕郑出使秦国回来，他就派人来回聘。论说我们没有给他河西五城，他应该怪罪我们，可他不但没有追问河西五城的事情，还送来了厚礼，你们不觉得其中的诡异？

当初先君给虞国带去厚礼，是为了借路讨伐虢国，然后借机吞并虞国，而虞公却不知其中的用意，因而他不仅丢失了自己的国，连那获得的礼物也失去了。

郤称说，我们总是怀疑别人，所有的事情就不用做了。也许秦穆公真的是一片好意，据说这个人还是宽厚的，他这么着急来算计晋国，那么他所图的是什么？不就是让我们去一趟秦国么？我想秦穆公还是真诚的，不然也不会带来那么重的礼物。我听说，给人以厚礼，是为了表达对所赠的人的尊重，或者是有求于所赠者。他既然想获得中原，就有求于晋国，也是对国君的尊重。秦穆公是有雄心的，他所图的是中原，相较而言，河西五城的缓交就算不得什么了。

我说，我听说山林里有一种兽，它们喜欢一起捕食，不管到了哪里都不离开。它们又都十分厉害，又有其中的头兽告诉众兽怎么配合攻击猎物，每一次捕食都能有收获。所以猎人面对它们十分害怕。只要它们发现了猎人，就会从各个方向围住他，让他不能脱身。于是猎人想了一个诡计，将一块肉放在它们的巢穴边，又将另一块肉放在远处，众兽就去寻找那块远处的肉，而头兽就留在窝巢里守护旁边的肉。这时猎人就发起攻击，擒获了守巢的头兽，众兽回来之后就失去了首领，它们也就四散而去。

——猎人知道每一头兽都不可怕，可怕的是它们聚集在一起。现在林间的这种野兽已经没有了，它们的肉已经被以前的猎人吃光了。秦穆公就是想做这样的猎人，他将我们几个大臣引诱到秦国，然后他就会让丕郑这些和里克一派的人趁机作乱。要是到了那个时候，晋国就不好收拾了。秦穆公深知我们是国君信赖的大臣，所以才会设计先

古灵魂

将我们除掉，那么国君可依赖的人就不多了。不然他怎会拿来几倍于我们的重礼？这样的举动违背了常理，说明其中必定有阴险的诡计。

——我的想法是，我们应该立即动手，将丕郑和里克的余党剪除，这样先断灭了后患，让秦国断绝颠覆晋国的希望，让他们想要的殿堂在未建之前就被烧毁。然后我们派兵讨伐狄国，杀掉重耳，这样晋国的基座就牢固了。先君曾在生前讨伐狄国，但因出兵匆忙，未能取得效果，现在是我们接着做的时候了。

吕省说，郤芮说的有道理。你看丕郑自从秦国归来，整天不出门，但不断有人去找他，他一定在密谋什么。我们将里克杀掉了，他还在联络自己的亲信，他必定和秦国串通，想把重耳迎回来。他们已经这样做过了。他和里克连杀两个国君，就是想让重耳回来做国君，只是重耳胆小，不敢回来，才不得不重新选择。现在里克已死，丕郑就想采用我们的计谋，让秦国出兵护送重耳回国。我们必须先杀掉他。

郤称说，我也许没有看清真相，因为我太相信秦穆公了。看来两位大夫说的有道理。我看见丕郑的时候，发现他脸上挂满了狡诈，他的心里必定多有诡计。他走路都想避开别人，眼睛也不敢直视我，生怕人们识破他内心的秘密。他以前可不是这样，从秦国回来就变了。而且他明知里克已经死了，还敢回到晋国，这说明什么呢？

国君听着我们所说的，他一直在沉思中。也许他的心里也是矛盾的，他还不能断定丕郑是不是已经和秦国串通，但从他皱起的眉头可以看出，他已经感到危险在临近，秦国的阴谋已经在自己的身边盘旋。国君很少直接说出自己想说的话，他总是让我们猜测他的想法。

他用自己的表情和看似犹豫不决的语言来暗示我们，并让他的话被我们说出。

他说，丕郑不会是这样的人吧？先君待他不薄，我许诺了他百万田产，虽然没有给他，也不至于这么憎恨我吧？我遣他出使秦国，是为了晋国的河西五城不至于丢失，他怎么会串通秦国来谋害我？我留意到秦国的使者泠至也没有和他联络，他甚至在我设的筵席上都没有看泠至一眼，只是低头饮酒。我说，这正是可疑之处。他在秦国待了一段时间，不可能和泠至不相识，可是他却装作不认识的样子，你不觉得这违背了常理么？

这意味着，他越是心里藏着诡计，就越是装做什么都没有。这反而露出了破绽。他越是装作若无其事的样子，就越说明他想把什么藏得更深，但他不会想到我们从他试图隐藏的沉默里，发现了他的秘密。所有的事情都已清楚了，国君不可再犹豫了。如果我们不抢到前面，他们就会走到我们的前面。

国君说，我们等泠至走了再说吧，我们怎么给秦穆公回话？他已给我带来了厚礼，我们不能显得无理。你们不去秦国，就要给秦国一个理由。吕省说，我们要先表示对他的谢意，然后说晋国的乱局还没有结束，待晋国稳定后就派我们前往秦国。这和我们缓交河西五城是同样的理由。既然他可以理解前一个理由，也应该理解同样的理由。

国君说，可以照你说的办了，我估计泠至不会在晋国留得太久，我看他已经急于返回了。剩下的事情就由你们办吧。我看到国君已经决定要杀掉丕郑和他的亲信了，他的眉头已经松开，我们三个人就商量怎样分头行事。从晋宫里出来天已经黑了，寒风打在脸上，我感到

古灵魂

那种烧灼般的疼痛。夜枭发出几声怪叫，就像有人突然发出呼喊，我的身上打着寒战，脚步越来越快了。

这是一个怎样的寒夜，我与他们告别后，只剩下我一个人了。我的身边没有一个人，只有我自己。天上的寒星用阴冷的光照着我，可我的内心却愈加晦暗了。只有路旁的树木上挂着冰溜，它好像有着几点闪光。巨大的寂寞朝着我袭来，我的脚步踩着这寂寞，发出了可怕的声响。什么时候我开始害怕自己的脚步了？

于是我将自己的脚步放慢，让它轻轻地，尽可能不发出声音。可是这无声的世界更加空虚了，我的身体也被这寂寞抽空了，可我却感到自己的身体越来越重。我的心里是凌乱的，我不知晋国将会变成什么样，也不知道杀戮将在什么时候结束。一场杀戮的结束，将是另一场杀戮的开始。事实上，我并不害怕杀戮，而是害怕杀戮之后的空虚。尽管我轻轻走着，但冬夜的寒风却越来越大了，它的喧嚣不是我内心的喧嚣，而是我脚步的喧嚣。空虚的内心怎会掀起这样的喧嚣呢？

我问自己，你是不是害怕了？你害怕什么呢？我回答，我并不害怕，因为必须有杀戮，才有我自己，也必须有杀戮才会有君主。你既然侍奉君主，就必须有杀戮陪伴，因为等待你的只有两条路，一条通往杀戮，另一条则通往死。可是我从跟随公子开始就想到了结果，我只是为这结果而追随公子的。现在他已是国君，我也成为他的大臣。我所选择的就是他的选择，我所做的都是为了他。

我又问自己，你难道没有为了自己么？我回答，我不知道，也没有想过。但我在尽一个大臣的职责，我跟随着国君，就有了自己的责任，这责任是沉重的，因而我已经忘掉了自己。然而我忘掉了自己了么？也许我自己只是在我的头顶徘徊，他从来没有离弃我，只是我已经把他忘记了。这样，我只有在杀戮中才和自己相遇。

古灵魂

卷二百六十八

共华

冬夜是漫长的，天很早就暗下来了。我穿着整齐的衣裳，将冠冕端正地戴在头上。我坐在火盆旁，看着一块块方形的木炭滋生的淡淡火苗。我没有感到屋里有一丝微风，但这火苗仍在不停跃动，它飘忽不定，世间没有比这更神奇的了。火是有灵魂的，它就住在这木炭里，显现于火焰。它原属于勃然挺拔的树木，它曾开花、结果，经历过无数次树叶飘零，但它还是被樵夫砍斫，又有工匠将它分割为一个个方块，在烧炭者的火中烧炼，祛除了它的烟雾，留下了它纯洁的灵魂。

现在我又一次将它投入烈火里。一连几个夜晚，我就在这样的火焰前等待，只是到了快要天亮的时候，我知道他们不来了，就和衣而睡。当我醒来的时候，已经阳光明媚了。我的睡眠是深沉的，好像把自己的一切沉入了最深处。那是什么地方？那么黑暗却那么神奇，在不知不觉中度过了一段时光。一个人死后是不是这个样子？不过是一个更长的、更深的睡眠？这样的睡眠并没有什么痛苦，相反它将为我的醒带来快活。

一个人的睡远不是事情的结束，而是事情的过程。多少事情是在睡梦里发生的，可是你又知道多少呢？睡是神奇的，醒也是神奇的，我们每天都游荡在睡和醒之间。有时我在想，是谁住在我的身体里？谁又在通过我的眼睛往外看？又通过我的双耳倾听？所看见的和所听见的又到了哪里？我所记住的已经在我的心里了，可我所忘掉的又到了哪里？昨天分明发生的事情，它们又到了哪里？为什么会有结束和开始？

　　我也许并不是我，而是别人。我也并不是属于我，我还属于另外的我所不知的别人。别人只是通过我来看和听，通过我来睡和醒。我只是一个躯壳，那么我的躯壳又是谁的？现在我在炭火旁接受着温暖，在这漫长的冬夜里等待。我不是一个人在等待，还有我的身躯里藏着的另一个人在等待。也许我要等待的，不是他所要等待的。

　　我听到了屋外有着响动，好像是故意放轻了的脚步，又好像是风声。我大声喊，进来吧，我知道你们来了，我一直等着。外面就有人应声，说，是的，你已经猜到了，你就把门打开吧。我说，我的门就为你们开着，你用手推开就可以了，我的炭火很旺，你们可以进来烤手了。门轻轻开了，一个黑影进来了。我并没有抬头看他，因为我知道他是谁。这真是太荒唐了，一个不知道自己的人竟然知道冬夜的来客。

　　我说，你应该早上来，这样偷偷摸摸地在深夜来访，必定心里有诡计，做的事情也见不得人。他说，你是将死的人了，却还在深夜烤火，你应该睡好觉，在梦中等我。我说，我就是在梦中，而你却已经不会有梦了。一个诡计多端、总想着杀人的人，是不会有梦的。你看

古灵魂

我在暖烘烘的炭火旁坐着，等着一个人来杀我，这不是很好的梦么？可是你却在半夜来到别人的家里，走路都怕人听见，这是多么可怜。坐下来和我一起烤火，就可以暖和一点。可是你已经放不下你的剑了，因为它已粘牢你的手。

那个黑影说，丕郑已经死了，他应该死，现在轮到你了。我说，我早已知道了。他说，你怎么知道的？我说，我猜到的，所以我一直在等你。你看，我的衣裳是新的，我的冠冕是新的，我的一切都是新的，因为即将到来的死也是新的。只有你是旧的，你的剑也是旧的，而我早就把旧东西扔掉了，我不喜欢旧东西，因为它的肮脏是洗不干净的。

他说，我并不想洗手，我喜欢手上的血污，这是我生活的证据。可是你什么都没有了，连新的东西也要失去，你死了，就意味着你不曾活过。你不存在了，也就永远不存在了。你不想看一看丕郑死去的样子么？我说，我已经看见了，不是我看见，而是住在我身体里的那个人看见了，他死掉不过是对空洞的躯壳的抛弃，我也是。这没什么可惜的。现在我的炭火照着我，我仍然是活着的。

他说，下一刻就不是这样了。我说，我不喜欢下一刻，我等的是你，而不是下一刻。我等你，是想看见你可怜的样子，你没有快乐，也不会有了，我已经看见。我把丕郑引回了城，却把他引向了死。我不喜欢独自活着，所以我决定陪伴他去死。你不会理解的，你可以动手了。说着，我闭上了眼。眼前的火光仍然在跃动，炭火在飞扬，方块的木炭是暗红的，但火苗却那么耀眼，我乃是坐在光亮里。

卷二百六十九

晋惠公

　　郤芮已经杀掉了丕郑和他身边的大夫们，晋国的野草都拔除干净了。我感到自己的座位已经稳固，我的宫殿的四角也用石头加固了，我的身体也不再摇晃。我在卧榻上也睡得踏实，但昨夜仍做了一个噩梦，在漆黑里被惊醒。

　　我在梦中看见了丕郑，他满脸都是血，眼睛睁得很大，眼珠却一动不动。他说，你可以杀了我，我却杀不了你，所以我睡不着。我说，你已经睡着了，只是你还不知道。因为我醒着，所以看见你睡着了。他又说，你杀了我，但很多人会记住我为什么被杀，你杀了我，也会被人记住。我说，你现在出现了，我想起来了，但我很快就会忘记。他说，你忘不了，你只是假装忘记了，因为公子重耳将回来。我正要回答他的话，突然他的手指伸向我的鼻子，我被惊醒了。

　　我在黑暗里回忆他所说的话，他的声音微弱而清晰。我分明在睡梦中，为什么说我醒着？他分明在我的睡梦里是醒着的，为什么我说他在睡梦里？他出现在我的梦中，脸上的血还在，他的手指差点碰到我的鼻子，他要做什么？我本想把这个梦告诉吕省，但想了想，这

古灵魂

个梦并没有什么意义。它只是说丕郑被我杀掉了，他似乎还不甘心死去。它也提醒我，重耳还想着回来，很多人还心念着重耳。

我本已将重耳忘记了，可是我的梦告诉了我，他还活着，他还在逃亡中。他虽然已是一个逃亡者，但他的逃亡却是他身体的逃亡，他的心还在晋国跳动。可是他在狄国，我怎样才能杀掉他呢？先君曾讨伐狄国，可并没有杀掉重耳，反而遭到了狄国的报复。先君没有做到的，我就能做到么？

现在最紧要的是让晋国忘掉重耳，而让人们忘掉他的办法，就是让人把目光投射到别人身上。我听说，太子申生的亡魂还在晋国飘荡。人们说，大夫狐突曾在秋天到曲沃的时候遇见了他。他还登上了狐突的车，对他说要请求天神把晋国给了秦国，秦国将会祭祀他。狐突对太子申生的亡魂说，那怎么可能？我听说神灵享用的是本宗族的祭祀，如果秦国祭祀你，你的祭祀不就会断绝么？

太子申生说，夷吾对我是无礼的，我还是要向天神请求惩罚他。十天过后，曲沃的西边将会有巫者显现我的亡灵。狐突说，我会去见你的。说完太子申生就不见了。狐突按照约定再次去了曲沃，在西边见到了一个巫者，那个人披头散发，声音却是太子申生的。这声音说，天神要惩罚夷吾，夷吾做国君的时候，晋国不会昌盛，夷吾将会在韩原大败，晋国的将来要等他的兄长重耳。

我不知道这是不是真的，也许是狐突蛊惑人心的编造？可我又听到了童谣，一些孩子唱着——太子申生已经显灵，晋国的土地将荒芜，国君的兄长会归来，民众将得到安抚。据说，一旦有童谣传诵，国君就不会安宁。所以我要按照礼仪将太子申生重新安葬，让他不要再和我结怨。

这样，众臣也不会再心念重耳，而是怀念一个死去的太子了。流亡的重耳比一个死去的太子更可怕，因为死去的已经不能奈何我，而活着的却随时让人惦记，他也惦记着我的宝座。我要用死者的灵消除生者的记忆，又用对死者的安慰压住我身边不安的人心，让他们在死者的身边归拢。

我在黑暗里追寻我的梦，也追寻我的想法。我的梦是真实的，因为没有不真实的梦，它是天神的启示。梦不是过去的事实，而是将来的事实。它像蛇一样缠绕着我，压迫着我，让我喘不过气来。可是我被立为国君的时候，那是多么宏大的、令人激动的场景。天子周襄王派来了卿士周公忌父和大夫王子党，齐国派来了大夫隰朋，而秦国则由大夫公孙支护送我上朝。分封大典的礼仪是烦琐的，我曾是多么荣耀。可是现在人们却似乎不愿跟从我了，竟然怀念一个逃亡者和一个死者。

黑暗笼罩着我，我却要用我的力量来驱除这黑暗。驱除的力量不是来自我，而是来自坐在卧榻上的等待。先是窗户开始发出灰色的亮，然后它在等待中变得更亮了。我熬过了一个寒冷而漫长的冬夜，一个被梦缠绕的冬夜，我的浑身也觉得温暖了。

古灵魂

卷二百七十

狐突

　　我不相信它是真的，但它的确是真的，事情简直太神奇了。记得那是在秋天，我去曲沃的路上，满地都是枯叶。一阵大风吹来，树上各种颜色的叶片从它的枝头飘落，就像滂沱大雨一样，以至于淹没了我的视线。我坐在车上，我的马发出了一阵阵嘶鸣，它们似乎遇见了熟悉的人。它们踢踏着四蹄，马头不断转回，看着我，又将头转向了前面。

　　它们好像在和我说话，告诉我前面发现了什么。就在大风突然停息的时候，一个人从渐渐稀少了的落叶中显现了。我认出了他，这不是太子申生么？多少年来我一直跟随着他，所以我不用看清他的脸，只要看他的一个动作，一个姿势，就可以知道是他了。我大吃一惊，问道，太子不是已经死了么？怎么会在这里？他说，我在等你，我知道你现在要到这里。这秋风太好了，它要打扫地上的肮脏尘土，也要卷走树上多余的叶子，这世界就干净了，也不会用好看的东西掩饰了。

　　他还是原来的声音，还是原来的样子，一切并未因他的死去而改变。他说，让我登上你的车，我们一起前行。我说，我没想到在这里遇见你，你一定有什么事情要吩咐，我必要照办。他说，我现在在天神的身边，但我看见得更多了。从前不曾看见的，现在都看见了。人世间是丑陋的，可我从前把它想得多么美好。原来离开人间才能发现真正的美好。他上了车，他好像不是抬腿迈到我的车上，而是被秋风吹到我的车上，他的身子是轻的，就像飘动的树叶一样。

　　他说，我仍然没有忘记晋国，它毕竟是我出生和成长的地方。我把晋国带到了天上，但天神仍把它放在地上。我没想到现在夷吾做了国君，让晋国成为这个样子。里克杀人太多，他已经受到了惩罚，可夷吾也用杀人来制造恐惧，试图用恐惧来压住不服的人。他还对我无礼，我要请求天神来惩罚他。我已经对晋国完全绝望了，也没有人来祭祀我，所以我要请求天神把晋国并入秦国，这样我就会有人来祭祀了。你还不知道，没有被祭祀的亡魂是多么寂寞的亡魂，它将因失去祭祀而失去最后的归宿。

　　我说，我听说神灵不能享受本族之外的祭祀，你怎么能把晋国给了秦国呢？那样你不就永远断绝了祭祀了么？太子申生沉吟半天，犹豫地说，那我就让天神惩罚夷吾，晋国仍然归于晋国。看来晋国不能指望夷吾了，以后还要靠重耳归来才能兴旺。我说，那你就照你所说的做吧，你需要什么，就告诉我，你要让我做的，我必定去做。他说，十天之后你在曲沃新城的西边等我，那时会有一个巫者来显现我的灵魂。

　　他说着，声音还未完全消失，突然又是一阵大风，树上的叶片又纷纷吹落，我的目光又一次被遮挡，不过我看见他走进了一个深深的黑影，一瞬间这黑影也消失在一片片落叶里。那天我竟然迷路了，拉车的马儿也迷路了，我走了很久，不知道自己是怎样绕到了曲沃。我到了的时候，天已经黑了，漫天的星斗竟然比从前要明亮。

十天之后，我依照约定来到了曲沃的西边，一个满脸肮脏的巫者出现了。他披头散发，疯癫地唱着我听不懂的歌，他的每一个词都不是清楚的，但我感到了那歌词里含着的力量。他的声音是太子的声音，他所说的我似乎能明白一点，可是我仔细一想就又糊涂了。这个人在收割了庄稼的旷野上跳着舞，我从没有见过这样的舞蹈，他不停地旋转，伸开了自己的手臂，手里好像紧紧地抓着什么，可我看不见他手里所拿的东西。

我断断续续地听完了他所唱的，似乎知道了其中的含义。他的意思是，天神就要惩罚晋国了，要惩罚夷吾，让他在韩原大败，要给夷吾降下灾祸。他所唱的歌是深奥的，显然不是人间的歌，那个巫者似乎是从喉咙里哼出的声音，却是太子的声音。因为这声音太熟悉了。这声音又好像不是来自巫者的喉咙，而是在距离他的身体很远的地方发出的，它被秋风一会儿吹散，一会儿又聚拢到我的双耳。

我回到晋都，就和一些大臣悄悄说了我的所遇，竟然让国君知道了。国君一连杀掉了里克和丕郑，又杀掉了七舆大夫，整个晋国沉浸在一片恐惧之中。除了国君的近臣，几乎没什么人敢说话了。气氛是压抑的，人们的心是压抑的。恐惧变得足够大，人们将重新看待自己的生命了，这恐惧也失去了意义。就拿我来说吧，也许明天就会死去，那么这死还有什么可怕的？

在这恐惧中，我也不会将自己托付给一个杀戮者，托付给毫无希望的国家。我就成为这个国家的寄居者，每活一天都是奢侈的，所有的意义都要自己寻找。我遇见了太子，看来死并不是失去，而是获得了更多。太子说他看见的更多了，我为什么还要仅仅看着自己的眼前？死去的并不都是可怜的，而活着的人却越来越可怜了。生和死是两条不同的道路，我已经在这道路上遇见了太子，也听见了他的哀叹。我也听见了自己的哀叹和仍然活着的人的哀叹。我也看见了死者的痛苦，同时我看见了一个死去的却仍然活着的神灵。

重要的是，太子通过自己的死，获得了请求天神的能力，而我们却没有这样的能力。他虽然仍有能否享有祭祀的担忧，却已经不再惧怕死。现在国君已经被这个故事所震撼，他要按照礼法来重新安葬太子申生了，这也是我的愿望。国君极想获得死者的原谅，以免除可能降下的灾祸，也想获得生者的拥戴，以找到自己未来的路。

太子申生死得太冤枉了，他被草草埋葬，没有获得太子的应有的礼遇。现在他可以安心了，国君要重新来做从前没有做好的事情了。但国君却想从中获利，他想要的太多了。死者仅仅想要他本应有的，国君却要他不该有的。他想同时拥有很多，就难以得到那么多。因为这么多的东西将会冲突，将会彼此排斥，这使他会将原有的也失去。

古灵魂

卷二百七十一

丕豹

　　我的父亲丕郑被杀了，我就逃了出来。我的父亲曾告诉我，国君不会放过他，让我逃到秦国去。秦穆公将会收留我，也会善待我。我在夜晚离开了晋国，在茫茫夜色里奔逃。天下起了毛毛细雪，我的脸被泪水冲刷，又被寒风吹干。仇恨在我的胸中燃烧，寒冷对我已经不起作用了，因为我的心在悲愤中燃烧着。或者我的泪水不是被寒风吹干，而是被悲愤烧干的。我用手摸着灼烫的脸，而手却那么冰冷。

　　我的车在暗夜里奔跑。道路在月色里呈现微微的灰白，好像撒满了炭灰。远处山野上一些点点绿光在闪烁，我知道那是山间的野兽在夜间出没。它们在暗夜里寻找食物，我似乎看见了它们猩红的舌头和张开的牙齿，也看见它们抓着泥土的利爪。我已经没有任何惊惧，我的身上带着刀，这利刃上凝结着冰一样的冷酷。

　　国君有着杀人的权力，也就赋予我仇杀的权力。可是我是这样软弱无力，竟然不能杀掉我的仇敌。是啊，我的确是软弱的，我只能在暗夜里逃跑。我的命就在这暗夜里，就在一辆奔逃的车上，被我的马拖着，向着秦国的方向奔逃。以前我在父亲的影子里生活，既不知道生活的忧虑，也不知道未来的恐惧。我不知道生活的意义在哪里，也不知道一个人为什么要这样活着，似乎父亲的影子里已经有了所有的答案。

我也看到朝中的一个个人被杀掉了，甚至国君也会被杀掉，但我不会想到这一切会来到我的头顶上。我总是想着乌云在别人的头顶上盘旋，所以对别人的事情是冷漠的、无动于衷的，认为这不过是一个个故事，一个个有悬念、有情节的血腥故事。别人的血不是我的血，我不会知道这血中也映着我的面影。

人们为什么会杀戮？我想他们因为恐惧而杀戮，又用杀戮来制造更大的恐惧。国君害怕自己被杀掉，就杀掉更多的人，更多的人因恐惧而充满了怨恨，就怀有了更多的杀戮之心。他们用杀戮来制止杀戮，但将引发更多的杀戮。这就是无穷尽的杀戮的原因。我曾怀着善念生活，因为我不理解杀戮的理由，但我也想杀戮，只是我的手没有力气，我的剑是软的，我没有能力杀戮，却在我的内心进行着无休止的杀戮。我的仇恨让我想要杀戮，我不能真正在现实里杀戮，只能在内心里不断重复着虚幻的杀戮。

我的心里就没有恐惧么？我也有着巨大的恐惧。我感到自己已经受到了威胁，我的生命就要悬在别人的剑刃上，怎么不会有恐惧呢？我是因为这恐惧而奔逃的。可也为复仇而奔逃。现在我没有力量复仇，但我总会获得机会。我必须在奔逃中获得机会，也在奔逃中寻找力量。奔逃不仅仅是逃命，而是复仇的谋略和开始。

我已经不相信天神了，因为天神没有给我带来好运，他没有保护我的父亲，也没有保护我。我曾对他是虔诚的，现在我只会虔诚地对

古灵魂

待我内心的仇恨。这仇恨是我迎来的新的神，它取代了从前的神。它给我的生活注满了意义，给了我另一个期待，复仇的期待，杀戮的期待。这样的期待不是来自从前的神，而是来自我现在的神。他就在我的心里，就在我的身边，就坐在我的车上，和我一起奔逃。

马蹄的声音有着均匀的节奏，它们踏在路上的声音说出道路的样子。在坚硬的地方，它也是坚硬的；在松软的地方，它也是松软的。这声音和冬天的寒风一起飘动，我所能听见的就是这样的声音、这样的节奏。有时我也能听见远近的野兽的吼叫，这可能是在呼唤同伴，也可能是遇见了自己的敌人，它既有温情，也有欺诈、恫吓和恐惧。它既复杂又简单。可是我是简单的，我只剩下了简单的东西。

忽然我听见了父亲的声音，他对我说，你逃吧，他们已经追不上你了。这声音是这么轻，只有我能听见。我说，这么说，我已经逃脱了，但这黑夜太黑了，我看不清我奔逃的路。既不知道我走到了哪里，也不知道什么时候能到秦国。我所说的也只有我自己可以听见，我的父亲也能听见。他说，孩子，你不要记住仇恨，我被杀死了，是因为我要杀死国君，只是他先动手了。我们的恩怨是我们的，但不要加在你的身上。因为仇恨是沉重的，你一旦背负着它，就不能走得很远了。

我说，我又怎能忘记仇恨？你曾在我的身边，我每天都能看见你，可我失去了你。你在我的身边，我从来都是踏实的，没有忧虑也没有仇恨，我是快乐的，可是我却因失去了你而失去了快乐。我曾听你说了晋国的一个个杀戮的故事，但这故事中没有仇恨，只有争夺和恐惧。现在这故事已经是我的故事，因为他们杀了你。

他说，我要杀掉国君，是因为他无耻和无信，他许诺了的拒不承认，他又残暴和昏庸，他所做的都是坏事，从不做好事。他不应该成为国君，但他用诡计谋取了国君的位置。我不是因为恨他才要杀掉他，而是为了晋国的复兴。所以我不是因为仇恨被杀，而是因为我怕内心痛苦才被杀掉的。你不要卷入这杀戮了，你应该好好活着，活着是美好的，而仇恨却让人失去这美好。

我说，我的一切已经改变了，从前你要对我这样说，我会好好想一想。但现在不一样了，仇恨和美好是不相容的，有了其中的一个，另一个就没有了。因为你的被杀，我就没有美好的生活了。我从来没有想过要卷入别人的杀戮，但别人的剑仍要刺中你。与其作为一个旁观者，不如成为其中的杀戮者。

旁观者是冷漠的，而加入者则有着非凡的激情。仇恨不是放在那里的一块石头，它不是一动不动的。在我看来，仇恨是一种美好的激情，因为它向着毁灭出发，把别人也把自己作为了毁灭者。它渴望着毁灭者的对撞，也渴望毁灭本身，难道这不是美好的激情么？我们为什么要美好的东西，因为美好的东西也要被毁灭，它不是因自身的美好而美好，而是因毁灭而更加美好。

他说，不，你不能这样地想，你还年轻，还不是想这样的问题的时候，你应该先想生活本身，失去了生活，什么也就没有了。父亲还没有说完他想说的话，就被一阵狂风打断了。暗夜的狂风太厉害了，卷起了地上的沙尘，迎着我扑过来。其中的一粒沙子，进入了我的眼睛。我用手使劲揉着眼，却越来越感到难受，隐隐的疼痛从地上升起，扑向了我的目光。我闭上了眼，前面的路愈加看不见了。原本的

古灵魂

黑暗加上了另一层黑暗，我睁不开眼睛了。

父亲的声音消失了，我想继续听他说话，可是我听不见了。我既看不见又听不见，只有狂风的声音，只有车轮的声音，只有马蹄的声音，它们交混在一起，在我的耳边一阵强似一阵。我的心里只有轰隆隆的聒噪，它击破了倾听者的静谧。

盈满了的泪水冲出了眼里的沙子，我重新看见天边细小的弯月，它摇晃着，从很远很远的天边向我靠近。我的心本来就不是安宁的，因为愤怒和仇恨本来就是不安宁的事物，我又怎能安宁呢？深黑的天空是那么高，那些缀满了群星的夜空无限深邃。据说每一颗星都不会留在同一个位置上，它们的变化只有占卜者能猜出一点含义。它们看似凌乱地排列，却有着自己的秩序。它们的每一个变化都是有意义的，暗示着人世间将要发生的事情。

但在我看来，它们一片混乱。它们怎会和我联系在一起？它们不过是一切不幸的观赏者，在很远很远的地方看着我。难道有哪一颗星和我一起奔逃？但它们却总是伴随我，并没有把我的绝望拿到它的亮光里。它们微弱的光也不能照亮我前面的路。我想问它们，我为什么会有这样的遭遇？我的未来将会怎样？我的绝望和仇恨怎样能够用剑来削平？我什么时候能回到晋国？还是永远成为一个满怀仇恨的流浪者？群星仍然保持着既有的沉默，它们什么也不说。就连我的父亲的话也听不见了，我只是在复仇的火焰里奔逃。

卷二百七十二

百里奚

晋国大夫丕郑和他的身边的七舆大夫都被杀掉了，晋惠公消除了卧榻旁的隐患，他似乎可以安稳地睡觉了。丕郑的儿子丕豹逃到了秦国，我见到了他。他的眼睛是红的，就像山林里的野兽。不知是因为仇恨还是因为悲伤，他一见到秦穆公就满眼泪水，很久说不出一句话。我理解他的悲愤和绝望，因为我也曾浸泡在悲愤和绝望之中。

我曾是虞国的大夫，现在我成为秦国的大夫了。一个人的命运竟然令人怀疑，我所遭受的都是我不曾预料的。一个意外和另一个意外跟随着我，我却一点儿也不知道。这说明我虽然满腹诗书，却不曾从诗书中获得先见。可是我却得到了秦穆公的赏识，竟然成为秦国的大夫。我既感到自己的幸运，也感到自己缺乏才智。可是我的身边谁又能知道所有的事情？丕郑是一个有智谋的人，可他还是回到晋国了，现在已沦为亡魂，他的儿子也带了满眼泪水逃到了秦国，为他的死报讯。

我的心被丕豹的泪水打湿了。只有不幸者能够感受到不幸者的不幸，也只有悲痛者能够感受到悲痛者的悲痛。我想起自己曾受过多少

古灵魂

屈辱。从前曾在流浪中乞讨，又投奔虞国，在宫之奇的举荐下做了虞国的大夫。可是虞国国君是一个贪利的昏君，竟然在获得晋献公的礼物后出借了自己的路，不仅因此丢掉了自己的国，害我也做了晋国的俘虏。

为了给我更多的屈辱和痛苦，我又成为晋献公的公主陪嫁的奴隶，跟随她到了秦国。我终于从奴隶的生活里逃脱，在逃到苑地的时候被楚国人捉住，又成为楚国人的奴隶。那时我是多么绝望，我甚至再也不想逃跑了，一想到自己就要永远做奴隶，就眼泪直流。我看着天上的云，它们聚集又散去，散去又散去，可我已经没有未来了。

谁知道远在秦国的朝堂上，大夫公孙支又举荐我。秦穆公就想用重金将我赎回，可是公孙支进谏说，国君如果用重金赎买，楚王就会觉得这个人对秦国非常重要，我们反而得不到百里奚了，你要用奴隶的价钱赎买，楚王就会觉得这仅仅是一件小事，就不会阻拦。后来秦穆公就派人对楚王说，穆姬陪嫁的奴隶逃到了楚国，要用五张黑羊皮赎回他。楚王答应了。我就这样满心恐惧地戴上了枷锁，被押送者推往去秦国的路上。

我知道我必死无疑。我穿着破烂的衣衫，满脸污垢，在秦国的车上昏昏欲睡。连押解我的士卒都躲着我，我身上散发的臭气让他们捂住鼻子。我已经老了，但还是没有摆脱困境，还在禁锢中挣扎，而且将因逃跑而死去。让我没想到的是，我到了秦都却有大臣在迎候，他们解除了我的枷锁，让我沐浴，变为一个干净的人。我脸上的污垢没有了，又给我换上了大夫的衣服，给我戴上了高贵的冠冕。我原以为这不过是对我的戏弄，但事实却是真的，我被引到秦穆公的面前。

秦穆公说，我听说你是虞国的一个贤臣，只是虞公并不重用你，你的才智也不能发挥作用。用五张黑羊皮把你赎回来，真是太划算了，我得到了人才，你得到了自由，我们各得其所。我说，我的逃跑是有罪的，国君不仅赦免了我的罪，还给了我这么高的爵位。我本来以为自己将会被杀掉，却不知峰回路转，你取走了我的枷锁，还将我召到你的面前，我还有什么可说的呢？我的感激之情已经不能用言语来说出。

秦穆公摆好了筵席，用美酒来款待我，要和我谈论国家大事。我说，我乃是亡国之臣，怎么还能谈论这样的事情？我虽缺乏仁德之心，但还有羞耻之心。秦穆公说，你的事情我都知道了，虞国的国君不任用你，就付出了亡国的代价。这是虞公的罪过，却不是你的罪过。我还是要向你询问治国大计。他诚恳而热情，他的目光充满了期待，他的话语谦逊而真挚，我已经被他深深感动了。

我听说，高贵的凤凰要落在梧桐树上，卑微的鸟儿可以落在任何地方。一个有志向的人必须选择一个明君，而贪图小利的人就不必选择在哪里落脚，只要能得到好处就可以了。我不知自己属于哪种人，但我曾选择了虞国，只是为了能够谋生。虞国将亡国的时候，我没有及时逃离，还将未来寄寓在侥幸里。我的智谋和远见不如宫之奇，我识人知世的能力不如蹇叔。我既是卑微的也是高贵的，我既想选择梧桐，又找不到梧桐，我就只能在杂草丛里飞来飞去。年轻的时候胸怀大志，却找不到属于我的路，不论走到哪里都是一片荆棘。我的身上划满了伤痕，我的脚失去了力气，我以为我已失去一切。

但在这几乎丧失了一生的蹉跎中我却认识了自己。我的真面孔

古灵魂

越来越清晰地落在了我的心里。我似乎知道了自己是谁，自己能成为什么样的人，我看见了自己道路的尽头。可是现在突然在路的尽头出现了另一条路，一条我从来没想到的路，它竟然这样的明亮，完全是另一番景象。秦穆公和我谈论了三天，我将自己对于治国的想法倾囊说出。他非常高兴，称我为五羖大夫，意思是用五张黑羊皮换来的大夫，并将国家的政事交给我料理。

我告诉秦穆公，我比不上我的朋友蹇叔，他的才能比我强十倍。我仅仅是天上的一颗暗淡的星，而他是光辉四溢的满月。但他隐匿了自己的光亮，过着隐士的日子。我曾在四处游学，想找到赏识我的明君，但却流落四野，在铚地乞讨，蹇叔收留了我，我们终日谈论天下大势，他的才智和见识使我折服。他有着远大深邃的眼光，对许多事情有着先见之明，他的见解直击要害，而我总在盲目追求中失去良机。

我是多么无知啊，我想侍奉齐国的国君，蹇叔为我分析齐国的局势和国君的所作所为，让我放弃了自己愚蠢的想法，躲过了齐国发生变乱的灾祸。我又获知周王子颓喜欢养牛，就想以自己养牛的本领获取爵禄，蹇叔又一次劝阻我，使我没有因跟随周王子颓而被杀，我又躲过了一次灾祸。我回到了虞国去侍奉虞公，蹇叔也曾劝阻我，我却没有听从他的良言。他已经看出了虞公的昏庸和贪利，也知道我不会被重用，也看见了虞国相邻的晋国虎视眈眈的危险，但我仍没有听从他。但这却给我带来了灾难。

我真是一个利禄之徒啊，就像虞国的国君一样，因贪图小利而得祸，差点儿葬送了自己的性命。现在我已经老了，对于眼前的利禄已经不在意了，因为我从蹇叔身上看见了什么是真正的智慧。生与死的起落，让我看见了利禄的虚幻。我之所以看得不远，是因为自己站在峡谷里，并让利禄遮住了视线。而蹇叔站在山顶上，他的眼前没有遮挡。因而他所看见的我却看不见，他所预料的也必是真实。

我经过了这么多的磨难，才真正知道了蹇叔的才智，也明白了自己的肤浅。我原以为自己懂得很多道理，但和蹇叔的相遇，让我知道了真正的道理不是用来谈论的，而是藏在心里的，它一旦显露出来，就会照亮前面的路。它不仅能照亮自己，也能照亮别人。它就像一盏灯，在白日里并没有什么用，它放在墙角，甚至蒙上了灰尘，谁也没有在意它。但一到黑夜，它的光芒就会冲决黑暗。

秦穆公听了我的话，立即就派人带着厚礼去迎聘蹇叔，并给了他大夫的禄位。现在丕豹来到了秦国，他力劝秦穆公讨伐晋国。他说，晋惠公已经失去了仁德，也失去了天道，民众已经不再跟从他，正是讨伐晋国的好机会。我说，现在讨伐还没到时机，他用利益笼络他的大臣，又杀掉了那么多不服从他的人，人们的心里还有着恐惧，所以仍有很多人跟在他的身后。丕豹急于复仇的愿望我能理解，但这就像我曾贪图利禄的内心是一样的，必然会因自己的盲目而失去本应得到的东西。从某种意义上说，仇恨和利益是相似的，它们都易于迷惑人的心窍。

秦穆公说，我们仍需等待他人心尽失的时候。你是丕郑的儿子，你的父亲也曾谏言，让我和他里应外合，废黜现在的国君。现在看来是浪费了一次机会。我们低估了他的能力，也低估了他身边的人的能力，或者说，他还没有到众叛亲离的时候，还有很多人跟着他。若民众都离开了他，他怎么能杀掉那么多大臣？既然他能够杀掉那么多大臣，就说明他仍然能够掌握晋国。

我说，你的父亲被杀了，你的心里充满了仇恨，但你现在不是一个复仇者，而是秦国的谋臣。你所说的不是为了自己的仇念，而是为了秦国的兴盛。你所担负的已经不是个人内心的悲痛了。把悲痛放在地上，智慧才会浮现。晋惠公的恶行会被人记住，他必定会失去一切，因为他先已失去了一个国君应有的德行。丕豹抬起头来，他看着我，眼睛里似乎充满了泪水。他想看见自己心里要看见的东西，但这泪水模糊了他的视线。

卷二百七十三

寺人披

晋国的国君命我潜入狄国杀掉公子重耳，我只带了几个随从和我的剑。临行前我将自己的剑磨得雪亮，用拇指试它的锋刃，都很感到那种黏手的吸力。这柄剑是晋献公赠给我的，据说它来自异域最有名的铸剑师的锤炼，花了几年工夫，去除了里面的残渣，又在人血里淬火。它能够将其它剑砍断，杀人时听不到声音。我听说，晋献公在一次讨伐中，一剑从敌人的脖子上扫过，那个人好像并没有死掉，而是一直保持着原先站立的姿势，一动不动地站在那里，眼睛仍然瞪着前面。但一阵风过去，那个人的头摇晃了一下，掉了下来。

几年前，我就带着这柄剑去蒲邑追杀公子重耳，那一次让他逃走了，但在他翻越墙壁的一瞬间，我的剑追了上去，但只砍下了他的半截袍袖。重耳没有死，他用自己的袍袖替代了自己。那一次我身穿黑色的斗篷，就像飞翔的乌鸦，向着重耳的影子飞去。我的手中的剑伸向了他，但只有半截袍袖从我的剑下飘落。

现在我要赶到他所避祸的狄国。我和他之间没有一点个人恩怨，我也从没有仇视他，相反我还对这个人有着莫名其妙的好感。但我仍

古灵魂

要杀掉他。我杀掉他是没有自己的理由的，而只有别人的理由，甚至我都不知道这理由是什么。我不需要知道，也绝不追问，我只是接受国君的命令。我的理由只有这命令本身。

我不管人间的是非恩怨，也不管我所做的是否应该做，我也不问它的道理，我只是靠着命令行事。就像我手里的剑，它本身没有对错，也没有理由，只有它自己的锋利和坚硬。它捏在我的手里，我怎样挥舞，它就随着我挥舞，它随我的心而动，它既不需要追问，也不需要理由，但它是好使的。对于一柄剑，这已经足够了。

我除了睡觉和吃饭，就是练好自己的武艺。我从来不做梦，因为梦是没有意义的。我也不做其他事情，因为那些事情也没有意义。有意义的只有命令，来自国君的命令。晋国已经换了几个国君，但我也不问他是谁，我只是接受国君的指令，但我从来不看这个国君的脸孔。这些脸孔不断变化，但我却从来没有变化，我只是一个舞剑者的形象。

我就像一个手艺人，只不过这是杀人的手艺。我不问我的雇主是谁，我只是把我的手艺卖给别人，我乃是靠着我的手艺生活，所以我忠实于我的雇主。我的雇主让我做的，我就尽我的力气做好。虽然我希望自己的手艺完美，但杀人的工匠和其他的工匠不一样，做事情的时候会遇到复杂的情况，它不仅需要自己的精心谋划，还需要天意的指引。很多时候，天意将倾向于对方，我的所有努力就会白费。这样的情形很多，但我从不为此感到后悔，事情已经过去了，后悔是没用的。

现在我就要进入狄国了。我化装为一个年迈不堪的老者，我给自己粘上了飘逸的白胡须，又把自己的头发染白。我拄着一根精心制作的手杖，里面藏着我的剑，它曾在人血里淬火，又要人血来滋养，现在它藏在我的手杖里，已经饥渴难耐了。我拄着它行路，会感到它试图挣脱束缚的跳跃。

我派出我的随从去打探重耳在哪里。很快我就得知了他的住处，可是他有着很多强壮的武士，我不可能在寻常的暗刺中得手。我们在狄国的都城里找到一个住处，用重金收买了房主。我得悉重耳要和狄国的国君去水滨的山林里狩猎，我想这是一个好机会。我前去察看了山间的地形，选好了埋伏的地点。我又在重耳住处的附近勘察，知道了他的必经之路。一切都准备好了，只待明天的行动了。

我们悄悄出城，在山林里等待。狄国的国君和重耳出现在我的视野里，他们身边跟着那么多武士，还带着猎犬。他们乘坐的车停下了，我已经快要看见他们每一个人的脸了。重耳和狄国的国君一前一后行走在水边的草地上，他们开始调试自己的弓箭，从箭囊里取出箭，搭在弓上。可就在这个时候，拉车的马匹突然受惊了，它们前蹄扬起，几乎要站立起来了，发出了长长的嘶鸣。

我听见重耳在喊叫——必定是寺人披来行刺了。马上很多人护住了国君和重耳，他们两个的形象被高大的武士遮住了。我知道自己又一次失败了。我从埋伏的地方站了起来，仅仅给他们一个白发苍苍的背影。我伛偻着腰身，装出行动迟缓的样子，拄着我的柱杖从容地离开。显然重耳看见了我，他也知道这个老者就是我，可是他既没有命令武士追杀我，也没有向我发出一支箭。

我走上山坡之后，回头看着远处的重耳和众多的武士，重耳也

古灵魂

朝着我看，但我已经看不清他的面孔了。这是一个狩猎的好季节，秋天已经近了，野兽在林间奔跑，野鸟在水边栖息，它们各自发出自己的声音，也许是寻找自己的伙伴，也许是彼此诉说着内心的情感，也许谈论着自己的发现……但是狩猎者已经在它们身边，谋划着猎杀它们。

我也是一个狩猎者，但我的行动惊动了猎物。因而我成为一个失败的狩猎者，让猎物又一次逃脱了。也许是我的剑太厉害了，在很远的地方就会被猎物闻到它血的气息，也许是我的身上就散发着杀气，它向着我要猎杀的人飘去。人是迟钝的，但马匹却有着敏锐的直觉，我竟然被重耳身边的马发现了，它感到了危险的降临。

可是重耳为什么知道是我而不是别人？难道我的身上有什么特别的东西？我已经化装为一个老人，可还是被他看出来了。或者他早已猜到我会来到这里？我曾砍断他的袍袖，难道是那被砍断的另一半袍袖告诉他的？眼看就要将他杀掉了，我已经清楚地看见了他，可还是让他逃脱了。我只能把这样的失败归于天意。

人世间的许多事情是神奇的，谁也说不出它为什么会是这样。我相信，一切都是它本应有的样子，重耳不该死去，所以我杀不掉他。我的失败不是我的失败，而是我顺从了天意。我已经做了我该做的事，只是天神不让我做得完美。世上也许没有完美的事情，即使是树上的叶子，也没有完美的。我已经追求了完美，但一只虫子还是在本来完美的叶片上蛀了一个洞，这是这片树叶本该失去的一部分。

现在我长长舒了一口气，这山林里的空气多好啊，我大口大口呼吸，将我脸上的假胡须揭了下来，我已不需要装扮成一个老人了，我重新回到了自己。我为了杀掉重耳，换了另一副面孔，但仍然没能瞒过他。我希望自己成为别人，但我毕竟是自己。我曾装扮为一个老人，但我还没有那么苍老，只是为使重耳放弃自己的警觉。因为老人是没有力量的，但一个装扮的老人却掩藏了自己真实的力量。可是老人需要装扮么？每一个人都要成为老人的，衰老是注定的，只要有足够的耐心等待，每一个人都会因衰老而失去力量。

也许重耳看见了这个事实，他不需要现在就杀死我，我将会在时间里一点点衰老，并成为我所扮演的样子，然后最终将死去。其实，我们不需要杀死任何一个人，而是应该从他的样貌里看见一个衰老的形象，一个一点点接近死亡的形象。如果我们都有这样的想法，杀人的工匠就不需要了。国君之所以给我杀人的命令，是因为他失去了等待的耐心。

好吧，我要从原路返回了。来的时候所看见的路上的景物，将重复呈现给我。我已经熟悉的，它还要给我。我所感到陌生的，我却看不见。有一些事情可能永远是陌生的，你每见到一次，都不是前一次所见。比如说我头顶的云彩，它们一直在聚散，一直在变化，一直不会将自己的形状固定。我就在这样的云彩的陪伴中离开狄国。我也将在这样的云彩中回归自己，我也从这样的云彩里看见了纷乱的晋国。

卷二百七十四

重耳

我看见了前来刺杀我的寺人披,尽管他装扮成一个老者,看起来须发皆白,腰身伛偻,但我还是从他的一个细小的动作中辨认出了他。我的马受惊的时候,我就觉得寺人披来了,但似乎还不能确定。长久以来,我一直做一个同样的梦,那就是寺人披拿着利剑向我飞来。我记不清多少次做这样的梦了,也许是多少年前从蒲邑逃出的时候,被他割断了我的袍袖?还是我一直对这个人怀着刻骨铭心的恐惧?

每一次梦见他,都看不见他的脸,他的脸总是蒙着黑布,或者他的脸沉在了暗处。他竟然长着翅膀,每一次他都是在我的头顶上飞过。他的身上穿着黑色的斗篷,就像一朵乌云一样,但我仍然能从这乌云里辨认出他。他的剑闪着寒光,总是从我的头上掠过,我惊恐地低头躲过。这是个什么样的人?我只知道他是个可怜的阉人,有人也称他勃鞮。我不知道他来自哪里,也不知道他身上所藏的故事,只知道他是一个愚忠者。只要国君让他做的,他就去做,从来不考虑自己所做的是什么事情。

一个没有自己心灵的人是可怕的，因为他的心灵已经被别人拿走了。他就是一具没有血肉的尸骨，但仍然能够行走，甚至因失去了血肉而有了翅翼。我怎么会被这样的人纠缠不休？他从蒲邑追到了狄国，他手中的剑似乎一直跟着我。我本来和狄国的国君一起去狩猎，却差点成为寺人披的猎物。

我叫来了跟随我的赵衰和狐偃，对他们说，夷吾派寺人披来了，我们应该走了。狐偃说，寺人披不过一个武夫，有什么可怕的？上一次我们从蒲邑逃出的时候，就是他砍断了公子的袍袖，这一次又来了，我们正好可以杀了他，你把这件事交给我吧。赵衰说，不是寺人披要暗杀公子，而是夷吾要杀公子，寺人披只是夷吾的影子。我们除掉夷吾的影子，他还会有另外的影子。一个人的影子是不能消除的，因为这影子是由夷吾投射的，除非我们消除了那个投下影子的人。

我说，我不是害怕，而是想着另外的事情。我当初奔逃到狄国，是因为它能帮助我，又因为这里距离晋国不远，可以察看晋国的形势，好图谋大计。但是我们一次次遭遇危险，这里已经不能久留了。回到晋国暂时还看不见希望，狄国太小了，也不能保护我们，它迟早会因我们的居留而受到晋国的讨伐，这样既给我们带来祸患，也会给狄国带来祸患。而且，我也不想在一个小国消磨时光，我想到大国去，也许会获得良机。

赵衰说，公子说的也有道理，但我们到哪里去呢？我们无论去了哪里，夷吾都会跟到哪里，只要我们活着，他就不会觉得安稳。先君追杀你，是认为你谋反，而夷吾追杀你，则是害怕你。我说，我听说齐国的国君喜欢德善之行，有志于称霸诸侯，他的贤臣管仲和隰朋已经去世了，就想寻找贤良的人来辅佐他。我们这时去齐国，齐桓公必定会欢迎我们的。与其在这里被困，不如到宽广的地方遨游。

狐偃说，那我们就跟着你到齐国去吧，听说齐国是一个大国，齐桓公也是仁德之君，也许我们会在齐国寻找到机会，即使最远的路也能回到晋国。赵衰说，你只要决定了，我们就跟着你走。我还没有去过齐国，让我也见识别的国家是什么样子。我听说，凤凰生于东方的君子之国，它有着七彩的翅翼，要从东方飞到西面的冥谷，又要从最南面的幽水飞到北面的昆仑。它的声音就像长箫，它飞起来的样子就像一团烈火，不见梧桐就不栖息，不是竹实就不取食，不是醴泉就不饮水，它所筑的巢在千仞之上的峭壁上，即使是猿猱也不能攀缘而至。它因见过所有的高山大河，所以它就成为神鸟，就成为众鸟的王，而夏虫只待在一个地方，到冬天就死了，所以它连冰雪都没有见过。

——一个人就应该像凤凰一样，必须见过更多的事情，他的心胸才比别人开阔，智慧也比别人多。我们总是待在一个小国，就不会知道大国是什么样，一个待在路边小水洼里的小鱼是不可能长大的，只有在游龙出没的深渊，才能使之成为巨鲲。所以公子所说的，就是我们所想的，我们将跟着你去东方的水边，那里有着我们从没见过的，那里的昼夜和四时也和我们所见的不一样，那里的花草和树木也不是我们寻常所见。一想起我们将要到一个陌生的、未知的地方，我的心既感到惊慌又感到兴奋。

是的，他们说的都是对的，我就要离开生活了十几年的狄国了，尽管狄国的国君挽留我，但我还是要去更远的地方了。一个人必须面对未知和陌生，才能增长智慧，才能认识自己。我不是需要安逸的日子，而是需要每一天都不相同的日子。而在这里我得到的每一天都是相似的，而相似的日子令人倦怠，内心的激情也在这倦怠里渐渐死灭。

我不能在同一个梦里纠缠不休，我要新的梦，我需要的不是对暗杀者的恐惧，而是要面对陌生者的好奇。寺人披的面孔对我来说已不感兴趣，但我忘不掉这个人，因为他的暗杀，给了我舍弃安逸的灵感，赋予我新的路途。我不知这路途上会遇到什么，但它是通往未来的，它是新的，我不应该仅仅属于现在，我还需要属于未来。至于我的晋国，从来都是携带在身上的，携带在我的灵魂里的，无论我到了哪里，都可以看见它。

我把自己的夫人叫到跟前，我对她说，我就要离开狄国了，但我不能带着你去远游。因为我不知道自己会到哪里，也不知道我会遭遇什么，所以我要把你留在这里。我的路可能是沿着峭壁的，随时可能跌入深谷，而你不能和我一起在危险的路上。你需要将两个孩子抚养成人，因为你不仅是我的夫人，还是孩子的母亲。所以你留在这里是最好的，而我作为一个探寻者，应该到远处去，我的生活不是停留，而是在不能停留的地方。

她问道，你准备到哪里？走多长时间？我虽然不想让你走，可是我知道你的心不在这里。我看着她，她的脸上布满了微笑，而我知道她的心是悲凉的。她是狄国讨伐廧咎如国的时候俘获的美女，狄国的国君将她们姐妹送给了我，我将她的姊姊叔隗又送给了赵衰。这个叫季隗的美女就成为我的夫人，她为我生了伯鲦和叔刘两个儿子。第

古灵魂

一个儿子出生的时候，我正在河边垂钓，一条白鲦上钩了，我回去后知道我得到了一个儿子。第二个儿子降生后，我给他起了一个叔刘的名字，刘是一把斧钺的形象，我希望他能够长大后成为一个执掌斧钺的君王。现在他们还很小，我将在浪迹天涯中等待他们成长。多少年后，我会见到他们，那时我将辨认不出他们，他们也不会认得我。

我想了一会儿，对夫人说，你等我二十五个春秋，要是那时我还没有回来，你就可以改嫁别人了。她笑了，说，你要走那么长时间么？要真的那么久，恐怕我坟上的柏树也长大了。若是这样，我还是等你。你就放心去吧，伯鲦和叔刘伴随着我，我将看着他们长大。我每当看见孩子，就会想起你，我从他们的脸上会辨认出你的样子。

她的眼睛里含满了泪水。我还想说什么，但面对一个女人的眼泪，我就没有了言语。因为她已用眼泪说出了所有的话，我所要说的还有什么意义？我只有倾听她的眼泪，并将深入骨头的沉默来应答。我所有要说的，就藏在了我的心里，我相信她能听见我心里说的，而用语言却说不出来，我说出来的只有我自己听得见。我为她擦去了眼泪，仔细端详着她。我已经好久没有这样用心看过她了。

她的面容还是这样美丽，除了眼角多了几丝皱纹，多少年来她从没有变化。尤其是她的含着眼泪的样子，这让她的双眼更加明亮和清澈，我好像从这眼泪中可以走入她的心灵。可是这眼泪的背后却是深邃的，就像我从湖水可以看见湖底的鱼，实际上它却在很深的地方游动，伴随它的水草也是那么洁净。

黑夜降临了，两个孩子回来了。他们都还很小，我不知道该不该把我的离别告诉他们。我深情地看着孩子，他们露出了惊愕的表情。

他们不知道我为什么这么看着他们，可是我知道。我要好好看看他们的样子，因为多少年之后，我可能认不出他们了。他们会长大，会变为另一个样子，而我将记住他们现在的样子。

孩子们很快就睡着了，他们在外面玩了一天，有点累了。我点亮了灯，把这灯放到他们的身边，看着他们睡觉的样子。我从他们的脸形和闭上眼睛的神态里，看出了他们在睡梦里的快乐。伯鲦的嘴里还说着梦话，我想听见他所说的话，但他说得那么含糊，我究竟没有听清他所说的含义。他必定是做梦了，但肯定不是噩梦，不然他就会被惊醒。他在和我说话，因为我明天一早就要启程了。是的，他在和我说话，我却不知道他说的是什么。

我对夫人说，你看，他还在说梦话。夫人说，他经常这样，我曾问他做了什么梦，他竟然都忘了。我说，孩子们不会记住自己的梦，他们不需要记住。他们是单纯的，他们做梦是为了忘记，而我做梦就不一样，我能记住梦里的一切。从年少的时候开始，我所做的梦越来越清晰了，说明我老了。夫人说，你还不老，因为你从来忘不掉远处的东西，据说梦不属于现在，它是对将来的预兆。

灯光晃动着，就像将来的影子在晃动。微弱的火苗里藏着过去，也藏着将来。它是明亮的，又意味着黑暗。因为明亮，我需要它，因为黑暗，我需要它。它在黑暗里闪耀，它在黑暗里开放，它给了我一个明亮的空间，让我看见我的夫人和我的孩子。我要将这灯光带在身上，让我既看见他们也看见自己。我需要一个明亮的空间，因为我的路途上不知会遇到什么。我只要带着这灯光，我就将现在的一切带到我的路上，就不会在行路中感到寂寞。

古灵魂

夜越来越深了，外面有着微微的风声。我听见树叶在沙沙响，就像我的脚步在沙沙响。我已经在我的脚步中了。我已经在远处的路上，因为我已听见这沙沙的脚步了。我将自己佩戴的玉璧用剑砍断，将其中的一半交给了夫人，我说，我将带着另一半，这一半留给你，我回来的时候你能从这一半玉璧里听见我匆匆归来的脚步。如果你仔细听，也能听见我在什么地方，我所说的话你也能从其中听见。

卷二百七十五

赵衰

　　我们护送着公子重耳离开了狄国。这里是公子重耳的母亲之国，它待我们是宽厚的，不仅收留了我们，还给我们这些逃亡者以足够的温暖。以前我一直想离开这里，因为我们注定要回自己的晋国。但一直没能寻找到离开的机会。现在真要离开的时候，我是留恋的，不舍得的。许多美好的回忆涌上心头，在狄国的每一天都像一幅幅画从头展开，让我一点点浏览。这画中点染了那么多情感，它的色彩也足以让我眼花缭乱。

　　春天的时候我们帮助农夫耕种，把谷种撒到地里，等待着谷子发芽。夏天我们到河边垂钓，等待着鱼儿上钩。我们也在树荫里坐在一起谈论天下的事情，也诉说对晋国的思念。我们也去林间采摘野花，把各种各样的野花抱在怀里，又插在所住屋子里的陶器里，看着它们渐渐枯萎。这些野花是不是每一个人的寓言？它们开放，有着最好的时光，却总是要枯萎的。我们的采摘不过是为了亲眼看见事物的速朽，并感受着盛开的快意。

　　秋天来了，好像一切就要终结，我们去野山林里采摘树上的野

古灵魂

果，也去麋鹿奔跑的地方狩猎。然后在野外围绕着篝火品尝着烤熟了的鹿肉。我们在洁净的河水里沐浴，又躺在草地上在阳光里晾晒。到了严酷的冬天，我们又到冰雪覆盖的水边赏雪。看着大雪纷飞的样子，天地的空阔和万物的掩藏，给我的胸中增添了惆怅。秋虫的鸣叫结束了，树上的野果落尽了，连枝头的叶片也落尽了，一切落尽了。这是怎样的悲戚，让我的心随着飞雪向无垠的地上飘零。这样，我的视线变得迷蒙，我的心变得迷惘，我自己随着这白雪变得洁净，也变得无边无际了。这样的无边无际是寂寥的，是飞扬的又是沉静的，是寒冷的也是温暖的，是荒凉的也是繁盛的，因为我处于无边无际的大雪里。

在这样的情境里，我又变得十分渺小，因为我在无边无际中，我的背景是无边无际的，我被这无边无际所淹没。平日可以看见的山峦和河流都看不见了，平日能够看见的远处的一切都看不见了，就连自己也不知道究竟在哪里。我失去了自己的位置，失去了对自己的所有判断。于是我变得虚无，我似乎不存在，我的所有存在，仅仅存在于我的记忆。那么，只有从前是真实的。可是我的从前又在哪里呢？

想着自己跟从公子重耳从晋都逃到了蒲邑，又从蒲邑逃到了狄国。我们一路奔逃，来到了一个安逸的地方，但这安逸不过是暂时的安逸，因为我们仍在奔逃。我们的身形虽然有了安逸，可心灵却仍在奔逃。这不过是奔逃中的喘息，长途中的歇脚。我在这里娶妻生子，公子重耳将狄国国君给他的两个美女中的一个赏给了我，我看起来已不孤单，但我的心却仍是孤单的，因为我乃是在奔逃的途中。我既不知路在哪里，也不知我将奔往哪里。

现在我们又在奔逃的路上了。本来我已忘掉了这奔逃，可是寺人披的出现打断了我的遗忘。公子的身后总有一个追杀的暗影。我们跟从公子，他就是我们的希望。没有他就没有我们的追求。我们既是因他而逃亡，也是因他而充满了希望。他就是我们的灯，没有他的照亮，我们就行在黑暗里。所以他不能处在危险中，我们必须守护好自己的希望，一旦这灯熄灭了，我们的眼前就没有路了。

我听说，盘古开天地的时候，在一日里有九次变化。他的身体从蒙昧到舒展，然后天地被他的力量劈开。他从一开始，这一就是他的身形，没有他的身形就没有一切。然后因为这身形的存在，他才得以站立，然后他的身形才能舒展，他才获得道。天地的形成就是他的形躯舒展的过程，他才能够使得混沌变为山川河流，万物才成为现在的样子。如果他的形躯没有了，道也就不存在了，万物的意义也不会显现。

所以公子就是我们的形躯，就是我们的道。我们不能失去这道，不能失去公子。我们只有跟随着他，才可能回到晋国，才会结束逃亡者的逃亡。我们在逃亡的路上行走，就是为了摆脱逃亡的命运。所以，寺人披惊醒了我们，使我们看见了我们乃是在逃亡中。他的剑曾砍下公子的袍袖，又将我们追杀到狄国。现在唯一的办法，就是远离他的剑，才能为我们保留将来的希望。

我们的车在路上行进，这路是多么长啊，可这是我们的选择。我们来到了卫国，但卫国的国君看见我们仅仅是一些逃亡者，就对公子轻视。也许他害怕晋国现在的国君，不敢收留我们。在他的话语之间带着讥讽，他的无礼和轻慢让公子感到屈辱。于是我们立即离开了卫

古灵魂

国。我们虽然是流亡者，卫国的国君却忘掉了自己的尊严。他不知道别人的尊严失去的时候，他的尊严也已经失去了。

已经过去很多天了，我们仍然在路上。我们顺着去齐国的方向，可是齐国太远了。随身携带的干粮已经吃完了，我已经听见自己的肚子咕咕作响。我在想，卫国对我们是无礼的，要是齐国也这样对待我们，那就彻底绝望了。我对狐偃悄悄说，我们到了齐国不知会怎样，要是齐桓公也像卫文公一样，我们就无路可走了。狐偃说，卫国是一个小国，它的国君也没有见识，这样的人只能看见眼前的公子，不能看见将来的公子。这样的没有远见的国君必定要遭殃。齐桓公绝不会这样，若和卫文公一样，就不会成为天下的霸主。

他又说，只要我们的公子回到晋国，晋国也会成为霸主的。我说，我希望是这样，但我还不知道前面的路该朝哪里行。他说，若是换了公子，卫国的公子到了晋国，公子必定会以礼相待，因为公子从来不是只看现在，他的目光是长远的，所以我们信赖他。我想了想，说，你说的也许对，可是我们都已饥肠辘辘，现在我们该吃什么呢？

秋风猎猎，地里的东西已经收拾干净了，我想到这地里寻找一点农夫收割剩下的颗粒，可是什么也没有找到。公子躺在车上昏昏欲睡，他早已呼叫自己饿极了。我去不远处的泉眼旁寻来了一罐泉水，他一口气就喝了下去。可仅仅饮水不能抵御饥饿，马儿的草料也没有了，它们迈着疲倦的四蹄，失去了往昔的精神。车轮仍在软绵绵的路上滚动，我们商量怎样去向农夫讨要一点吃食。秋天竟然是这样荒凉，竟然很难遇见一个人。我多么希望见到路上的行人，或者田里干活的农夫。

卷二百七十六

狐偃

　　我们走到了五鹿这个地方，好像我们还没有走出卫国。这真是一个奇怪的地名，为什么是五鹿？从前只有五头鹿么？公子已饿得浑身无力，他说，我们以前从没有为吃饭而犯愁，现在竟然沦落到要去乞讨了。也许我们就不该离开狄国。想起在狄国美酒佳肴的日子，我们却从来没有珍惜。我们所抛弃的，却是我们所需的，我们想要的却换来了痛苦和饥饿。

　　我说，天神想要我们知道饥饿，就给了我们饥饿。我们想得到的是远处的东西，就必须忍着到远处去拿。若果我们待在狄国，虽然日子在美酒里浸泡，却什么都得不到。我们所想的不是吃饱喝足，而是在天下驰骋。赵衰说，好像前面的地里有一个农夫在干活，我可以去向他乞讨一点吃的东西。

　　田野是辽阔的，一眼望去看不见边际。远处的一片树林遮住了视线，更远的地方就是永远走不到的地平线。我很难想象我们所走的土地究竟有多大，它将延伸到哪里。在这样的背景下，一个农夫不仅是他自己，他已经是天地之间的一个人，是白云飘荡中的天空下的土地

古灵魂

的一部分。他既是渺小的，也是高大的，他的动作从容不迫而缓慢，又好像有着均匀的节奏。他既是柔弱的，也是有力的，他的柔弱在他的缓慢的动作里，而他的力量也在这缓慢的动作里，因为这缓慢中蕴含着耐心和耐力。

他一会儿扬起手中的锄头，一会儿又放下。每过一会儿就换了木椎敲打着土地，沉闷的声响从土地上掀起，仿佛这土地有着深邃的回声。我过去向他施礼，他却不搭理我。他仍然专心做他的农活，他将土地翻起，又将大的土块用木椎砸碎。他的沉默让我感到恼火，我已经忘记了我的身份，弯下了腰身，可他还是不搭理我。

我告诉他，我们公子饿了，你能不能给一点食物？他从地上捡起一个土块，递给我。他对公子和我们的无礼以及羞辱，激起了我的愤怒。旁边的公子显然也压不住自己的愤怒了，他立即从腰间抽出了宝剑。宝剑的寒光直逼人眼，然而那个农夫就像没看见一样，依然做他的农活。他专注的神态令人血流上涌，我斥责他，你这个无礼的农夫，我们仅仅向你讨要食物，你却这样羞辱我们，你是谁？你为什么这样？你看不见我的剑么？我要告诉你，我的剑已经很久没有喝血了，它比我还要饥渴。

可是那个农夫就像一个聋子，他似乎什么都没有听见，依然专注地做他的农活。他用锄头刨开土地，又用木椎敲碎土块，我们在他的身边好像并不存在。他的影子跟随着他，一点点向前挪动。他的动作既不急躁，也不愤怒，他的脸上没有什么表情，或者说，他的唯一的表情就是他前额上的一道道皱纹。他的目光只盯着他的土地。难道除了土地，就再也没有什么？他难道不会惧怕死么？

这时狐偃安慰公子说，收起我们的剑吧，我们已经得到了自己所要的东西。公子说，我们向他讨要吃的东西，可我却得到了一块土，这是我要的东西么？狐偃笑着说，是的，公子。这块土是无价的，他有着土地的寓意。这个农夫所给的，是我们要的土地，而土地上的食物是无穷无尽的。有了土地还会挨饿么？他给了你土块，就意味着向你臣服，他已经用这样的方式施礼，这是最高的礼遇，你应该施礼接受它。

　　他又说，他的不语意味着土地的不语，因为土地从来不说话。只有属于你的时候，你才能听懂它沉默的深意。他一直专注地做他的农活，是在提醒我们每一刻都不能忘记土地，只有专心致志地谋划事情，才能真正获得土地。他不说话，是因为用另一种方式说话，他要告诉我们的，已经用他的身体和每一个动作说出来了。它比虚假的行礼和华丽的言辞更优美，这是天神借了他的躯形来做启示，所以，你要对他心存感激。

　　公子听从了狐偃的话，想了想，说，你说的有道理，这也许是我们离开狄国之后第一件让我快乐的事情，我已忘掉了自己的饥饿，忘掉了在卫国的不快。我不希望记住过去，因为将来可以让我忘记痛苦和憎恨。他向那个农夫施以接受之礼，并将这土块用锦帛包裹起来，放在了车上。

　　好像这车上的土块变得沉重了，车走得越来越慢。是啊，整个土地的重量都在这辆车上，几匹马怎能拉得动呢？我们距离那个赐给我们土地的农夫越来越远了，他的影子渐渐消失在视野之外。前面的农舍上升起了炊烟，那炊烟从屋顶上开始，一直通往很高很高的天上。我们应该去前面寻找食物，不然我真的一点儿力气也没有了。

卷二百七十七

晋惠公

　　寺人披回来了，他还是没有能杀掉重耳。有什么办法呢？他活下来就是天意，看来我不要再想这件事情了。寺人披给我讲述了事情的过程，就差那么一点儿就可以杀掉他了，还是让他逃走了。据说，重耳已经离开了狄国，走上了流浪者的路途。他究竟能去哪儿呢？我想，一个失魂落魄的流浪者，谁还能收留他呢？也许他不该死于剑下，但要死在流浪的途中。就像每一个人的出生不由自己选择，死也不由自己选择。

　　让天神决定他的生与死吧，晋国仍然是我的晋国，一个流浪者怎能对我有威胁？尽管有人想让他回来，可是那些想让他回来的人却不知道重耳究竟到了哪里。他已经失踪了，他的脚印也只在路上，谁又能从尘土飞扬的路上找到他的脚印呢？即使他们拾起他的脚印，也不可能放到晋国的土地上了。

　　他要是死掉了，我就会忘掉他。但他还在流浪中，所以我倒有点儿怜悯他了。我们曾经都是流浪者，那时我们被先君追杀，他早早就逃走了。我先在屈邑抵抗，但最终我还是逃走了。我们曾是同样的受

— 359 —

卷二百零五—卷二百八十

害者，同样的流浪者。他是我的兄长，在我还很小的时候，他就对我很好，一连串温馨的童年故事，还遗留在我的心中。他的仁厚和爱，曾让我感动。可现在我已经是国君了，他仍然是一个流浪者。

可我仍然是他的追杀者，因为我被他的影子所纠缠，他给了我一个个噩梦。他骚扰我的睡眠，他的脚步不能让我安稳。我不是追杀一个兄长，而是追杀一个可能的谋反者。一个国君不能有妇人之心，不能在内心里怀有太多的爱。我之所以追杀他，就是为了遗忘掉心中的爱，使自己成为一个真正的国君。荀息就是有了太多的妇人之仁，所以他所扶立的国君都死掉了，而我不能成为那样的人，所以我杀掉了里克和丕郑，清除了身边的杂草，剩下我自己的谷子。若我的锄头在犹豫中一直举在半空，那么野草就会长满我的田地，我将得到一个荒芜的年景，连我自己也将死在这野草里。

可是我还是没有杀掉他，不过他已经远离了我。原来他在狄国，这个地方离我太近了，我觉得被一双眼睛盯着，这使我很不舒服。我必须摆脱这双眼睛的窥视。我的宝座也不愿意让别人窥视。我的父君不就是怀疑我和重耳谋反而追杀我们么？既然我的父君都可以抛弃父子之情，我又怎么不能抛弃兄弟之情？我要消灭所有让我不舒服的。一个国君不能在心中拥有别人，只能拥有自己。也不能拥有爱和仁德，爱和仁德仅仅是说给别人的，我所说的语言不是我内心的语言，而内心的语言只说给自己。

如果别人以为我所说的就是我想说的，他们已经在蒙昧里欺骗了自己。若他们不相信，我就用我的剑让他们相信。要知道我是晋国的统治者，那么被我统治的人们就必须相信我。他们可以不相信自己，

古灵魂

但必须相信一个国君的权力。所以每一个人在权力面前都是卑微的，他们必须弯下腰身，因为他们的眼睛所见，乃是生与死。

一切都按照我所想的样子，我的都城是我所想的样子，我的大臣是我所想的样子，我的宝座也是我所想的样子。一个国君不能用善来统治，而是要用剑来统治。你不能相信自己所看见的，也不能相信自己所听见的，你甚至不能相信自己。因为自己的内心里有很多声音，你要从中找到自己真正的声音。你所告诉别人的，不是告诉自己的。那么别人告诉我的，难道就是告诉我的么？我所许诺的，仅仅是许诺，别人的许诺难道就是真的么？

这一点，我的父君就是我的形象的一部分。我是他的儿子，他把自己的形象的一部分给了我，我的形象里有他的形象，但我还有比他更凶狠的另一个样子。我一旦离开我的位置，就会忘掉这凶狠。但凶狠不仅包含在我的形象里，它还是我的智谋的源泉。我只有铲开虚假的仁善，才能看见自己的凶狠，才能发现自己的智慧。

可是这凶狠里必须具有欺诈，它们从来都是两个伙伴。一个要依赖另一个才可以获得自己。我已经拥有了凶狠和欺诈的权力，这是一个国君的权力，也是所有权力的真相。所以我不打算继续追杀重耳了，不是因为我发现了自己的仁爱，而是发现了被追杀者意义的失去。他已经没有意义了，他已经从我的目光里消失了。他逃到了哪里，已经无关紧要。

也许他正在奔逃的路上心灰意懒，也许他在饥饿中失去了魂魄。从前我常梦见他，现在他已在我的梦中失去了位置。从前狄国收留他，是因为这是母亲的国，是因为有着血脉的联系。从前梁国收留我，是从我的身上看见了晋国将来的国君。可是重耳离开了狄国，就是一个失去了一切的逃命者，还有哪个地方会收留他？实际上他已经死了，虽然他的形躯还活着，事实上已经死了。所有的追杀对一个死去的人是无效的，他已不值得浪费我的追杀，因为他奔逃的路一片苍茫，他的双眼失去了前途。

古灵魂

卷二百七十八

百里奚

又一个秋天来了，秦国的田野里一片金黄。我去各处巡察，看到了农夫脸上的喜悦。这个年景不错，农舍的炊烟也是畅快的，从烟囱上喷吐出的黑烟渐渐变淡，在微风里散开。整个天地之间的色彩是丰富的，天空是那么蓝，炊烟是黑的，田野是黄的，而山间的树木则呈现各种色彩，黄色和红色交错，好像天上的彩虹落满了土地。

我从地上掬起一抔泥土，它是黑色的，一种强健的黑色，被阳光晒黑了的强健的黑色。土地真是太神奇了，它看起来似乎什么都没有，只有一些黑色的颗粒，它似乎只有它本身，然而它却包含了我们的所有，包含了地上所生的一切。它的里面有以土为食的虫子，也有看不见的更小的东西，还有众多的根须。你不知道一棵树是怎样从土地里长出来的，也不知道为什么会有那么多野草滋生。它们看起来在冬天已经死了，但一到春天就又出现了，死去了的怎么会复生？

农夫将一粒种子放在地里，它竟然会发芽生根，会给我们提供口里的食粮。这些奇迹都在土地里，我们却不知道它究竟怎样发生。这土地里究竟有什么东西？天神在里面放了什么？我仔细地拨开手里的土，我所看见的不过是毫无生气的土，它又怎样将生气灌注到每一样事物里呢？

我既然不知道这土里的秘密，又怎能知道世间那么多秘密？我为什么会来到秦国？秦穆公又为什么会赏识我？我不知道。年轻的时候为什么会四处寻找，却找不到自己所要的？年老的时候自己已经放弃了寻找，那曾经想要的却突然到了自己的面前？因为我也是生长在土地里的，就像一株谷子，就像一棵树，就像众多的野草，我又怎能知道自己呢？我的秘密乃是在土地里，而看这土地的时候，你想知道的一切却无迹可寻。

我对自己的困惑来自我对土地的困惑，而这土地似乎可以捧在手里，却什么都看不出来。我所看见的从前所走过的路，也未必是我真正走过的路，仅仅是我眼睛所见的路，真正的路却躲在了我看见的路的背后。我所踩下的脚印，也未必是我真正的脚印，而我的脚印也在这看见的脚印的下面。一个人的命运尚且是这样，而一个国家的命运又会是怎样呢？

以前我曾和别人谈论天下大势，似乎所有的事情都在我的胸中。但我变得胆怯了，我似乎不敢再谈论我从前所谈论的事情了。因为我以为自己知道的，其实并不知道。我曾以为有把握的事情，其实并没有按照我所想的生长，也没有成为我所想的样子。它不是背离了天道，而是我所想的天道，不是真正的天道。因为我根本不知道天道是什么样子。

我在迷惘中回到了秦都。我将自己的所见告诉了秦穆公。我只是告诉他秦国的丰收以及农夫的喜悦，却没有说出我对自己无知的发现。我巡察秦国的土地，却在土地里发现了自己。我只是说土地上发生的事情，却不能说土地本身的秘密。秦穆公是兴奋的，他知道一个国家的强盛在于土地上所发生的事情，土地长出来的粮食是否充足，决定了平凡的日子里是否会出现奇迹。

冬天来临了，天气骤然变得寒冷了，夜里的狂风发出了穿过万物时的尖啸。夜晚也变得漫长了，一觉醒来仍然在黑暗里。这是安逸的季节，农夫们都躲在屋子里，外面已经一片荒凉，他们已经没什么要做的事情了。该收割的已经收割了，该储藏的也都储藏了，锄头高高挂在了墙壁上，曾被土地磨得雪亮的农具，已生出了锈斑。屋子里的空气沉闷而温暖，火盆里的火慢腾腾地烧着，火苗把四周舔热了，也使暗淡的空间出现了光亮。可对勤快的农夫来说，这样的日子也是难熬的。他们走出家门，到外面寻找一点活儿。实际上，这些活儿并不重要，只是为了消磨寒冷的时光。

可对于国君来说，冬天仍有做不完的事情，他会沉入国家大计的种种思考。秦穆公经常将我召去，谈论秦国关乎未来的各种可能。实际上他的想法已经远超出秦国，而是将眼光放大到天下了。他不断谈起临近的晋国、东面的齐国和南面的楚国，以及中原盘踞的小国，还有各个国君的所作所行，他的设想已经是如何争霸天下了。我跟随了一个有着宏大胸怀的国君，我已深感自己的智谋不足了。我为此感到惭愧，可国君依然耐心倾听我的想法。

一天，晋国派来了使臣，来秦国借粮。我知道已经连续几年，晋国没有好收成。这是天神对晋惠公的惩罚。也许是他的恶行惹怒了苍天，给他的国一次次降下灾害。他既不守信用，又嗜杀成性，一个失去了德行的国君怎会有好结果？他想不到自己所做的，别人都看得见，他所想的，天神也会知道。一个暴戾的、用诡计和剑治理国家的君主，既不会得到人心，也不会得到他想要的东西，所以，他得到了天罚。

我来到了朝堂，秦穆公说，晋国派大夫庆郑出使，说晋国连年遭灾，今年又发生了饥荒。春天遭受大旱，夏天又遭冰雹，秋天又遭雨涝，现在已经在饥荒中了，所以提出向我国借粮。你们可以谈谈对这件事情的看法。丕豹说，晋国违背自己的诺言，至今没有割给我们河西五城，这样没有信义的国君，我们为什么要借给他粮食？丕豹依然沉浸在自己复仇的愿望里，他所说的话还带着激愤之情。

许多大臣和他的想法一样，认为晋国的灾荒乃是因国君的无道，秦国不必解救他。丕豹接着说，秦国应该借着晋国的饥荒前往讨伐，这乃是一举击败晋国的天赐良机。秦穆公说，我们现在讨伐晋国的理由还不够充足，尽管他没有兑现割让河西五城，但他也有自己的理由。他不是不给我们，而是缓交而已。晋惠公所说的似乎可以理解，河西五城是他父君的遗产，大臣们都竭力反对，他只好等待时机。

丕豹说，分明是他自己不愿交割，他已经将违背他意愿的大臣都杀掉了，如果他真心想给我们河西五城，就不会有人反对，也不敢违背他的意愿。秦穆公说，丕豹说的有一定道理，我当初派兵护送夷吾归国，使他在晋国站稳了脚跟。我们一直施恩与他，可他却从来不施回报，他所答应的河西五城，也是在不断推托，但他所说的理由却不好反驳。

大夫公孙支说，我们对他的施恩乃是仁善之举，原本就没有贪图他的回报。他没有回报恩德之心，乃是他的罪过，我们却并没有损失什么。现在晋国遭遇饥荒，已经得到了惩罚，我们借粮给他，将加重我们的恩德，也加重他的罪过。所以我们仍然应该给他粮食，剩下的事情，让晋国的君主去想吧，他也许会悔过？也许在罪过中沉入更深的罪过？

大夫繇余说，我听说仁者不应该乘别人之危而邀取私利，智者也不应该将自己的成功寄托于侥幸。此时晋国遭灾前来求助，天下诸侯都在看着我们。我们可以失去晋国这个邻居，但不能失去天下诸侯的信任，也不能让天下民众耻笑。我觉得权衡利弊得失，还是应该借给晋国粮食。

蹇叔说，如果我们在别人遭遇天灾的时候，不能伸出援手，晋国就不再觉得亏欠秦国了，他先前所做的就获得了理由，他也不再感到自己的罪过，他的轻诺寡信就是正当的了。我们不仅面对晋国，还面对天下所有的人。谁也不想遭受天灾，但谁都可能遇到天灾，在别人遭受天灾的时候予以救助，乃是天下的正义。所以我们不应该寻找理由予以推脱。

国君询问我的看法，他的目光盯着我，我知道他对我的想法有着期待。我说，天灾的流行是每一个国家都可能发生的事情，虽然晋惠公的所行多有不义，但他在此时所借的粮食不仅是为他自己，还有晋国的众多百姓。如果我们不能救助饥荒，我们也同样失去了道义。我听说一个好的国君也该救助别人和敦睦邻国，才能获得天下的信任。我们在晋国遭荒的时候开仓恤邻，并不仅仅是给晋国以恩惠，也是国家之道，天下都看见国君的真诚与仁德。

秦穆公说，你说的有道理，我们不能乘人之危攻伐邻国，也不能见死不救，抛弃仁爱之道。别人的背弃乃是别人的背弃，我们的施救乃是我们的顺应天道和仁道。晋惠公的贪利、背诺和怒邻乃是他的失德，我们又怎能和他一样？晋惠公虽然可恶，但晋国的民众是无辜的，他们不能因为跟着一个恶君而遭难。他失去了道义和仁德，就会失去人心，民众就不会聚拢在他的身边，他就会变得孤立无助，即使我们不去攻伐，他也会自己垮塌。就像只剩下一根柱子的屋顶，大风来了就会被刮倒。

　　秦穆公是一个明君，他知道自己应该顺从天道和仁道，即使天道不是我们可知的，但顺着仁道的方向，可能就离天道不远了。就像我们走在河边的小路上，虽然不知道我们能走到哪里，但我们可以沿着这小路返回原地。只要你沿着河流行走，虽然可能会迷失方向，但河流仍会指给你方向。我来到秦都旁的小路上散步，感受着苍茫的黄昏，冬天的黄昏来得太早、太快，你还没有回过神来，它已走近你了。它也太短暂，一阵寒风就将它吹进了黑暗。

卷二百七十九

船夫

  这真是壮观的景象啊，我从没有见过这样的船队，这么众多的船一艘挨着一艘，桅杆就像山间的森林，船帆就像天上的白云。我曾多少年在水上行船，熟悉渭水的每一个波浪，知道河边的每一棵草木，以及那些修行者一样的石头蹲坐在哪一个位置。我熟悉太阳升起的时候，河面上所泛的红光，也熟悉雨后的彩虹一般会挂在高天的哪边。迎面过来的船只，我熟悉站在船头的每一个人。我们会喊叫，并向他们挥手。实际上，船上的人们听不见对方喊的是什么，呼喊只是平时的一个习惯，但这是相遇的礼节。

  我不知道怎么会有这么多船，就像地上的草一样一夜之间就冒了出来。秦都雍城好像漂浮在水面上，它的倒影映照在渭水上，现在成百上千的船只和白帆掩蔽了河面，好像雍城被大小船只所簇拥，它的城垣耸立在船帆之上。那么多的人们在搬运粮食，他们用肩扛着，汗水在一个个黝黑的劳役身上流淌，身上的汗流和身旁的河流都熠熠闪光。

  秦穆公站在秦都的城垣上，俯瞰着这壮观的景象。我在船上看见

— 369 —

城垣上有一些人影，这些人影很小，面孔是模糊的，他们在高处伸出手来指点，可能在议论什么。在他们眼里，也许这些劳役者就像一群蚂蚁一样，这些蚂蚁在地上忙碌着，嘴里衔着一些难以看清的东西。但在我的眼里，他们站在高高的地方，同样是渺小的，他们指指点点，说着我们听不见的话，也仅仅是一些小小的黑影。高处的蚂蚁和低处的蚂蚁究竟有什么不同呢？

我们要将这万斛粮食运往晋国，听说他们遭受了饥荒。秦穆公还是宽厚的，他曾派兵护卫公子夷吾从梁国回到了晋国，并做了晋国的国君。这个人言而无信，许诺给秦国的河西五城，至今还在他的手里，遭了饥荒却又想到了秦国。秦穆公不计前嫌，还是将这么多粮食借给晋国，这是用仁爱来报无义，说明秦穆公还是个有怜恤之心的君主。

在我看来，晋惠公的所作所为乃是出于他的本性，而本性是不可能变化的。一个人出生之后，就会被天神赋予他的本性，就像牛羊要吃草，而虎狼要吃肉，而水鸟就要捕鱼，它们的所做不是后来改变的，而是生来就是这样。你要让虎狼来吃草，牛羊来吃肉，这怎么可能呢？对于晋惠公来说，你今天给他的恩惠，他明天就会忘记。他需要你帮助他的时候，什么好话都可以说，什么许诺都可以说，但事情过后，他就会将自己所说的都忘掉。

但是所有的仁善和宽厚都是有限度的，没有无限的仁善和宽厚。即使是秦穆公这样的仁德之君，也不会拥有无限的仁德。所以，当晋惠公的奸诈和无德义到了一定程度的时候，秦穆公也不会忍耐。所以，秦晋两国必然会翻脸。和这样的邻居为伴，本来就是不幸的，最好的方法就是永不往来。可是秦国遵循国家之道，在邻国遭灾时予以救助，必定会怀有予人恩惠之心。这样，施恩者就会有施恩者的骄傲和优越，受恩者就会有受恩者的猥琐和卑劣，两者就必定冲突，那么这恩惠里就已藏了灾祸。

人世间这样的事情还少么？国家之间的故事和个人之间的故事是一样的，而且每一个国家都是由个人统治的，国家之间的故事就是国君之间的故事，这故事里的主人公仍然是个人。所以没有一个国君比他的民众更高贵，也没有一个国君比他的民众更聪明。我要是想知道国家大事，只要从身边的事情就可以推测出来。民众中有好人和坏人，国家也有好国君和坏国君。好人和坏人必定要发生冲突，好国君和坏国君也要交锋。这是好的有限度和坏的无限度的必然冲突，好的事情可以被忘记，但无限度的坏事情却不能被无限忍受。

装满了粮食的船只布满了河面，从雍城启程沿着渭水自西向东的五百里水路，一艘船接着一艘船，船上的风帆和天上的白云连成一体。到晋国的路曲折而漫长，需要中途换作车运，还要横渡大河，再进入汾水北上，才能抵达晋都绛城。整个路程有八百多里，需要多少个日日夜夜的奔忙。

我站在自己的船头，看着已经从寒冬醒来的河水，水面上似乎还蒸腾着一点点消失的寒气，沉重的船压住了激流，这让我的脚能够立稳。我的心情很好，就像往常行船一样，但多了几分骄傲。因为不论怎样我们都是将这粮食运送给饥荒中的民众，很多人将因我们的善行而度过饥饿的日子。国家之间的事情是另外的事情，他们以后会怎样，都和我无关了。我只是一个船夫，只是一个在水上谋取生活的人，我所关心的就是我的船怎样通过激流和险滩，怎样从开阔的水面寻找到最好的路。

一个船夫必须认识水里的路。必须有一双能够穿透水面和激浪的眼睛。我的目光能从每一丝微小的波纹里看出埋藏在下面的石头，也能看见哪里有着险滩，哪里会使我的船搁浅。你不能仅仅凭藉自己的记忆，因为河道下面的路是不断变化的，它从来没有固定不变的形貌。一艘船就是一个国，一个船夫就是一个国君。一个不好的国君就会不断使自己陷入困境，就会让自己的船碰到看不见的石头上，变为一些破烂的碎片，自己也将在激流里葬身。

我的另一个本领是调整头顶的船帆，让它以最好的角度接受吹来的风。我的风帆总是饱满的，不论是逆风还是顺风，不论是哪个方向的来风，我都可以用最好的方法借用它的力量。所以在水上行船的人们都知道我。遇到他们不敢过的地方，就让我为他们驾船，直到水势平稳的河面上。在这几百里的水路上，我的船总是行驶得最快，我的船也装得最多。

一些船夫想跟着我学到我的本领，可是我却说不出这本领的秘密。他们以为我不愿意将我的本领传授给他们，实际上我只有在做的时候，才知道我该怎样做。真正的本领不是通过传授可以获得的，而是要用自己的心去领悟。心里的东西又怎能用语言说出？一个船夫问我，我怎能学会你的本领？我说，你看着我怎样做，然后将我所做的记在心里，然后领悟我所做的道理。我不能将这秘密告诉你，因为这是我内心的秘密，你可以从我所做的事情里，找到自己的秘密。

他跟着我在船上待了一段时间，说，我还是不明白，因为我看见你总是站在船头，却做得很少。我说，一个人不在于他怎样忙碌，而在于他是不是在安闲里，忙碌的人因为放弃了思索而不断忙碌，安闲的人在安闲里寻找自己。一个忙碌的人就会在忙碌里失去了自己。他又问，你是怎样调好风帆的？又怎样看见了水底的石头？

我说，我站在船上，并不是仅仅站在船上，我已经将这船看作自己的躯体，我伸出我的手，船就会跟着我伸出手来，我移动着脚步，我的船也会移动脚步，我已经将我的灵魂注入了我的船，我思考，它也跟着思考，我移动，它也跟着移动，我感受到的风，它也感受到了。我的船在水里行走，就像我在地上行走。我所看见的，也是它所看见的。我站在船头，实际上是感受我的船，船也在感受着我，我和它，并不是我要支配它，而是彼此领会着彼此的想法，然后两个想法就变为了同一个想法。

所以，不是我看见了水底的石头，而是船感受到了水底藏着的危险，我又通过我所驾驭的船看见了这危险。我内心的奥秘并不在水里，而是在我的船上，我的奥秘就是船的奥秘，这样的奥秘仍需要在自己的内心寻找。所有从外面找到的都是徒劳无益的。你要想学会驾船的本领，先要在船头站稳，就像我这样，我的脚就像在船上扎根一样。这样你所驾驶的船也会在水里平稳，就像你所站立的样子。你要知道，船是有灵魂的，它的灵魂就是你的灵魂，它的一切就是你的一切，驾驭一艘船就是驾驭你自己。

是啊，一个人能够驾驭好自己，还有什么不能驾驭呢？我就想起了一个国家，一个国君能够驾驭好自己，就可以驾驭好一个国家了。可是这样的国君真是太少了。就说这个晋惠公吧，他被自己的父君追杀，逃到了梁国，又不甘心做一个逃亡者，就给秦国以重诺，可是做了国君之后就忘记了自己的诺言。他也许诺了他的重臣里克和丕郑，给与千顷良田，可是也忘掉了。他要给的是自己还不曾拥有的，一旦拥有就忘记自己所说的话了。这样的人，既然连自己所说的话都不能驾驭，又怎会驾驭自己的国家呢？

他的父君晋献公也是这样，运用自己的诡计获得了自己所要的，可是在他死后，他所要的就四散而去。他的儿子有的死了，有的逃走了，他的意愿都落空了。他所驾驭的仅仅是自己的诡计，他却以为驾驭了自己。实际上驾驭了别人未必是驾驭了自己。驾驭别人仅仅是驾驭自己的幻象，而真实的东西从来不在别人那里。

唉，这些国君怎会知道事情的真相？他坐在奢华的殿堂，所想的都是别人，想着如何从别人的手里取走东西，可是这得来的是不是自己所真正想要的？我和他们不一样，因为我所驾驭的船属于我自己。我知道自己只有一艘船，我也知道自己想要的就是将这船沿着水路，到达我所要去的地方。我既知道怎样行船，怎样看清自己的路，又怎样调好船上的风帆，也知道我要到的地方在哪里。

现在的天空是这样蓝，只有几丝云飘动在天边。我感受着侧面吹来的风，这风向是多么好，它适合行船，使我的船跑得又快又稳。我站在船头一动不动，将我的目光投向前面。水面上的风浪越来越大了，船头的前端冲开了一个个波浪，将自己的形状印在了水上。它的速度让水纹清晰地向两旁舒展，然后在船尾后面的水面留下一条长长的白线。

我更喜欢在夏天行船，那时两岸的草木旺盛，一片翠绿葱茏，还

古灵魂

有万花盛开，河风扫去脸上的热汗，这是多么清爽。河边的树木倒映在水中，我的船行进在绿影之中，又将这一片片绿影划开一道道波纹，一切都仿佛是幻觉。我就在这幻觉里，从一个梦进入另一个梦。你想吧，这是一个多么美好的情境，鱼群在水中若隐若现，天空的碧蓝和河边的树影交织在水面，我的船又行走在这不同颜色的影子里。它似乎一层又一层，既虚幻又真实，既充满了天籁般的邈远，又荡漾着梦境般的切近，它多么复杂，又多么单纯和洁净，河上的一个个涌起的波浪由远及近，它好像并不仅仅是在我的目光里，而是在我的心中。

现在还是初春的时候，岸上的沟壑里还残存着昨日的残雪，所有的繁荣还在地下萌动，虽然听不见它们的声息，但我的内心已经感到夏天的骚动了。我的眼前虽然在荒凉里，但这荒凉景色已经不同于严冬。因为严冬的荒凉乃是寒风里的寂静，现在的荒凉则是寂静里的喧哗。激情冲动的波浪，奔流不息的河流，忽大忽小的疾风，以及河上的首尾相接的运粮船，千帆竞进的壮景，白帆和白云飘荡的呼应，一切都沉浸于充满了激情的喧哗里。

卷二百八十

公孙支

　　我又要去晋国了。上一次去晋国，还是在几年前，我受命率军护送晋国的公子夷吾回国。那时公子夷吾急于回国接受国君的位置。他的面容显现的是对秦国的谦卑，他的话语谨慎而迟缓，他的施礼是恭敬的、虔诚的。可是一旦做了国君，就变成了另一副面孔。我没有想到，他会变得这么快，变得令人厌恶。他的话语总是不耐烦的，脸上的表情变得威严，但这威严显然是虚假的，里面包裹着虚弱和阴险。

　　我不喜欢这个人，他虽然是一个国君，但我对他的每一个举动都充满了厌恶。可是秦穆公要派遣我出使晋国，乃是为了求助于这个令我厌恶的人。去年这个时候，是晋惠公派遣使臣来秦国求助，他们一连几年都粮食歉收，而去年又遇到了春旱和秋涝，遭遇了饥荒之灾。秦穆公慷慨解囊、开仓赈灾，将秦国的粮食源源不绝地运往晋国。秦穆公站在城头，看着白帆连云的运粮景观，连连感慨秦国的强盛和仁德之举。

　　可现在秦国也遇到了灾荒。秦穆公将大臣们召到朝堂上，商议如何度过饥荒。我们想到的就是向晋国求助。我们曾在他们遇到饥荒的时候慷慨相助，现在我们也需要晋国伸出援手了。可是丕豹说，晋惠公不会给我们粮食，他从来不会记住别人对他的恩惠。我们曾护送他归国，对他的恩惠够大的了，可是他已经将这么大的恩惠遗忘了。他曾答应将河西五城割让，可他一旦做了国君，就反悔了。这样的人既不可信赖也不可依靠。他做了国君已经多少年了，可他什么时候兑现过自己的诺言？又什么时候将自己的东西给过别人？即使当初许诺给里克的千顷土地都反悔了，他又怎会舍得援助秦国度荒的粮食？

我说，晋惠公的确是贪婪和吝啬的，也没有什么信义，但他对恩惠不可能遗忘得这么快吧？一切还犹在眼前，要是没有我们对他的帮助，他怎么能成为国君？也许他归国后也会被杀掉。即使他把我们以前的恩惠都忘掉，又怎会忘记我们刚刚给他的粮食呢？晋国遭灾的时候，我们是何等慷慨，而他又是何等感激。他也许是毫无情义的，可也不至于这样没有情义吧？我想，我们还是应该前去请求晋国的援助。

蹇叔说，丕豹也许是对的。要看一个人就要看他的从前，他从前所做的就是他现在将要做的，他过去怎样想的，现在仍然怎样想。也许我们将会空手而归。他可以不认过去的恩惠，也可以不认现在的恩惠。他只认得自己，不认得别人。他只认得眼前的，不认得以后的。所以他不会失去眼前的，就像一个顽童，你给他的，他会接受，你从他的手里拿走，他就会哭。除非你从他的手里抢走，否则他永远不愿意让你拿走，更不会将自己手里的给你。

百里奚说，你们说的都有道理，但我还没有见过这样的人。一个人固然有他的本性，但他的本性不能完全决定他怎样去做。晋惠公不仅贪婪和吝啬，他还爱慕虚荣，他拥有的不愿被拿走，就是为了将这手里的东西作为自己虚荣的凭据。所以，我们曾给他的，他可以忘记。他要拒绝回报秦国的恩惠，还需要寻找一定的理由。不然他又怎么给天下的诸侯交代？否则他的虚荣也就不保。而且一个国家遇到了天灾，另一个国家出手相助，这乃是国家的道义，不然他又怎能向自己国家的民众交代呢？

秦穆公说，我们还是去晋国求助吧，我想晋惠公不会这么绝情吧？何况秦晋之间还是姻亲。我们曾给了他那么多恩惠，他即使不给我们河西五城，也应该救助灾情作为回报吧？我想，晋惠公还是会帮助秦国的。丕豹说，国君怀有仁德之心，不可用自己的心推测别人的心。蹇叔大夫说的，也许就是真的，因为他的识人预事的本领，我是敬佩的。我深知晋惠公的本性，也许我们低估了他的不仁不义，也许我们不仅不能从他那里获得援助，他还可能借机攻伐秦国，我们应该有所预备。

我说，你不就是这样想的么？我们借给晋国粮食的时候，你就是这样想的，让我们借机攻打晋国。丕豹尴尬地笑了，很快他就严肃地反驳说，是的，我的确是这样想的。我当初那样想是出于仇恨，而晋惠公这样想是出于本性。我的仇恨不会忘记，但秦国的恩惠，他就会遗忘。面对眼前的私利，他什么事情都可能做得出来。我的仇恨乃是我的仇恨，他的本性仍是他的本性。昨天我想的是如何报仇雪耻，现在我所想的是秦国能得到什么。不过，有一点可以确定，那就是，我曾所想的，他也同样会这样想。

百里奚说，我曾对许多事情有过错误的判断，现在我也不知道会

古灵魂

发生什么。但从情理上说，我们对别人所做的，别人也会照着去做，不然世间就不会有来往了。何况晋国是我们的邻居，我们已经做了对邻居所应做的事情，他即使不愿意也该答应我们的请求。难道他们就不会再一次向我们求助？对于任何一个国家来说，天灾是不可避免的。晋国曾遭了大灾，怎会想到秦国也会遭同样的灾荒？

他又说，晋惠公这个人的确不是一个好的国君，但他也应该为他的以后着想。邻居之间彼此的借还是正常的，即使他给我们的，不如我们给他的更多，可我们遇到难处的时候，他毕竟应该予以援助。不过，我虽然命运坎坷，但还没有像丕豹那样遇见残暴的恶行，我知道一个国君的昏庸之恶，但没见过绝义之恶。不过，晋惠公这个人不能用常理来推测，所以我还是觉得应该派使臣前往。

于是秦穆公就遣我出使晋国。我走在曾经熟悉的路上，这也是去年冬天晋国使臣来时的路。我既踩着晋国使臣的脚印，也踩着自己的脚印。同样也是冬天，我乘着马车，经受着寒冷和荒凉。这寒冷和荒凉也许不仅来自旷野里的严寒，也来自我内心的严寒。我的心里结满了冰凌，因为我不知道这次出使晋国会不会空手而归。

我不害怕生与死，却害怕未知，我不害怕未知的未知，却害怕已知的未知。晋惠公对我来说，就是一个已知的未知。我见过他，也知道他的狡诈和贪欲，却不知道他的心里究竟会想什么。既然他什么都可能想出来，他就什么都可以做出来。实际上他做过的，已经超出了我的想象。冬天的夜晚太长了，天还不亮我已经走在了路上。我知道去晋都的路有千里之遥，它和冬夜同样漫长。

马颈下的铜铃发出清脆的声响，它随着马的步伐响着，它的节奏让我昏昏欲睡。我裹紧了皮袍，用自己身上的温暖抵御着严寒。有时我会睁开眼，试图知道自己走到了哪里。可是冬天的景色是一样的，到处是光秃秃的，很难找到我熟悉的标志。它让我怀疑，我现在所走的路，还是从前的路么？一条路是不变的，但它四周的景物却不是原来的景物了。因为我所看见的不是同样的东西，所以这所走的路也不是原先的路，也许我也不是原先的自己。我看见自己呼出的白色气团，目光不时被这气团所蒙住。

马匹的鬃毛上渐渐附上了冰霜，看上去多了一层薄薄的白，并在太阳光里变得晶莹。我在反复想着朝堂上每一个人所说的话，他们的样子也在我的前面晃动。他们说了那么多，实际上就是两个意思，要么我借回了粮食，要么我什么都拿不到。也许天神正在高处看着我，只有他知道将会发生什么。我也看见一群群灾民干枯的表情，他们都在向我伸出了枯瘦的手，我甚至看见他们的身体是透明的，肚子里什么都没有，只是一个个空洞的躯形。